문학은 아직도
고혹한 피의 작업

# 문학은 아직도 고혹한 피의 작업

뷔히너상 수상 연설 모음, 1951~2002년

한국뷔히너학회 편역

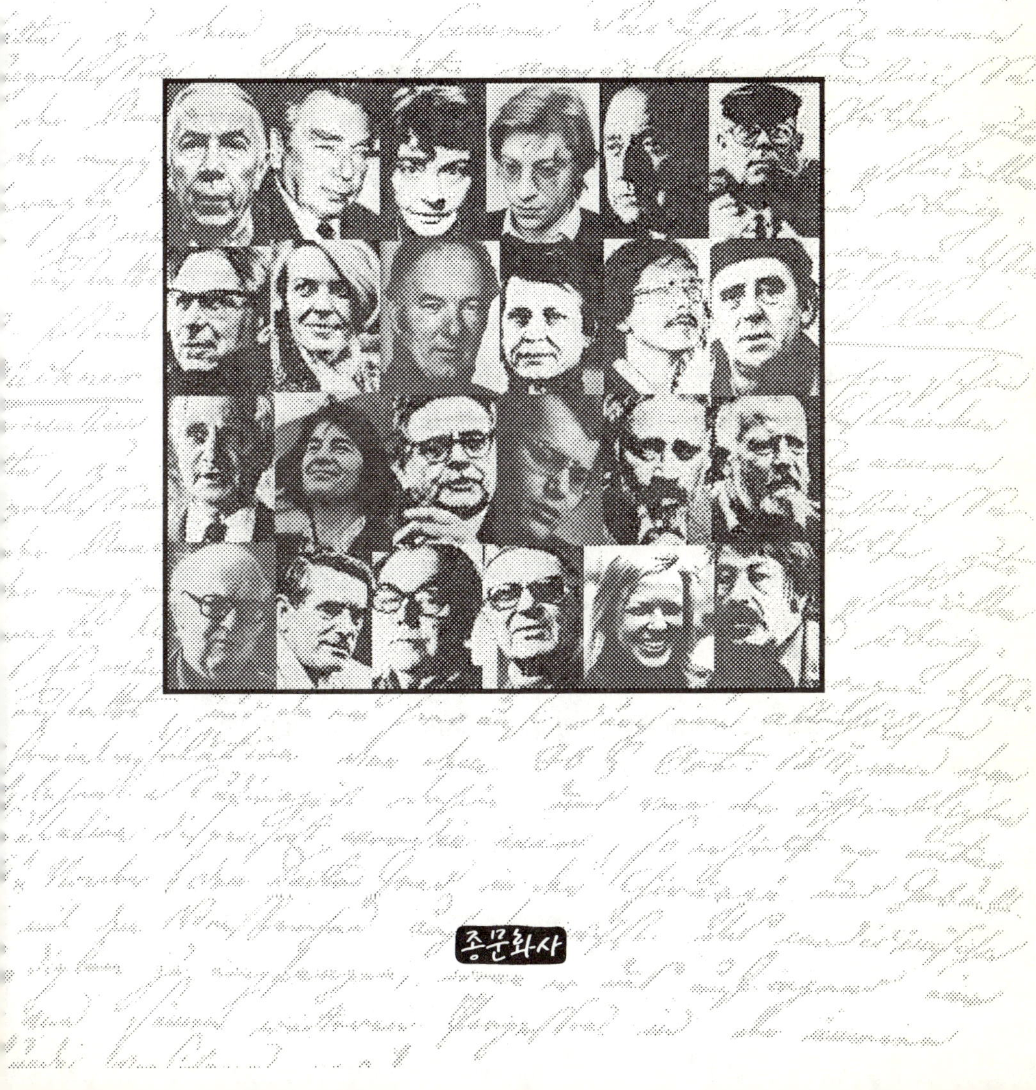

종문화사

한국뷔히너학회에서 『문학은 아직도 고혹한 작업』이라는 제목 하에 뷔히너상 수상 연설문의 번역집을 출간하게 되었다. 1951년 이래 뷔히너상 수상 작가의 연설문 중에서 22편을 선정하여 소개하게 된 것이다.

왜 문학상 수상 연설문인가?

지금까지 외국 문학 작품은 무수히 번역되어 왔지만, 문학상 수상문이 번역되어 출간된 적은 없었다. 뷔히너상의 경우 수상 작가가 수상 연설문에서 자신의 언어 문학관, 사회 비판 의식, 세계관을 피력함으로써 수상문 자체가 명실 공히 귀중한 문학적 자료가 되고 있다. 뷔히너상 수상 작가의 명단에서 오늘날 명망 있는 독일 작가 대부분을 만나게 된다. 이들 작가의 수상 연설문은 뷔히너의 생애와 작품의 역사적 의미에 대한 해석, 시대적 현안에 대한 작가로서의 문제의식, 그리고 미래에 대한 비판적 성찰을 담고 있다는 점에서 특별한 의미가 있다. 그것이 한국뷔히너학회가 뷔히너상 수상 연설문의 번역을 기획하게 된 배경이다. 뷔히너상 수상문의 번역은 문학상 수상문의 가치를 새롭게 인식하게 해줄 수 있다는 점에서도 의미 있는 작업이다.

수상문 번역 출간을 위한 첫 단계로, 학회는 수상 작가의 연설문 22편을 선정했다. 해당 작가를 전공한 국내 독문학자들에게 이메일로 번역 의사를 타진했다. 감사하게도 모든 분이 곧바로 적극적인 참여 의사를 밝혀 왔다. 더욱 감사한 것은, 미처 의사를 여쭈어 보지 못했던 분들이 적극적으로 참여 의사를 피력해 주신 일이다. 학회 임원들은 고무되었다.

그런데 수상 연설문의 독일어 문장이 어찌나 까다로운지 번역자들의 한숨 소리가 하나 둘씩 들려오는 것이었다. 번역 마감은 12월 말로 미루어지고, 또다시 이듬해 5월 말로 연기되었다.

그리고 오늘이 왔다. IMF 때보다도 어렵다는 요즈음, 뷔히너 전공자이기도 한 종문화사의 임용호 박사께서 선뜻 뷔히너상 수상문의 출판을 맡아 주신 것이 고마울 뿐이다.

2004년 11월

한국뷔히너학회 회장 손은주

게오르크 뷔히너(Georg Büchner, 1813~1837)는 독일 헤센주의 다름슈타트 근교 곳델라우에서 의사의 아들로 태어났다. 슈트라스부르크에서 자연과학과 의학을 공부하는 동안 당대 독일과 프랑스의 혁명가들을 알게 된다. 그후 기센대학에서 역사와 철학을 공부하며 바이디히 신부를 알게 되고, 민중의 고통스런 삶과 사회의 불의에 분노하여 '인권협회'라는 단체를 조직하고, 「헤센 급전」이라는 유인물을 만들어 돌리기도 한다. 이 일로 인해 친구들과 바이디히 신부는 체포되고, 뷔히너 자신은 피신해 다니다가 망명지 취리히에서 24세를 일기로 눈을 감는다.

뷔히너의 작품으로는 프랑스혁명 직후의 역사를 배경으로 당통과 로베스피에르의 혁명 이념과 인간적 고뇌와 갈등을 그려 내고 있는 4막극 「당통의 죽음」, 질풍노도 시대의 작가 야콥 미하엘 라인홀트 렌츠의 삶을 소재로 한 미완성 소설 「렌츠」, 동화적 분위기에서 당시 시대상을 해학과 반어로 그려 내고 있는 희극 「레옹세와 레나」, 하층민 이발사의 살인과 파멸을 통해 사회악을 폭로하고 있는 미완성 비극 「보이체크」가 있다.

뷔히너의 진가가 제대로 평가받기까지는 그의 사후에도 오랜 시간이 걸렸다. 그것은 그의 혁명적 사상과 현실 참여 의식이 보수적인 문학사가들에게 인정받지 못한 데에 그 원인이 있으며, 그의 문학이 지니는 현대성과 그의 작가적 실험 정신이 이해되지 못한 데에도 그 원인이 있다 하겠다.

뷔히너상은 오늘날 독일에서 가장 권위 있는 문학상으로서, 독일 언어문학 학술원[1]이 매해 저술가와 작가 가운데 탁월한 독일어 저작을 통해 독일 문화 구축에 지대한 기여를 한 작가들에게 수여하고 있다. 1923년 헤센 주 정부에 의해 제정되었으며, 같은 해 다름슈타트에서 최초의 시상이 있었다.

원래 이 상은 헤센주의 예술을 육성하기 위해 제정된 것으로서, 시인·저술가·작곡가·화가·예술가, 탁월한 예능인·배우·가수 등 모든 예술가와 예능인을 망라하여 매년 두 명의 수상자가 선정되었다. 이 상은 때마침 『뷔히너 전집과 서한집』(인셀출판사, 1922)이 출판된 것을 계기로 작가 뷔히너의 이름을 지니게 된 것이다. 당시 작가들 중에서는 카시미르 에드슈미트(1927), 카를 추크마이어(1929) 등이 이 상을 수상했다.

뷔히너상은 1933년 나치스에 의해 폐지되었다가 1945년에 부활되었으며, 이때부터 수상자가 한 명으로 축소되었다. 상이 부활된 직후에는 안나 제거스(1947), 엘리자베트 랑게서(1950) 등이 이 상을 받았다.

1951년 3월 15일 헤센주 문화상, 다름슈타트시 당국, 독일 언어문학 학술원 간의 협약을 통해 뷔히너상은 순수한 문학상으로 개정되고, 독일 언어문학 학술원이 이 상을 주관하게 되었다. 학술원은 뷔히너상의 정관을 제정하고 수상자에 대한 치사와 수상자의 연설문을 학술원 연감에 수록해 오고 있다.

1951년 이후의 뷔히너상 수상자 명단을 보면 명망 있는 대부분의 독일 작

---

1) 독일 언어문학 학술원(Deutsche Akademie für Sprache und Dichtung)은 헤센주의 다름슈타트에 소재하는 기구로서, 1949년 8월 28일 괴테의 탄생일을 기념해 프랑크푸르트의 파울 교회에서 설립되었다. 이 독일문학의 대표 기구를 유치하기 위해 독일의 모든 도시가 치열한 경쟁을 벌였으나, 결국 카시미르 에드슈미트의 제안에 따라 본부를 다름슈타트시에 두기로 결정되었다. 회원은 저술과 연구를 통해 독일의 언어·문학을 풍요롭게 하고 대표하는 작가와 학자 들이다. 이 학술원은 오늘날 가장 명망 있는 독어독문학 기구로 알려져 있다. 학술원은 인문학 분야의 다섯 개 상을 주관하고 있는데, '게오르크 뷔히너상'(문학상), '지그문트 프로이트상'(학술상), '요한 하인리히 포스상'(번역상), '요한 하인리히 메르크상'(문학 비평가상), '프리드리히 군돌프상'(독일 문화 중개자상) 등이 그것이다.

가가 포함되어 있음을 확인할 수 있다. 고트프리트 벤(1951), 1952년 수상자 없음, 에른스트 크로이더(1953), 마르틴 케셀(1954), 마리 루이제 카슈니츠(1955), 카를 크롤로브(1956), 에리히 캐스트네(1957), 막스 프리슈(1958), 귄터 아이히(1959), 파울 첼란(1960), 한스 에리히 노작(1961), 볼프강 쾨펜(1962), 한스 마그누스 엔첸스베르거(1963), 잉게보르크 바흐만(1964), 귄터 그라스(1965), 볼프강 힐데스하이머(1966), 하인리히 뵐(1967), 골로 만(1968), 헬무트 하이센뷔텔(1969), 토마스 베른하르트(1970), 우베 욘손(1971), 엘리아스 카네티(1972), 페터 한트케(1973), 헤르만 케스텐(1974), 마네스 스페르베르(1975), 하인츠 피온텍(1976), 라이너 쿤체(1977), 헤르만 렌츠(1978), 에른스트 마이스터(1979), 크리스타 볼프(1980), 마르틴 발저(1981), 페터 바이스(1982), 볼프디트리히 슈누레(1983), 에른스트 얀들(1984), 하이너 뮐러(1985), 프리드리히 뒤렌마트(1986), 에리히 프리트(1987), 알베르트 드라하(1988), 보토 슈트라우스(1989), 탕크레드 도르스트(1990), 볼프 비어만(1991), 게오르게 타보리(1992), 페터 룀코프(1993), 아돌프 무슉(1994), 두르스 그륀바인(1995), 사라 키르쉬(1996), 하. 체. 마르트만(1997), 엘프리데 옐리넥(1998), 아르놀드 슈타들러(1999), 폴커 브라운(2000), 프리드리케 마이뢰커(2001), 볼프강 힐비히(2002), 알렉산더 클루게(2003).

뷔히너상의 상금은 1951년 3천 마르크였으나 1953년 5천 마르크로 올랐고, 1959년 8천 마르크, 1963년 1만 마르크, 1977년 2만 마르크, 1983년 3만 마르크, 1989년 6만 마르크, 2002년 4만 유로가 되었다.

오늘날 뷔히너상은 독일에서 가장 명예로운 문학상이 되었다. 그것은 뷔히너가 시대를 앞서 가는 작가로서 오늘날까지 지속적으로 명성이 널리 퍼지고 있기 때문이기도 하며, 심사위원진이 행정 관료가 아닌 문인과 작가로 구성되기 때문이기도 하다. 현재 독일에서 시상되는 문학상 중 유명한 것으로는 레싱 문학상, 괴테 문학상, 클라이스트 문학상, 하이네 문학상을 꼽을 수 있다. 클라이스트 문학상은 1985년 제정된 이래 지금까지 매년 시상을 계속해 오고 있는데, 당해의 수상자가 다음 해의 수상자를 선정하며 뷔히너상처럼 심사위원이 문인들로 구성된다. 또한 상금이 2만 유로로, 상금액이 높은 문학상 중 하나이다. 하이네 문학상은 독일하이네학회가 1965년부터 비정규적으로 시상해 오고 있으며 상금은 1만 유로이다.

뷔히너상 수상자들의 수상 연설문은 뷔히너의 삶과 작품의 문학적 의미에 대한 해석이며, 시대적 문제와 현안에 대한 작가로서의 문제의식, 그리고 미래에 대한 비판적 성찰을 담고 있다는 점에서 각별한 의미가 있다.

손은주

# 차례

Inhalt

서베를린 출신의 한 남자, 태생적인 북방 독일인이 이 순간 헤센주의 옛 수도에서 가장 유명한 헤센 시인의 이름을 딴 문학상을 수상하려 하고 있는 바, 이는 실로 범상치 않은 상황이라고 할 수 있습니다. 이 상에 이름을 빌려 준 사람이 스물네 살에 죽었고 이 상을 받게 된 사람이 60대라는 사실을 심사숙고하면, 상황은 훨씬 더 범상치 않습니다. 고델라우 출신의 촌놈이자 의사의 아들, 그리고 만스펠트 출신의 촌놈이자 목사의 아들이 지금 이 순간 조우하고 있는 것입니다. 게다가 둘 다 의사입니다

그들을 결합시켜 주는 것, 세대를 결합시켜 주는 것, 지역의 한계를 폐기케 하는 것, 나이를 연결시켜 주는 것, 그것은 바로 모종의 수사적 의태들이 지니고 있는 지향성, 돌발성, 내용, 목표입니다. 그러한 것에 어떤 새로운 이름을 부여한다면 그것은 제작, 표현, 그리고 양식을 얻으려는 노력이라고 부를 수 있을 것이며, 모종의 소유물, 즉 무거운 짐이 되는 인간의 내적 소유물을 동시대 사람들에게 드러내 보이려는 의지라고 부를 수 있을 것입니다.[1]

---

1) 여기서는 뷔히너와 벤 자신의 문학의 동질성을 밝히고 있다. 벤은 문학의 지향성, 내용, 양식적 특징 등의 여러 면에서 상호 공통성을 지니고 있음을 강조한다. 특히 제작, 표현, 양식에 대한 벤의 언급은 내용 상실의 시대, 즉 유럽적 허무주의의 시대에 그러한 상실과 허무에 대응하는 예술의 창조적 형식성에 대한 자신의 입

그 내적 소유물은 어디서나 인식될 수 있는 것이 아니라 인간의 지위를 규정하는 것입니다.

동시대 사람들에게 드러내 보인다는 것—여기서 저는 벌써 망설이고 있습니다—, 어쩌면 이러한 방향 전환은 태양도 좋아할 것이며 별들도 좋아할 것입니다. 그리고 우리는 그것들을 떠나면서 보다 어두운 나라로 내려가야만 하는 바, 아마도 이는 오직 고통에 찬 내면의 긴장들, 억압된 것들, 깊은 고뇌를 카타르시스적인 해방의 독백적인 실험 속으로 유도하려는 열망일 것입니다. 저는 이곳으로 여행 오기 전에 「보이체크」를 다시 한 번 읽었습니다. 죄과, 순진무구함, 궁핍, 살해, 당혹이 이 작품의 사건들입니다. 그러나 오늘날 우리가 그것을 읽노라면, 그것은 어떤 들판의 휴식을 거느리고 마음의 비통과 온갖 사람의 슬픔이 배어 있는 한 곡의 민요처럼 다가옵니다. 어떤 힘이 이 몽롱한 인간적인 질료를 넘어서 그것을 그토록 변화시키고 또한 오늘날까지 그토록 감동적이게 했겠습니까?

우리는 지금 막 예술의 신비, 그것의 혈통, 마신(魔神)의 옷자락에 싸인 그것의 생애를 이야기하려 합니다. 마신들은 예절의 단정함과 세련됨에 아랑곳하지 않습니다. 어렵게 노획된 그들의 양식은 눈물, 아포딜,[2] 그리고 피입니다. 그들은 지상의 온갖 안락함 위로 야간 비행을 하면서 사람의 심금을 찢고 행복과 재물을 파괴합니다. 그들은 광기와 맹목과 불신과 각자 추구하는 도달 불가능의 것과 결합합니다. 스물네 살이건 예순 살이건 그들의 손아귀에 내맡겨져 있는 자는 그들의 붉은 머리채의 생김새를 알며, 그들의 타격을 느끼고 영겁의 벌을 염두에 두게 됩니다. 도처의 예술가 세대, 살아 있는 한 그 가변적인 자들은 예민한 감각으로 혼미해져 있으며 혈우병 환자의 감성을 지니고 있습니다. 죽은 자가 되고 나서야 비로소 그들은 행복해집니다.[3]

---

장을 간접적으로 피력하고 있는 것이라고 할 수 있다. '내적 소유물'이라는 표현이 환기하고 있는 예술의 내면성에 대한 벤의 강조 역시 그의 독백적·정태적 예술관과 연관된다.

2) 극락의 들에 피어 시들지 않는다고 알려진 수선화.

그때 그들의 작업은 휴식을 맞이하고 완성 속에서 빛납니다.[4] 하지만 이러한 완성 속의 빛남과 죽은 자들의 행복은 우리를 기만하지 않습니다. 거기에서는 시간과 구역이 가까이에 나란히 누워 있으며, 어떤 것의 내부도 명료하지 않습니다.[5] 그러다가 나중에 비로소 언어들이 비둘기들의 발 위로 떨어지는 것처럼 여겨집니다.[6] 시대가 끝날 때, 민족들이 멸망하고 왕들이 침실에서 영면할 때, 제국은 완성된 채 누워 있고 영원의 바다 사이로 폐허들이 썩어 허물어질 때,[7] 그럴 때는 만상이 흥망성쇠의 질서[8]를 따르고 있는 것처럼 보입니다. 마치 그들 모두가 오직 위로 손을 뻗칠 필요가 있었던 것처럼, 그런 다음 거대하고 빛나는 화관, 즉 완결되어 있는 화관을 가지고 아래로 내려왔던 것처럼 말입니다.[9] 그렇지만 그 모든 것 역시 일찍이 쟁취된 것이자 피로써 매달려 있던 것이며, 재물을 통해 속죄받은 것이자 하계에서 빠져나와서 암흑과 결투를 벌였던 것입니다.[10]

　살아 있는 자들과 죽은 자들, 여기저기의 여러 세대들, 이들과 멀리 떨어져 있게 될 때에야 우리는 그것들이 어떻게 서로 얽혀 있는가를 알게 됩니다.[11] 우리는 도시를 지나가면서 창들이 빛나고 술집의 불빛이 번쩍거리며

---

3) 이 단락에서는 예술과 예술가들의 본질적인 성격이 마성임을 밝히고 있다. 그것은 광기, 파괴, 맹목, 불신, 죽음 등의 비현실적이고 부정적인 관념들과 관련된다.

4) 죽음의 세계는 현실적 분별력 또는 명료성이 소멸되는 포용적 융화의 세계이며, 그것은 동시에 예술적 완성의 세계에 대한 표상이 된다.

5) 죽음이나 예술적 완성의 세계가 지니는 통시성, 통공간성, 그리고 비분리성을 뜻한다.

6) 단정할 수는 없으나 벤의 예술관을 참고할 때 불명료한 죽음의 세계, 즉 완성된 예술 공간에 익숙해질 때 다시 분명해지는 언어의 감각적 생동성을 뜻한다.

7) 벤의 통시적 조망과 허무주의적 세계관을 이 대목에서 다시 확인할 수 있다.

8) 현실을 지배하는 상대주의적 원리를 뜻한다.

9) 인간의 욕망의 성취와 파멸을 손을 뻗고 내리는 상승과 하강의 이미지로 표현하고 있다. 이때 '화관'은 왕관과 유사한 의미를 지니며, 그것의 소유는 특히 세속적 부귀영화의 절정을 뜻한다. 앞에서 시사된 왕국의 영화와 몰락과 이 이미지는 연관된다.

10) '화관'을 포함해 일체의 세속적 소유물들은 피와 재물, 혼돈의 고통 속에서 쟁취된 것일 뿐이며, 그것에는 이미 만상의 질서를 따라 파멸이 노정되어 있음을 역설한다.

11) 역사를 또는 세계를 원근법적으로 조망할 때, 살아 있는 자와 죽은 자의 관계, 곧 세대 간의 연관성을 더

쌍쌍이 굽이치는 무도의 대열을 이루고 있는 것을 봅니다. 그런데 그 많은 집 가운데 어떤 집의 뒷방에서는 이러한 가변적인 자들[12] 중 누군가가 머물면서 이 세계를 망토인 양 자신의 가슴에 걸칩니다. 그 가슴을 진정시키려고 말입니다. 그들 모두가 자신들의 작품을, 뷔히너가 자신의 보이체크를 안전성과 순수성 속으로 옮겨 놓았듯이 옮겨 놓는다고는 할 수 없습니다. 그렇지만 그들에게도 충족의 많은 부분이 결여되어 있으며, 예레미야[13]를 빌어 이야기하자면 그들 또한 바위 속에 거주하면서 텅 빈 구멍에 보금자리를 마련하고 있는 비둘기들처럼 행동합니다. 그러나 그들은 소진될 수 없는 것[14]이 불타는 제국들 속에 보금자리를 마련하고 있습니다. 소진될 수 없는 그것은 무언가를 밝히지도 데우지도 않습니다. 공간과 시간, 기억해 낸 것과 기억되지 않은 것이 그렇듯이 그것은 별 의미 없는[15] 것입니다. 그런데도 그것은 오로지 저 불멸성의 반사에 의해 불탑니다. 그 반사는 침몰한 메트로폴리스들과 붕괴된 제국들 위에서 형식으로 이루어진 하나의 꽃병이나 구출된 하나의 시행에 의해 신성 불가침한 완성체로 모습을 드러냅니다.[16]

　　이것이 제가 이곳으로 여행 오기 전에 「보이체크」를 읽었을 때 다가왔던 오래되었으나 새로운 생각들입니다. 지금 저는 그의 고향에 서서 몸소 체험하면서 이 시인을 기리기 위해 오신 고명하고 중요한 인사들을 마주하고 있습니다. 하지만 지금 제 생각은 이 시인에서 그의 도시로 옮겨 가고 있습니다. 제게는 제가 다름슈타트에 와 있다는 사실이 개인적인 일입니다. 그것은

---

잘 이해할 수 있음을 말한다.

12) 사회적으로 소외되었으나 감성적으로는 지나치게 예민한 병리적인 예술가들을 말한다. 앞에 나왔듯이 그들을 지배하고 있는 것은 마신들이다.

13) 『구약성서』의 예언자.

14) 불멸의 예술 혼 또는 정신을 뜻한다.

15) 현실적으로는 별 의미가 없다는 뜻으로 해석할 수 있다.

16) 무상한 권력의 침몰과는 달리 예술 혼이나 정신은 영원하다는 것을 '그것은 오로지 저 불멸성의 반사에 의해 불탑니다'라고 표현하고 있다. 그런 예술 혼의 불멸성은 역사의 폐허를 넘어 '꽃병'이나 '시행' 같은 예술품을 통해 영원히 살아 있음을 강조한다.

먼 과거의 회상들과 결부되어 있습니다. 그래서 저는 어떤 다름슈타트 사람에게, 즉 저와 함께 일했고 저와 함께 시련을 이겨 낸 한 사람의 세대 동료에게 인사를 보냄으로써 제 기억을 더듬도록 하겠습니다.

1920년대에 저는 베를린에서 보랏빛 잉크로 씌어진 그의 우편엽서를 자주 받았습니다. 제가 기억하는 한 발신자는 키스슈트라세 114번지에 살고 있었습니다. 그는 바로 이 상의 수상자들 가운데 한 사람인 카시미르 에드슈미트 씨입니다. 저는 오늘까지 그분을 만나지 못했습니다. 그래서 저는 동료애를 갖고 허리 굽혀 그에게 인사 드립니다.

다음으로 학술원장 페헬 박사님을 뵙고 싶다는 생각이 간절해집니다. 전쟁 중의 개인적인 운명에 대해서는 그분의 여자 친구이자 나의 여자 친구이기도 한 여류 음악가 두 사람이 가르쳐 주었습니다. 그들 중 한 사람의 고향이 다름슈타트입니다. 뿐만 아니라 이 도시는 지혜학파의 안식처입니다. 그 지혜는 우리가 몹시 갈구하고 있으나 유럽에서는 더 이상 찾을 수 없는 것입니다. 제 눈앞에는 하르퉁 씨도 떠오릅니다. 그의 극장은 이제 젤너 씨의 관리 하에 명성을 새롭게 하고 있습니다.

한마디로 말해 이 도시는 제 세대의 기억 속에서 언제나 살아 있었고, 기억을 함께 엮어 왔으며, 기억보다 더 오래 살아남을 것입니다. 제 생각으로는 각별히 오늘 이렇게 기념 행사를 벌이는 이 학술원을 통해서 더 오래 살아남을 것입니다. 이 학술원이 부단히 제 길을 가서 사회성과 천재성이, 전승된 것과 독창성이, 유화, 비옥함, 개방이 비판 그리고 문헌학과 결합하는 곳이 될 때 말입니다. 그것이 서양의 재보들, 지중해의 재보들, 북유럽의 재보들을 새로운 대서양의 보편성 속으로 옮겨 놓기 위하여 마신들이 천사들과 나란히 하는 것을 감수할 때 말입니다. 저는 무엇보다 이 학술원에 축하를 보내며, 여러분 모두에게 감사 드립니다. 그와 더불어 이 상을 받게 된 것에 경의를 표합니다.

이승욱 옮김

마리 루이제 카슈니츠, 1955

기묘하게도 칭송과 질책이 함께 주어진 듯합니다. 질책, 깎아내리는 비판, 정말로 두려운 무관심은 우리에게 저항력을 일깨웁니다. 그로 인해 자의식이 강해지고 다른 사람들이 생각하는 이상이 되거나 언젠가는 더 발전해서 모두들 묻혀 있던 재능에 대해 놀라게 될 것입니다. 공개적인 인정은 전혀 다른 결과를 낳는데, 이것은 깊이 생각하면서 비판적으로 우리를 향합니다. 아마도 이것이 공개적인 인정의 깊은 의미겠지요.

헤르만 카작의 정다운 편지가 아테네에 있는 저에게 도착한 날, 저는 많은 생각을 했습니다. 저는 곧 받게 될 상을 통해 그 사람과 특별한 관계를 맺게 된 것처럼 느꼈습니다. 하지만 이 상이 그 사람의 이름을 지니게 된 것은 우연이 아니지요. '뷔히너는 이에 대해 무어라고 할까?' 라고 생각했고, 곧 고통과 저항을 상징하는 이 위대한 인물은 제 앞에 생생하게 서 있었습니다. 저는 그에게 보고해야 했습니다. 저에게 호의적인 독자나 독일 언어문학 학술원조차 그의 고통과 저항으로부터 저를 지켜 주지 못했습니다. 그래서 저는 반고전주의자이자 혁명가인 게오르크 뷔히너가 침묵하고 있는 가운데 아크로폴리스의 발치에 있는 호텔 방에 앉아 있었습니다. 아마 그는 저처럼 기꺼이 그리스인의 나라를 찾지 않았을 것이고, 외국으로 여행할 여비와 시간이 없었을 것입니다.

제 삶이 머릿속으로 지나갔습니다. 저는 뷔히너와는 반대로 세상의 질서를 어떻게 바꾸어야 하는지에 대해 특정한 생각을 해본 적도, 공익을 위해 개인적인 관심을 희생하는 열망을 가져 본 적도 없었습니다. 저는 제 개인의 삶에서 가장 가까운 것, 저에게 가까운 사람들에게 좋은 일을 하려고 노력했었습니다. 이것은 꽤나 편안한 것이고 오히려 감사한 일입니다.

저의 작업은 젊은 나이에 세상을 떠난 작가 뷔히너의 작품들과 비교해 볼 때, 때로는 예술적인 유희 충동으로 점철되어 있었고 문학의 여러 분야를 섭렵한 시도들이었습니다. 저는 커다란 윤곽을 보지 못했고, 확고한 생각으로 이루어진 내적 연관성을 발견해 내지 못했습니다. 얼마 전 이탈리아의 잡지는 저를 '폐허의 여류 시인'이라고 불렀습니다. 한순간 그 칭호가 불쾌하게 느껴졌습니다. 왜냐하면 저에게는, 전쟁 중과 전쟁 후 제 시에서의 혼란은 새로운 질서에 대한 갈망보다 본질적이 아닌 듯이 보였기 때문입니다. 저의 모든 시는 원래 오래된 순진무구함에 대한 향수의 표현이거나 정신과 사랑으로 다시 질서가 잡힌 존재에 대한 갈망의 표현이었습니다. 에세이와 일기 그리고 제가 전혀 별종으로 보지 않는 방송극에서 저는 제게 의미 있는 것, 인간의 경이로운 가능성들과 치명적인 위험성들, 추락하는 것으로 가득 찬 세상으로 독자의 시선을 돌리려고 애를 썼습니다. 저는 많은 독자가 시에서 바라는 값싼 위로를 주려고 하지 않았습니다. 그리고 만약 저의 시구들이 소위 해석학적이거나 초현실적인 것과는 달리 잘 이해되었다면 이것은 시에서의 길이 저를 자연에서 인간으로 이끌었기 때문이며, 익숙하지 않은 것과 이해하는 데 시간을 요하는 것에 대한 노력을 꺼리지 않는 사람들에게 제 자신을 전하는 것을 잊을 수 없었기 때문입니다.

이 모든 것을 생각하면서 앞으로 어떻게 해야 할지 생각했습니다. 이것은 물론 수상의 결과이기도 합니다만, 상을 받는 이에게는 지금부터 아무것도 떠오르지 않을 것임을 확신하기 때문입니다. 저는 방금 독일에서 편지를 받

있습니다. 이 편지는 저뿐만 아니라 여러분 모두와 관계가 있습니다. 왜냐하면 그 편지는 배부르고 만족하는 독일인에게 한 젊은이가, 작가 또는 시인이 아직도 할말이 있는가, 자신도 기계화된 허상의 질서에 얽매여서 무슨 할 말이 있는가, 라는 질문을 던지고 있기 때문입니다. 이 질문은 고유한 가치와 무가치를 뛰어넘고 있습니다. 다시 한 번 저는 소위 저의 폐허시, 전쟁 마지막 해의 소네트, 프랑크푸르트로의 귀환, 긴 방랑, 미래의 음악, 헤센과 특히 프랑크푸르트와 밀접한 연관성 속에서 생겨난 모든 시행을 기억해 냈습니다. 그리고 저는 겉보기에 좋았던 시절보다는 어려웠던 시기에 시를 더 잘 쓸 수 있다는 것을 고백해야 했습니다.

그 순간 주제로 떠오른 것은 숙고와 경고였습니다. 이것은 '우리로 하여금 잊게 하라'라는 후렴으로 뻗어 나가고 있는 빅토리아 왕조의 힘과 영광에 결코 잊혀지지 않을 다른 것을 대비시킨 키플링의 위대한 시와 비슷합니다. 그러나 이것은 새로운 것이 아니었고, 저의 독자적인 생각은 더 더욱 아니었습니다. 그리고 이러한 절망과 자책은 침묵하는 뷔히너의 현존이 이제 완전한 형체를 갖추면서 저에게로 몸을 숙이면서 월계관을 전하는 것으로는 결코 끝나지 않았습니다.

저는 문득 저와 우리 모두의 문제를 떠나서 「보이체크」를 회상합니다. 수없이 읽었던 짤막한 장면들을요. 보이체크의 정열적이고 앞뒤를 가리지 않는 인간성은 저를 매혹했고, 저는 거기에 나오는 대화를 여러 드라마 작품에서 모범으로 삼았습니다. 가련한 인물들이 단번에 저의 눈앞에 나타났습니다. 쫓기는 듯한 걸음과 찌르는 듯한 시선의 보이체크, 발작적이고 감성이 풍부한 대위, 우스꽝스럽고 잔인한 의사, 선량한 친구 그리고 고통 받고 버둥거리는 남자를 떠나 화려한 유니폼을 입고 나무처럼 서 있는 한 남자를 갈망하는 열에 들뜬 마리. 들판에서 그리고 그의 작은 방 벽 뒤에서 보이체크가 듣는 그 목소리들을 저는 들었습니다. 영원한 욕망의 육중한 리듬과 최후 심판의 나팔 소리들, 깊은 내면에서 나오는 '찔러 죽여, 찔러 죽여'라는 소리, 보이체크가 최소한 정신적인 살인을 저질렀을 때 비로소 잠잠해지는 혼란스러움을 들었습니다. 저는 다시 한 번 나이 든 여자의 절망적인 동화를 들었습니다. 그 동화는 가난한 고아에게 태양과 달, 별, 그 사랑스럽고 빛나는 모습들이 단지 세속적인 것의 무상함, 지구는 영혼이 없고 점토로 만들어진 것일 뿐이라는 사실을 폭로합니다.

그리고 저는 이 작품 안에서 항상 존재하는 삶의 의미에 대한 질문을 기억했습니다. 그 의미는 또한 보이체크에게도 사랑일 수 있습니다. 인간이 악의 구렁텅이가 아니고 무덤의 냉기가 욕망의 끔찍한 순환으로부터 인간을 떼어 놓는 것이 아니라면 말입니다. 당시 놀라우리만큼 분명하게 어두운 작품 전체가 저의 눈앞에 떠올랐습니다. 저는 그것을 직시했습니다. 그 순간에는 여러분도 그리 했을 것입니다. 모든 완벽한 예술 작품은 용기와 행운으로 우리를 채웁니다. 비록 그것이 '어두운 시', 믿음과 희망과 반대되는 그림으로 등장하더라도 말입니다. 저는 단번에 알았습니다. 독일의 독자와 청자는 평온하지도 만족하지도 배부르지도 않습니다. 그들은 다른 굶주림, 다른 불안과 두려움을 가지고 있습니다. 이것은 일찍이 언어와 조형 예술로의 길을 쉽게 터주었던 두려움과는 다른 것입니다. 모든 실제, 그러니까 적합한 형체로 완성되었고 표현의 의지 속에서 굽히지 않는 예술 작품은 그들에게 말을 걸어야 했으며, 오늘날에도 마찬가지입니다. 강령들 또는 대상의 소멸이나 재도입이 아니라 내면의 가장 강한 진실과 형식에 대한 외적인 노력이 무엇보다 문제가 됩니다. 특히 자비, 바로 함께 사랑하고 연민과 아울러 고통을 나누는 것, 열림과 열려 있는 것이 중요합니다.

저는 여러분에게 지난 시간 동안 제가 했던 생각들을 묘사했습니다. 그 생각들을 표현하도록 허락받았기에 저는 자유로워졌습니다. 그리고 제가 인정받은 것과 이 아름다운 축하연, 많은 친구가 여기에 있는 것을 진심으로 기뻐할 수 있습니다. 이렇게 중요한 상을 통해 표현되는 문화부와 다름슈타트 시장님, 독일 언어문학 학술원의 신뢰에 감사 드립니다. 이것은 저의 선에 대한

마리 루이제 카슈니츠, 1955 **23**

의지와 작업 능력, 용기에 대한 신뢰입니다. 이 자리에 있기를 바랐던 두 사람에게 감사를 표하고 싶습니다. 1933년 카시러출판사의 편집자로서 저의 첫 번째 책을 출판해 주었던 막스 타우. 오슬로에 살고 있는 그는 저에게 용기를 불어넣어 주었습니다. 그에게 무한한 감사를 표합니다. 그리고 지금은 세상을 떠난 오이겐 클라센. 그는 저의 거의 모든 시를 출판해 주었고, 1년 전 이곳 다름슈타트에서 기꺼이 동의하면서 저의 로마 관찰기 출판을 맡아 주었습니다.

끝으로 저의 경험 한 가지를 말씀드리고자 합니다. 이것은 그리스에서의 마지막 날 있었던 일로, 저에게는 오늘 우리가 함께 있는 것과 헤어지는 것, 우리의 모든 작업에 위로가 될 것입니다. 우리는 이날 친구들과 함께 비잔틴 양식의 수도원을 보기 위해 히메토 산악 지역으로 떠났습니다. 이 오래된 그리스 수도원 교회는 아주 작고 어두운 데다 땅속에 있듯 매우 낮고 견고했습니다. 카이사리아니 교회 안에서 우리는 각자 길고 가는 양초를 한 쌍씩 사서 불을 붙이고 바깥으로 기울이며 촛대에 꽂았습니다. 그후 우리는 예전 수도승들의 거처를 구경했으며, 멋있고 무척 오래된 플라타너스 아래를 돌아서 생산의 기적을 일으키는 샘물이 솟아나는 상아로 된 산양의 머리 위에 두 손을 얹었습니다. 한참 후 어두워졌을 때 우리는 헤어져서 길을 떠나기 위해 다시 교회를 지나갔습니다. 그때 우리는 전에는 미처 전혀 보지 못했던 작은 창문이 우리가 켰던 초 앞에 있는 것을 보았습니다. 우리의 초들은 조금도 줄어들지 않았고, 그동안 닫힌 교회에서 조용히 타고 있었습니다. 이 광경은 상당히 묘한 감동을 주었고, 마치 퍽 오랜 시간이 흘러 우리가 인간적인 행위의 자리를 지나치는 유령인 양 느껴졌습니다. 동시에 우리 모두는 행복한 느낌을 가졌습니다. 정말로 함께 있다는 것이 실제 시간의 흐름 위에 지속되고 있으며, 우리가 밝힌 초들이 최소한 밤에 지나가는 몇몇 사람을 위해 그리고 짧은 시간 동안 타고 있으리라는 행복한 느낌 말입니다.

진일상 옮김

24

신사 숙녀 여러분, 헤센주와 다름슈타트시 그리고 독일 언어문학 학술원이 올해의 뷔히너상 수상자로 저를 선정했습니다. 이 값진 문학상에 사의를 표합니다. 의례적인 인사말이 아니라 진실로 여러분께 감사 드립니다. 저는 틀에 맞는 격식을 벗어나 속마음을 후련하게 털어놓고 싶은 간절한 소망이 있습니다. 원하는 대로 속마음을 훌훌 털어놓아야 하겠습니다. 자, 우선 이렇게 말하겠습니다. 제가 진심으로 기쁘기에 여러분께 진심으로 감사 드리는 것이라고요.

하지만 쾌청한 하늘에도 구름은 있습니다. 그리고 모든 구름이 흔적 없이 지나가는 것은 아니지요. 천재 작가를 기념하는 시상식이라는 것 자체가 밝은 날에 그림자를 던지고 있는 셈입니다. 그에 필적할 만한 정신과 품격을 가진 사람이 없을 것이라는 추측 때문에 마음이 위안을 찾지 못하는 것입니다. 하지만 가치나 위대함만 추구한다면 명예도 예술도 존재하지 않을 것입니다. 그때에는 연필을 불사르고 타자기를 창밖으로 내던져 버려야겠지요. 그 상황에서는 뷔히너조차 펜대를 부러뜨렸을 것입니다. 그는 셰익스피어를 알고 있었고, 자기 자신을 알고 있었으니까요. 그 점에 있어서 우리의 상황은 훨씬 나쁩니다. 우리는 셰익스피어와 뷔히너는 물론이요, 우리 자신까지 알고 있으니까요. 학문은 모름지기 결과, 공식, 가설과 더불어 단계적으로 발전합니다. 하지만 예술의 길은 상승 가도가 아니지요. 예술의 역사는 '전진'이라는 낱말과는 상관없습니다. 그럼에도 불구하고 우리는 그 길을 떠나지 않고 있습니다. 오만해서인지 순진해서인지 낙담해서인지는 몰라도, 마치 그것에 목숨이라도 걸린 듯 말입니다. 그렇습니다. 정말 목숨이 걸린 일이지요. 우리의 목숨 말입니다. 그리고 우리에게는 목숨이 하나밖에 없지요! 오로지 그런 식으로만 문학은 가능합니다. 오로지 그런 것만이 표창을 받을 만합니다.

저는 지각에 있어서나 사고방식에 있어서나 풍자적인 작가입니다. 이로써 이미 두 번째 구름 그림자가 이 회중 위에, 그리고 아낌 받는 이 사람 위에 드리워지고 있는 셈입니다. 이 사람이 마음 편하게 아낌을 받아도 되는 걸까요? 지금 이 사람을 칭찬해 주고 있는 저 공공 기관을 향해서도 이 사람은 풍자의 화살을 던지지 않았겠습니까? 이 사람을 외면하거나 거부한다고 해도 놀라지는 않을 것입니다. 당연한 결과니까요. 하지만 무시한다면 마음이 아프겠지요. 침묵이야말로 가장 나쁜 반응이니까요. 그런데 이 사람에게, 경고하고 조소하는 이 사람에게 공식적으로 화환을 엮어 건네주는 것을 어떻게 생각해야 할까요? 사람들은 이렇게 말하려는 걸까요?

"너는 곡마단의 길든 사자이다. 그러니 이리 와서 월계관을 주워 먹어라!"

여러분께서 의심스러운 마음으로 위를 바라보시는군요. 구름이 순조롭게 걷힐 것인가, 아니면 이 축하 모임에 상처의 물방울을 내릴 것인가 하고요. 다행히 저는 저를 불러 주신 헤센주의 친구들을 잘 압니다. 그들이 '헤센의 전령'을 자기네 문학상의 후견인으로 만든 것이 우연이 아니라는 것도 압니다. 조소하기 위해서도 아니고 지연 때문도 아니지요. 그러니 제가 이 구름을 좀 끌어들여도 되겠죠?

구름은 떼 지어 다니는 짐승 같은 것입니다. 그러나 저는 세 번째의 구름 그림자까지만 언급하겠습니다. 오늘날 이 나라에서 수여되는 모든 문학 · 예

26

술상에 그림자가 드리워져 있습니다. 사람들은 시상을 하는가 하면 시상을 비판합니다. 그리고 꼭 이런 말을 합니다. 수상자들이 너무 늙었노라고 말입니다. 그런 종류의 상은 현대의 노화 현상이며 수용하기 거북하다고요. 혈액의 순환 장애처럼 시상의 순환 장애라고요.

두 해 전에 제가 뮌헨시 문학상을 받았을 때, 신문들은 그것이 제가 받은 첫 번째 상이라는 것을 강조하며 기이해했습니다. 그들이 어이없어하는 것이 제게는 어이없었습니다. 그들은 이른바 저의 이력이라는 것을 잊어버렸다는 말입니까? 여러분께 저의 약력에 대해서 몇 마디 말씀 드리겠습니다. 그것이 저에게만 해당된 이야기는 아니니까요. 저는 다만 하나의 사례일 뿐이죠.

요약하면 이렇습니다. 1927년 가을 제 처녀작 시집이 나왔습니다. 1933년 5월에는 분서 사건이 있었습니다. 문학 작품의 소각 매장을 담당하는 장관이 증오심을 불태우며 공표한 24인의 명단에 제 이름도 들어 있었습니다. 그후 독일에서 저의 모든 작품의 출판이 엄중하게 금지되었습니다. 다음 해에 저는 두 번 체포되었고 독재 체제가 붕괴될 때까지 감시를 당했습니다. 독재 정권이 붕괴된 후 몇 년 간은 편집인으로 보냈고 약 15년이 지난 후에야 비로소 저는 독일에서 두 번째 신작을 내놓을 수 있었습니다.

이것이 1933년 소위 '바람직하지 못하고 정치적으로 신뢰할 수 없다'고 칭해진 작가의 이력입니다. 그는 이제 60 가까이 되었습니다. 대부분의 '바람직하지 못한' 다른 작가들의 운명과 비교하면, 이 사람의 운명은 애들 장난이었지요! 그들이 받은 문학상은 박해와 금지였습니다. 그들의 학위는 시민권 박탈이었고, 그들의 학원은 형무소와 수용소였습니다. 그리고 보다 높은 명예가, 최후의 명예가 그들에게 아낌없이 부여되었지요.

그런 표창을 가득 받고도 압사당하지 않고 아직껏 숨을 쉬고 있는 사람이 우리 중에 있습니다. 그들은 이러한 무거운 훈장을 연미복에 달고 다니지는 않습니다. 우리는 허욕에 찬 사람이 아닙니다. 사람들은 비열하기 짝이 없는 엄청난 분서 행위를 아주 잊고자 하는 걸까요? 아니면, 그것을 독일문학사에서 미화하려고 궁리하는 걸까요? 우리 눈에는 그렇게 보입니다. 그래서 저는 저와 많은 분의 이름으로, 여러분이 주는 이 포상을 비장한 마음으로 받고자 합니다. 이 상은 망명 중에 사망한 게오르크 뷔히너를 상기시키고, 독일 감옥에서 절망에 사로잡혔던 뷔히너의 친구들 미니거로데와 바이디히 같은 사람을 상기시킬 것입니다. 마땅히 그래야 할 것입니다. 우리 또한 그 인권협회의 회원이었고 회원입니다. 위협 받고 박해 받은 일은 허다했지만 합당한 존경을 받는 일은 드물었던 그 인권협회의 회원입니다. 오늘 이 자리에서, 아무튼 개인적으로는 한 나이 든 남자가 상을 받습니다. 그러나 이 사람은 문학의 황혼에 만족하여 30년의 인생 여정을 되돌아보며 옛적에 받은 학위들이나 줄줄이 세고 있는 나이 든 작가는 분명 아닙니다. 자, 그러면 이것으로써 제 스스로 맑은 하늘에 그린 세 번째 구름을 제쳐 버리겠습니다!

수상자에게 부여된 의무이자 권리로서 게오르크 뷔히너와 관련된 짤막한 기념 연설을 하는 것이 제게 머리 아픈 일은 아니었습니다. 테마는 주어졌습니다. 오랫동안 참여문학으로 규정되어 온 문학에 대한 이야기는 사실상 뻔한 이야기죠. 인간적인 참여와 이념적인 참여의 차이에 대한 이야기도 그렇고요. 비참여문학, 언필칭 그 자체를 위한 문학이라는 것에 대한 이야기도 그렇습니다. 사실상 완전하게 그런 문학은 없지만요. 작가와 저술가를 전적으로 구분하는 것 역시 동일한 맥락입니다. 그런 구분은 우리에게나 통용되는 구분이죠. 그런 자의적 서열 매김이 초래한 막중한 결과며, 이 같은 오해가 증식된 사연이며, 그 책임은 우리의 이차 문헌에도 있습니다. 저는 이런 종류의 주제를 이미 끝난 이야기로 칩니다. 19세기의 한 정치가는 쓸모 있는 연설은 짧고 도발적인 것이어야 한다고 말했습니다. 여러분, 저는 정치가가 아닙니다. 저는 연설을 짧게 하라는 요구에는 동의합니다. 하지만 청중의 기분을 건드리고 싶지는 않습니다. 그들은 믿을 만한 저술가를 대거 제시할 분들이고, 어쩌면 믿을 만한 작가까지 몇 명 제시할 분들이니까요.

저는 그 대신 뷔히너의 삶과 작품을 재조명하면서 얻게 된 몇 가지 단상을 이야기하고자 합니다. 그것은 문학사와 미학 영역의 새로운 인식에 관한 것은 아니고 독서 중에 간간이 갖게 된 착상, 그래서 책 가장자리에 적어 둔 몇 개의 단어입니다. 예컨대 메모, 난외의 주석, 손수건의 매듭 같은 것이죠. 독서 중에는 막히기도 하고 무언가를 끌쩍거려 두기도 합니다. 또 무언가를 염두에 두고 밑줄을 긋고 감탄 부호를 그리며 이렇게 생각합니다.

"다음 번에!"

그런 정도의 지엽적인 이야기 세 가지를 다음 번이 아닌 지금 하겠습니다.

'비동시성의 동시성에 관하여'라는 메모부터 시작해 보겠습니다. 그것은 연대기에서의 시대적 불일치라고도 말할 수 있습니다. 게오르크 뷔히너의 경우가 바로 그것입니다. 그를 그의 생애와 동시대인의 틀 속에서 바라보려고 할 때는 생리적인 거북함 같은 것이 일어납니다. 신경이 날카로워지죠. 7월 혁명과 구츠코, 그것은 동시대의 사안이죠. 양자의 항거와 박해는 동질적인 것입니다. 그럼에도 뷔히너가 낙관주의나 청년 독일 양식과 닮은 점이 있었습니까? 아무것도, 닮은 점이 전혀 아무것도 없었습니다. 그렇다면 비록 반란자이긴 하지만 이 젊은이가 혁명이라는 것에 대해 어떻게 생각했습니까? 앙리 4세의 처방대로 가난한 사람들이 자기 냄비에 닭을 갖고 있다면 혁명은 없었을 것입니다. 안 그래도 높으신 분들을 증오했던 뷔히너가 그네들의 오만과 목표를 어떻게 생각했습니까? 그자들은 지독한 권태자들이라는 것이죠. 그들을 자극할 수 있는 것은 단 한 가지, 곧 죽음이라는 것이었죠. 그럼에도 뷔히너는 저항했습니다. 그렇다면 그가 항거의 의미를 믿었나요? 사회적 대립의 해소와 통합을 믿었나요? 그는 그것을 위해 싸웠지만 그것을 믿지는 않았습니다. 이렇게 그는 투쟁적인 숙명론자로서 위대한 변화를 믿는 투사들 가운데 있으면서도 완전히 다른 곳에 속해 있었습니다. 그는 어디에 속하는 사람일까요?

뷔히너가 태어나던 해에 헤벨, 리하르트 바그너, 베르디, 그리고 키에르케

고르가 태어났습니다. 그런데 뷔히너는 오직 키에르케고르와만 비슷한 점이 있습니다. 똑같은 불안을 공유하고 있었다는 점에서입니다. 뷔히너가 태어나던 무렵 가이벨, 아돌프 멘첼, 카를 마르크스, 켈러, 폰타네, 그리고 비스마르크가 태어났습니다. 그들은 후대에 남을 위업을 이루었습니다. 그러나 그들의 위업이 시작되기 전 뷔히너는 이미 유명해져 있었고 죽은 지 오래였습니다. 뷔히너는 어디에 속하는 사람인가요?

뷔히너가 사망하던 해 혹은 그 무렵 뵈르네, 푸슈킨, 샤미소, 브렌타노, 임머만, 카스파 다비드 프리드리히, 카알 블레헨, 월터 스콧, 쉴라이어마허가 죽었습니다. 낭만주의자들이 죽은 것입니다. 그들의 위업은 과거에 속해 있죠. 그리고 우리의 고전 작가 괴테는 불과 5년 전에 죽었습니다. 뷔히너는 어디에 속하는 사람인가요?

1835년 「당통의 죽음」이 출판되었을 때 곧이어 발자크의 「고리오 영감」, 뫼리케의 「화가 놀텐」, 그릴파르처의 「인생은 꿈」, 디킨스의 「픽윅 문서」가 출판되었습니다. 이 걸작들을 출판 연도의 시대적 산물로 본다면 거기에는 다분히 의문의 소지가 있습니다. 이 작품들의 독특함이 어찌 출판 연도의 산물이겠습니까? 실로 뷔히너의 작품에서는 오리무중의 혼란이 우리를 사로잡습니다. 뷔히너의 짧은 생애, 독창성, 시대를 앞서 간 조숙성 등을 고려한다고 해도 이 혼란이 해소되지는 않습니다. 하지만 좀 특이한 관점을 취하면 우리의 혼란은 사라집니다. 그의 작품 세계를 정확히 60년 전의 것으로 돌리면 우리의 혼란은 감소됩니다. 이 특이한 시간 계산법에 익숙해지고 이 회고적 성찰 방식을 따르게 되면, 뷔히너의 이미지가 좀 더 분명해집니다.

뷔히너가 시대적으로는 청년독일파와 동일선상에 있으나, 뷔히너를 청년독일파와 유사한 인물이 아니라 폭풍노도 운동의 핵심으로 보는 입장이 그것입니다. 이 견해가 전적으로 새로운 것은 아닙니다. 폭풍노도는 클링거의 희곡에 따라 붙여진 이름이죠. 제가 열여섯 살쯤에 뷔히너를 처음 읽었을 때에는 이 독특한 이론을 알지 못했습니다. 그렇지만 저는 그 당시에도 이 비범

한 젊은이가 프리츠 로이터 청년단 계열은 아니라고 보았습니다. 로이터는
「당통의 죽음」이 출판된 다음 해에 사형 선고를 받았다가 금고형으로 사면된
사람입니다. 저는 또한 뷔히너가 '정의로운 괴팅겐 7인 교수'의 계열도 아니
고 차라리 슈트라스부르크 시절의 청년 괴테에 근접한 사람이라고 보았습니
다. 헤르더로부터 시작하여 대성당 앞에 섰고 셰익스피어에 열광했던 청년
말입니다. 때때로 저에게는 이 두 사람이 형제처럼 다정하게 악수를 나누고,
각기 자기의 목사관을 향해 발걸음을 재촉한 것 같은 생각이 들기도 했습니
다. 한 사람은 프리데리케 브리옹에게, 다른 한 사람은 민나 에글에게 말입니
다. 두 젊은 천재의 유사성과 시대적 동질성이 워낙 커서 렌츠, 클링거, 바그
너 같은 다른 사람은 두 사람의 곁이 아니라 멀찌감치 뒤떨어져 있는 것같이
보였습니다. 뷔히너는 청년 괴테와 다른 시대의 사람이면서 동시대인이고,
다름슈타트의 아들로서 정도는 다르지만 렌츠 같은 작가보다는 프랑크푸르
트의 아들에 가까워 보였습니다. 사실상 그러합니다. 렌츠는 한 사람, 즉 괴
테의 내면을 천착하려고 애썼습니다. 심지어는 괴테의 연인들을 통해서까지
그의 내면을 체험하려고 했습니다. 그것은 희극인 동시에 비극이었습니다.

　뷔히너는 반시대적 사람입니다. 이렇게 칭한다고 그의 본질과 가치가 훼
손되는 것은 아니겠지요. 그는 그 어떤 계열에서도 아류는 아닙니다. 당통과
보이체크는 괴츠와 「초고 파우스트」의 그레첸 곁에서 동등한 서열을 주장했
고 확고부동한 위치를 주장했습니다. 게오르크 뷔히너는 다만 한 가지 점에
서 1775년 슈트라스부르크의 천재와 다릅니다. 뷔히너는 그 시대 후 60년에
걸친 유럽 역사를 알고 있었던 것입니다. 뷔히너는 프랑스혁명을 알고 있었
고, 나폴레옹의 지배와 패망을 알고 있었고, 복고 시대와 7월혁명 그리고 시
민 왕정에 대해 알고 있었습니다. 그는 그들보다 60년은 더 현명한 사람이었
던 것입니다. 무슨 말인가 하면, 그 당시의 세계사에 관한 한 그가 60년은 더
회의적일 수 있었다는 뜻입니다. 뷔히너도 그들처럼 저항했습니다. 하지만
그는 그들보다 믿음이 적었습니다. 그는 투쟁자였지만 희망을 갖지 않았습

니다.

다름슈타트가 낳은 또 하나의 위대한 아들 리히텐베르크는 이렇게 썼습니다.

"상황이 달라짐으로써 더 나아질 거라고는 말할 수는 없다. 하지만 이렇게는 말할 수 있다. 좋아지려면 달라져야 한다."

이것은 소박한 예언입니다. '거대한 행운을 쟁취할 수 있는 기회는 역사에도 있다. 단 그것은 복권 놀이를 하는 경우에만 가능하다'라는 말과 다를 바 없는 말이죠. 뷔히너의 절망은 그보다 작지 않았습니다. 하지만 리히텐베르크는 철학적 관객이었고, 뷔히너는 이 복권 놀이에 참여한 젊은 반란자였습니다. 그는 자신의 머리를 걸었으나, 커다란 행운도 이렇다 할 승리도 믿지 않았습니다. 그의 천재와 그의 머리 사이에는 60년의 세월이 놓여 있었습니다. 그의 투쟁에서는 두 시대가 내면에서 다투고 있었습니다. 뷔히너의 문학적 위상을 기술하기 위해 저는 동시성의 비동시성이라는 표현을 사용했습니다. 뷔히너의 내적 균열을 기술하기 위해서는 그 반대의 표현이 어울릴 것 같군요. 뷔히너는 비동시성의 동시성이라는 병을 앓았습니다.

두 번째 이야기로 넘어가기 전에 초두에 했던 말을 거듭합니다만, 제 이야기는 새로운 이론이 아니라 제가 느낀 바를 제 방식으로 접근해 보고자 하는 시도일 뿐입니다. 두 번째 메모는 「당통의 죽음」을 다시 읽었을 때 작성한 것인데, 그것은 역사 소재의 특성에 대해서입니다. 역사소설을 통해서도 마찬가지입니다만, 작가는 역사극을 통해 역사적 대상과 결혼하면서 상당한 지참금을 받습니다. 역사라는 소재지요. 수완이 없는 작가들은 자주 이 같은 지참금 사냥을 나가고 싶어합니다. 작가들은 이 소재들과 혼인하고서는 남의 돈을 지출하죠. 그들은 프리드리히 대왕으로 하여금 'Bon soir, messiurs!'라고 말하게 합니다. 그것은 'Guten Abend'라고 말할 때보다 훨씬 효과가 크죠. 제가 식객 이야기를 하려는 것은 아닙니다만, 그래도 잠시 눈을 돌려 보면 얻어지는 것이 있습니다. 극작가의 능력과는 상관없이 그저 주제가 무대 위에 가져다 주는 효과지요. 단 거기에는 관객의 역사 지식이 전제가 됩니다.

드라마에서 역사 소재의 효과라는 것을 작가들이 불편부당한 이야기로 여긴다고 보십니까? 작가들이 이렇게 말할 수 있을 것입니다.

"우리는 외부의 도움을 기대하지 않는다. 우리는 몰래 집안일을 해주는 작은 요정도 역사적 거인도 고용하지 않는다. 역사의 금고 속에 손을 넣는 사람은 도적이며 표절자이다. 우리의 승패는 지원 부대의 유무와는 무관한 문제이다. 오로지 우리 자신의 재능 문제일 뿐이다."

그런 식으로 과민하고 오만하고 까다로울 수 있겠지요. 그러나 그렇게 과민해져 아우성치는 작가는 없습니다. 지금까지 크고 작은 작가들이 역사의 금고 깊이 손을 넣었었으나, 금은보화를 가득 쥐고 두 손을 꺼내어 보니 손목에 수갑이 채워져 있었답니다!

뷔히너는 역사극을 '제2의 역사'라며 '나는 내 희곡을 원본에 필적하는 역사적 그림이라고 간주한다'라고 썼습니다. 역사적 소재와 전승된 운명은 관객을 사로잡는 데 기여합니다. 그러나 그전에 작가를 포박합니다. 그것들은 작가의 상상력과 소망 그리고 기본 구상을 구속합니다. 작가는 이미 일어났던 일을 도모해야 합니다. 분명히 작가는 역사의 피타발[1]에서 가능한 한 정확하게 자기에게 필요한 이야기와 영웅과 악당을 찾습니다. 하지만 작가가 그것들을 발견하게 되는 일은 드물었고 지금도 드뭅니다. 작가에게는 족쇄가 채워져 있습니다. 예술가의 자유는 발에 족쇄가 채워진 죄수에게 허용된 운신의 폭만큼이나 제한되어 있습니다. 작가는 자신이 선택한 감방 안에서 이쪽으로 두 걸음, 저쪽으로 두 걸음 왔다 갔다 할 뿐입니다.

이쪽으로 두 걸음, 저쪽으로 두 걸음이죠. 이렇게 해서 뤼실르 데물랭은 오필리아가 되고, '국왕 만세!'를 외치다가 교수대로 끌려가게 되죠. 실제 역사에서 그렇게 외치다가 교수형에 처해진 것은 그녀가 아니었지요. 그녀는 밀고를 받고 처형되었습니다. 쥘리 당통은 남편이 처형될 때 독약을 마시지

---

1) 피타발 형사 판례집. 프랑스 법학자 피타발(1673~1743)의 이름에서 유래함.

만, 실제 역사에서는 당통이 죽은 지 3년 후에 뒤팽 남작이라는 사람과 결혼했지요. 심지어 그녀는 작품 속에서 그녀의 자살을 생각해 낸 뷔히너보다도 오래 살았습니다. 뷔히너의 작품 「당통의 죽음」에 설정된 상황과 역사적 사실의 차이를 설명하고 있습니다.

이 여인을 수절한 여인으로 그림으로써 뷔히너는 역사적 진실을 훼손했습니다. 하지만 그것은 불성실이라고 할 만한 것은 아닙니다. 그 정도의 자유는 그에게 허용된 것이었습니다. 그러나 그 이상은 아니죠.

무대 위에서 행동하는 위대한 영웅과 악한 들은 역사가 명한 대로 행동하고 고통 당하고 종말을 맞이해야 합니다. 역사는 기본 틀을 제공합니다. 역사는 기본 색을 제공합니다. 그런 다음에야 역사 화가가 할 수 있는 일이 있지요. 자기가 배우는 학생인지 혹은 개척자인지를 보여 줄 수 있는 것입니다. 어느 쪽이든 그의 그림은 묶인 손으로 하는 작업입니다. 사람들은 극 작품에 견주어 볼 때 작품의 대상은 별것이 아니라는 말들을 흔히 하는데, 그것은 과장된 말이기도 하죠. 그래서 무심하게 그런 아첨 섞인 발언에 반대되는 말을 던지면 공격으로조차 받아들입니다. 이것은 셰익스피어 이야기가 아니라 다른 작가들 이야기이죠. 역사 관련 서적과 역사서를 여기저기 뒤적이는, 그다지 천재가 못 되는 작가들 말입니다. 그런 차용에는 득이 있습니다. 그러나 모든 득에는 불이익이 있게 마련이죠. 우리 경우에는 그 불이익이 차용 수수료 속에 포함되어 있습니다.

역사극의 가장 불리한 점은 결말이 없다는 것입니다. 역사극에는 중지가 있을 뿐이죠. 그것은 뷔히너의 혁명극에서 각별히 두드러집니다. 당통은 죽었고 로베스피에르는 승리했습니다. 프랑스와 유럽의 역사에 대해 전혀 모르는 사람에게는 막이 내림과 더불어 결정이 내려지죠. 하지만 그런 사람들은 드뭅니다. 사람들은 짐짓 승리자로 여겨지는 로베스피에르마저 단두대에서 처형된다는 사실을 알지요. 코르시카섬의 한 작은 포병 장교가 황제가 되고, 유럽을 정복하고, 세인트헬레나섬에서 죽게 될 거라는 사실을 압니다. 사

34

람들은 과거로 되돌아가려고 할 것입니다. 두 차례의 혁명이 뒤따릅니다. 또 다른 나폴레옹이 황제 칭호를 받게 됩니다. 「당통의 죽음」에는 결론도 종결도 없습니다.

무릇 역사극에서 최종 막은 하나의 잠정 조치입니다. 끝이 열려 있는 것입니다. 시간은 계속되고, 그래서 극 작품은 공연 시점에 따라 매번 달라집니다. 역사극은 사실상 전체가 아니라 하나의 극 조각일 뿐입니다. 영웅들과 대적자들, 그들의 행위와 문제, 투쟁, 승리, 몰락, 이 모든 것은 상대적입니다. 아무것도 완전하게 결정된 것은 없습니다. 작가가 '끝'이라고 기록한 다음에도 해마다 신구 여타의 이유에서 달라집니다.

역사극의 불리한 점이 이득이 되는 경우는 매우 드뭅니다. 그런데 이 드문 경우가 뷔히너의 「당통의 죽음」입니다. 뷔히너는 영웅들을 믿지 않았습니다. 그는 그것 때문에 고통스러워했지요. 스물한 살 때 티어스를 공부하면서 그는 기센에서 슈트라스부르크로 편지를 썼습니다.

"나는 역사의 끔찍스러운 숙명 아래에서 소멸되는 느낌이오."

그만큼 그의 극 작품에는 일단의 종결이 없습니다. 그의 극은 결말이 열려 있지요. 하지만 역사는 그것과 어긋나지 않았습니다. 그럼에도 분명한 것은, 이미 알려진 역사적 소재를 극 작품화하는 것은 문학 외적으로 득이 되는 한편 손실이 된다는 사실입니다. 역사와 연고가 없는 작가는 혈육도 없지만 숙적도 없지요.

역사적 소재와 관련해서 왜 역사극에는 희극이 없는지 잠시 생각해 보고 싶습니다. 물론 「마담 상젠」은 다른 이야기죠. 또한 저는 「민나 폰 바른헬름」에서 프로이센의 군주가 실제로 등장하지는 않으면서 하나의 역할을 하고 있다는 것을 압니다. 그렇지만 탁월한 역사 비극들은 많지만 역사 희극이 없다는 저의 주장은 반박하기 어려운 사실일 것입니다. 역사에 관한 책은 진지하고 슬픈 책이라는 공언 때문이 아닐까, 그래서 웃어서는 안 되는 것으로 인식되어 있기 때문이 아닐까 하는 추측을 해봅니다. 그쯤 해두고 세 번째 이야기로 넘어가겠습니다.

세 번째 메모는 「보이체크」를 다시 읽었을 때 작성한 것인데, 여러분께 저의 해석을 좀 소개하고자 합니다. '순수 비극에 관하여'입니다. 이것은 통용되는 개념은 아닙니다만, '순수 희극'에 대한 상대 개념이며, 이로써 저는 이 미완성 비극을, 정확하게 말해서 이 작품의 전반부를 제가 얼마나 독보적이고 독자적인 것으로 여기고 있는지 시사하고자 합니다. 뒤에서는 작품의 성격이 달라집니다. 작품은 점점 더 임상 연구, 심리적 1인극이 되어 갑니다. 말수 없는 보이체크가 격정을 통해 파국으로 치닫는 과정을 그리고 있는 진동표가 되어 갑니다. 그 뒤의 장면들 역시 대단합니다. 그것들은 심리적 사실주의를 거의 반세기 가량 앞서 가고 있습니다. 동시에 그것들은 심리적 사실주의의 걸작이기도 하죠. 「로제 베른트」와 「마부 헨쉘」로 가는 길이 여기에서 시작됩니다. 그 말은 뷔히너의 이 작품이 정상의 출발점이라는 것이죠.

그러나 지배적인 통념과 달리 뷔히너 문학 양식의 의미는 사실주의에 있지 않습니다. 사실주의를 추구했다면, 아니 사실주의를 추구했다 하더라도 그는 젊은 의학도였고 자연과학도였으며 그런 다음에 극작가였습니다. 그는 작가의 발과 진단자의 눈을 가졌습니다. 뷔히너의 사실주의는 본업이 아닌 부업에서 생긴 현상입니다. 따라서 반박할 필요도 과소평가할 필요도 없습니다. 하지만 그의 예술가적 의지는 정반대의 방향을 취했습니다. 당시 극작가들의 성향과는 전혀 다른, 전대미문의 비극적 그로테스크의 영역을 향했습니다. 그 증거가 중대장과 의사가 나오는 장면들입니다. 할머니의 섬뜩한 이야기와 같은 장면이죠.

그것은 한계 상황이며, 그것도 경계선 저쪽의 한계 상황입니다. 무대 위의 형상들은 왜곡된 형상들입니다. 이 정밀한 과장을 통해 현실과 현실 비판이 열 배나 확장되고 있습니다. 의사와 중대장은, 나아가 북쟁이와 시장통의 소리쟁이까지 모두 만화적 인물입니다. 그들은 얼굴 위에 가면을 쓰고 있을 뿐만 아니라 가면 위에 얼굴을 지니고 있습니다! 이 장면들을 읽거나 극장에서 볼 때마다 숨이 막힙니다. 몇 마디 안 되는 삭막한 대화가, 얼핏 단순해 보이는 대화가 마법의 주문처럼 현실을 불러옵니다. 그러나 현실이 묘사되지는 않지요! 고발 행위가 전혀 없는데도, 아니 바로 그렇기 때문에 고발의 울림이 엄청나게 강력한 것입니다. 우리 문학에서 그와 유사한 양식이 그와 유사한 효과를 거둔 것은 전무후무한 일입니다.

「보이체크」는 한편으로는 한 마당의 무대 연극으로서는 너무 짧은 단편(斷篇)이지만, 다른 한편으로는 독일 희곡사에서 두 개의 사건입니다. 여기에는 심리적 사실주의, 그리고 그것과 완전히 대립되는 그로테스크 양식이 뿌리내리고 있습니다. 1875년에야 발견된 이 작품이 즉각적으로 두 가지 영향을 행사한 것은 놀라운 일이 아닙니다. 게르하르트 하우프트만과 프랑크 베데킨트는 이 이중 광선의 가장 확실한 증인입니다. 두 사람은 취리히의 산악에 있는 뷔히너의 무덤 앞에서 스물세 살의 천재에게 똑같은 경배의 묵도를 올렸습니다.

1875년 「보이체크」의 원고가 발견되었고, 그로부터 38년 후인 1913년 뮌헨의 레지덴츠 극장에서 초연 되었습니다. 알베르트 슈타인 뢰이 보이체크 역할을 맡았죠. 작가 하인리히 만과 빌헬름 헤어초크의 집요한 노력으로 마침내 이 작품이 무대에 오를 수 있었습니다. 제1차 세계대전 발발 1년 전에야 비로소 이 비범한 희곡이 독일 연극사에서 진가를 발휘할 수 있었던 것입니다.

뷔히너의 지배적 영향, 특히 「보이체크」의 초반부가 표현주의 양식에 미친 영향은 아무리 높이 평가해도 지나치지 않습니다. 처음 선보였던 날처럼 작품과 작가가 거듭해서 새롭게 현대적으로, 반동적으로, 독창적으로 창조되었고 재능 있는 새로운 세대가 작가를 경배했습니다. 오늘날 여전히, 앞으로 오랫동안 그러할 것입니다. 이런 맥락에서 제가 뷔히너의 학생으로서 제 희극 「독재자의 학교」가 뷔히너에게 빚지고 있다고 고백한다고 해서 허물이 되지는 않겠지요.

에리히 캐스트너, 1957 37

이 자리를 빌어 누구보다도 저의 사표가 된 그에게 감사 드립니다. 그리고 제게 이 상을 허락하신 분들께, 아울러 카시미르 에드슈미트 선생께, 그분의 치사에 거듭 감사 드립니다. 마지막으로 경청해 주신 여러분 모두에게 감사 드립니다.

손은주 옮김

막스 프리슈, 1958

독일 언어문학 학술원 및 다름슈타트와 헤센주를 대표해서 이 시간 이 자리에 모여 주신 존경하는 신사 숙녀 여러분, 그리고 저와 마찬가지로 단지 자신을 대표하여 이 자리에 나와 주신 친애하는 시민, 독자 여러분, 저는 저를 놀라게 하고 저를 행복하게 만든 수상의 영예에 감사 드리면서, 이 영예를 제가 누릴 자격이 있는지, 하필이면 왜 제가 이 영광을 누리게 되었는지에 관해서는 캐묻지 말아야 할 것 같습니다. 다만 이 자리를 빌어 선물, 즉 상금에 대해 감사 드릴 따름입니다. 이 상금으로 저는 생활에 필요한 것, 즉 여가를 살 수 있을 것입니다. 그리고 월계관에 대해서도 감사 드리면서—물론 이 월계관이 우리 자신에 대한 회의를 불식시킬 리는 없겠습니다만—이 시간에 제가 여러분께 말씀 드리고자 하는 것은 우리 모두의 관심사이며, 우리가 지금 그 이름으로 축제를 거행하는 게오르크 뷔히너의 정신을 욕되게 하지 않는 것, 다시 말해 솔직성에 대한 것입니다.

취리히 시민은 헤센의 위대한 아들 게오르크 뷔히너와 연관된 것들을 거리에서 찾아볼 수 있습니다. 나의 고향 도시 위쪽의 구릉 위, 이른바 리기블릭이라고 불리는 곳 근방에는 뷔히너의 두 번째 묘지가 있습니다. 저는 어린 시절 축구공을 팔에 낀 채 조바심을 달래면서 그곳에 참배하러 가곤 했습니

다. 음식점들이 문을 닫는 한밤중에 친절한 경찰의 안내를 받아 아래쪽 거리
에 나가면 우리는 길가에 늘어선 건물들의 전면을 즐겨 구경하곤 했는데, 취
리히의 이 구시가지에는 뷔히너의 비명이 하나 있습니다. 예전에 이 비명은
석판에 새겨져 있었으나, 유감스럽게도 이제는 회반죽으로 바뀌었습니다.

　　작가이자 자연과학자 게오르크 뷔히너는 1836년과 1837년 사이의 겨울에 이곳
　　에서 살았으며 스물세 살에 이곳에서 작고했다.

　　그 밖에도 같은 열의 왼편 이웃 건물에는 또 하나의 표지판이 있는데, 그
곳에는 다음과 같이 씌어 있습니다.

　　러시아의 혁명 지도자 레닌이 1916년 2월 21일부터 1917년 4월 2일까지 이곳
　　에 살았다.

망명객이자 혁명가들입니다! 물론 이 양자 사이에는 차이가 있습니다. 전
자는 「보이체크」를, 후자는 소련을 남겼습니다. 자신이 떠나야 했던 나라를
다시 볼 수 있을 뿐 아니라 귀향을 통해 그곳을 전복해야 한다는 모든 망명객
의 희망이 이루어진 경우는 드뭅니다. 이런 드문 사람들 중 하나가 레닌입니
다. 뷔히너는 망명 생활 중에 세상을 떠났습니다. 비명에 적혀 있듯이 작가이
자 자연과학자의 신분으로 말입니다. 그는 어쩌다 우연히 자연과학자가 된
것이 아닙니다. 그는 물고기와 양서류의 본성(도덕이 아니라 본성, 즉 자연)에
관해 연구했으며, 또한 사람의 본성에 관해 연구했습니다. 이를테면 완두콩
으로 사육되는 인간에 관해 말입니다. 목숨을 바친 대가로 약간의 자유는 선
사해도 굶주린 대중에게 빵은 제공하지 못하는 혁명은 실패하고 만다는 사
실을 놀라운 예감으로 그가 인지했다면, 그것은 놀라운 일이 아닙니다. 그는
리얼리스트입니다. 청년독일파 중에는 이런 리얼리스트가 한 사람도 없습니

40

다. 그는 열정을 정치 쪽으로 정향시킨 질풍노도의 작가도 아닙니다. 그는 바로 정치적 천재입니다. 한 작가의 손실 뿐 아니라 한 정치 지도자의 손실을 슬퍼한 헤르벡은 옳았습니다.

"그는 방향을 잃은 이 불완전한 시대에 우리를 인도해 줄 별이 되어야 할 사람이었습니다."

그의 말이 옳다 함은 이 작가의 정치관은 환상이 아닌 고통 그 자체의 경험 을 통해 획득된 것이기 때문입니다. 그는 정치적인 인물입니다. 그는 선동을 할 때에도, 항복할 때에도 그리고 미완성 작품 「보이체크」의 환상 세계에서도 정치적인 인물입니다. 독일이 아직 시민 혁명을 망설이고 있을 무렵 이미 그의 뇌리에는 차기 혁명의 번개가 번쩍이고 있었습니다. 그후 얼마 안 있어, 그러니까 정확히 8년 후 옆집에 살던 레닌이 프롤레타리아 혁명에 앞장선 것입니다. 이 두 사람은 슈피겔가세 12번지와 14번지에서 이른바 방화벽 하나를 사이에 두고 살았습니다. 뷔히너는 아니지만 그의 친구 베커에 관해 독일의 예심 판사는 1893년에 다음과 같이 적고 있습니다.

그가 방종이 난무하는 스위스에서 공산주의에 빠졌다는 것은 당연한 일이다. 유감스럽게도 공산주의는 이미 그의 본질 깊숙이 침투해 있었다.

세월이 흘러도 예심 판사들은 변화 없기는 매한가지입니다! 1848년에 혁명을 겪었음에도 불구하고 우리는 다시금 다음과 같은 글을 대하게 됩니다.

오늘은 약간 날씨가 흐렸지만 뷔히너 축제는 거행되었다. 공업 전문학교를 나선 약 150명에 달하는 참가자들이 독일 학생들이 치켜든 검정·빨강·노랑 무늬의 깃발을 따랐다. 대부분 각국에서 온 학생들이었다. 교수들 역시 제법 많이 참석했으나, 취리히에 거주하는 독일인은 별로 보이지 않았다. 독일의 정치 사정이 변화했기 때문인지 뷔히너와 같은 공화주의자에 대해서는 그다지 공감하지 않는 듯했다.

이 글이 씌어진 해가 1875년입니다.

스위스에서 변화된 독일을 기원하면서 살았던 독일 망명객들의 명단은 작가에게만 한정시켜도 거창합니다. 칼과 펜으로 무장한 울리히 폰 후텐은 취리히에서 멀지 않은 조그만 마을 우페나우에서 망명의 안식을 찾았습니다. 스위스에서 작고한 문인 모두가 박해 받은 것은 아닙니다. 예컨대 라이너 마리아 릴케가 그렇고, 정신적으로 스위스와 전혀 공감대를 형성할 수 없었던 슈테판 게오르게가 그러했습니다. 그는 1933년경만 해도 아직 박해 받지 않았지만, 체제에 동의 요청을 받기 이전에 도주했습니다. 토마스 만의 경우는 두 번씩이나 체류했는데, 첫 번째는 조국이 그를 추방했기 때문이고 두 번째는 언어적 고향이 그를 만족시켰기 때문입니다. 니체도 빠뜨릴 수 없는 인물입니다. 그는 엥가딘 계곡 꼭대기로 자신을 유배시켰습니다. 리하르트 바그너는 스위스 도처에 대리석 비문을 남기면서 악천후가 끝나기를 기다리던 사람들 중 한 사람입니다. 그에 반해 헤르만 헤세는 이미 제1차 세계대전이 끝나면서 스위스에 영원히 최종적으로 정착한 작가입니다. 그는 스위스에 귀화했으며, 그 때문에 스위스는 두 번이나 노벨 문학상을 받았습니다. 그리고 베데킨트와 후고 발, 트리스탄 트차라 및 그 밖의 몇 사람과 같은 아방가르드들도 망명했는데, 이들의 망명은 피를 흘리지는 않았으나 역시 중요한 의미를 지니고 있었습니다. 이들은 오데온 카페에 모여 다다이즘을 출발시켰습니다. 이들에 이어 게오르크 뷔히너와 마찬가지로 사형 선고를 받은 몸으로 도주한 고전적 망명가들이 뒤따랐습니다. 이들에게는 다하우냐 스위스냐 하는 양자택일의 길만이 있었던 것입니다! 이름 없는 사람들의 망명에 대해서는 침묵하겠습니다. 그러나 한 가지 사실, 즉 아마도 이해될 수 있거나 혹은 적어도 논증될 수 있는, 하지만 그 어떤 자찬으로도 은폐할 수 없는 한 가지 사실에 관해서는 침묵하지 않겠습니다. 그것은 얼마나 많은 이름 없는 사람들이 그 당시에 확실한 죽음으로 내몰렸는가 하는 것입니다. 게오르크 카이저는 은둔 생활을 했고, 추크마이어는 초연을 준비하던 중에 몸을 굽히다가 사라졌으며, 토마스 만은 공공연하게 히틀러를 비판했고, 무질은 아무도 알아보지 못하는 가운데 유령처럼 이곳저곳으로 떠돌아다녔습니다. 그 밖에 또한 많은 사람이 쥐덫 속에—스위스는 당시 쥐덫, 곧 은신처가 아니라 쥐덫이었습니다—갇혀 있었습니다. 특히 유대인들이 그런 생활을 했는데, 이들은 좋건 싫건 간에 우리와 운명을 같이했습니다. 이런 환경에서 취리히 극장이 탄생했습니다(뷔히너의 첫 강의가 있기 몇 년 전 설립된 취리히 대학은 마찬가지로 독일 망명객들의 참여가 없었다면 설립되지 못했을 것입니다). 그러고 나서 1945년에 접어들었지만 히틀러 시대의 망명객들 가운데 일부는 스위스에 계속 체류하고 있었습니다. 그들은 우리와 공생 관계에 빠져 들었기 때문입니다. 이들의 이런 변화는 물론 양 진영 모두에서 예기치 못한 일이었습니다. 그러나 다른 일부는 조그만 보따리와 커다란 희망을 안고 그들의 고국으로 되돌아갔습니다. 이 무렵 일군의 작가들이 스위스에 들어왔는데, 저는 이들을 망명객이라고 부르고 싶지 않습니다. 이들은 이 시절의 혹독한 한기와 쓰라린 허기를 피해 도망 나온 피난민들이기는 했지만, 콧대 높은 사람들이었습니다. 이들의 머리에는 자신이 세상의 그 누구보다 심한 고통을 겪었다는 생각이 가득 차 있었으며, 우리의 생활수준—이것 때문에 그들이 우리를 속물이라고 경멸하면서도—외에는 아무것도 받아들이지 않았습니다. 천만다행으로 독일의 화폐 개혁 덕분에 이들과 이러한 유대 관계는 소멸되었습니다. 하지만 망명, 진정한 망명은 잊을 수가 없습니다. 어느 날 베르톨트 브레히트가 스위스에 입국한 것입니다(그는 피난민 대열의 맨 마지막 명단에 끼어 있었습니다). 독일을 출발하여 덴마크, 핀란드, 모스크바, 중국 그리고 할리우드를 거쳐 이곳에 온 것입니다. 그는 수줍은 어투로 건너편 독일의 상황을 전해 주었습니다.

고향 도시를 난 어떻게 찾아야 할까?

쏟아지는 폭탄을 따라

난 집으로 간다.

고향 도시는 도대체 어디에 있는 건가?

엄청난 화염이 산을 이룬 곳에 있지.

불꽃이 난무하는 곳

그곳에 고향 도시가 있지.

고향 도시는 날 어떻게 맞이할 건가?


저는 기억합니다. 베를린에서 발송된 편지가 고대의 전령처럼 손에서 손을 거쳐 그에게 전했을 때, 그가 그것을 개봉하여 읽던 모습을. 그것은 러시아 장교의 이름으로 서명되어 있는 독일행 초대장이었습니다. 그리고 저는 브레히트가 독일 국경으로 넘어가던 모습을 기억합니다. 그는 시험삼아 콘스탄츠의 세관을 거쳐 갔습니다. 15년 만에 처음으로 밟아 보는 조국 땅에서 그는 애써 태연한 표정을 지으며 잠시 동안 침묵했습니다. 다음 순간 시거에 불을 붙였으나 가련한 브레히트는 그것을 한 모금도 빨지 않았습니다. 그러더니 그는 셔츠 없이 걸친 양복 상의의 옷깃 사이로 목을 돌려 보고는—그는 당황스러울 때마다 무심결에 이 동작을 취했습니다—우리의 관심을 딴 곳으로 돌리려는 것처럼 독일의 날씨에 관한 이야기를 꺼냈습니다. 그러면서 그는 남몰래 조국을 흘끔흘끔 둘러보는 것이었습니다. 그가 엄청난 고통 속에서 창백한 어머니라고 노래한 조국을 말입니다. 그럼 이제 뷔히너로 돌아갑시다.


뷔히너는 슈트라스부르크에서 이렇게 편지를 썼습니다.

"저는 반년 전부터 완전한 확신이 섰습니다. 지금은 아무것도 할 것이 없으며, 지금 자신을 희생시키는 사람은 자신의 살점을 시장에 내놓는 바보와도 같다는 사실을 말입니다."


44

이 문장은 시사하는 바가 많습니다.

뷔히너는 정치적 참여 작가였습니다. 비록 그가 혁명을 가르치기 위해서가 아니라 그의 동생이 인용하듯이 돈을 벌기 위해 「당통의 죽음」을 집필하기는 했습니다만. 그는 사람들이 말하듯이 자신의 천재성에 대한 기쁨과 고통으로 작품을 썼습니다. 여기서 고통이라 함은 한 정치적 인간으로서의 고통을 의미합니다. 행동에 대한 역겨움과 살인적인 권태에 빠진 당통은 차라리 더 이상 말하지 않는 편이 나았을 것입니다. 저 달변가가 말입니다. 그리하여 그는 저항을 거부한 것입니다. 레옹세는 언어의 비눗방울을 가지고 권태를 연출했는가 하면, 렌츠의 경우는 권태가 광증으로 응고되었습니다. 이것이 뷔히너입니다. 그는 아직도 세상, 즉 대공국 헤센을 변화시키고자 했습니다. 그는 편지에서 다음과 같이 쓰고 있습니다.

"역사의 저 무시무시한 숙명론 앞에서 나는 자지러지는 것 같은 느낌이오."

같은 편지에 또 이런 구절도 있습니다.

"우리의 마음속에서 거짓말하고 살인하고 도둑질하는 것은 도대체 무엇이란 말이오? 이 생각을 더 이상 진척시킬 생각이 나질 않는구려. 이렇듯 차고 괴로운 심장을 당신 가슴에 묻을 수만 있다면!"

이건 제 개인적인 생각입니다만, 뷔히너가 창작을 한다고 해서 정치를 면제받은 것은 아닙니다. 오히려 그 반대입니다. 그 밖에도 약혼녀에게 보내는 바로 이 편지에 다음과 같은 구절도 있습니다.

"인간의 본성 속에는 놀랄 만한 유사점이 깃들어 있다는 사실을 알게 되었소. 그리고 인간의 상황 속에는 거역할 수 없는 힘이 도사리고 있다는 사실도 말이오. 이 힘은 인간 전체에 부여된 것이지 그 어떤 한 개인에게 부여되어 있지는 않소. 개인은 파도에 이는 물거품일 뿐, …… 이러한 철칙에 도전한다는 것은 우스꽝스러운 몸부림일 뿐이라오. 이 철칙을 깨닫는 것만이 가장 현명한 일이오. 그것을 지배한다는 것은 불가능하오."

여기에 한마디 덧붙인다면, 이 철칙을 작품으로 형상화시키는 작업만이 우리가 무기력에서 빠져나올 수 있는 유일한 길입니다. 「당통의 죽음」도 「보이체크」도 모두 경향극은 아닙니다. 그럼에도 불구하고 우리는 「헤센 급전」을 들먹이지 않더라도 뷔히너가 어느 지점에 서 있는지 알고 있습니다. 우리는 그가 형상화를 통해 개인적으로 정치적 참여로부터 벗어나는 바로 그 지점에서 그의 정치적 앙가주망을 감지하게 됩니다. 심지어 희극 「레옹세와 레나」에서도 그렇습니다. 여기서는 앙가주망이 전도되면서 웃음이 나옵니다. 적어도 제 귀에는 그런 웃음소리가 들려옵니다.

오두막집엔 평화가, 호화 저택엔 전쟁이 있으라!

행동주의자의 음성은 이렇게 울립니다.

"오, 자기 머리 꼭대기를 한번 볼 수만 있다면! 이건 내가 그리던 이상 세계들 중의 하나입니다. 그렇게 될 수 있다면 난 살맛이 날 텐데."

레옹세는 이렇게 말합니다. "인간들의 모든 행위는 권태 때문에 시작되는 것이 아닌가! 그들은 권태로워서 공부하고, 권태 때문에 기도하고, 지루하기 때문에 사랑하고 결혼하고 번식하는 거야. 그리고 마침내 권태에 눌려 사람들은 죽어 가지. 또 이건 우스꽝스런 이야기지만 그들은 이유도 제대로 모르면서 이 모든 일을 아주 진지한 표정으로 해내고 있어. 그러면서 신만이 아시는 일이라고들 생각하지."

이것은 오늘날 우리에게 더욱 친근한 음성입니다. 반앙가주망의 음성이요, 구토로부터 나오는 유머이며, 마지막 국면에서 나오는 음성입니다. 허무와 함께하는 바보짓, 이를테면 오늘날 독일의 모든 도시에서 활개 치는 이오네스코 식 익살입니다.

"또 이건 우스꽝스런 이야기지만 그들은 이유도 제대로 모르면서 이 모든 일을 아주 진지한 표정으로 해내고 있어. 그러면서 신만이 아시는 일이라고

들 생각하지."

　게오르크 뷔히너가 오늘의 우리 사회를 향해 하고 싶은 말이 뭘까 하고 자문해 봅니다.


　　오두막집엔 평화가, 궁전엔 전쟁이 있으라!


　오늘날 오두막집은 보기 힘들어졌습니다. 적어도 서방에서는 그렇다고 말해야 할 것 같습니다. 뷔히너가 궁전으로 간주하는 건물은 영주가 소유한 것이 아니라 재벌이 소유하고 있습니다. 뷔히너는 그 당시와 마찬가지로 오늘날도 놀랄 것입니다.

　도처에 아름다운 집들이 들어선 아늑한 마을이 눈에 들어옵니다. 그리고 취리히에 가까이 갈수록 호숫가에는 부를 상징하는 호화 저택들이 널려 있습니다. 이곳의 거리에는 군인들이나 고관들 그리고 게으른 관리들은 눈에 띄지 않습니다. 그리고 귀족들의 마차에 치일 위험도 없고요.

　우리는 게오르크 뷔히너에게 알려야겠습니다. 그의 시대에만 해도 아직 위험한 단어였던 공화국이라는 단어를 아무나 어디에서든 사용할 수 있게 되었다고 말입니다. 취리히에 가까이 갈수록 엄청난 부가 눈에 띄지만, 귀족이 탄 마차에 치일까 봐 걱정하는 일은 거의 없습니다. 게다가 누구나 보험에 들어 있습니다. 자본주의 국가는 사회주의 국가보다 사회 복지를 더 잘 구현할 수 있는 능력을 갖게 되었습니다. 그리고 억압도 자의적으로 이루어지지는 않습니다. 바른말을 하는 사람이 감옥에 들어가는 일도 없습니다. 종교 재판은 이야깃거리가 못 됩니다. 설사 종교 재판이 이루어진다고 한들 거부권이 행사될 경우에는 그 힘을 상실하고 맙니다. 그 밖에 우리가 자유에 관해 이야기한다고 해서 우리를 박해하는 사람은 없습니다. 그와는 반대로 자유

막스 프리슈, 1958 47

에 관해 큰 소리로 말하면 할수록 오히려 더 큰 환영을 받습니다. 우리가 자유에 관해 아무 말도 하지 않는다면, 그것은 정부 자체가 그에 관해 그만큼 이야기를 많이 한다는 뜻입니다. 그리고 뭉뚱그려서 말하면—핵무기는 아니더라도—사실상 우리는 적어도 신에 관해서는 우리가 하고 싶은 말을 할 수 있습니다. 게오르크 뷔히너가 오늘날 살아 있다면 놀라겠지요! 하지만 다시금 우리끼리 이야기입니다만, 우리의 마음이 지금 '밖에 바람이 꽤나 세차게 부는군!' 하고 중얼거렸던 뷔히너의 중대장보다 더 편안한 것 같지는 않습니다. 누군가 우리의 목에 면도날을 들이대고 있는 기분입니다.

"이야기 좀 해보게, 보이체크! 오늘 날씨가 어떤가?"
"좋지 않습니다, 중대장님. 나쁩니다. 바람이 불고 있습니다!"

우리의 기분은 한층 더 <u>으스스</u>합니다.

"텅 비었어. 들리지? 바닥이 온통 텅 비었단 말이야!"
"기분이 어째 <u>으스스</u>해."
"이상하게 조용하군. 숨도 쉴 수가 없어. 안드레스!"
"뭐라고?"
"이야기 좀 해봐!" (그쪽을 뚫어지게 바라본다.)

그렇듯 이상하리만치 조용한 곳을 바라보면—적어도 문학적으로—, 하지만 심미적 문제를 염두에 둔 것이 아니라 오늘날의 작가로서 우리의 앙가주망에 관해 물으면서 그곳을 바라보면, 브레히트 이후 근래의 문학은 오히려 반앙가주망 쪽, 즉 프랑스적 아방가르드라는 이름으로 횡행하는 레옹세적 익살 쪽으로 기울고 있는 듯한 느낌을 첫눈에 받습니다. 관객이 의미를 기대할 경우 자신이 바보가 되는 상황에서 비롯되는 모험이 얼마나 오랫동안 모험으로 지속될지 저는 알 수가 없습니다. 인간은 이상할 만큼 의미에 대해 집념을 가지고 있습니다. 다만 제가 알고 있는 것은, 「레옹세와 레나」 뒤에 숨어 있는 것은 당시 유행하던 무의미에 대한 성향이 아니라 게오르크 뷔히너라는 사실입니다. 우리가 그의 서신들에서 알아낼 수 있듯이, 오래전에 유행이 지난 단어를 사용해서 죄송합니다만 그것은 절망입니다.

왜 이런 것들이(여기서 이런 것들이란 현대 사회를 의미합니다) 하늘과 땅 사이에서 활개를 치는지 모르겠구려. 이들의 일생은 단지 엄청난 권태를 몰아내기 위한 사업으로 점철되어 있소. 이들은 모두 없어져야 하오. 그것만이 이들이 경험할 수 있는 유일한 새로움이오.

이것은 반연극적 연극 이상의 것입니다.

그러면 대중 자신은 어떻소? 이들을 일으킬 수 있는 지렛대는 두 가지밖에 없소. 물질적인 빈곤과 종교적인 광신이 그것이오. 어느 쪽이든 이 점을 먼저 간파하는 쪽이 승리할 것이오. 우리 시대는 칼과 빵이 필요하오. 그리고 그 다음으로 필요한 것이 십자가나 그 밖의 이런 저런 것들이오.

제가 구츠코에게 보낸 이 유명한 편지 구절을 인용하는 이유는, 경험으로부터 빨리 배우는 뷔히너가 어느 지점에서 앙가주망을 보여 주는지를 이 구절이 가르쳐 주기 때문입니다. '그리고 그 다음으로 필요한 것이 십자가나 그 밖의 이런 저런 것들이오'라는 말에는 결코 독신적인 의미가 담겨 있지 않습니다. 이 말은 이미 「당통의 죽음」의 감옥 장면에서 나온 다음의 대사와 마찬가지로 반이데올로기적입니다.

자네들이 지껄인 상투어들을 한번 추적해 보게. 그것들이 구현되는 지점까지 말일세. 그리고 주위를 둘러보게. 모두가 자네들의 입에서 쏟아져 나온 것들일세!

이것은 또 하나의 발견입니다.

그리고 그 다음으로 필요한 것이 십자가나 그 밖의 이런 저런 것들이오.

이것은 분명 경험에서 나온 것입니다. 그 어떤 상징보다 강한 의미를 담은 손짓으로 그가 가리키는 것은 유독 십자가만이 아닙니다. 그의 손짓은 십자군 원정과 관계된 모든 것을 가리키고 있습니다.

뷔히너는 여기서 오늘을 사는 현대인처럼 말하고 있지 않습니까?

동구의 도그마 쪽에 참여할 것인지 아니면 서구의 도그마에 참여할 것이지를 놓고 우리 대부분은(그들의 작품을 분석해 보건대) 예술을 위한 예술 쪽을 선택합니다만, 이러한 선택은 위장일 뿐입니다. 진실을 고수하려면 우리가 달리 할 일이 무엇이겠습니까? 우리가 글을 통해 무기고를 세상에서 없애 버릴 수는 없습니다. 하지만 우리는 곳곳에서 전쟁 수행에 이용되는 상투어 창고를 분쇄할 수는 있습니다. 우리가 작가로서 더욱 투명해질 때, 다시 말해 보다 구체적이 될 때, 살아 있는 것에 대해 무조건적인 솔직함 속에서 더욱 사심을 버릴 때 비로소 우리는 재주꾼이 아닌 예술가가 되는 것입니다. 모든 생명체는 본질적으로 모순을 지니고 있는 한편으로 그것은 이데올로기를 파괴합니다. 따라서 우리는 사람들이 우리의 글쓰기가 파괴적이라고 비난한다고 해서 부끄러워할 필요는 없습니다. 그렇다고 우리의 작업을 크게 떠벌릴 필요도 없겠지요. 하지만 이 작업이 바로 우리의 앙가주망입니다! 우리가 인간을 진술하게 묘사하면, 그때마다 우리는 권력의 사주를 받은 신문들이 전쟁할 준비가 되어 있는 전선으로 매일같이 끌어들이는 것을 분쇄하게 되는 것입니다. 우리는 의미 없는 양자택일의 문제 앞에서 의사 표명을 하지 않음으로써(이런 식으로 말하던가요?) 커다란 효과를 봅니다. 이 문제에 관한 한 걱정하지 마십시다!

50

이쪽에서든 저쪽에서든 이쪽과 저쪽에서 죽임을 당하는 인간을 묘사하는 것보다 더 싫어하는 것이 무엇이겠습니까? 이것이 우리의 선택입니다.

우리의 반앙가주망을 규정하는 또 다른 항목은 논의하기가 한층 까다롭습니다. 국경을 넘어 도주 길에 오른 게오르크 뷔히너와 졸로투른 지역에서 만난 다른 독일 망명객들은 모두―이곳에서 우리 경찰은 이들이 공화국의 횃불을 영주를 섬기는 독일로 가지고 들어가지 못하도록 제지하고 있었습니다만―여전히 조국의 존재를 믿고 있었습니다. 그들의 용감한 가슴속에는 조그만 희망, 즉 조국으로 돌아가자거나 더 좋게 표현해서 새로운 조국으로 전진하자는 희망이 불타오르고 있었습니다. 그들은 기다리고 기대했습니다. 우리라면 더 이상 기다리고 기대하지 못했을 법한 상황에서 말입니다. 저는 여러분에게 새로운 독일을 기대하는지 묻고 싶습니다. 제가 새로운 스위스의 탄생을 기대할까요? 저는 스위스 사람입니다. 그래서 아무것도 달라지기를 원하지 않습니다. 작가로서의 저의 앙가주망은 스위스를 위한 것이 아닙니다.

1946년에 쓴 제 일기장에는 이렇게 적혀 있습니다.

"우리는 아직도 민족주의자이다! 이곳(밀라노)에서 나의 동포가 돈을 가지고 이탈리아의 상점들을 약탈하는 것을 보면 얼굴이 창백해지도록 화가 치민다. 왜 이토록 화가 나는 것일까! 분명 실망감이 우리의 은밀한 속마음을 폭로시켰을 것이다. 단지 우리가 그들과 같은 피를 나누었다는 이유만으로 마침내 우리는 모범적인 민족이라고 생각하는 속마음을. 그렇기 때문에 나는 자신에 대해 화를 내는 것으로 만족했을 테지."

이것은 또 다른 항목으로, 우리가 오로지 떨쳐 버릴 수 없다는 이유로 국가적인 것을 목표로 삼는 것이냐, 아니면 그 이유로 이것을 우리 자신의 내부의 저주로 만드는 것이냐(이쪽이 오늘날 더 흔한 일입니다만) 하는 문제입니다. 저는 이탈리아나 그리스에 있는 독일 친구들을 생각해 봅니다. 이들은 그곳에서 어떤 사람과 악수를 하기가 무섭게 사람들이 이탈리아나 그리스에서 많은 독일 사람을 만나게 되는 것에 대해 불쾌감을 드러냅니다. 이것은 사해 동포적인 아첨일까요, 그 이상의 것이 여기에 숨어 있는 것일까요? 독일 지식인들이 자기 동포를 사랑할 의향이 있고 사랑할 준비가 되어 있는지, 있다면 어느 정도인지를 묻고 싶습니다. 칭찬이나 경멸이 아니고 사랑, 다시 말해 인정할 의향과 준비가 되어 있는지를 말입니다. 물론 여기서 자기 동포란 시인이나 사상가의 민족이 아니라 독일 민중을 의미합니다. 독일 작가들은 그들을 사랑합니까? 또한 제가 말하는 사람들은 오랜 풍습을 지닌 민족을 의미하는 것도 아닙니다. 그러니까 제가 말하는 사람들은 현실성을 띤 사람들, 즉 폴크스바겐을 만든 민중을 이르는 말입니다. 왜냐하면 바로 이 자리에 계신 여러분이 언제나 엘리트에 속하는 분들인 마당에, 항상 그랬듯이 곧장 엘리트에 관한 이야기를 해야 할 필요는 없기 때문입니다. 인간 그 자체가 조롱당하고 있습니다. 민중을 경멸하는 자들에 의해서 말입니다. 이들은 영주는 아니지만 뷔히너가 글로 표현한 것처럼 그들만의 고유한 언어를 말하는 사람들입니다. 이들 앞에서 민중은 밭의 거름과 같은 존재일 뿐입니다.

뷔히너는 자신의 민중을 사랑했습니다. 그래서 고통 받았습니다.


이들을 지독하게 사랑함에도 불구하고, 이들은 상당히 비열한 성향을 지녔다는 말을 하지 않을 수 없군요. 그리고 이들은 서글프게도 돈주머니 말고는 어떤 방법으로도 더 이상 접근하기가 어렵게 되었습니다.


뵈르네는 민중에 대해 뷔히너와는 달리 다음과 같이 말합니다.


다름슈타트에 도착했을 때, 나는 며칠 전 이곳에서 무서운 혁명이 일어났다는 이야기가 떠올라 웃지 않을 수 없었다. 그곳 거리는 우리 지역(파리)의 한밤처럼 조용하기만 했다. 그리고 몇 안 되는 사람들조차 달팽이보다도 소리 없이 걷고 있

었다. 이것이 독일 사람들의 불평 방식이다

이것은 말하자면 오늘의 평범한 엘리트들이 읊는 멜로디로, 독일 속물들에 대한 세속적인 조롱이요, 니체가 저주의 차원에서 역설한 바 있는 원망으로, 오늘날에는 관광객들에게 던지는 아첨 섞인 말입니다. 이것은 곧 우리가 민족이라는 이름으로 모습을 드러낼 때 자행하는 자기 동포에 대한 조롱입니다. 우리는 문학적으로 다음과 같은 질문을 해야 할 것입니다.

"자기 동포에 대한 역겨움을 떨쳐 버리지 못하는 작가가 어떻게 인간을 그려 낼 수 있겠습니까?"

그런 작가는 단순한 풍자 작가에 지나지 않습니다. 그런 작가는 평범한 인간들 속에서는 인간을 찾아내지 못하는 위험 속으로 뛰어들게 됩니다. 예컨대 프루스트는 위대한 사람이건 비열한 사람이건 모든 사람이 프랑스인이라는 것을 당연한 사실로 여겼습니다. 그는 자신이 그리는 어떤 인물이 인간적인 위대함을 지녔다고 해서 프랑스를 칭찬하지 않았으며, 대부분의 사람이 역겹다고 해서 프랑스를 비난하지 않았습니다. 무질의 경우(오스트리아는 상황이 또 다릅니다만)도 그가 해부하는 인물들은 항상 오스트리아인들, 그냥 오스트리아 사람들입니다. 또 가르시아 로르카는 어떻습니까? 그가 정녕 자기 동포를 인정하지 않았던들, 우리가 어떻게 그를 스페인 작가로 여기겠습니까! 그의 인물들이 인간으로 여겨지는 이유는 바로 그들이 스페인 사람이라는 사실에 의문의 여지가 없기 때문이 아니겠습니까? 세계 문학은 결코 자신의 천성에 대한 저주에서 탄생하는 것이 아니라 자신의 천성을 즐겨 그림으로써 탄생한다는 말은 새삼스러운 말이 아니기에, 이에 관해서는 더 이상 말씀 드리지 않겠습니다.

우리는 사람을 경험했을 때만 사람을 그릴 수 있습니다. 그러나 경험으로 충분할까요? 두려운 일이기는 하지만 경제 기적을 일으킨 사람들을 받아들일 수 있어야 합니다. 왜냐하면 단순한 풍자로는 모자라기 때문입니다. 그것만 가지고는 진정한 시인이 될 수 없습니다. 무엇보다 풍자만으로는 우리가 결코 조국을 초월한 작가가 될 수 없습니다! 바꾸어 말해서, 가령 우리가 말하는 앙가주망과 같은 것으로서의 조국 초월을 염원한다고 할 때, 제 말은 결코 자기 동포를 거부한다는 뜻이 아니라 그와는 반대로 자기 동포에 대해 자유를 허용한다는 뜻입니다. 이 자유는 우리가 우리 동포를 처한 현실 그대로 받아들일 때 비로소 얻어집니다.

이제 제 이야기를 마무리 짓겠습니다. 우리는 작가로서의 자신의 위치를 찾기 위해 게오르크 뷔히너가 정치적 앙가주망 작가이자 망명객이라는 사실에서 출발했습니다. 이 작업에서 저는 개인적으로는 알지 못하지만, 동시대인으로 연대감을 느끼는—이 연대감이 앙가주망에서 나온 것이건 반앙가주망에서 나온 것이건 간에—독일 작가들의 이름을 열거하고 싶은 유혹을 떨쳐 버릴 수 없습니다(하지만 그렇게 하지는 않겠습니다!). 이 연대감은 무엇보다도 망명이라는 것에서 나오는 연대감입니다. 제가 망명객들에 관해 이야기한 것은 결코 우연이 아닙니다! 이 망명은, 우리가 조국의 이름으로 말할 수 있는 것도, 말하고 싶지 않다는 점에서 우리를 서로 연결해 줍니다. 다시 말해 그것은 우리의 거처를—우리가 그것을 옮기든 옮기지 않든—어디에서나 오늘의 세계에서 일시적이라고 느낀다는 점에서 우리를 연결해 줍니다. 우리는 뮌헨에서도, 취리히에서도, 로마에서도 살 수 있습니다. 거처는 선택할 수 있습니다. 그렇습니다. 기분에 따라 그리고 어떤 곳이 우연히 편안함을 준다면 우리는 그곳으로 거처를 옮깁니다. 거처는 무엇보다도 개인적 인간관계에 따라 결정됩니다. 그러나 단 한 가지 조건이 있습니다. 우리의 거처는 무소속성이라는 무언의 감정을 우리에게 허용해야 합니다. 아니면 스위스의 어떤 비평가가 프리드리히 뒤렌마트에게 스위스의 문제를 어떻게 생각하느냐고 묻자 다음과 같이 아주 간단하게 대답한 말을 떠올려도 좋을 듯합니다.

"잘못 생각하고 계시는군요, 박사님. 유감스럽게도 스위스는 제게 전혀 문제가 안 됩니다. 스위스는 그냥 작업하기에 좋은 장소이니까요."

54

그러니까 제가 말하는 망명이란, 독일 사람들에게서만이 아니라 많은 인간의 삶에서 증명될 수 있는 망명을 의미합니다. 단지 방문객의 심정으로 혹은 여권 문제로 미국에 살고 있는 작가들을 상기해 보십시오. 아니면 가능한 한 수염을 기르고 스페인에 살고 있는 작가들 혹은 로마 그리고 파리에 사는 작가들을 상기해 보십시오. 그렇습니다. 심지어 프랑스인 자체를 상기해 보셔도 좋습니다. 이들에게 파리는 세계 그 자체를 의미했습니다. 아니면 시골로 가도 좋겠고, 제네바 호숫가나 카프리로 가보아도 좋습니다. 그러니까 제 말은 자주 거론되는 좌파들의 고향 거부가 아니라 이방인의 순수한 감정을 두고 하는 말입니다. 이 감정은 멜랑콜리한 것이 아니라 맑고 건조한 감정이요, 현대적인 감정입니다.

"고향은 필수 불가결한 것이다. 그러나 그것은 지역과 연결된 개념이 아니다 (1949년, 「일기」)."

"고향이란 우리가 그 목소리를 듣고, 서로 통할 수 있는 그러한 인간을 두고 하는 말이다. 그런 점에서 볼 때 고향은 언어와 연결되어 있다. 하지만 어쩌면 고향이 언어 속에만 들어 있는 것은 아니다. 왜냐하면 우리의 사고가 서로 일치할 때 말이 연결되기 때문이다."

그러니까 우리가 조국이 없다고 해서 고향까지 없는 것은 아닙니다. 그리고 오늘날 인간들의 가슴속에서는 방사능은 국경을 모른다는 의식이 증대되고 있습니다만, 제가 말하는 고향은 이러한 의식을 우선적으로 의미하는 것이 아닙니다. 그것은 부수적인 것입니다! 그 어떤 신문의 사설도 우리에게서 불식시킬 수 없는 이 의식은 예나 다름없이 조국의 정치를 자처하는 다양한 것들이 우리에게는 중세의 성벽에 뚫린 총안(銃眼)에서 나온 유령처럼 생각되는 한 아이러니한 것, 즉 필요 없고 잘못된 것입니다. 하지만 우리가 의미하는 이방인이라는 감정은 그 뿌리가 한결 더 깊습니다. 우리는 조국을 떠나지 않은 채 망명객이 되었습니다. 지금이라도 이러한 사실을 인정해야 합니다. 뷔히너의 첫 번째 정거장은 슈트라스부르크였습니다. 우리의 첫 번째 정거장은 아이러니입니다. 뷔히너의 두 번째 정거장은 취리히였습니다. 이곳에서 그는 친구들이 조국에서 몰락해 가는 동안 연구에 임했습니다. 이 작업은 정밀하기 그지없었습니다. 이곳에서 그는 자신이 구한 표본을 앞에 놓고 물고기와 양서류의 비교 연구에 몰두하고 있었습니다. 우리의 두 번째 정거장도 작업입니다. 취리히에서건 다른 어디서건 가능한 한 정밀하고 가능한 한 진솔하고 가능한 한 해체적인 작업이 되어야겠지요. 우리도 티푸스에 걸리지 않더라도 조국으로 돌아가는 일은 결코 없어야 할 것입니다.

제 방 창문 아래에서는 대포 소리가 끊임없이 들려오고, 시민 광장에서는 군인들이 훈련에 임하고 있습니다. 모든 것이 코미디에 지나지 않습니다. 국왕과 의원들은 다스리고, 국민은 박수를 보내고 돈을 바칩니다.

글을 쓰는 우리가 많은 것이 코미디라는 의식을 하는 한 전사가 아니겠습니까? 우리가 어떻게 싸워야 할지는 항상 되새겨 보아야 할 질문입니다. 침묵이 곧 무기일까요? 국왕과 의원은 우리의 충성 서약을 기다리고 있습니다. 제 기대가 헛된 것일지 모르겠습니다만, 그들이 다시 한 번 우리의 충성 서약을 강요하지 않는다면 기대해 볼 만합니다. 우리 순교자가 되겠다는 약속은 하지 맙시다. 하지만 여건이 주어지는 한 작가가 되겠다는 약속은 해야겠습니다. 글을 쓰면서 삶을 영위해 나가려는 우리는 국왕들과 의원들의 교체로부터 자유로운 다른 절대적인 자유의 증인임을 또 다른 법정에서 선서하지 않았습니까? 국경의 장벽을 넘어서, 언어의 장벽을 넘어서, 인종의 장벽을 넘어서 우리는 개인의 긍정을 통해 서로 연대되어 있습니다. 우리 자신은 개인 이외의 아무것도 아닙니다. 조국에 대한 공동의 생산적이고 암묵적 거부를 통해 우리는 연대해 있는 것입니다. 제가 묻겠습니다! 저를 오해하지 마십시오. 우리는 결코 이상주의자가 아닙니다. 역사는 우리를 개인으로 각인 시킵니다. 우리는 자신의 출신 성분에 예속되어 있습니다. 우리는 국제사회 주의자가 되고 싶지 않습니다. 몽상가가 되고 싶지 않습니다. '서로 포옹하 라, 백만 인이여!' 는 우리의 멜로디가 아닙니다. 그러면 어떤 것이 우리의 멜 로디일까요? 우리는 현재 그것을 찾고 있는 중입니다. 다만 우리가 알고 있 는 것은 조국과 절연해야 한다는 사실입니다. 그렇다고 조국을 부정하라는 것도 아니요, 조국을 목표로 설정하라는 것도 아닙니다. 그렇다고 독일과 조 그만 나라 스위스 간의 국경 내지 조그만 스위스와 스위스를 항상 앞서 가는, 그리고 다시금 대국을 꿈꾸는 프랑스 사이의 국경이 없어지기를 바라는 것 도 아닙니다. 언젠가 만들어져야 할 유럽연합을 의미하는 것이 아닙니다. 우 리가 의미하는 것은 다른 것입니다. 왜냐하면 같은 지프차와 같은 제트 폭격 기가 지금 그리스와 스페인, 독일, 프랑스, 터키와 중립국 스위스에 준비되어 있지만, 조국 놀이는 성행하고 있습니다. 사람들은 단순히 동서 전선을 위해 연대하고 무기를 규격화하기 위해 연대하는데, 이렇듯 무기를 규격화하는 일은 사람들이 무기를 서로를 향해 사용하는 경우에만 환영 받습니다.

"모두에게 동일한 검(劍)을!"

이 말은 공정한 싸움을 위한 준비에 지나지 않습니다. 진정 우리를 연결시 켜 주는 것은 이러한 전선을 앞에 둔 개인의 정신적인 위기요, 우리의 무력감 이요, 무엇을 해야 할 것인가 하는 우리의 질문입니다.


저는 반년 전부터 완전한 확신이 섰습니다. 지금은 아무것도 할 것이 없으며, 지금 자신을 희생시키는 사람은 자신의 살점을 시장에 내놓는 바보와도 같다는 사실을 말입니다.


이 글은 망명 길에 오른 게오르크 뷔히너가 쓴 것입니다. 이 글은 체념처 럼 들립니다. 그렇다고 그에게 용기가 없었던 것은 결코 아닙니다. 바로 이

막스 프리슈, 1958 57

게오르크 뷔히너가 어떤 역사를 만들어 냈습니까! 불쌍한 개인, 이름 하여 보이체크라는 인물을 우리가 그 어떤 오늘 또는 미래의 이데올로기 아래에서도 결코 잊지 못하도록 그려 내고 있지 않습니까!

우리는 결코 그의 천재성을 따라가지 못합니다. 우리는 재능만 가지고 있을 뿐입니다. 이것이 곧 우리에게 부과된 과업입니다. 묘사의 진실성, 일상적인 결혼이 되었건 유별난 결혼이 되었건, 여기서 묘사되는 것은 진실성을 담보하고 있어야 합니다. 혹은 한 인간, 즉 병사에 대한 끔찍한 왜곡, 그는 국가가 잘못한 덕분에 사람을 죽여야 합니다. 어쨌든 우리는 진실이 수행되어야 하는 곳에서 진실 때문에 항상 고독해집니다. 하지만 이 진실이야말로 우리가 내세울 수 있는 유일한 무기입니다. 우리가 그리는 것은 상(像)입니다. 상이외의 아무것도 아닙니다. 그저 상일 뿐입니다. 가련한 인간의 절망적인 상을, 때로 절망적이지 않은 상을 우리는 인간이 살아 있는 한 그려야 합니다.

「렌츠」에는 이렇게 적혀 있습니다.

"나는 그 어떤 존재이든 거기에 생명, 즉 현존재의 가능성이 부여되기를 바란다. 그러면 그것으로 족하다. 우리는 그것이 아름다운가 추한가에 관해서는 묻지 말아야 한다. 창조된 모든 것은 생명을 지니고 있다는 신념은 미와 추를 초월한다. 이 신념이야말로 예술의 유일한 판단 기준이다."

우리를 연대해 주는 것은 체념입니다. 이 체념은 투쟁적 체념이요, 진실성에 대한 앙가주망입니다. 이 체념은 국가적도 국제적도 아닌 그 이상의 예술을 만들어 내려는 시도입니다. 추상과 이데올로기와 이것들의 치명적인 전선에 대항해서 끊임없이 벌리는 추방 운동입니다. 이 전선은 개인의 필사적인 용기로도 퇴치할 수 없습니다. 이 전선은 모든 개인이 각자 자기 자리에서 수행하는 작업을 통해서만 분쇄될 수 있습니다.

임호일 옮김

　신사 숙녀 여러분 우리는 무엇을 축하해야 합니까? 게오르크 뷔히너의 150번째 생일날 진리를 말하는 자는 더 이상 헤센에서 교수형을 당하지 않습니다. 모든 자유주의자는 자신의 생각을 출판할 수 있습니다. 지금 독일의 한쪽은 감자 요리를 할 준비가 되어 있습니다. 좋은 일입니다. 훌륭합니다. 그렇다고 해서 우리가 축하해야 할 일은 아닌 것 같습니다.

　우리는 '우리'라는 것이 무엇을 뜻하는지 전혀 알지 못합니다. 그 어떤 단어도 '우리'보다 쉽게 입에 오르고 긴 그림자를 드리우지 못합니다. '우리'라는 단어는 친근하며 다정하게 느껴집니다. '우리'란 첫째, 한 수준 높은 학술원의 초대를 받고 지금 이곳에 와 있는 손님 여러분입니다. 둘째, '우리'는 이곳에 초대받지 않은 사람들이기도 합니다. 그들은 이 건물 앞을 지나가며 이 안에서 무슨 일이 벌어지고 있는지 전혀 무관심합니다. 알지도 못하고 알려고 하지도 않습니다. 셋째, '우리'는 헤센 사람들이고 넷째, 서독 사람들이고 다섯째, 독일 사람들입니다.

　이처럼 독일어 1인칭 복수 '우리'는 많은 이름을 가지고 있기에 그에 따른 선입견이 있습니다. 이름에 대한 질문과 함께 숲에서건 복도에서건 장소에 상관없이 대화가 시작됩니다. 첫 번째 질문이 당신이 누구인가를 묻는 것이라면, 두 번째 질문은 당신이 어떤 사람인지를 알기 원합니다. 이에 대해 우리는 하나의 대답이 아니라 다양한 대답을 합니다. '나는 연방 독일인입니다' '나는 서독인입니다' '나는 동독인입니다' '나는 중부 독일인입니다' 등으로 대답합니다. '나는 소위 독일민주공화국 국민입니다' '나는 독일연방공화국 국민입니다' 등으로 대답하기도 합니다. 어떤 특정한 시장이나 조약에 속한 시민이라고도 대답하고, 어떤 구역의, 위성의, 영역의 거주자라고 대답하기도 하는 것입니다. 들은 바에 의하면, 모든 독일인이 그렇게 대답한다고 합니다. 이 모든 이름은 하나의 공통점을 갖습니다. 언어의 정신에 위배된다는 것입니다. 그들은 믿을 만한 것이 못 됩니다. 그들은 실체 없는 유령 같습니다.

더욱이 그들은 정말 그 어떤 유령 같은 것을 의미하기에 유령 같기도 합니다. 저의 여권에는 '국적 : 독일'이라고 적혀 있습니다. 그러나 제가 속한 국가는 독일이 아닙니다. 이미 160년 전에 헤겔은 '독일은 더 이상 국가가 아니다'라고 썼습니다. 그와는 반대로 지금은 스스로 독일이라고 부르고 독일이라고 자처하는 국가가 두 개나 있습니다.

간략히 말씀 드리자면, 우리는 존재하지 않는 전체의 두 부분에 속해 있습니다. 각 부분은 자신이 부분이라는 것을 부정하고 전체라고 주장합니다. 따라서 더 이상 존재하지도 않는 전체란 반쪽인 동시에 중복인 것입니다. 이 상황은 일시적이기도 규정적이기도 합니다. 그러나 이러한 과도적 상태를 바꾸기는 쉽지 않습니다. 각 부분은 상대방의 존재와 정당성을 부정하고 모든 점에서 일치하지 않습니다. 단지 모든 점에서 서로를 부정한다는 점에서만 일치하고 있습니다. 이러한 상황에서 우리를 말한다는 것은 공적 언어 규정인 동시에 대역죄이기도 합니다. '우리'라는 단어는 서로를 묶고 서로를 배제하는 두 가지 의미를 가지고 있기 때문입니다.

1인칭 복수 우리의 구체적 상황은 이렇습니다. 독일에서 '우리'라고 말하는 사람은 일련의 난제에 부딪히게 됩니다. 그는 이성을 조롱하는 모순들에

잡혀 있는 자신을 보게 되는 것입니다. 그 난제들은 부조리하지만 현실적입니다. 더군다나 극단적 의미에서 현실적입니다. 왜냐하면 단순히 경제적·이데올로기적·정치적 난제들뿐만 아니라 동질성의 난제들 역시 있기 때문입니다. 이 동질성의 난제들은 이데올로그들, 경제 전문가들, 정치인들이 대신 해결해 줄 수 있는 것이 아닙니다. 그 누구도 자신의 동질성에 대한 질문에서 벗어날 수 없습니다. 그 질문은 자신의 당위성에 대한 질문입니다. 자기 자신을 이해하는 것 그리고 자기 자신에 대해 이해하도록 하는 것에 대한 질문입니다. 때로는 무시하거나 보류할 수 없는 극단적 질문이기도 합니다. 그 누구도 자신의 동질성을 선택하거나 마음대로 다루지 못합니다. 그 누구도 자신의 동질성에서 해방되거나 도망칠 수 없습니다. 단 한 번이라도 그것을 배반할 수 없으며 거부하거나 은폐할 수도 없습니다. 누구든 그 동질성에서 해방되고 싶은 소망을 가지고 있으나, 그것이 악몽으로 끝난다는 것을 알고 있습니다. 그러한 소망은 정신병자나 죽은 자들에게나 완전히 이루어지는 것입니다.

1인칭 복수 우리의 동질성과 관련하여 그 모든 사실은 자명하지만 암울합니다. 왜 단순하게 '사람들(Leute)'이 아니라 '민중들(Völker)'이라고 하는지 저는 잘 모르겠습니다. 제가 아는 것은, 모든 행정 서류에서 국적으로 나타나는 것은 모든 관료주의는 물론 모든 국가보다 오래되고 질기다는 것입니다.

그러나 '우리'와 관련하여 오래되고 질기다는 말은 명확하지 않습니다. 따라서 서로의 조건이 되기도 하며 서로를 배제하기도 하는 그 두 어휘의 통상적 의미 또한 그렇게 중요한 것은 아닙니다. 무엇보다 저는 '독일은 영원하다'라고 말하는 것을 늘 들어 왔습니다. 저는 그 말을 절대 믿지 않습니다. 바빌론과 카르타고에 대한 피에 젖은 이야기들은 아직 조금 남아 있습니다. 하지만 그 누가 지금껏 피 흘리는 용감한 페구[1]를 기억합니까? 국가나 제국은

---

1) 페구 왕조는 13세기 몬족이 일으킨 미얀마의 왕국으로 경제와 문화에서 번영하고 소승불교의 문화를 꽃피웠으나, 18세기 말 북쪽 콘바운 왕조에 의해 멸망했다.

사라진다는 것을 우리는 보았습니다. 그것에 대한 확신을 갖기 위해 역사책을 펼쳐 볼 필요는 없습니다. 민족 국가라는 것이 영원한 실체가 아니라 매우 불안전한 역사적 형성물이란 것은 삼척동자도 아는 사실입니다. 신문이나 하늘에 울리는 포효는 민중들이 자살할 수 있다는 것을 가르쳐 줍니다. 그런데도 민족 국가라는 개념은 독일에서 완전히 유령 같고 광적인 것이 되었습니다. 유령들이 그 단어를 입에 물고 다닙니다. 시민 전쟁의 도구들, 즉 서독에서는 권력 확장이 그리고 동독에서는 군대 등이 민족 국가적인 것으로 불립니다. 동독에는 스스로 민족 국가적 전선이라 부르는 것이 있습니다. 서독에는 정치가들의 작업이 결실을 거두자마자 민족 국가적 비상사태라는 명분 하에 따라야 하는 어떤 것이 공표됩니다. 이것들은 우리의 동질성을 철저하게 해체하는 것 외에는 아무것도 하지 못한다는 사실에 대해서 부연 설명할 필요가 없겠습니다.

그런데 절대적 지배권이 망상으로 여겨진 후 그러한 민족주의는 다행히도 끝나 가고 있습니다. 그렇다면 무엇 때문에 계속해서 우리에 대해서, 그리고 차이점과 동질성에 대해서 이야기해야 합니까? 저는 그런 것은 지방주의적이며 시대에 뒤처진 것이라고 말하는 것을 듣습니다. 우리는 모두 유럽인이며, 세계인이며, 국제주의자들이라는 것입니다. 그러나 이런 말을 얼마 전 우리에게 국가적 비상사태나 국가적 민중 군대를 설득하려 했던 사람들의 입을 통해 종종 듣게 되니 참 어이가 없습니다. 그들이 하는 말에는 믿을 만한 것이 거의 없습니다. 대부분이 은폐나 고도의 사기입니다. 그래서 우리는 거기서 쉽게 빠져나올 수가 없습니다. 우리의 현 세계는 그들의 알랑거림과 우리의 망각 속에 얻어진 것입니다. 우리 각 개체와 세계 전체 사이에는 단지 출생의 유래와 그 기억만이 매개될 수 있기에, 자신을 이해하고 자신의 동질성에 대한 확신을 가지려는 사람은 우선 자신을 동질화해야만 합니다.

그러나 누구와, 무엇과 자신을 동질화할 수 있겠습니까? 저는 우리의 고위 공직자들이 독일 문제에 관해 말하는 것을 듣습니다. 하지만 그들은 문제

설정조차 하지 않고 말합니다. 우리는 누구와 동질적이며, 무엇 때문에 동질
적이란 말입니까? 무엇인가 있어야 한다면, 그것은 바로 독일 문제입니다.
그 누구도 이 문제를 기꺼이 제기하고 싶어하지 않는데, 고위 공직자들이 가
장 그렇습니다. 자명한 일입니다. 왜냐하면 그들이 봉사해야 하는 국가들이
이 독일 문제에 아무 대답도 하지 않기 때문입니다. 우리는 이 두 국가 중 어
떤 국가와도 동질적이지 않습니다. 두 국가 중 어떤 국가와도 우리를 동질화
시킬 수 없습니다. 그들 국가들의 동질성이 확고해질수록, 우리의 동질성은
의심스러워지는 것입니다.

놀랄 것이 없습니다. 왜냐하면 우리가 이 국가들을 만든 것이 아니라 우리
에게 이 국가들이 떠맡겨졌기 때문입니다. 이 국가들의 근원은 멀리 캐나다,
소련연방, 페르시아, 영국에 있습니다. 20년 전 그곳에서 군 장성들의 지도
위에서 이 두 나라 사이의 국경선이 그어졌습니다. 그런데도 오늘날 서독과
동독은 자신들에 대한 일방적 사랑과 고백을 애타게 요청하고 있습니다. 이
러한 부당한 요구들은 유령처럼 끔찍합니다. 사랑은 요구되는 것이 아니고,
고백은 절대 강요되어서는 안 되는 것이며, 동질성 역시 행정적으로 이루어
지는 것이 아니기 때문입니다.

저는 이곳과 저곳은 비교할 대상이 아니라는 이야기를 듣습니다. 그러나
지치지 않고 비교하는 사람들이 그러한 이야기를 가장 잘합니다. 어느 쪽에
편리함이 지배적이고, 어느 쪽에 체념이 지배적인가. 어디에 성공이, 실패가
있는가. 어디의 상황이 호전되고, 어디의 상황이 악화되는가. 두 나라 사이에
중요한 것이 무엇인지에 대한 토론을 어느 나라가 허용하고 어느 나라가 금
지하는가. 이런 질문 모두가 비교입니다. 더욱이 두 국가는 날마다 새로운 비
교를 부추깁니다. 비교는 허용된다기보다는 제공되고 있습니다. 그 어떤 비
교를 꺼린다거나 하지 않으려는 것 자체가 바로 이 두 국가의 비교점이며 이
들을 비교하게 합니다. 우리는 두 국가를 없앨 수 없습니다. 어떻게든 그것들
에 익숙해져야 하며, 그들 안에서 편하게든 체념하면서든 살아가야 합니다.

두 국가에 대한 우리의 신뢰는 시민 전쟁, 그것이 차가운 것이든 뜨거운 것이든 우리를 위하고 우리와 함께하는 것이 아니라 우리에게 부당하게 이루어지는 시민 전쟁을 통해 제약되고 맙니다.

여전히 두 국가는 그들의 근원에 내재한 유령적 요소에서 벗어나지 못하고 있습니다. 폭력을 통해서도 복지를 통해서도 그렇게 하지 못하고 있습니다. 그 유령적인 것은 그들의 정치에 전염되고 있습니다. 여러분은 그 종양들이 이 땅 위에서 어떤 모습으로 자라고 있는지 보신 적이 있습니까? 도대체 누가 그것을 읽거나 이해할 수 있단 말입니까! 오늘날 독일에서 말해지는 정치적 언어는 모든 이성에 어긋납니다. 이성에 대해서는 말할 수 있으나, 이성적으로는 말하지 못하는 것입니다.

정치적 어휘의 다수가 묘사되는 상황을 머릿속에 거꾸로 세우는 의미론적 원리에 기초하고 있습니다. 이러한 경우에 일상적 독일어로 이해하기 위해서는 단지 그 어휘들을 뒤집기만 하면 됩니다. 그 예를 보면, 정치적 언어는 노동자와 농부에게 가해지는 권력을 '노동자 권력', '농부 권력'이라고 부릅니다. 합법성 밖에서 작동하는 것을 '법치 국가', 인간적 행동을 '인신 매매', 국가의 번영을 드러내는 것을 '모반', 중상모략에 저항하는 것을 '보이코트 사주', 자살을 준비하는 것을 '자기 보호', 애매모호하게 만드는 것을 '계몽 작업', 공격적 전략을 '전진 방어', 민중들이 아무 말도 할 수 없는 방을 '민중의 방'[2], 헌법 위반을 '헌법 수호'라고 부릅니다. 이렇게 말도 안 되는 언어 체계 안에서는 독일자유 노동조합연합은 자유롭지 않으며 노동조합이 아닙니다. '전매권'은 다른 이들에게 자신의 운명을 양도하는 권리를 의미하며, '사회주의 의식의 형성'은 사회주의를 의식 없이 받아들이는 것을 뜻하며, '비상사태법'은 비상사태를 없애는 것이 아니라 견고하게 하는 법을 말합니다.

이와는 반대로, 독일 정치 사전에서 나온 다른 어휘들은 말하는 바를 그대

---

2) 원어로는 Volkskammer인데, 이것은 구동독의 국가 최고 기관을 뜻한다.

로 뜻하기도 합니다. 이 경우에는, 그 말 그대로 받아들이면 됩니다. 물론 그들의 정확성은 마지못한 것입니다. 예를 들면, 또다시 요청되는 '출동 준비'는 우리를 인간 재료로, 즉 놀이하는 것이 아니라 패배하는 카드로 만드는 것입니다. 독일에서 '사회주의적 진영'은 단지 하나의 진영을 뜻할 뿐입니다. '마지막 전쟁'은 전쟁의 마지막이 아니라 마지막으로서의 전쟁을 뜻합니다. 그러한 어휘들의 성취 안에는 폭력적 뿌리가 숨어 있습니다. 이와 유사하게, 우리의 정치적 어휘 대부분에는 이미 있어 왔던 일이 계속되기를 바라는 소망이 거의 무의식적으로 표현됩니다. 이미 회복할 수 없는 것을 다시 불러내려는 이러한 주술은, 귀 기울어 잘 들어 보면 마치 유령처럼 작용합니다. 그것은 재건축이라 불리는 신축과 함께 시작합니다. 그것은 재건과 복구로 계속 진행됩니다. 그러한 회복 속에는 무엇인가 좋은 것이 이루어지는 것이 아니라 예전에 있었던 것과 똑같은 것이 이루어집니다. 단 한 번도 군비는 그 자체로 만족하지 않고 고집스럽게 반복에 몸을 맡기고, 예전에 무장된 그 목적을 위해 재무장되려 합니다. 그리고 마침내 하나가 되는 것에 대한 생각이 전혀 없는 곳에서 재통일에 대한 요청이 나오고 있습니다. 이때 1937년이 늘 언급됩니다. 물론 우리는 우리가 말하는 것이 무엇인지 알지 못합니다. 그러나 우리는 그것을 말합니다. 패배자가 승리자의 몸짓으로, 채무자가 채권자의 표정으로 행동합니다. 불에 데어 본 아이들이 전혀 불을 무서워하지 않습니다. 교섭을 깨뜨리고, 권리를 청구하고, 요구를 주장합니다. 아니 요구를 넘어서 도전하려 합니다.

이 모든 것은 미친 것 같으나 정상이며, 유령처럼 실체가 없는 것 같으나 사실입니다. 그렇게 사실이지만 실체 없는 유령처럼 독일의 한 부분에는 사회주의가, 또 다른 부분에는 민주주의가 성립되었습니다. 우리는 그것에 익숙해졌으며 더 이상 놀라지 않습니다. 그것에 놀라지 않는 것을 우리는 자신 있게 독일의 기적으로 부르고자 합니다.

이 기적 역시 생산적입니다. 그것은 증오를 불러일으키고, 이 증오는 빠르게 커 갑니다. 독일은 날마다 서로 커지는 공적 적대감으로 살고 있는 유럽에서 유일한 두 국가입니다. 초강대국 미국과 소련이 허용한 수단들을 모두 동원한 시민 냉전 속에서 말입니다. 그것은 우리의 시민 전쟁이 아닙니다. 하지만 우리는 그것을 후원합니다. 그것은 우리의 적대감이 아닙니다. 하지만 우리는 그것을 감수합니다. 이 또한 유령처럼 끔찍합니다. 그러나 더욱 끔찍한 것은, 이 쪼개진 자들이 서로 싸우면서 서로를 인정해 준다는 것입니다. 그들은 각자 상대방의 조처에 대한 측정 기준을 가지고 있습니다. 상대방에게 잘못을 전가함으로써 자신의 정당함을 얻습니다. 서로 대립하면서 일하는 것에 지치지 않음으로써 서로를 돕는 것입니다. 그 피드백은 완전하며, 치명적 순환 고리가 확고히 조성되었습니다.

이 적대 관계의 기념비는 오늘날 베를린에 서 있습니다. 이 기념비 앞에 서면 생각하는 것 자체가 힘들지만, 그렇기에 생각하는 것이 절대적으로 필요합니다. 간략하게 말씀 드리면, 그 건축물의 초석은 1941년 6월 22일에 놓여졌습니다. 그 장벽은 우리가 그것을 보기 오래전부터 기초가 닦여졌습니다. 그 장벽은 양쪽에서 높이 세워졌습니다. 측량 작업은 독일인이 하지 않았으나, 양쪽 독일인이 돌들을 만들고 운반했습니다. 1946년 이후 그런 작업은 한 해도 쉬지 않고 계속되었습니다. 그들이 쌓아 올린 장벽과 함께 과거도 커져 갔습니다. 예전의 다른 유산들처럼 좀처럼 극복하기 어려운 과거가 말입니다. '강제 명령' 같은 유령처럼 끔찍한 어휘들 또한 다시 나타나고 있습니다. 이러한 진행 과정은 새로운 과정들을 낳고 있습니다. 이 과정에서 그 어떤 것도 간단하지 않습니다. 그 과정은 두 개의 얼굴을 가지고 있으며, 그 가운데에는 진실이 아니라 장벽이 놓여 있기 때문입니다. 이 독일의 기념비는 실제이지만 유령 같으며, 정상이지만 미친 것 같습니다.

저는 이 기념비는 우리의 상황이 아니라 전 세계의 상황을 묘사한다는 말을 듣습니다. 저는 그런 말을 믿지 않습니다. 양쪽 국가 모두 굉장히 좋아하는 그러한 생각은 상황을 설명하는 것이 아니라 오히려 고착화하는 것입니다. 그러한 생각은 두 개의 독일 정부를 세계사의 단순한 대리인으로 삼는 것입니다. 마치 동독과 서독이 외부 세력이 강요하는 것을 수동적으로 견뎌 내야 하는 것처럼, 그리고 정치를 적극적으로 하고 있지 못하는 것처럼 말입니다. 그러한 착각은 우연한 것이 아닙니다. 두 대립 진영이 서로 상대의 전멸만을 생각하는, 그러한 세계의 편집병적 모습은 단지 이 베를린 장벽의 사각(死角) 안에서만 유지될 수 있는 것입니다. 우리를 제외한 다른 이들은 독일 시민 전쟁의 팽팽한 대립 상태가 절대로 다른 세계로 감염될 수 없다는 것을 압니다. 이미 오래전에 다른 민중은 지금 우리가 순응하는 괴물 같은 범례에서 벗어나 다중심적 세계 상황으로부터 새로운 가능성들을, 새로운 대안들을, 세 번째, 네 번째, 다섯 번째 길을 획득했습니다. 아시아와 아프리카에서뿐만 아니라 우리와 가까운 핀란드, 오스트리아, 노르웨이, 스웨덴, 폴란드, 유고슬라비아, 그리고 피로 얼룩진 헝가리에서조차 말입니다.

독일은 하나의 모델이 아니라 극단적 경우 또는 특별한 경우입니다. 우리의 정치적 상황들은 비정상적 파행 상태에 있습니다. 베를린 장벽은 우리 독일인을 서로 갈라놓을 뿐 아니라 다른 민족과도 나누어 놓습니다. 그 장벽은 우리의 사고와 상상력을 봉쇄합니다. 하나의 도시만이 아니라 우리의 미래 자체를 바리케이드로 차단합니다. 따라서 그 장벽은 우리 자신의 본질, 즉 옛날부터 지금까지 우리가 함께 가지고 왔던 것을 묘사하는 것입니다. 우리가 함께 나누었던 것이란, 바로 분열입니다. 그 쪼개짐이 우리의 동질성입니다.

이러한 규정은 추상적으로 보일 수 있습니다. 그러나 그것은 무엇이 구체적이고 익숙한 것이며 또한 위험한 것인가를 모든 사람 앞에서 말해 줍니다. 소외되고 쪼개지고 그 자체로 미쳐 버린 의식은 조만간 외부로 폭력을 취하게 됩니다. 하지만 우리 시대에 무엇인가 도움이 되는 것이 있어야 한다면 그것은 폭력이 아닙니다. 자명한 일입니다. 너무나 당연한 일입니다. 그런데 당연한 것은 생각하기 어려운 것이 되었고, 생각하기 어려운 것이 당연한 것이 되어 버렸습니다. '전멸시키기' '지도에서 없애 버리기' '융단 폭격' '섬멸하기' '재차 섬멸하기' 등의 말들을 우리는 지난 몇 년 동안 들어 왔으며, 앞으로도 계속해서 듣게 될 것 같습니다. 그것들은 나름대로 이유가 있겠지만, 우리를 돕지는 못합니다.

그 반대로 유일하게 우리를 도와줄 수도 있는 것은 생각하기 어렵게 되어 버렸습니다. 이곳과 저곳에서의 변화, 용기와 현명함을 통한 변화, 판타지와 끈기 있는 교섭을 통한 변화, 한마디로 정치를 통한 변화 말입니다.

우리 시대에 무엇인가 도움이 되는 것이 있어야 한다면 그것은 폭력이 아닙니다. 우리 시대에 무엇인가 도움이 되는 것이 있어야 한다면 그것은 도움입니다.

즉각적인 도움, 조건 없는 도움은 너무나 당연한 것이지만 생각할 수조차 없는 것이 되고 말았습니다. 그 당연한 것을 독일의 한 부분이 다른 부분에게 주기를 거부합니다. 이 다른 반쪽은 불손함과 감상, 프로파간다와 헛된 희망에 차 있다고 여겨집니다. 서로를 보호하지도 도와주지도 않는 두 나라는 서로에게 거만하고, 고소해하고, 불손하면서도 가련하게 말합니다. 이곳의 신문들은 서독의 복지와 능력, 안정과 성공에 대하여 보고하고, 동독의 흉작과 식량 위기, 무능력과 비참에 대하여 보고합니다. 저는 이 보고들을 의심하지 않습니다. 그러나 그들이 무슨 이야기를 하건 승리를 외치는 것처럼 들립니다. 독일의 두 나라 사이에는 많은 차이점이 있습니다. 하지만 서독이 자신의 이익을 위하여 기록하는 것은 쉽게 도덕적 불리함이 될 수 있습니다. 좋은 의도로라도 다른 쪽의 부당함에 대하여 말하는 자는 부당해지고 마는 법입니다. 자신의 우월함을 자랑하는 자는 스스로 품위를 잃게 되는 것입니다. 자유는 자유롭지 못한 자들을 도와주는 자유를 뜻합니다. 그렇지 않으면 자유는 별 쓸모가 없습니다. 복지는 그것을 나눌 수 없는 사람들에게 나눌 수 있는 능력을 주는 것입니다. 그렇지 않으면 그것은 보잘것없는 것입니다.

저는 설탕이나 건포도 봉지에 관해 말하는 것이 아닙니다. 한 나라의 반을 도와주기 위해서는 건포도가 아니라 공장이나 무역선, 계산기나 정제소 등이 필요하기 때문입니다. 자선이 아니라 구성적 여건을 이야기하는 것입니다. 오늘날 라이프니치나 켐니츠에 없는 것을 가나나 부카레스트에 건설하는 기술자와 전문가가 있어야 한다는 것입니다. 박애가 아니라 우리의 정치적 이해관계를 말하는 것입니다.

그러한 원조는 서독에서 고위 공직에 있으면서 자신의 적보다는 동료로부터 많은 경멸을 받는 사람에게나 도움을 줄 것이라는 말을 저는 듣습니다. 그렇다면 우리는 그 사람에게 도움이 될지 손해가 될지에 따라 우리의 행동을 정할 근거를 가지고 있습니까? 우리는 1천 700만 명의 사람들을 그의 목을 위한 인질로 만들 권리를 가지고 있습니까? 다른 모든 곳에서처럼 이곳에서도 행위의 유일한 관점은 힘없고, 배우지 못하고, 말없는 사람들의 관점입니다. 때에 따라 독일 민중으로 신화화되거나 특권 시민 계층으로 소명되는 소수에게 도움이 되는 것이 아니라 다수의 보통 사람들에게 도움이 되어야 하는 것입니다. 이런 관점에 따른 시간의 척도로 보면, 동독을 살 만하게 만들기 위해 보내는 하루는 6만 년 정도의 긴 시간으로 여겨집니다. 고위 공직의 대표자가 도대체 우리와 무슨 상관이 있단 말입니까! 그를 고려하는 것은 그의 지배를 감수해야 하는 모든 사람을 전혀 고려하지 않는 것입니다. 그를 높이 평가하지 않기 위해 우리를 낮게 평가합시다.

제가 말하는 도움은 돈이 많이 들 것이라는 이야기도 듣습니다. 그것은 사실입니다.

마지막으로 저는 그러한 도움은 참된 것이 아니라는 말도 듣습니다. 생활의 기준이 문제 되는 것이 아니라, 동독에서 부족한 것은 단지 자유이기 때문이라는 것입니다. 저는 이러한 말을, 생활의 기준을 중요하게 여기지만 자유에 대해서는 별다른 의식을 갖고 있지 않는 사람들에게서 가장 많이 듣습니다. 그들은 한 입으로 다른 말을 하는 것입니다. 그런데 그들이 말하는 것은 진실이기도 합니다. 저 역시 인간의 가장 큰 행복은 생산물에 있다는 것을 믿지 않습니다. 제가 원하는 도움은 그리 큰 것이 아닙니다. 돈은 좀 들겠지만 궁색한 것입니다. 궁색하다는 것은 정치의 기호 언어가 궁색하기 때문입니다. 그 도움은 우리가 서로 죽일 생각이 없다는 것을 보여 주기 위한 노력을 시작하는 기호가 될 수 있을 것입니다. 저는 감상이 아니라(동독의 형제자매들은 레닌그라드나 덴버의 사람들과 대동소이하기 때문입니다) 평화를 위한 냉정한 이성에 대해 말하는 것입니다.

저는 긴장 완화가 아니라 노력에 대해 말하고 있습니다. 몰아(沒我)가 아니라 자조(自助)에 대해 말씀드리고 있습니다. 저는 이 자조를, 우리로 하여금 우리 스스로가 되도록 도와주는 도움이라 부르고 싶습니다. 그때까지는 우리가 축하할 것이 아무것도 없다고 생각합니다.

모든 것은 그 자체로 자명합니다. 저는 여러분께 전혀 새로운 것을 말씀드리지 않았습니다. 그것을 용서해 주시고 이해해 주시기 바랍니다. 작가는 그 민족의 양심이라는 말을 자주 듣습니다. 저는 그것을 믿지 않습니다. 저는 그 말을 오만하고 멍청하며 아무 의미 없는 관용구로 여깁니다. 어떤 이들은 우리 작가들이 사람들이 원하는 모습대로, 천편일률적으로 똑같이 머물기를 원하는 것 같습니다. 물론 그렇게 할 수도 있겠지요.

저는 우리와 우리의 동질성에 대하여 말씀 드렸습니다. 제가 여러분보다 더 잘 알거나 더 잘 말할 수 있어서 그런 것은 아닙니다. 그보다는 모두가 알고 있는 것에 대하여 그 누구도 알려고도 말하려고도 하지 않기 때문입니다.

익숙한 상황입니다. 단지 익숙하지 않은 것은 오늘날 이곳에서 한 작가가 누리는 자유입니다. 그는 자신의 지위를 걱정할 필요가 없고 어떤 지위도 필요로 하지 않습니다. 자신의 정당을 고려할 필요가 없고 어떤 정당도 필요로 하지 않습니다. 자신의 권력을 걱정할 필요가 없고 어떤 권력도 필요로 하지 않습니다. 뷔히너상은 이 강력한 자유에 도움을 주고 그것을 사용하도록 의무감을 줍니다.

적들처럼 저 역시 제가 과연 이 상을 받을 만한지 의심스럽다고 생각합니다. 누구의 의심이건 당연한 것입니다. 그런 이유로 저는 뷔히너나 시(詩)나

저 자신에 대해 말하고자 하지 않았습니다. 뷔히너는 '독일은 지금 묘지이나 곧 천국이 될 것이다'라고 썼습니다. 그러나 천국에 대한 전망은 사라졌고, 묘지에 대한 전망은 멀지 않습니다. 시와 관련해서 말하자면, 시는 광기 속에 고착하려 하지 않습니다. 시는 유령이 아닙니다. 평화가 죽으면 시 또한 죽는다고 저는 생각합니다.

저는 저에게 명예를 나누어 주신 독일 언어문학 학술원에 감사한 마음을 전합니다. 학술원장님과 여러분 모두에게 진심으로 감사한 마음을 전합니다. 다름슈타트와 헤센의 시민 여러분께도 뷔히너상과 관련된 선물에 감사한 마음을 전합니다. 이 선물은 자유 시간, 즉 자유로운 작업을 뜻합니다. 마지막으로 이곳에 계시지 않으며 여기서 일어나는 일에 무관심하고 아무것도 알지 못하는 모든 분께도 감사 드립니다. 저는 바로 그분들의 이름으로 저의 말씀을 드리는 것입니다.

남 운 옮김

# 우연의 장소

이 자리에 섰으되 뷔히너의 구두끈을 풀 자격이 없었던 모든 사람처럼 저도 입을 열기가 어렵습니다. 그럼에도 불구하고 연설로써 감사의 말을 한다는 것은 쉽지 않습니다. 무엇에 대해서 말하겠습니까? 무언가 마땅한 말을 하는 것이 가장 좋겠지요. 저한테는 마땅한 것인데, 어쩌면 여러분에게도 그럴 수 있을 것입니다.

'일관성이 있지, 일관성 있어'라고 렌츠가 말했지요. 그리고 다른 사람이 뭐라고 하면, '일관성이 없어, 일관성이 없어'라고 말했고요. 그것은 구제될 가망이 없는 광기의 괴리였다고 알려져 있습니다.

신사 숙녀 여러분, 여러분께서 이미 알고 계신 것처럼 시종일관이라는 것, 일관성이 있다는 것은 대부분의 경우 뭔가 끔찍한 것인 동시에 마음을 편하게 해주는 것이지요. 자유롭게 풀어 주는 것, 겪을 만한 것이며, 일관성 없이 나타나 다가오는 것입니다. 일관된 것, 논리 정연한 것은 분열을 뒤쫓는 중에 있는 것이고, 렌츠가 보기에 이런 분열은 세상에 만연해 있는 것이었습니다. 또한 우리가 알고 있듯이, 그런 분열은 사람들이 렌츠에게 선의로 말했던 모든 것에 대해 그로 하여금 그저 슬프게 머리를 가로젓도록 했던 것이었습니다. 이런 시종일관은 한 개인의 신체적이고 정신적인 '우연들'에 의해서만 생겨나는 것이 아닙니다. '우연들'이란 기묘한 단어지요. 뷔히너는 렌츠가 앓았던 종류의 병을 이 단어와 떨어질 수 없도록 해놓았습니다. 우리는 그것을 고수하도록 합시다. 광기는 외부에서 올 수도 있습니다. 개인을 향해서 말입니다. 말하자면 아주 더 일찍이 개인의 내부에서 시작되어 외부로 나갔다가 다시 귀로에 오른 것이죠. 우리에게 익숙해져 버린 상황들 속에서, 이 시대의 유산들 속에서 말입니다. 제가 여러분의 나라에, 여러 우연을 겪었던 이 나라에 있음을 알기 때문에 드리는 말씀입니다. 모든 우연이 그러하듯이, 완전히는 아니지만 근본적으로는 진단을 불허하는 우연들 말입니다. 그래도 이런 우연에, 말하자면 저 악몽과 그 일관성 있는 귀결에 내맡겨진 어떤 청각과 시각으로는 가끔 알게 되기도 하는 우연들 말이에요.

제가 말씀 드리고자 하는 것을 어떤 인상들과 혼돈하지는 마십시오. 어쩌면 제가 어떤 인상을 받고 있는지도 모르겠지만, 누가 인상을 믿겠습니까! 저는 이곳의 어떤 지역에 관해 말해 보도록 하겠습니다. 다름슈타트에 대해, 헤센에 대해 말하는 것이 아니라 더 이상 적나라하게 지적할 수 없는 지역에 대해서 말입니다. 형편상 어떤 지역에 대해서라고 말씀드리는 것입니다. 그리고 한 도시에 대해서라고 하겠습니다. 달리 적당한 표현이 없기 때문입니다. '분할'이라는 말을 핑계삼도록 하는 도시입니다. 분할이란 또 다른 단어입니다. 규칙적으로 나타나는 단어지요. 이 단어는 많은 것을 떠맡습니다. 특히 생각을 떠맡지요. 이 말은 수술이라는 말로 들립니다. 수술 후의 진통을 포함해서 말입니다. 치명적인 결과는 드물지만요. 그럼 우연에 관해 말하자면, 이것은 약간 오래전의 이야기임이 틀림없고, 간헐성을 띠고 있음이 분명합니다. 일관성 있게 말입니다. 그러나 새로운 우연들을 동반하여 다시 찾아올 수밖에 없을 것입니다. 베를린 훼손의 역사적 조건은 너무나 잘 알려져 있습니다. 그런 훼손이 결코 신비화되고 상징으로 확대되어서는 안 됩니다. 하지만 그것은 병에 대한 견해를 갖도록 강요하고 있습니다. 병을 발생시키는 다양한 증상의 일관된 결과에 대한 견해 말입니다. 이런 견해는 누군가에게 거꾸로 선 채 걸어가라고 강요할 수 있습니다. 그렇게 함으로써 어렵지 않게 가지각색의 이야기를 할 수 있도록 하는, 그러나 쉽사리 다룰 수 없는 장소가 알려질 수 있도록 말입니다. 이곳을 알리고자 하는 어떤 사람은 이 지역 출신이 아닙니다. 따라서 이 사람은 유리한 입장 및 불리한 입장에 있습니다. 이 사람의 묘사는 그에게뿐 아니라 그 일 자체에 결코 적합하지 않습니다. 하지만 묘사는 극단화를 요구하고, 간청에 의해 시도되는 것입니다.

자로티까지는 집 열 채의 거리입니다. 슐트하이스 양조상 앞까지는 불과 몇 구획이 떨어진 거리이며, 코메르츠 은행에서는 건널목 신호등 다섯 개만큼 떨어져 있습니다. 베를리너 킨들 양조상이 있는 곳이 아닙니다. 창문에는 촛불이 있지요. 그것은 전차 곁에 있으며, 묵념의 시간에도 있습니다. 그 앞에 있는 십자가이고, 그 앞에 있는 교차로입니다. 그다지 멀지 않습니다. 그렇다고 그다지 가깝지도 않지요. 그것은—잘못 짐작하셨습니다!—어떤 일이기도 합니다. 대상물이 아닙니다. 낮 동안에 있고 밤에도 있지요. 그것은 사용되는 것이고 사람들이 그 안에 있으며, 그 주위에는 나무들이 있습니다. 열매를 맺을 수 있으되 맺어야만 하는 것은 아니고, 열매 맺기가 기대되나 그래야만 하는 것은 아닙니다. 날라지고 넘겨지는가 하면, 발을 보이며 먼저 옵니다. 푸른빛을 띠고 아무 할 일이 없지요. 게다가 현재 있습니다. 나타난 적이 있고 포기된 적이 있습니다. 지금 있으며, 이미 오래전부터 있어 왔습니다. 바뀌지 않는 주소이고 몹시 좋지 않은 상태입니다. 오는가 하면, 돌발적으로 일어나고, 밖으로 도출됩니다. 뭔가 있습니다. 베를린에 말입니다.

이제 베를린에서는 모든 사람이 기름종이에 싸여 있습니다. 5월의 일요일입니다. 수많은 맥주병이 반 호수 쪽으로 내려가며 늘어져 있습니다. 벌써 많은 병이 물에서 떠돌기도 합니다. 증기선이 일으킨 물결 때문에 물가 가까이로 밀려나 있습니다. 남자들이 그 병들을 충분히 낚을 수 있도록 말이죠. 남자들은 맨손으로 병마개를 엽니다. 주먹으로 병마개를 눌러서 엽니다. 몇몇 남자는 숲에 대고 만족스럽게 소리칩니다. 우리는 기필코 이루고야 만다, 라고 말입니다. 기름종이에 싸여 있는 여인들은 동정심을 자아냅니다. 어떤 여인들은 종이를 벗고 기름투성이의 옷을 입은 채 잔디에 나가 앉아도 좋다는 허락을 받았습니다. 그 다음에는 환자들도 하선을 허락받습니다. 이곳에는 환자가 너무 많아요, 라고 야근 간호사가 말하고는 발코니에서 바깥으로 몸을 내밀고 있던 환자들을 데리고 옵니다. 이들은 흠뻑 젖은 채 몸을 떨고 있습니다. 야근 간호사는 또다시 모든 것을 꿰뚫어 보았던 것입니다. 그녀는 발코니와 관련된 일을 알고 있지요. 이제 환자를 붙잡고 주사를 한 대 놓습니다. 주사는 몸을 관통하여 매트리스에 꽂혀 있습니다. 환자가 더 이상 일어날 수 없도록 말입니다. 마지막 여객기가 상공에서 진입합니다. 아직 물약은 있습니다. 그러고 나면 조용해야만 합니다. 나중에 오는 항공편 우편과 화물은 거의 더 이상 들리지 않지요.

이제 1분이 멀다 하고 비행기가 방 안을 휘저으며 날아다닙니다. 때밀이 수건이 걸린 옷걸이 옆으로 요란스러운 소리를 내며 지나가 비눗갑 위 한 뼘 높이에서 따다닥거립니다. 착륙 직전 방을 가로지르는 진입로에서 비행기들은 조용히 날아야 합니다. 여러 병원에서 항의를 했던 것입니다. 비행기들이 소리를 낮추기는 하지만, 그전보다 더 끔찍합니다. 잉잉대며 머리 위로, 땀에 젖은 머리카락 위로 날아갑니다. 천장 밑에서 스치듯 지나가는 그 소리 죽인 비행기들 말입니다. 이렇게 수많은 비행기들 때문에 여러 병원에서 엄청난 동요가 일어납니다. 소리를 줄인 나머지 너무 조용해지는 바람에 더 이상 들리지도 않는 비행기들 말입니다. 그럼에도 불구하고 사람들은 귀를 기울이고 엿듣습니다. 붕붕거리는 소리를 듣기 시작하는 순간부터 이미 귀를 기울입니다. 귀에 소리굽쇠를 가지고 있기나 한 듯이 말이죠. 그러면 비행기 소리가 더 잘 들립니다. 그러면 비행기가 왔다가 다시 가버리고 맙니다. 그러면 여전히 웅웅거리는 듯하다가 더 이상 소리가 없습니다. 그러자 다시 들릴 듯 말 듯한 소리가 시작됩니다. 비행기 소리가 거의 들리지 않는다는 점에 대해 이제는 더 이상 만족스러워하지 않습니다. 그래서 수석 의사가 길거리로 나

잉게보르크 바흐만, 1964 75

가 그들에게 소견서를 보여 주어야 합니다. 해독하기 어려운 글씨가 적힌 수많은 종이를 위로 흔들어 보여야 하는 것입니다. 당장은 문제가 시정되었지만, 비행기가 날지 않는 다음 순간 베를린 시내 모든 교회의 종들이 울려 퍼집니다. 땅에서 교회들이 솟아나서 바짝 다가옵니다. 온통 종탑과 신교도 녹음테이프를 가진, 장식 없고 색칠하지 않은 새 교회들뿐입니다. 종소리 때문에 동요가 점점 심해집니다. 현직 시장이 직접 오라며 사람들이 소리칩니다. 이곳 교회들이 없어져야 한다는 것입니다. 환자들은 울부짖으며 복도로 도망치고, 방에서는 물이 복도로 흘러나옵니다. 그 속에는 피가 섞여 있습니다. 교회 때문에 몇몇 사람이 혀를 깨물어 버렸기 때문이지요. 병원 목사는 방문객용 의자에 앉아 있습니다. 그가 끊임없이 늘어놓는 이야기는, 자신이 선박 목사 일을 배웠고 희망봉을 돌아 본 적이 있다는 것입니다. 목사는 종소리 같은 것에 대해서는 전혀 아는 척하지도 않고, 접시에 담긴 두벌구이 빵을 집어 듭니다. 어느 누구도 두벌구이 빵과 종소리 때문에 뭐라고 말할 엄두를 내지 못합니다. 목사도 묻지 않습니다. 어디가 불편하냐고 말입니다. 그는 손에 들고 있던 연두색 사냥 모자를 돌립니다. 그는 자리를 떠나 달라는 부탁을 받습니다. 환기를 시켜야 하기 때문이지요.

뤼초우 광장에 있는 방화벽은 거대한 탐조등으로 밝혀집니다. 연기는 이미 모두 사라졌습니다. 화재가 끝났음이 분명합니다. 그래도 손전등으로 덤불 사이를 자세히 비추어 봅니다. 거기엔 이제 아무것도 없고, 단지 새카맣게 탄 작은 뼈들과 약간 그을린 바닥이 있을 뿐입니다. 온전한 해골이 아니라 그저 작은 뼈들만 말입니다. 프로그램은 이미 진행되고 있습니다. 커다란 언덕 위에서 더욱 강렬해지는 불빛을 받으면서 말이지요. 건축 공사장이 계속 늘어갑니다. 그러나 그곳에서는 아직 아무도 공사를 시작하지 않습니다. 분위기는 좋습니다. 엄청나게 큰 간판이 이리저리 들려 다닙니다.

"샤른호르스트 여행사."

모든 사람이 찬성하고, 프로그램은 카데베 백화점에서 계속됩니다. 흰색과 푸른색을 띤 카데베 깃발은 하늘 높이 나부낍니다. 갑자기 모든 사람이 카데베로 들어가려고 합니다. 그렇게는 안 될 것이 뻔합니다. 그러나 분위기가 점점 좋아집니다. 사람들을 붙들어 둘 수가 없습니다. 그들은 여점원들을 성가시게 합니다. 모두들 손금을 읽어 달라는 것이지요. 그러고는 난데없이 모두들 별점을 치고 싶어합니다. 손에 든 로토 쪽지를 빼앗아 가지고 자판기로 달려갑니다. 너무 큰 소리가 나도록 돈을 던져 넣는 바람에 통 속에서 공이 이리저리 마구 튀고, 몇몇 방에서는 수면제를 찾으며 한탄하는 소리가 납니다. 하지만 이날 밤에는 더 이상 아무것도 없지요. 어쨌든 사람들은 소리 지르던 것을 멈추고 그저 기분이 좋을 따름입니다. 그들은 장식품을 뜯어내 맨 꼭대기 층에서 내던집니다. 에스컬레이터는 수많은 물건에 끼어서 움직이지 않고, 엘리베이터는 이미 숄과 옷과 외투들로 가득 찼습니다. 이 모든 것을 사람들은 가져가야 한다는 겁니다. 그러나 뚱뚱한 여자 계산원들은 그 물건들 사이에 낀 채 숨이 막힐 지경이 되어 소리칩니다.

"이 물건들은 모두 계산을 마쳐야 해요. 당신들이 값을 지불해야 한다구요!"

그새 또다시 복도를 닦아야 합니다. 몇몇 유명한 인물들도 이곳에 은밀히 송치되어 있습니다. 밤에 응급차에 실려서 말이지요. 하지만 대부분의 경우는 의지할 곳이 전혀 없는 친척들입니다. 주소는 가지고 있지만 가까운 일가족은 없습니다. 가장 중요한 것은 '가까운 남자 일가족'이라는 점이지요. 모두 침묵 속에 누워 있습니다. 야근 간호사는 그가 오고 있다고 말합니다. 몇 군데에서 온답니다. 곧 비행기가 나타날 거라고 말이지요. 그들은 그 말에 기대를 겁니다. 가까운 남자 일가족을 두고 하는 말이 틀림없습니다. 주임 의사는 금방이라도 비행기가 나타날 것을 고대합니다. 그는 그것에 모든 기대를 걸고 있습니다. 그리고 이렇게 말하지요. 다음 주에는 모두 집으로 갈 수 있다고요. 모두들 기침을 하며 희망을 품습니다. 체온계를 겨드랑이 사이에, 혓바닥 아래에, 항문에 꽂고 있습니다. 그리고 10센티미터나 되는 바늘을 살에 꽂고 있습니다. 어둡고 차가운 발코니는 내려앉을 듯하며, 오늘 밤 어느 누구도 난간에 올라가 야근 간호사를 위협해 볼 엄두를 못 냅니다. 야근하는 의사를 위해 뜨거운 커피를 끓이는 간호사 말입니다. 모두들 각자 계획들을 짭니다. 그 계획은 어떤 터널입니다. 아니면 곧바로 사막으로 나가야 합니다. 동물원에서 낙타를 해방시켜 주어야 합니다. 낙타를 말뚝에서 풀어 주고 자갈을 채워 브란덴부르크에서 두루 타고 다녀야겠지요. 낙타는 믿을 수 있을 것입니다. 낙타를 타고 피신하는 것입니다. 그런 가운데 한밤중에 수수료 인상이 있습니다. 그 어느 때도 겪지 못했던 발한이 일어납니다. 무척 끔찍합니다. 이제 방세는 금화 1천 마르크나 됩니다. 모두들 초인종을 찾아 단추를 누릅니다.

도시 고속 전철역 벨르뷔에서 장애자들이 쩔뚝거리며 계단을 내려옵니다. 불빛이 아치 속에서처럼 흔들립니다. 대부분의 사람은 완장을 차고 있습니다. 작고 검은 원이 그려져 있는 누런 붕대지요. 부축용 지팡이, 그리고 부목을 대 짧아진 사지가 보입니다. 모두가 장애를 입고 있습니다. 탄환을 맞은 것이 아니라 내적으로 장애를 입었지요. 몸이 뒤죽박죽입니다. 위나 아래가 너무 짧으며, 얼굴의 살점은 끝이 완전히 문드러지고 마비되어 있습니다. 입가와 눈가는 모두 삐딱합니다. 그리고 위태로운 역 그림자는 모든 것을 더욱 악화시킵니다. 창구에 있는 여자 차장은 전철을 포함하여 천장을 받쳐 들어야 합니다. 또다시 진동하기 때문이지요. 다행히도 그녀는 엄청난 근육과 손을 가지고 있습니다. 그녀는 차표를 내주며 동시에 또다시 전철을 받쳐 들어야 합니다. 맞은편에서 프리드리히 거리로 가는 전철이 그 천장 위로 굴러가기 때문입니다. 그러나 이때 천장의 일부가 떨어지고 맙니다. 위에는 승전 기념탑도 서 있는 천장이지요. 그러자 반 호수 쪽으로 가는 전철이 다시 덜거덕거립니다. 대참사입니다. 사람들은 옆에 있는 레스토랑에서 은신처를 구합니다. 그들은 탁자 밑에 웅크리고 앉습니다. 공격이 지나갈 때까지 기다리려는 것입니다. 그러나 여자 차장이 와서 말합니다. 공격이 아니라고 말입니다. 모든 것이 정상입니다. 다시는 그런 일이 일어나지 않을 것입니다.

더 이상 사람들이 주임 의사를 성가시게 해서는 안 됩니다. 결과는 이미 수년 전부터 확정되어 종이에 적혀 있지만 공개되지는 않습니다. '부조화'라는 것이 틀림없습니다. 전 시내에서 뭔가 누설됩니다. 모두 '부조화'라는 단어를 읽었다고 혹은 들었다고 주장합니다. 어떤 사람들은 벌써 짐작했다고도 합니다. 하지만 공개적으로는 어디에도 그렇게 씌어 있지 않습니다. 더 많은 나무들이 심어집니다. 모두 모래 바닥에 말이지요. 사막 체험에서 나온 나무들입니다. 마침내 모두 일을 하러 갑니다. 침묵 속에서 말입니다. 모두 세탁된 새 셔츠를 입고 있는데, 이 셔츠는 목덜미에서 묶어져 있습니다. 이젠 더 이상 아무런 동요가 없습니다. 모두 진정됩니다. 사람들은 대개 반쯤 잠들어 있기도 합니다.

길거리가 45도 융기합니다. 지평선을 향해 달리던 자동차들은 당연히 뒤로 굴러 떨어지고, 자전거를 탄 사람들은 비틀거립니다. 이들이 가장 빨리 다른 사람에게 굴러 떨어집니다. 자동차들이 손해를 초래하는 상황도 막을 수는 없습니다. 이럴 때는 모든 대응책이 결국 너무 늦은 것이 되고 맙니다. 스포츠용 자동차가 뒷걸음질치며 병원 안으로 질주해 들어옵니다. 온갖 물통, 타구(唾口), 식사 운반 수레, 들것 등이 위로 흩뿌려집니다. 폭발입니다. 주임 의사는 모르는 척하고 주변은 조용히 정리됩니다. 주임 의사는 급히 시내로 가야 합니다. 카드 놀이를 하러 말이지요. 그러나 이제는 방송탑 안에 있는 레스토랑에서도 일이 벌어지기 시작합니다. 온 도시가 소용돌이칩니다. 레스토랑이 치솟다가 가라앉고 진동으로 떨리는가 하면 덜거덕거리며 움직입니다. 점점 많은 것이 미끄러집니다. 포츠담의 주택들이 통째로 테겔의 주택 속으로 미끄러져 들이닥칩니다. 소나무들은 잎이 온통 엉겨 붙은 채 서로 기대어 넘어져 있습니다. 음식점에서는 모두 의자 등받이에 바짝 붙어서 계속 이야기합니다. 어느 누구도 인정하지 않습니다. 이제 어느 한 사람이 다른 사람을 바라봅니다. 그가 보게 될 마지막 것을 바라보듯이 쳐다봅니다. 이제 모든 사람의 눈이 뒤섞여 서로 바라봅니다. 구운 오리 고기와 아몬드 속씨가 차려져 있는 탁자들은 높은 파도에 휩쓸린 듯이 흔들리는데 말이지요. 그러자 유리잔이 포도주를 흔들어대고, 포크가 뾰족한 끝을 밑으로 구부리며, 식사용 칼은 불안하고 성급하게 케첩을 벱니다. 붉은 소스가 식탁보 위로 흐르자, 식탁보는 즉시 거두어져서 모든 사람에게 내보여집니다. 게다가 또 붕괴 사태가 면전에 있습니다. 그것은 끔찍한 것이지요. 흐느끼는 소리가 나고 목에 걸려 나오지도 되돌아가지도 못합니다. 그것은 결코 다시 보상될 수 없습니다.

아카데미의 모든 출입문과 창문은 유리로 되어 있습니다. 커튼이 없습니다. 모든 것이 빛을 받도록 하기 위한 것입니다. 자정이 지나자 곧장 밝아집니다. 단지 초상화들만 수건으로 덮어 씌워져 있습니다. 전시회가 개막되고, 머리들만 무수합니다. 모두 자신의 그림 앞에 있기도 하지요. 아직 전시회 개최자들은 절단될 그림을 찾고 있습니다. 그 이전에 길고 끔찍스러운 기다림이 있지요. 누구나 자신의 목이 잘릴 것이라고 생각하지만, 결국 다른 사람의 목이 잘립니다. 그럼에도 불구하고 모두들 울 수밖에 없습니다. 느닷없이 일어난 불이, 지하실에서 다가오는 불이 구출합니다. 모두 밖으로 뛰어 나갑니다. 앞 부지에 서 있는 자동차로 달려가 그 속으로 뛰어듭니다. 몇몇 사람에게는 불이 붙습니다. 이들은 동물원으로 달려가 몸을 던져 불을 끕니다. 모두 유명한 인물들뿐입니다. 모든 사람이 켐핀스키 호텔에서 다시 만나고 사건은 잊혀집니다. 웨이터가 발 씻을 작은 대야를 가져오자, 모두 양말을 벗고 따뜻한 비눗물에 발을 담급니다. 발은 따뜻하고 가벼워집니다. 몸에 좋은 일이지요. 검은 물이 바닥 위로 흐릅니다. 웨이터들이 냅킨을 가지고 와서 발을 닦아 줍니다.

거리가 정치 때문에 45도 융기합니다. 자동차들이 뒤로 굴러 떨어지고, 자전거를 타고 가던 사람들과 보행자들이 거리 양쪽에 거꾸로 내동댕이쳐집니다. 자동차들이 손해를 초래하는 상황을 막을 수 없습니다. 보행자들은 꼼짝없이 당하고 있습니다. 그들은 이를 꽉 물고 말을 하지 않습니다. 하지만 쳐다보고 있습니다. 손을 입 위에 바짝 대고 말이죠. 뭔가 의지할 수 있는 것을 학수고대하고 있습니다. 어떤 사람이 눈으로 말합니다. 아직은 여기가 가장 좋아, 여기 있는 것이 가장 좋아, 여기가 아직까지는 가장 견딜 만해, 더 나은 곳은 어디에도 없어, 라고 말입니다. 그러고는 모든 것이 방송탑 위에서 반복됩니다. 하지만 마지막 소나무와 자작나무가 있는 변경의 모래 사막은 무척 고요히 놓여 있습니다. 다른 모든 것은 빙빙 돌고 있는데 말이지요. 눈으로 모래 속을 뚫어져라 바라보는 것이 가장 좋습니다. 현기증이 멈추고, 간호사가 등 뒤의 베개를 흔들어서 바로 세웁니다. 훨씬 나아졌습니다. 아직은 여기가 가장 좋습니다.

호수가 소나기를 맞습니다. 200개까지 셀 수 있었던 번개가 호수로 쳐든 것입니다. 호수 외에도 인근 지역들이 소나기를 맞습니다. 그래서 흰 새들이 날아가 버렸습니다. 그래도 호숫가에서는 음악이 시작됩니다. 빠르게 연주됩니다. 물결을 이룬 물에 빠르게 맡겨집니다. 물은 곧 얼어붙고 녹았다가 진흙투성이가 되는가 하면 다시 얼어붙습니다. 낚시들은 뻣뻣해져서 얼음 속에 둘러싸여 있습니다. 낚싯바늘에 음악 소리가 걸려 있습니다. 음악도 얼어서 못쓰게 되었습니다. 베를린 근교에 있는 자동차 경주 트랙에서는 경주가 진행되는 중인데 말이지요. 베를린의 천둥 치는 듯한 소음이 베를린의 불안한 정적을 질책하는 동안 말입니다. 잠은 생각할 수도 없습니다. 환자들은 저녁에 제공되는 과일 섞인 오트밀을 되돌려 보냅니다. 누구든 한술도 뜨지 못합니다. 어느 누구도 더 이상 번개를 세려 하지 않거니와, 게다가 숟가락을 가득 채워 삼키려 하지 않습니다. 간호사들이 불만에 찬 태도로 모든 꽃을 방에서 들어내고, 꽃병을 복도에 내다 세웁니다.

이제는 지저분해져 버렸지만 그루네발트에서 가장 아름다운 곳 옆의 크루메랑케 호수로 가는 길에 거대한 활엽수가 누워 바닥에서 위로 1미터 되는 지점이 꺾어진 채 길을 가로지르고 있습니다. 산책을 처방 받은 환자들은 그래도 물가로 내려가려고 합니다. 하지만 간호사는 모든 사람에게 서 있으라고 명령하고 혼자 나무 위로 올라가 살펴봅니다. 가지들을 들어 올리고 가지에 피가 묻어 있는지, 그 나무가 누군가를 쳐서 죽였는지를 조사합니다. 간호사가 손짓을 합니다. 이 순간 사람들은 그녀가 피를 발견했는지 못했는지를 알지 못합니다. 불안해집니다. 누구나 자신이 맞아서 죽은 것인지를 알려고 합니다. 분위기는 한층 불쾌해집니다. 외투를 가지고 온 사람은 아무도 없습니다. 어느새 또다시 비가 내립니다. 아우성이 시작되고, 아무도 자기 병동으로 돌아가지 않으려고 합니다. 그곳이 적절한 병동인지를 알지 못하기 때문이지요.

"부조화 이상의 것임이 틀림없어."

몇몇 사람이 소리를 지르고 팔을 휘두르며 닥치는 대로 치기 시작합니다.

"이건 부조화가 아니야. 뭔가 더 나쁜 것임이 틀림없어. 우리에게 얘기해 줘야 할 것이 아닌가 말이야!"

내리는 비는 모든 사람을 속살까지 흠뻑 적십니다. 셔츠는 물에 젖어 착 달라붙었습니다. 이제 추위 때문에 일이 더 빨리 돌아갑니다. 입속의 비 때문에, 콧속의 물 때문에, 눈 위의 작은 도랑 때문에 말입니다. 나무 밑에서 허탈 상태는 통증이 없습니다.

베를린은 정리되었습니다. 상점들은 포개어 올려져서 한 무더기로 쌓였습니다. 신발과 접이식 자, 쌀과 저장분 감자 약간, 물론 석탄들, 시 정부에서 저장해 둔 많은 석탄이 분명히 알아볼 수 있을 만큼 외곽에 널려 있습니다. 모래는 어디에나 있습니다. 신발 속에도 석탄 위에도 말이지요. 거대한 쇼윈도들 위에는 '네커만'과 '데파카'라는 비밀 명칭이 달려 있고, 그 쇼윈도들이 유리 지붕처럼 모든 것 위에 얹혀 있습니다. 속이 훤히 들여다보이지만, 알아볼 수 있는 것은 조금밖에 없습니다. 그 밑에서 구(舊)모아비트 구역에 있던 술집 하나가 여전히 문을 열고 있습니다. 그런 일이 어떻게 가능한지 아무도 이해하지 못합니다. 이미 전부 정리되어 버렸는데 말이지요. 술집 주인이 도른카트 브랜디를 더블로 따릅니다. 그리고 자신에게도 한잔 따릅니다. 그의 술집은 최고의 술집이었습니다. 가장 오래된 술집이었고, 항상 사람들로 가득했었지요. 그러나 사람들이 더 이상 베를린에 없습니다. 주인은 또 한턱 돌리고, 언제나 곧바로 잔이 비워집니다. 그는 또다시 술을 부어야 합니다. 그런 식으로 돌아가는 거지요. 더블 브랜디, 큰 잔 맥주, 그리고 항상 더블로 말이지요. 슈프레강과 텔토우 운하는 이미 브랜디로 가득 넘칩니다. 하벨강에는 물 위까지 맥주 거품이 일고 있습니다. 위로 포개진 수많은 유리잔 밑에서는 아무도 더 이상 똑똑히 말을 할 수 없습니다. 발설되는 모든 말이 입가로 흘러내려 거의 알아들을 수 없을 지경입니다. 아무도 더 이상 말하려고 하지 않습니다. 그저 그런 말을 해볼 뿐입니다. 어차피 입가에서는 모든 것이 흘러내리니까요. 모두 더블로 말입니다. 그리고 눈에서도 흘러나옵니다. 거의 아무것도 볼 수가 없습니다.

너무나 조용해졌고, 밤이 되었습니다. 그때 이후 길거리에는 더 이상 아무도 없었습니다. 오래된 고급 빌라는 모래와 무성한 수목으로 뒤덮였으며, 정원 속으로 점점 더 깊숙이 가라앉습니다. 쾨니히스알레로 꺾어지는 부분에서 이제 소리를 완전히 죽인 채 라테나우에게 총알이 발사됩니다. 플뢰첸 호수에서는 교수형이 집행됩니다. 공중전화 박스에서는 10전짜리 동전이 넣어졌으나, 아무 소용없이 전화기 밑으로 도로 굴러 나옵니다. 전화가 전혀 연결되지 않습니다. 할렌 호수에서 도심지에 이르기까지 한 사람도 찾아볼 수가 없습니다. 크란츨러 카페에서는 밤인데도 불을 끈 채 탁자마다 모피 모자를 쓴 노파들이 앉아서 케이크 조각을 씹고 있습니다. 이들은 자주 두 조각을 동시에 입에 넣습니다. 아무도 그것을 볼 수 없기 때문이지요. 여종업원이 굽 높은 구두를 신어서 생크림을 감당하지 못하고 있습니다. 생크림이 머리와 배 위의 주름 장식에 튀겨서 범벅이 됩니다. 늙은 여인들은 계속해서 먹어대기만 하고, 늙은 남자들은 크란츨러 카페 앞에 서 있습니다. 손에는 모자 걸이를 들고 있습니다. 몇몇은 인도에 무릎을 꿇은 채 아스팔트에 늙은 여인들을 그리고 있습니다. 그들은 파란색 분필과 분홍색 분필을 가지고 음란한 농담을 벌입니다. 분필로 여자들을 바닥에 넓게 그립니다. 나체로 넓적한 허벅지가 보이도록, 그리고 그 사이에는 카빈총을 그립니다. 크란츨러 안에서는 여인들이 모피 모자를 눈 위에 바짝 눌러쓰고 있습니다. 씹으면서 연신 음식을 집어 듭니다. 옛날 그때부터 말이지요.

환자들이 한 시간 동안 외출을 허가받았으나 몇 분 뒤에 되돌아옵니다. 탄환을 지닌 듯한 어떤 미국인이 짧은 흰색 헬멧을 쓰고 아래로 내린 자동 권총을 든 채 배전함에 바짝 붙어 서 있습니다. 고속도로 '남부 시 환상 도로'에 말입니다. 기동 훈련이 여러 시간 계속됩니다. 불평하는 소리, 희미하고 울화에 찬 중얼거림이 값싼 커튼을 통해 약하게 들려옵니다. 보조 간호사는 아무 소리도 들리지 않는다고 말합니다. 그저 기동 훈련일 뿐이라고요. 그녀는 문 손잡이와 수도꼭지를 닦으며 웃고 노래합니다. 전쟁이 아니에요, 라고 말이지요. 붉은 코의 젊은 영국인들을 태운 트럭 행렬이 멈추어 섭니다. 소련군 보초 두 명이 거리로 갑니다. 서로 말을 주고받고 세기도 하지만, 서로 이해하지 못합니다. 보조 간호사가 말참견을 합니다. 갑자기 여러 종류의 장갑차량이 몰려들었습니다. 한쪽의 장갑차가 다른 쪽의 장갑차를 베를린으로 못 들어가게 하려고 막습니다. 소란스러워집니다. 보조 간호사는 웃지 않을 수 없게 되어 몰래 담배 한 개비를 건넵니다. 그러자 보초병들이 다시 왔다 갔다 하며 아무 내색하지 않습니다. 어느 누구도 담배에 관해서는 아는 바 없습니다. 베를린에서는 흡연이 허용되어 있으니까요. 마침내 장갑차들이 모두 열을 지어 시내로 들어갑니다. 간호사가 노래를 부릅니다.

프리드리히 거리에는 또 다른 건널목이 있습니다. 적십자 차들과 창문을 커튼으로 가린 검고 큰 자동차들을 위한 출입구지요. 날은 어두워졌고, 누군가 귓속말로 속삭입니다. 제복을 입은 사람들이 손으로 저지하며 찰리 검문소가 어디에 있는지를 가리킵니다. 계속 직진하라고요. 다른 방향에서, 자정까지 가라고요. 제대로 찾은 건널목에 이르렀을 때 그들이 꼭 화가 난 것은 아닙니다. 건널목을 잘못 찾아갔던 것에 대해서 말입니다. 그러나 또다시 귓속말이 오갑니다. 잘못한 일이 있다고 생각하며 여권을 높이 처듭니다. 이제

84

대중가요를 틀어 놓습니다. 그리고 가장 멋진 여권들에 도장이 찍힙니다. 그러면 자동차에서 래커 칠을 벗겨 내야 합니다. 재빨리 진행되지요. 래커 칠은 식은 밀랍처럼 길쭉한 조각으로 떨어집니다. 그 다음에 함석을 세 번 두드리고 바퀴를 발로 한 번 차면 1마르크를 받습니다. 그 1마르크짜리를 바닥에 던져야 하지요. 머리 쪽, 아니면 독수리가 그려진 쪽입니다. 모든 사람이 인사합니다. 백미러로 인사를 하고 되돌아갑니다.

한 주가 네팔과 가나로 시작됩니다. 화요일에는 항의와 분노에 찬 논평 하에 콩고인들이 프리드리히 거리의 한편에서 다른 한편으로 이리저리 끌려 다닙니다. 수요일에는 파키스탄이 일주 여행용 버스를 가지고 있습니다. 목요일에는 남극 대표단이 한편에만 있고, 다른 한편에서는 침묵에 붙여집니다. 다음 저녁에 혼성 관객들이 가발을 쓰고 쉴러 극장을 떠나 쉬프바우어담 극장에서 의상을 추가로 선물 받습니다. 그리고 나서는 중단됩니다. 중앙아메리카인들이 브란덴부르크 문을 뜯어내어 기념품으로 가져갑니다. 그러자 말레이시아 사람들이 와서 승전 기념탑을 가지고 사라집니다. 갑자기 집시들이 베를린을 점령하여 텐트를 세우고 있으며, 베를린 사람들은 외곽 지역으로 도피합니다. 그러면 집시들이 모든 사람의 빨래를 해주고, 빨래는 리히터펠데 구역까지 나부낍니다. 필하모니에서는 팡파레가 새 곡으로 시작됩니다. 일요일임에 분명합니다. 부활입니다. 부활절이지요. 운터덴린덴 거리에는 검은색·붉은색·노란색으로 부활절 꽃 수선화가 숨겨져 있습니다. 빌헬름 황제 기념 교회가 승천합니다.

아이들이 길거리로, 그리고 콘크리트 차단물 위로 내보내졌습니다. 아이들은 차단물을 말처럼 타면서 바라는 것이 많습니다. 그들은 군인이나 비행사 혹은 스파이가 되려 하는가 하면, 결혼하려고도 합니다. 일요일에는 닭고기를 먹을 수 있기를 바라고, 철조망과 권총과 감초의 농축 엑스를 탐내며, 저녁이면 동화를 원합니다. 하지만 아이들과 싸우기에는 너무나 큰 보초병들이 은근히 화가 나 있어서, 밥 먹으러 가라고 아이들을 집으로 쫓습니다.

아이들은 콘크리트 위의 우엉 같습니다. 보초병들이 욕설을 합니다. 모두들 서커스단을 기다리고 있습니다. 불안하고 힘센 조랑말들, 살갗이 넘쳐흐르고 느린 코끼리들이 연합군들의 호위를 받으며 가로수 길을 올라옵니다. 덮개 없는 차에 탄 서커스 단장은 기다려야 하는 행인들에게 손을 흔듭니다. 그는 끊임없이 확성기를 통해 말을 하고 있습니다. 그는 자신이 소유하고 있는 사자와 원숭이들은 선전하면서 맨 뒤에서 조용히 머리를 높이 쳐들고 오는 낙타들은 선전하지 않습니다. 낙타들은 점점 뒤로 처지다가 고립되고 맙니다. 이들은 같은 서커스에 소속되어 있지만 더 이상 서커스와 상관이 없습니다. 환자들은 낙타들만 기다리고 있었지요. 그들은 낙타들에게로 다가가서 보호를 받습니다. 가죽은 사막, 자유, 외지의 냄새를 열정적으로 풍깁니다. 누구나 자신의 낙타와 함께 걸어가며 방해받지 않고 나아갑니다. 들판을 가로지르고 산림을 관통합니다. 낙타와 함께 수영하여 물을 건너고 마침내 낙타 위에 앉아 있습니다. 온갖 산림과 하천을 건너갑니다. 낙타는 물을 두려워하지 않습니다. 짧고 날카로운 휘파람 신호를 듣지 않고 구조 차량의 소리를 듣지 않으며 사이렌 소리도, 밤의 종소리도, 발포도 듣지 않습니다. 아직 산림 지대가 하나 더 있고, 또다시 산림 지대가 나타납니다. 모래에서 낙타는 더 빨라집니다. 마지막 산림 지대입니다. 이제 외지에 나와 있습니다.

나무 더미가 초 전철역 근처 요아힘스탈러 거리에 세워졌습니다. 신문들이 침묵합니다. 부채질하며 불을 지필 때 쓸 수 있는 신문들 중에서 어떤 신문도 발행되지 않았습니다. 매점은 텅 비어 있고 판매원조차 나오지 않았습니다. 그녀는 독일 연방군과 약혼했지요. 사람들은 머뭇거리다가 모두 과감하게 장작을 하나씩 집어 듭니다. 어떤 사람들은 자기가 집어 든 장작을 즉시 외투 밑에 넣어 집으로 가져가고, 어떤 사람들은 즉석에서 생각나는 것을 주머니칼로 나무에 조각하기 시작합니다. 태양 표시, 삶의 표시를 말입니다. 몇몇 사람은 악의에 찬 말을 하며 나무에 습기가 차 있다고 불평합니다. 아주 나이가 많은 남자 하나가 들고 있던 나무 장작을 휘두르며 흥분하여 소리 지릅니다.

"사보타주! 중요한 것을 남들에게 일부러 슬쩍 준 거라고!"

그러자 정말 벌써 장작들이 차례로 돕니다. 한 사람이 다른 사람에게 장작 하나를 슬쩍 건네줍니다. 그러나 어느 누구도 불장난을 하지 않습니다. 모두 매우 이성적입니다. 곧 장작은 없어지고 왕래가 계속됩니다. 갑자기 신문들이 다시 발행됩니다. 먼저 무척 작은 신문들이 나옵니다. 검게 기름 낀 활자가 있고, 크고 굵은 표제 글자가 있으며, 차가운 기름이 남아돌 만큼 많이 있는데 이 기름이 가장자리에서 흘러내리고 있습니다. 그러고 나서 상당히 큰 신문들이 나옵니다. 얇고 대단히 교활하며, 묽은 국물이 표면을 뒤덮고 있어서 장갑을 끼고 집어 들게 되는 신문들 말입니다.

편지가 위협적으로 보입니다. 짙은 연두색이거나 짙은 푸른색을 띠고 있습니다. 이미 짐작됩니다. 기다리던 편지가 아니라 다른 편지지요. 짧은 편지입니다. 베를린을 담당하는 보험사가 자기 담당이 아니라고 밝히고 있습니다. 그것은 계약 이전의 지병이라는 것이지요. 사람들은 통증을 참습니다. 의사가 한 사람도 없기 때문에(의사들은 대형 사고가 있을 때만, 회진할 때만 오전에 있지요) 모두들 간호사들에게 말합니다. 이건 옳지 않다고, 잘못된 거라고, 이렇게 되면 구제 불능이라고요. 간호사들은 자신들이 어느 편에 있고, 얼마나 알고 있는지를 눈치 채지 못하게 행동합니다. 그들은 과일 주스가 담긴 쟁반을 내려놓고 한 번쯤은 맥주 한 병 정도 허락합니다. 의사들의 등 뒤에서 말입니다. 그리고 눈을 깜박여 보이지요. 믿어도 되는 것처럼, 불치가 아닌 것처럼 말입니다. 번번이 그 호의라니! 간호사들은 중요한 점은 언급하지 않고 딴소리만 합니다. 그것이 '외교술' 입니다. 예, 그렇게 불립니다. 서서히 알려지고 있지요. 모두들 통증을 억누르며 말합니다. 이제는 '외교술' 이라는 군요. 모두들 아무 일도 할 수 없을 겁니다. 극도의 피로가 너무나 힘겹습니다. 모두 자기 몫의 주스를 마시고 힘들게 숨을 쉬며 누워 있습니다. 침대의 아마포는 반듯하게 펴져 있습니다. 잠시 동안 모든 것이 양호합니다.

베를린 방. 밝은 빛을 받으며 이어지는 방의 열 내에 어둑한 이음쇠 같은 것이 있고, 높은 천장에는 석고 세공의 위안이 있습니다. 그 방이 예전 그때에는 쇠네베르크에 있었다는 것을 상기시키는 것이지요. 시끄러운 방들 사이에 있는 작은 명상실. 허튼 생각들. 모든 사람이 치렀던 어느 정도의 희생. 오래된 것이고, 오래되지도 않았습니다. 축제입니다. 모두 초대되었지요. 술을 마시고 춤을 춥니다. 마셔야 합니다. 뭔가 잊혀지도록 말입니다. 뭔가 말이지요. 잘못 짐작하셨습니다! 그것은 오늘 있고, 어제 있었으며, 내일도 있을 것입니다. 베를린에는 뭔가 있습니다. 모두들 침묵 속에 춤을 춥니다. 젊은이들은 뺨을 서로 맞댑니다. 그러고 나서는 모두 너무 많이 마십니다. 갑자기 거대하고 검은 수고양이 같은 숙취가 장미로 장식된 천장까지 일어섭니다. 마지막 손님들은 혼이 빠질 만큼 온몸으로 소리를 지릅니다. 그들은 자신이 무슨 말을 하는지 더 이상 모릅니다.

"나는 할 수 있어, 나는 할 수 있어, 나는 가지고 있어, 가지고 있어, 내가 할 거야, 할 거야!"

자동차는 모두 시동이 안 걸립니다. 모든 사람이 이 방에서 밤을 지내려고 합니다. 주임 의사는 카드 놀이에 너무 늦을 것입니다. 그는 보통 때와는 달리 예외적으로 다시 한 번 들여다보고는 손가락을 입에다 댔던 것입니다. 사람들은 희망이 있는지를 모릅니다. 그러나 희망이 없다 해도 지금 아주 끔찍한 상황은 아닙니다. 진정되고 있습니다. 반드시 희망일 필요는 없지요. 조금 덜한 것이어도 좋습니다. 무엇일 필요가 없습니다. 아무것도 아닙니다. 그것은 샤른호르스트, 보험사, 담배, 초콜릿, 라이저 제화점, 화재 협회, 코메르츠 은행, 볼레 슈퍼마켓이라고 씌어 있는 곳을 지나가 끝이 났습니다. 마지막 비행기가 진입했습니다. 첫 비행기는 자정이 지난 뒤에 들어옵니다. 모든 것이 적절하게 날아오릅니다. 방을 관통하며 나는 것이 아닙니다. 어떤 동요가 있었지요. 그 이상 아무 일도 아니었습니다. 그런 일은 더 이상 일어나지 않을 것입니다.

김륜옥 옮김

볼프강 힐데스하이머, 1966

존경하는 신사 숙녀 여러분 먼저 감사의 말씀을 드리겠습니다. 뷔히너상을 승인해 준 독일 언어문학 학술원, 상금을 내준 헤센주의 다름슈타트시 당국, 찬사 연설을 해준 제 친구 발터 옌스, 그리고 여기 이 자리에 계시는 신사 숙녀 여러분 감사합니다.

뷔히너상은 저에게 뜻밖이었습니다. 전혀 기대하지 않았던 빛나는 상을 이렇게 제가 받고 또 이 자리에서 수상 연설까지 하게 되니 대단히 기쁩니다. 고백하자면, 사실 저는 수상 소식을 접한 후 연설에 관한 구상과 상념 때문에 정작 수상의 기쁨은 잠시 접어야 했습니다. 연설을 준비하기 위해서 저는 독일 언어문학 학술원의 연감을 꼼꼼하게 읽어 보았습니다. 그러나 이미 저명한 수상자들께서 뷔히너에 관해 말할 수 있는 것, 아니 그 이상의 모든 것에 관하여 말씀하신 것 같더군요. 1976년경에도 여전히 세상에 문학 작품과 문학상이 존재한다면, 그때의 뷔히너상 수상자는 어쩌면 지금 제가 연설문을 작성하는 데 어려움을 느꼈던 것보다 훨씬 큰 어려움을 느낄 것이라며 스스로를 위로하려고 애썼습니다. 사실 독일의 사법이 있는 한 영원히 뷔히너 시대의 법과 평행을 이루게 되겠지만, 그때는 뷔히너를 해석할 수 있는 여지가 더 이상 없을 것입니다. 한데 이러한 생각도 저의 과제를 해결하는 데 별 도움이 되지 못했습니다. 요컨대 저는 아직 한 번도 어떤 테마를 다루는 데 있어서 이번처럼 어려웠던 적이 없었습니다. 왜냐하면 다루어야 할 테마를 제 스스로 정하지 않은 것은 이번이 처음이기 때문이죠. 그럼에도 불구하고 수상자로서 누구나 치러야 할 이 의무적인 연설 요청을 저도 기꺼이 받아들였습니다. 고국에서 사회 정의를 위해 전력투구했고, 그 때문에 체포령이 내려져서 이 도시를 떠나야 했던 위대한 인물을 매년 기리는 전통은 마땅히 존중되어야 합니다. 오늘 이곳에서 우리는 그를 기억합니다.

이러한 전통에 대해 우리는 마땅히 독일 언어문학 학술원에 감사해야겠지요. 그런데 유감스럽게도 독일에서는 이 전통을 최고로 보지 않습니다. 제가 알고 있는 한, 독일인 가운데 어느 누구도 관용을 베풀기는커녕 오히려 많은 사람들이 그 정반대입니다. 아주 극소수만이 슬기롭게도 이성, 인식, 가치, 문화의 전통에 무게를 두고 있을 뿐이죠.

사람들이 인정하듯이 사실 저는 직업적으로 문학과 관련이 있습니다. 그러나 저는 저 자신을 문학의 생성이나 혹은 문학의 발생사에 연관시킬 만큼의 자질은 갖추지 못했습니다. 다만 저에게 독서는 숙달된 일일 뿐입니다. 어떻게 하면 제 자신이 인기 작가가 될 것인가 하는 바람은 없습니다. 그래서 거기에 연연하지 않습니다. 그리고 저는 문학을 학문과 동일하게 보지 않습니다. 때문에 저는 여기서 학술적이 아닌 데다가 어쩌면 체계도 갖추지 못한 생각을 발표해야 될 것 같군요. 물론 저의 고찰 대상은 게오르크 뷔히너입니다. 독일의 다른 어느 작가보다 훨씬 뷔히너는 표면상 문학적인 분석에 배타적입니다. 뷔히너에게 창작은 중요한 일이 아니었습니다. 그가 창작에 몰두했던 기간은 그의 전 생애 중 9개월도 못 됩니다. 그것은 결코 작가의 삶이 아니지요. 그는 특정한 시기에 귀속될 만한 행적을 남기지 않았습니다. 반을 작가로 살아서 우리가 그것을 조명할 수 있을 정도로 두 가지 삶을 영위하지도 않았습니다. 사실 창작은 그의 생활을 보충합니다. 그렇다고 해서 그가 그 창작을 위해서 살지는 않았죠. 그는 혼자서 정치적인 운동가, 학자, 작가, 잠정적인 인도주의자, 쓰라린 경험을 한 염세가였습니다. 근본적으로 저는 뷔히너 스스로가 자신을 작가라고 여기지는 않았다고 봅니다. 그는 스스로 말했듯이 자신의 저서에 대해 '명예는 가지되, 빵은 갖지 않기를' 바랐습니다. 항상 그는 명예를 원했습니다. 그는 작가로서의 임명을 특별한 인증이라고 느꼈지만 직업으로는 다른 것을 선택했습니다. 예술은 그의 삶에서 뚜렷하게 부차적인 역할을 했던 것뿐입니다. 다시 말해서 그의 글에서 음악이나 미술에 관한 묘사는 전해지지 않습니다. 가령 이탈리아 문화를 향유한 사람으로서, 아니면 적어도 안일한 여행자로서 그를 상상하기는 어렵습니다. 그리고 그는 괴테처럼 보석을 관찰하는 사람도 절대 아닙니다. 그의 사회적인 양심은 그가 선정된 사람이라고 여기는 것을 허락하지 않았습니다. 그는 그 어떤 교시자가 아니라 일종의 분류 학자였습니다. 격언적인 사고는 그야말로 그에게 낯설었던 거죠. 많은 작가들과는 달리 그는 자신이 이해한 것에 대해서만 말했습니다. 그래서인지 다양한 작품을 쓰기에는 그의 인생이 너무 짧았습니다. 그의 언어는 약간 변했을 뿐이지요. 풍자적이고 낭만적인 탈선, 「레옹세와 레나」에 삽입한 해설, 언제나 똑같은 의도적이고 의식적인 범속한 산문에 이르기까지 말이죠. 그의 언어는 단지 주제와 함께 변했습니다. 「보이체크」의 결말에 그것들은 점점 더 숨 가빠지고, 빡빡해지고, 약간 분리됩니다. 전체적으로 보아 시간이 없는 한 남자의 호흡이 가빠집니다. 적어도 그의 작품은 주제상 다면체로 채워진 듯합니다. 그리고 그의 약혼녀는 완성된 한 편의 극본 원고를 폐기하지 않았던 모양입니다. 사실 두 사람은 결혼하지 않았죠. 그럼에도 불구하고 약혼녀는 뷔히너가 죽은 후에 그의 미망인으로서의 권리를 행사했습니다. 그러고 나서 그녀는 자취를 감춤으로써 콘스탄체 모차르트로부터 오늘날까지 이어지고 있는 나쁜 전통을 따랐지요. 미망인, 예를 들어 니센, 예글레, 골, 칸딘스키 혹은 베르크는 그들의 죽은 예비 신랑의 모습을 덮어 두려고 노력한 것 같지만 사실은 그 노력으로 인해 오히려 스스로를 드러내는 결과를 초래합니다. 그것을 그들에게 한 번쯤은 지적해야 할 것 같습니다.

어떻든지 간에 직업과 작가로의 임명 사이의 다양성은 뷔히너에게 있어서 그 어떤 갈등의 대상도 아니었습니다. 오히려 그는 그런 다양성을 유일한 인간적인 태도의 표현 가능성으로 보았는가 하면, 동시에 서로 다르게 분리해서 생각지도 않았습니다. 그에게 있어서 갈등은 내적인 것에서 기인하는 것이 아니라 외적인 상황으로 인해 야기되었습니다. 그러나 우리는 뷔히너의 본성에서 어떤 불화도 찾지 못합니다. 그의 내면의 갈등은 다름슈타트로부터 도주한 후에 시작되었습니다. 그때 그의 충동과 행동하고자 하는 열망이 마비되었고, 희망이 좌절되어 결국은 체념으로 변했고, 그러한 우울증으로 인해 한 편의 극본도 완성하지 못한 채 오랫동안 방황했습니다. 그도 결국은 자기와 똑같은 사람들이 역사의 바퀴를 돌리지 못한다고 보았지요. 나아가 '자신과 같은 유의 사람들에게는 정치를 변화시킬 수 있는 힘이 없다'라고 판단했던 것입니다. 독일에서는 자유스러운 정신이 환영 받지 못한 만큼 경직된 정신도 환영 받지 못합니다. 뷔히너의 꿈은 깨어졌던 거지요. 그래서 그는 잠시 동안 다른 꿈속으로 피난했습니다. 그 꿈이 바로 「레옹세와 레나」였습니다. 이 작품은 멜랑콜리의 걸작이자 공허와 좌절의 희비극입니다.

저는 바로 이 희비극에 관해 이야기하고자 합니다. 이 작품은 두 가지 의미에서 중요성을 내포하고 있는데, 첫째 뷔히너의 삶 속에서의 의미를 들 수 있습니다. 그 이유는 이 작품이 설령 어떤 변화는 아닐지라도 변화가 암시된 방향 전환의 표출이기 때문입니다. 둘째 해석의 동기로서의 의미입니다. 여기에는 조건이 있습니다. 다시 말해서 해석은 절대적인 진실의 발견이 아니라 발견을 위한 주관적인 기여를 의미하는 겁니다. 지금 듣고 계시는 여러분 각자 제가 앞서 말씀 드린 것 자체를 제약적으로 접목하셔야 할 겁니다. 한 사람의 천부적 재능을 우리의 척도에 따라 측정하고 그에게 우리의 충동을 전가하려 하는 것은 횡포일 테죠. 그래서 저는 해석하지 않고 해석의 가능성에 관해 말씀 드리고 싶습니다.

「레옹세와 레나」는 사실 한 편의 희극입니다만, 넓은 의미에서 희곡론의 법칙과는 거리가 먼 작품입니다. 즉 작품에서 아리스토텔레스적 요구는 무시된 것이지요. 여기에서 이미 급진적인 전향을 예고합니다. 그것이 나중에 「보이체크」에서 표명된 대로 말입니다. 「레옹세와 레나」에서 시간의 일치는 우연적이고, 장소의 일치는 작품 속에서의 풍자적인 의도인 것을 포포 왕국이 무대보다 훨씬 작다는 사실을 알 수 있습니다. 사실 발레리오는 반 다스의 대공국과 몇몇 왕국의 경계선 통과를 계산합니다. 그러나 이러한 간격도 사실상은 궁전에서의 과격한 측면보다 한층 작게 보입니다. 서막은 분명 고전주의적인 경향을 보이지만, 점차로 이 서막이 단 한 번도 완전하게 중단되지 않는 것이 확실시됩니다. 그러니까 엄격하게 말하면 이 작품에는 어떤 극적인 국면의 급진적인 전환점이 없습니다. 왜냐하면 두 사람의 사건 주체자, 즉 레옹세와 레나가 서로 몹시 우물쭈물하면서 말꼬리만 잡고, 몽롱한 상태에서 가까워지고, 서로의 생각 속에서만 만지고, 동시에 꿈속을 헤매며 항상 지쳐서 그들이 전혀 알지 못하는 힘겨운 삶에 취해 있기 때문입니다. 그런가 하면 그들은 만나기도 전에 이미 서로에 대해 이러쿵저러쿵 토를 답니다. 또 실제로 그들은 아직 한 번도 마주친 적이 없는 데도 서로가 무엇인가 막연한 기대, 어떤 알 수 없는 것을 받아들임으로써 다른 사람의 공기를 느끼고—언제나 꿈꾸면서, 생각에 잠기면서, 속삭이면서, 일종의 '방백'에서—우여곡절의 사랑에 빠집니다. 왜냐하면 이러한 정서는 역시 무대의 언어보다 많은 주석의 효과를 내기 때문이죠. 이 작품에서 극중 대화가 관객이 이해하는 환상을 없애 준다고는 말할 수 없습니다. 그렇지만 사실 환상은 제거될 필요도 없지요. 우화는 간단하게, 그러니까 몸짓으로도 표현한다고 할 정도로 매우 간단하게 생각할 수 있기 때문입니다. 주어진 것 이상으로 그 어떤 것도 전제되지는 않습니다. 모든 행위는 직접 보는 것이지 결코 벽을 통해 보는 것이 아닙니다. 그리고 풍자 그 자체인 단 한 번의 우편 배달 편지, 즉 소식으로 인해 장면 외의 사건이 생생하게 전달되는 것입니다. 뷔히너 문학에서 레옹세라는 인물은 주제상으로 브렌타노를 모델로 삼았다고 생각합니다. 여기서 저는 고전주의는 물론 낭만주의자들에 대해서 독일 학교 교육을 받지 못했다는 것을 말씀 드려야겠군요. 저는 영국에서 학교 교육을 받았고 거기서 셰익스피어를 배웠습니다. 그래서 제가 이 작품을 극적인 창작물로서 결코 모범이 되지 못한다고 주장하면 틀릴지도 모릅니다. 이 작품은 구조와 어법에서 그 어느 것과도 비길 데 없이 훌륭합니다. 제가 아는 바로는 그 어떤 것도 이를 능가할 작품이 없다고 봅니다. 대화를 통해 줄거리를 전하는 문장 속에서 정체되는 순간인 바로 그것처럼 다소 용기를 북돋우는 그런 작품 말입니다. 왜냐하면 이 작품은 어떤 가극 현실의 황홀한 지역, 포포와 피피에서 공연되기 때문입니다. 그곳에서는 사람들이 다르게 이야기합니다. 그리고 그곳은 부정적이거나 긍정적인 의미에서 목적과 목표가 잘 알려져 있지 않은 동시에 특이한 법이 지배하는 곳이죠. 마치 「돈조반니」에서 밤중에 길모퉁이에서 약혼자를 잃고 혼자서 한탄하는 주인공 돈나 엘비라처럼 한 공주가 여자 가정교사와 그저 알 수 없는 곳으로 떠날 수 있는 곳이 어디입니까. 한 왕국이죠. 그곳에서는 모두가 똑같이 화려한 언어를 구사하고, 절대적인 주석이 필요한 어휘라도 아이러니컬하게 추종자들 마음대로 씁니다. 그래서 항상 말문이 막히는 한 사람은 왕인데, 그는 바로 그 점 때문에 유일하게 신용을 얻고 있지요. 텍스트를 지배하는 진부한 농담이 아닌 동음이의어가 다른 것을 추구할 때는 언어 위트가 스쳐 지나가듯이 나타납니다. 특히 뷔히너가 셰익스피어를 눈여겨본 듯합니다. 다시 말해서 효과적인 익살은 잘못 듣고 그걸 들은 사람이 다시 틀리게 옮김으로써 만들어집니다. 이는 모두를 정체시키고 때때로 줄거리를 질질 끌게 합니다. 말하는 것이 목적 그 자체가 되는 거지요. 그러나 그것을 우리는 착상의 풍부함, 간단한 리듬의 간결함과 멋들어진 어조의 장황함 사이의 변화무쌍함에 팔려서 잊어버립니다. 그럼에도 불구하고 거의 모든 곳에서 더 다급함, 숨막힘, 과열이 드러납니다. 흡사 작가 자신이 과도하게 서두르는 듯한 열기 같은 것이 드러납니다. 그러니까 뷔히너는 서둘러서 작품의 초안을 잡은 다음 그대로 밀고 나갈 수밖에 없었던 겁니다. 그 결과 불확실함 속에서 속기 문자의 원고를 작성할 수밖에 없었던 거죠. 또 그는 발음하기 힘들고 명확하지 않은 암호로 맹세할 수밖에 없었습니다. 나중에 「보이체크」에서 볼 수 있듯이 이미 이 드라마에서 문장 조각들은 전 문장을 대신하고, 바로 그것들의 축약은 독창적인 필치가 되어서 수시로 사용되거나 삭제되었습니다. 다시 말해 심지어 보충조차 완전한 보물이 된 셈입니다. 그리고 모든 것, 즉 문장들, 조각들, 장면들은 극심한 우울증으로 뒤덮였습니다. 그런데 그 우울증의 묘사는 끊임없이 마술을 부립니다. 왜냐하면 그것은 너무나 허무해 우울증 환자들에게 실재하지 않는 생활의 실질적인 문제로부터의 외면을 의미하기 때문입니다. 무대 위에서 우울한 권태는 행위를 위해서 완전한 가치가 있는 대치입니다. 관객은 우울한 권태를 흔쾌히 이해하고 때때로 중독될 때까지 즐깁니다. 무대 위에서 우울증 환자는 사건을 포착하지 못합니다. 그는 수동적인 상태에 내몰리면서 수면 상태에서처럼 헤매고 스스로에게는 물론 관객에게 일상의 꿈을 이용해서 배상을 해줍니다. 그런데 관객은 그 꿈을 성취하고 암시하는 것을 실컷 맛보는 것입니다. 반면에 무대 위의 인물은 집행권에서 실패합니다. 그리고 그 실패는 새로운 우울증을 초래합니다. 이런 방법은 뷔히너 외에 셰익스피어와 체호프도 알고 있었던 것이죠.

레옹세와 레나는 우울한 인물로서 우울한 것 외에는 다른 아무것도 보지 못합니다. 사실 두 사람은 자신뿐만이 아니라 파트너마저 서로 보지 못합니다. 우리는 이것을 한편으로는 아주 간단하게, 다른 한편으로는 이중적으로 좀 더 낯설게, 말하자면 소위 세 배나 되는 우울증과 관련이 있다고 보는 거죠. 예를 들어 '그는 금발의 머리인데도 아주 늙었어요. 뺨에는 봄기운이 돌지만 가슴은 겨울이에요' 라고 레옹세에 대해 레나는 말합니다. 이 뛰어난 표현은 레옹세를 지쳐 있는 상태로 묘사합니다. 레나는 계속합니다.

"그가 몸이 피곤하면 어디서든지 누워 쉴 수 있겠지만, 정신이 피로하면 도대체 어디에서 쉴 수 있겠어요?"

　대답은 '저 세상에서'가 될 테지요. 그러나 그런 대답을 우리는 아직 어린 아이 같은 레나로부터 기대할 수 없습니다. 그녀는 이제 '생각만 해도 끔찍해요. 내 생각에는, 단지 이 세상에 존재하기 때문에 불행하고 치유될 수 없는 인간인 거예요'라고 말합니다. 객관적으로 볼 때 이러한 상투어는 그녀가 어린아이 같다는 이유로 용서받을 수 있을 겁니다. 그리고 주관적으로는 그런 형식의 상투어가 여기서 처음으로 표현된 것이니 용서받을 수 있겠지요. 그런데 그러한 상투어는 언제나 순간을 표시하게 마련입니다. 레나는 파트너가 내린 생소한 변칙적인 질병에 관한 정의에서 그녀 자신이 갖고 있는 질병에 대한 정의도 발견합니다. 동시에 이는 작품 속에서 성장하는 순간이자 빠르게 스쳐 지나간 전환, 즉 레옹세와 레나가 서로를 받아들이기로 결정함으로써 맞게 되는 극적인 국면의 급전을 위한 최소한의 대치입니다. 그들은 말할 것도 없이 행복해지기는커녕 서글픈 한 쌍이 됩니다. 그래서 멜로디는 단조로 시작합니다. 아마 모차르트 G단조였지요. 양쪽에서 생겨나는 환멸이 결혼 생활로 파고들어 갑니다. 권태로움이죠. 즉 '무위도식은 아무런 가치가 없다' 라는 상념입니다. 어떻게든지 다른 생활의 삶을 가치 있게 만들려고 무던히 노력했지만, 이제 그의 전심전력이 헛되었다는 것을 확신하게 된 작가의 환멸이 드러납니다. 뷔히너의 삶 속에서처럼 레옹세의 놀이에서 긍정적인 주인공 역할이 기피됩니다. 아니면 전혀 그것이 아닐 수 있겠지요. 다시 말해서 뷔히너는 자신의 우울증이 맞물릴 가능성을 숨깁니다.

　로제타와의 대화 장면에서 뷔히너는 심지어 레옹세와 로제타 사이에서 자신의 고통을 만끽하기 위해 소도구를 구성합니다.

　"그 등불들을 바늘꽃 사이에 있는 크리스털 종 아래에 세워 놓아라. 그것들이 마치 나뭇잎의 솜털 같은 한 소녀의 눈처럼 꿈꾸도록 말이다. 장미꽃들은 가까이 갖다 놓고. 포도주 방울이 마치 이슬방울처럼 장미꽃잎 위로 흘러 내리도록 말이다."

96

　정확하게 이 장면에서는 행복스러운 모습을 전혀 찾아볼 수 없습니다. 그리고 이 장면은 찾아지는 것이 아니라 발견합니다. 레옹세가 무엇을 쥐고 있는지 항상 점검하지 못하는 어떤 시적이고 애매한 것의 일례지요. 그러나 무엇보다 이 장면은 화자인 레옹세가 보여 주는 예측할 수 없는 새로운 측면의 시각을 통해서 뷔히너 자신의 시각을 털어놓는 겁니다. 다시 말해서 이는 메마르고 음울하면서도 신랄한 레옹세—뷔히너를 소개하고 있습니다. 레옹세—뷔히너는 이 장면에서 자기 본능에 이의를 제기하고 동포에게 매정하게 대함으로써 그의 나태함에 스스로 벌을 가합니다. 동포는 여기서 로제타죠. 그녀는 아마 이 장면에 이르기까지 레옹세의 연인이었겠죠. 즉 그녀는 등장하자마자 지하가 훨씬 좋을 것이라고 분명하게 밝혔던 우아한 인물입니다. 왜냐하면 로제타 역시 고통스러우니까요. 하지만 그녀의 고통은 풍부한 자양분 속에 함유되어 있습니다. 그녀는 묻습니다.

　"당신의 입술이 까칠하군요. 키스 때문인가요?"

　그러자 레옹세는 '하품 때문에'라고 대답하죠. 그러고는 갑자기 대화를 멈추고 새로이 호흡을 가다듬습니다. 제가 이러한 식의 대화 유도법을 배웠던 극작가들을 일일이 나열할 필요는 없겠지요. '당신 날 사랑해요?' 하고 로제타가 묻습니다. 레옹세는 '아이, 왜 아니야?'라고 천연덕스럽게 대답합니다. 기만성을 띤 지루한 묘사가 여기에 얼마나 많이 나오고, 얼마나 지친 대답으로 처리되었는지요! 이와 같이 나태함과 권태로움을 위해서 스스로 사랑하는 파트너와 헤어지는 벌을 가하는 우울증 환자의 매정함을 보여 줍니다. 여기서는 '햄릿'의 이름이 떠오릅니다.

　작품 「햄릿」의 여운은 「레옹세와 레나」에서 그야말로 풍부하게 나타납니다. 누가 그 궁내대신의 불손한 비굴함에서 폴로니우스 혹은 오스릭을 떠올리지 않을 수 있을까요? 「햄릿」에서 대화가 구름을 타듯이 여기 로제타 장면에서도 햄릿이 인물로서 상기됩니다. 아마도 이 점에서 뷔히너의 작품이 셰익스피어의 「햄릿」에의 의존이 아니라 하더라도 친족 관계는 보여지는 거지요. 거부당한 로제타는 수도원으로 가라고 충고하는 광인을 가장한 햄릿에게서 거부당한 오펠리어가 됩니다. 로제타가 본능을 따른 것보다 더 오펠리어가 감정적으로 조심성이 없다면, 레옹세의 말 대부분은 햄릿의 말일 수 있습니다.

"로제타, 눈물을 흘리는 거요? 멋진 향락주의자라야 울 수 있지. 햇볕 아래로 가봐요. 상큼한 눈물방울이 크리스털이 될 수 있게 말이오. 휘황찬란한 다이아몬드가 되면 그것으로 목걸이를 만드시오."

여기서 마치 레옹세가 기발하게 차가운 감정을 속이며 상대방으로 하여금 믿게 하는 자신의 역량을 즐기는 듯합니다. 그리고 로제타가 그런 그를 믿지 않고 안아 보려 할 때, 그는 '조심해! 내 머리! 나는 우리의 사랑을 이 머릿속에 묻었다고' 하고 말합니다. 이는 수도원에 가는 오펠리어에게 하는 햄릿의 요구보다 훨씬 불분명합니다.

뷔히너가 어떤 작가의 작품들을 읽었는지 저는 알지 못합니다. 하지만 그는 셰익스피어를 읽었지요. 마치 이를 참조라도 한 것처럼 그는 「레옹세와 레나」에서 제1막의 모토로서 다음과 같이 인용합니다.

"좋으실 대로"

"오 나는 바보인가 봐! 나의 명예심이 화려한 윗도리에 있어."

레옹세 스스로 가장 멋진 순간에 말했을 이 소원의 표현은 셰익스피어에서는 쟈크가 한 말이죠. 그리고 이러한 인물상에서 우리는 넓은 의미로 레옹세의 모델을 인식합니다. 쟈크는 귀족에 매우 주관적인 세계관을 지닌 세계 일주 여행가, 교육받은 미술 애호가, 가능성 있는 시인, 심한 우울증 환자입니다. '저는 족제비가 알을 빨아먹듯이 고통에서 우울증을 빨아먹을 수 있습니다' 라고 그는 말합니다. 그러니까 그 역시 우울증을 의식적으로 체험하고, 심지어는 우울증을 자랑스럽게 여깁니다. 반은 바보이고 반은 현자인 데다 영원한 관객이고 레옹세처럼 내성의 게으름뱅이죠. 햄릿, 쟈크, 레옹세 이 세 사람 모두 세상을 부정적으로 봅니다. 그 가운데 햄릿의 동기는 최고로 멋집니다. 왜냐하면 그의 세계는 실제로 끔찍하죠. 그는 자기 세계를 자기가 아직 알지 못하는 보다 나은 세계와 비교할 줄 알죠. 쟈크의 동기는 제일 나쁘죠. 그 이유는 그의 세계는 그가 보는 것보다 좋기 때문입니다. 그럼에도 불구하고 그는 그의 주관적인 시각에서 결론을 끌어내고 고독 속으로 빠져 듭니다. 레옹세의 세계 포포는 분명하지 않습니다. 그러나 그 세계는 아마도 재산으로 변화시킬 수 있을 겁니다. 어찌 되었든 그것은 레옹세가 시도하지 않은 것을 가치 있게 하는 대신 삶을 받아들이고자 합니다.

뷔히너는 생존시 자살에 몰두했습니다. 「레옹세와 레나」를 집필하는 동안 그는 친구 오이겐 뵈켈에게 '새로 구멍 난 이를 빼기 전에 나는 아주 진지하게 생각했네. 나에게 아픈 것이 자살하는 것보다 나은 것인지 말일세'라고 썼습니다. 의심할 여지없이 이 편지 인용은 겉으로 드러난 것보다 더 의미심장합니다. 사소한 일—구멍 난 이빨—은 발생되는 순간, 즉 선취된 어세(語勢)일 뿐이죠. 강세는 '아주 진지하게'라는 말속에 있습니다. 그러니까 햄릿처럼 레옹세—뷔히너는 자살을 생각할 뿐 아니라 실제로 햄릿보다 더 가까이 자살에 다가갑니다. 하지만 바보 발레리오가 그의 자살 생각을 번번이 방해하지요. 단 한순간 레옹세, 즉 뷔히너는 자기 행위를 이해하는 것처럼 보입니다. 그 순간 마치 우울증 환자의 두려움을 스스로에게 조준하는 것처럼, 마치 그가 스스로에게 형벌을 가하는 것처럼 보입니다. 그렇다고 해서 그가 급격한 변화를 감행하는 것은 아니고 안정된 태도를 보입니다. 세상과 화해할 때 그는 이 작품으로서 스스로뿐 아니라 창조자인 신까지 정복하고자 했던 낭만주의적 경향으로 뒷걸음질합니다.

뷔히너는 자기 비하, 일종의 잔인한 만족감으로 그가 '가장 멋진 자살을 초래한' 것이라고 확언합니다. '나한테는 앞으로 일생 동안 다시는 그런 멋진 순간이 찾아오지 않을 거야. 날씨가 정말 좋구먼. 이제 기분이 바뀌었어'라고 말함으로써 문제는 해결되었습니다. 레옹세, 즉 뷔히너는 기분이 바뀌어서 이제부터 다른 문제로 들어갑니다. 그런데 결말에 우리는 그가 다시 낭만주의적인 경향에 빠져 왕위 계승자로서 환상적인 개혁을 구상하는 것을 듣습니다.

"우리 모든 시계를 부서 버리고 달력은 모조리 없애 버리는 거야. 그리고 시간과 달을 꽃시계에 맞춰 놓고서 꽃이 피고 열매 맺는 것으로 계산하는 거지. 그런 다음 우리는 화경(火鏡)으로 이 왕국을 둘러싸는 거야. 그렇게 되면 이 왕국에는 결코 겨울이 오지 않을 것이고, 우린 여름에 이쉬아와 카프리까지 높이 증류되어 1년 내내 장미와 제비꽃 그리고 오렌지와 월계수 사이에 파묻혀 지내는 거지."

이것이 바로 레옹세가 펼치는 미래의 비전입니다. 여기서 분명 그는 결국 그를 창조한 신과 헤어집니다. 왜냐하면 뷔히너에게 있어서 이 문장들은 필수 불가결한 삽입구로서 모두를 위한 환상적인 복지 향상을 염원하는 꿈과 이러한 복지를 위해 노력하는 정부에 관한 꿈 이외에 다른 아무것도 아니었기 때문입니다. 여기서 동일성은 끝이 납니다. 뷔히너는 점점 낭만주의의 경향에 빠져 드는 불확실한 그의 영웅과 작별합니다. 그리고 그는 스스로 자신의 꿈에서 깨어나 그가 아무것도 달성할 수 없는 불확실한 현실에 부딪힙니다. 바로 그런 절망적인 상황이 그에게 한 작품을 쓰게 했지요.

작품은 1836년 초여름 슈트라스부르크에서 완성했습니다. 다름슈타트에서 그곳으로 도주한 후 대략 15개월 후죠. 도주 그 자체가 뷔히너에게 정신적으로 부담을 주었는지 어떤지 우리는 판단하기가 어렵습니다. 그것들은 그가 도주 후 집으로 보낸 편지들에서 전혀 나타나지 않으니까요. 왜냐하면 그 서한문에서 그는 동지들과의 맹세라든가 단체 행위를 경시하고 이를테면 아버지를 안심시키기 위한 도주라는 식으로 기술했기 때문입니다. 물론 그는 그 무렵 그의 몇몇 동지들이 이미 형무소에서 학대 당하고 있고 적어도 상당한 위험에 처해 있다는 것을 알고 있었습니다. 또한 그는 동지들이 자신처럼 간단하게 도주를 해서 그들의 불행한 운명으로부터 탈피할 수 없다는 것도 알고 있었습니다. 더욱이 그는 동지들 가운데서 명철한 사고력에 천부적인 재능을 지녔던 유일한 사람이었으므로 그가 그들과 함께 형무소에 머무는 것이 어느 누구에게도 유익하지 않을 것이라는 것을 알고 있었습니다. 그럼에도 불구하고 예측했던 대로 그는 탈주한 데 대한 비난을 받았습니다. 사실 그는 폭동의 무의미에 대해 '당장 희생하는 누군가는 그저 바보처럼 그의 생명을 시장 바닥에 내놓는 것 외에 아무것도 행할 수 없다'라고 썼습니다. 그러나 두말할 것 없이 누가 그의 양심이 그의 사고력을 조정한 문장들이었는지를 알겠습니까. 그래서 결국 '우리는 시간에 희망을 걸어 보는 거야!'라고 그는 씁니다. 간단히 말하자면 그는 정치적, 곧 행동주의적인 것을 피했습니다. 그는 미래가 확실하지 않고 불투명했을 때, 즉 그가 객관적인 동일성을 등한시한 자기 묘사인 「레옹세와 레나」를 시작합니다. 그런가 하면 그는 자기 스스로에 대해 잔인하게 실증적인 것, 요컨대 그가 세상을 변화시키려고 시도했지만 실패했던 것에 대해 침묵합니다. 혹독한 풍자로 그가 변화시키려던 상황들이 암시됩니다. 농부의 장면은 끔찍한 비유적인 현실 장면을 집중적으로 제시합니다. 그러나 레옹세는 이 장면에서 아주 신중하게 자신을 제외시킵니다. 다시 말해서 뷔히너는 여기에 더 이상 끼어들지 않습니다. 그는 스스로를 무익한 사람으로 판단했던 거지요. 그는 상처를 입었습니다.

뷔히너가 자신의 정치적인 모험을 약속했던 것, 그것은 오늘날 더 이상 재건 될 수 없습니다. 그와 그의 친구들이 정말로 폭동의 가능성을 믿었는데, 놀라운 경험 이후에 「헤센 급전」을 읽은 사람들이 불안과 복종심 대신 자유의지를 향해 용기를 내고, 경찰에 폭도 대표들을 인도하는 대신 뷔히너가 하는 일을 따를 것이라는 것은 거의 불가능하고 희망을 갖는 것조차 어려워 보였습니다. 그래서 그는 기대를 저버리고 스스로를 치유하기 위해 「레옹세와 레나」를 썼습니다. 그것은 그야말로 문학 작품 창작에로의 도피였습니다. 그는 도주의 길을 혹독한 체험의 회상으로 포장했던 것이지요. 다시 말해 그는 여기서 정치적인 행동의 모든 경험을 가공했는데 자신의 역할에 관해서만은 침묵했던 겁니다. 예컨대 우울증 환자, 유미주의자, 무위도식자인 레옹세는 단 한 번도 뷔히너처럼 정치에 관여하는 것을 시도한 적이 없습니다. 뷔히너는 인식을 체념으로 인해 편협하게 보려고 하지 않았기 때문에 드러나지 않은 것 같습니다. 요컨대 독일의 지배자와 정치가가 그들의 민중을 등한시한다는 것을 인식하고 있었던 것입니다. 그를 공격하는 사람들은 공공연한 생활에서 영향을 받는 것도, 그의 권태로 민중을 일깨울 수 있는 것도 아닙니다. 혁명을 지향하는 모든 의지가 무의지에 대한 생각이죠. 언제든 그가 요구하면, 민중은 '만세'라고 외칩니다. 이 모두가 「레옹세와 레나」 안에 보다 많이 들어 있습니다. 우리는 작품 속에 등장하는 궁내대신과 주의 평의회에서 철면피 같고 인간을 무시한 그 무렵의 헤센 정부를 인식합니다. 체포장조차 유보적으로 풍자됩니다. 정치적인 재판 앞에서만은 뷔히너가 귀를 막은 듯합니다. 요컨대 한스 마그누스 엔첸스베르거에 의하면, 뷔히너는 단지 이러한 긴장된 시기의 시초를 조망할 수 있었습니다. 우리는 그것을 완전히 조망할 수 있지요. 말하자면 평행선을 그으려고 애를 씁니다. 당시 압박 받는 사람들에게 「헤센 급전」으로 그의 진실을 시험해 본 것도 아니고, 오늘날 대다수가 독일 재판에 관한 놀라운 기록에서 결과를 끌어내는 것도 아닙니다. 사실 진실을 말하는 사람은 더 이상 교살형에 처해지지 않습니다. 그러나 그 사람 역시 듣지 못합니다. 이러한 사실의 체념을 저는 오늘날 그 당시처럼 문학작품 창작으로 도피하는 이유라고 생각합니다. 뷔히너는 뵈켈에게 '우리는 시간을 희망합니다'라고 썼지요. 사실 이 문장은 그 무렵에는 오늘날보다 약간 진부하게 들렸을지도 모릅니다. 사람들은 시간에 대해 진실로 희망하고 모든 것을 염려하기 때문인데, 그럼에도 불구하고 우리에게 무력감을 일으킵니다. 뷔히너가 이러한 희망을 이미 오랫동안 가슴속에 간직하고 있었다는 오해를 불러일으켰습니다. 그리고 희망의 상실을 용해시키기 위해 그는 「레옹세와 레나」를 썼습니다. 오늘날까지 그의 가치를 유지하고 있는 낭만적인 동화극이자 엄격한 진실의 여운을 지닌 드라마죠. 그리고 나서부터 그는 더 이상 관여하려고 애쓰지 않았습니다. 독일에서 자아 상실, 사법의 허가,

고결함이 정치적인 목적의 실현을 돕는데 적절하지 않다는 엄격한 인식에서 그는 정치로부터 물러섰습니다. 그리고 그러한 되돌아섬을 비난하는 사람은 독일의 현실을 이해하지 못했습니다.

　신사 숙녀 여러분, 저의 강연은 「레옹세와 레나」 테마에서 벗어나지 않았습니다. 저는 이 테마의 마지막 단안을 논박하려는 의도에서 내린 것이 아닙니다. 다시 말해 감사의 연설에 공격성을 띤 임무를 부가하기 위해서가 아닙니다. 다만 여기서 기회를 제공했기 때문이 아니라, 그 기회가 통계상의 자료에 의해 재검토될 수 있는―그걸 저는 지우고 싶습니다만―그런 뒤집을 수 없는 진실을 상기시켰기 때문입니다. 그럼에도 불구하고 이 테마를 끝까지 다루는 예의는 갖추지 못할 것 같습니다. 어쨌든 저도 여러분과 마찬가지로 모든 직권에 대항하여 뷔히너를 지지할 그런 사람일 것입니다.

김복희 옮김

# 뷔히너의 현재성

저의 감사하는 마음은 진심입니다만, 저의 연설은 고언을 담지 않을 수 없습니다. 왜냐하면 이 상이 '뷔히너상'이라는 명칭을 지녔기에 필연적인 것입니다. 그러나 고언에는 하나의 전제가 있습니다. 그것은 위에서부터 아래로, 즉 앞서 간 선배의 교만에서 나오는 것이 아니고, 아래에서 위로 나오는 것도 아니며, 스스로 쉴 수 있을 중심부에서 나오는 것도 아니고, 가장자리로부터 나오는 것입니다. 그것을 저 소란스런 동시대인으로서의 감정이 주는 가장자리로, 바로 그 점이 그의 시대의 동지 게오르크 뷔히너를 이렇게 현존하게 해줍니다.

뷔히너의 생과 작품을 파악하는 건 간단해 보입니다. 그의 생은 너무도 짧았고, 그의 작품은 단편적이고 독창적이며, 주머니 속에 매끄럽게 들어갈 만 한 단 한 권의 분량입니다. 그런 사실은 숭배적인 단순화를 낳는데, 시적 통절함을 실은 비문에 어울릴 이상적인 주제가 되기도 합니다. 일찍이 완성되고, 일찍이 사망한, 이별, 결말, 영면. 그렇지만 뷔히너의 생과 작품은 이 영면을 허용하지 않습니다. 그것은 평화의 땅 묘지와는 매우 거리가 멀어서 아름답고 궁극적인 광고문을 불가능하게 합니다. 뷔히너가 불러일으키는 소란은 놀라울 만큼 현재성을 지녔기에, 여기 이 강당에 현존합니다. 다섯 세대를 건너뛰어서 그 소란은 우리에게 다가오며 점차 우리를 덮칩니다. 죽음의 예감으로 명명된 이 거친 아름다움과, 우리 문학사에 정말 드물었던 어둠의 열정을 간직한 채 말입니다. 이러한 움켜쥠, 소재 선택에 있어서의 확신, 그가 붙잡은 모든 대상에서 볼 수 있는 이 인간적인 물질의 정의감, 그리고 무엇보다 예술을 비로소 예술로 만드는, 그렇지만 인위적이어서는 안 되는 저 미숙함의 숨결, 곧 조바심의 숨결 말입니다. 바로 그러한 모순 속에 그 정의가 있지요. 그러니까 결코 인위적 조바심이나 인위적 미숙함이 아닙니다. 그냥 현존합니다. 마치 「레옹세와 레나」에서 레나가 설명하는 그런 사람들 같습니다.

"나는 단지 그들이 '존재한다'는 사실 때문에 불행하고, 구제 불능인 사람들이 있다고 생각합니다."

그의 예술을 살아 있다고 표현하는 말은 무척 생물학적이며, 아마추어리즘의 나락으로 빠지게 될지도 모릅니다. 그런데 뷔히너는 아마추어가 아닙니다. 저는 그가 두개골 신경에 대한 강의에서 생명체에 대한 생물학도로서가 아니라 표본화된 물질에 대한 해부학자로서 발언한 그 부분에 대해 언급하고 싶습니다.

"…… 개인의 육체적 현 존재 전체는 철학적 방식으로 보자면(그는 목적론적 방식과는 반대로 이 방식을 제시했습니다), 고유 개체의 보존을 위해 내세워진 게 아니라 태초의 법, 그러니까 아주 단순한 균열과 선 들에 의해 최고의 순수한 형태들이 야기되는 그런 아름다움의 법을 고지하는 것이다. 모든 것, 형식과 소재는 그 방식으로 보자면 이 법에 매어 있다."

뷔히너의 작품에 대한 모토로 내세울 수 있을 이 발언에서 그는 자연과학자로서 그리고 작가로서 존재합니다. 제가 또 하나 다만 구전되어 온 사회적 성격의 발언을 덧붙이자면 이렇습니다.

"사람이 날마다 먹을 수프와 야채와 고기가 있다면, 훌륭한 사람 되기는 누워서 식은 죽 먹기다."

그리고 또 하나 사회적 사실주의의 조야한 유형을 독일 드라마상 최초이자 마지막 노동자라고 할 보이체크의 입을 통해 들어 봅시다.

"우리는 천당에 가게 되면 천둥 치는 일을 도와야 할 거라."

그러면 저는 한 사람의 한 입에서 두 사람의 시인을, 두 독일인을 보게 됩니다. 한 세기 후에 나타나 서로를 배제하는 것으로 보였던 벤과 브레히트, 두 사람은 여전히 뷔히너 안에서 존재하고 있습니다.

뷔히너의 정치적·미학적 현재성을 보는 것은 어렵지 않습니다. 뷔히너의 친구이자 대학생이었던 미니게로데가 겪은 지하 감옥에서의 고문을[1] 공공 거리에서 공직자들에 의해 자행된 두 건의 살인, 베를린 대학생 오네조르크와[2] 연방군 병사 코르스텐의 사살과 관련 지으면 말입니다. 둘 다 국가 권력에 의한 공개 살인이라는 몸서리쳐지는 경우입니다. 또는 「헤센 급전」을 페르시아어로 번역하거나, 아예 독일어 팸플릿으로 만들어서 새로이 주석을 달아 보급하는 일 말입니다. 물론 박지 인쇄의 고전판 포장을 해선 안 됩니다. 그랬다간 게르만 학술원 취급 같은 조짐이 일어나, 거기서 정치적 가시바늘을 뽑아 버릴 테니까요. 귀족과 오두막에 대한 풍자는 이 신판에서 변경할 필요가 없겠고, 그저 해석을 달면 될 것입니다. 대연정은 충분히 독재적이요, 작은 투표함을 더는 두려워할 게 없지요.[3]

우리에게 다른 선택의 여지가 없다면 우리의 정치적 문맹을 표현해도 될 텐데 말입니다. 보는 눈을 가진 이에게는 히죽거리는 합의와 정말 히죽거리는 독재성이 충분히 보이지요. 두 개의 권력에 익숙해진 왜소한 남자의 새로

---

1) '오두막에 평화를! 궁정에는 전쟁을!' 이라는 유명한 대목은 1834년 7월자 「헤센 급전. 최초의 전령」에 인쇄되었다. 이를 배포하다가 붙잡힌 대학생 미니게로데에 관한 기록이 1834년 10월 15일자 카셀의 내무부 문서에 나온다.

2) 베노 오네조르크는 이란의 팔레비 국왕 방문 반대 시위 중 경찰의 총격으로 사망했다.

3) 비상사태법 추진 반대 투쟁에서 서독 국민들에게 투표 용지 무효화 운동을 선동하고 나선 사람으로 마르틴 니묄러 목사를 들 수 있다. 투표 용지 무효화 운동의 이유는 당시 현실화된 기민·기사연과 사민당 간의 대연정(大聯政)은 '히틀러가 무색할 정도' 의 독재 체제로 변질될 것이라는 우려 때문이었다.

운 봉건주의가 보입니다. 그는 거의 전권적인 대정당의 거대한 관료 기구에
서 안전을 느끼고 있는데, 그 안전이라는 게 어느 여자 가신이 어떤 궁정에서
느낄 수 있는 것보다 더한 정도겠지요. 자신의 양심을 정당에 바친 자들에게
뷔히너의 「당통의 죽음」에서 강력한 구절을 인용해 드립니다.

"양심이란 원숭이가 그 앞에 놓고 고민하는 거울이다. 각자는 할 수 있을
만큼 씻고 닦으며, 제 고유의 방식으로 제 재미를 찾아 나서는 것이다. 그건
서로 드잡이해서 쟁취할 가치가 있는 것이다."

그러한 팸플릿에도 어떤 장례식[4]의 묘사가 빠져서는 아니 될 겁니다. 저
마비적인 행사 말인데요. 그것은 반년 전 일로서 지난 한 시대를 종결하고 새
시대를 위한 표식이 되었고, 거의 1주일 내내 텔레비전 우산을 장악했었지
않습니까. 국내외, 유럽, 그리고 해외 입법자들이며 정부의 수반들의 입성 행
진, 제국 시대의 십자훈장 수상자들이며 추기경들 사이에 유행에 걸맞게 차
려 입은 입법자들이 무리 지어 입성했습니다. 그것은 현대적이었지요. 그런
데 그것은 저에게는 몸서리쳐지게도 전혀 현재적이지 않았습니다. 이 장례
의식을 이론의 여지없이 너무나 당연하게 치러낸 데 더해 표정들, 의상들, 자
동차들 하며 현대적 정치가들, 현대적 주교님들, 현대적 정치인들, 그리고 현
대적 군대, 그들은 쾰른 대성당을 장악했습니다. 우리가 심사숙고해야 할 것
은 민주주의라 자처하는 이 사회에서도 두 계급은 의상의 강요에 굴하지 않
는다는 점입니다. 바로 그 민주주의를 창안하지 않았을 뿐만 아니라 민주주
의에 대해서 입증할 수 있을 만큼 비우호적이었던 두 계급, 곧 성직자와 군대
말입니다. 이 두 계급은 항상 현대적으로, 항상 사회적으로 유능하게 의상을
갖춥니다.

이제 「공산당 선언」보다 13년 먼저 씌어진 「헤센 급전」에서 인용할 것입
니다.

"법은 자신들의 졸렬한 작품으로 지배를 보장하려는 고상한 자들과 학자

---

4) 1967년 4월에 있었던 아데나워 수상의 장례를 말한다.

들이라는 하찮은 계급의 소유물이다. 이 정의란 여러분을 규칙 속에 잡아 두어 더 편안하게 착취하려는 수단에 불과하다. 저들은 여러분이 이해하지 못하는 법, 여러분이 전혀 모르는 원칙, 여러분이 아무것도 파악할 수 없는 판결들에 따라서 말한다."

우리가 심사숙고해야 할 것은 그뿐만이 아닙니다. 우리 모두는, 우리와 또 독일인들에게 타격을 입은 여타 유럽 국가의 대표자들도 유행적 변형을 따르고 있다는 것입니다. 다시금 제국 십자훈장을 두르다니, 그것도 현대화한, 다듬은, 민주화한 십자훈장을 말입니다. 거기에서 갈고리를 빼낸 것입니다. 십자는 어쨌거나 십자인 것입니다. 그리고 십자는 예술에서나 사회에서나 현대적입니다. 어쩌면 보다 나은 유행적 변형으로 인해 '사람들이 여전히 십자가를 하고 다닌다'라고 할는지요. 제 민족들의 고행을 위해 십자가는 표창으로서 수여된 것입니다. 그것이 그 부조리성에서 현대적이지 않다면, 어떻게 이 몇 날 며칠을 끌면서 공포심마저 자아내는 행사를 현대적으로 만들겠으며, 또 그리 해낼 수 있겠습니까. 그러면서도 몸서리쳐지게도 현존하지는 않았습니다. 비로소 영상 매체의 우산 위에서 엄청난 제곱을 함으로써 그 행사는 능란한 방식의 서양식 픽션, 즉 연극과 편집에서 현실로 바뀌었습니다. 더 이상의 해설이 아니라 그의 신부에게 편지를 쓴 스무 살 뷔히너에게 다시금 말을 돌리고 싶습니다.

"나는 역사의 소름 끼치는 숙명론에 절망을 느낀다오. 인간 본성에서 경악스러운 유사성을, 인간의 모든 관계에는 피할 수 없는 폭력을, 그것도 모두에게 부여되어 있음을 발견합니다. 개인은 파도 위의 물거품이요, 위대한 자는 다만 우연일 뿐이라오. 천재의 지배권은 인형극이요, 철칙에 거슬리는 우스꽝스런 고투라, 그것을 인식함이 최선이오. 그것을 극복하기는 불가능입니다. 역사의 사열식용 폐마들과 모퉁이에 선 자들 앞에 머리 숙여 절을 한다는 건, 나로서는 상상이 되지 않는다오."

저는 이 새로운 「헤센 급전」에 다음과 같은 면밀한 분석을 넣고자 합니다.

곧 이 나라에서 한 이상한 외교 문서에 근거하여 국가를 방문하는 민주주의 자들과 사회주의자들이 번거롭게 관을 쓴 우두머리들과 압도적인 매력을 지닌 영주 같은 사람들과 더불어 영접 받는다는 사실 말입니다. 만일 새로운 의식의 소유자인 대학생들이 소란을 통해, 그리고 명백히 표명된 거부를 통해서 이 외교 문서에 거역한다면 누가 놀라겠습니까? 그것만이 유일하게 가능한 방식인 걸요. 이 기이한 외교 문서가 경찰의 폭력을 통해 그들에게 강요하고자 하는 그런 예절에 그들이 어떻게 의무감을 갖겠습니까? 그런데 이 나라에서는 대부분의 일들이 사실 그 자체로서가 아니라 문서 문제들로 좌절당하고 맙니다. 초대장에 씌어진 간단한 기재, 예컨대 '짙은 색 양복' 또는 '외출용 정장'이라는 말에는 꽤나 육중한 압력이 내포되어 있습니다. 무엇이 짙은 색인지 누가 저에게 말해 줍니까? 외출시에는 제가 무엇을 입나요? '흡연' 같은 막중한 위협들은 아마 아이러니의 가치도 없겠지요. 누가 우리 위에서 규정하며, 누가 우리를 처리합니까? 누가 우리에게 불문율을 부여합니까? 청년의 항변이 복장과 두발에 표현되는 것을 누가 이상하게 여긴답니까? 책임이 위임되어야 하고 다른 선택을 허용하지 않을 투표함으로 충분할 수 없기 때문에, 그들은 소란과 명백히 표명된 거부를 통해 또 복장과 두발로 표현을 갈구하는 것입니다. 이번에는 스무 살의 뷔히너가 가족에게 쓴 편지 구절에서 인용하겠습니다.

"제 생각은 이렇습니다. 만일 우리 시대에 뭔가 도움이 되어야 한다면 그것은 폭력입니다. 우리는 영주들에게서 무엇을 기대해야 할 것인지 알고 있습니다. 그들이 승인했던 모든 것은 필연을 통해 강요된 것입니다. …… 젊은이들의 폭력 사용이 비난 받고 있습니다. 그런데 우리는 영원한 폭력의 상태에 있는 것 아닙니까?"

저는 뷔히너의 미학적 현재성을 그의 정치적 현재성과 분리할 결심이 서지 않습니다. 그러자면 역사에 의해서 놓치게 된 두 독일인의 만남을 한탄해야 할 것입니다. 뷔히너와 그보다 불과 몇 살 어린 마르크스의 만남 말입니다. 「헤센 급전」의 힘에 넘치고 상당히 민속적이며 물질의 정의에 넘치는 언어는 의심할 여지없이 「공산당 선언」만큼이나 영향력 넘치는 정치적 문서입니다. 사회적 현실의 인식과 묘사에서 보여 준 뷔히너의 꿈같은 확신은 「헤센 급전」에서부터 중단 없이 바로 그의 극 작품들, 산문, 편지들에 이입됩니다. 시인이자 자연과학자요 동시에 정치적 작가였던 뷔히너가 사회적 현실의 인식과 묘사에서 보여 준 꿈같은 확신이야말로 마르크스주의의 많은 오류와 우회를 문학에 관한 한 면할 수 있는 기회, 그리고 미래의 마르크스주의적 작가들의 고뇌를 탕감할 수 있는 기회를 주었는지 모릅니다. 어쩌면 실제 역사에서는 놓쳐 버린 이 두 사람의 만남을 사후에 성사시킬 수 있을지 모릅니다. 그러니까 오늘날 실행되고 있는 마르크스주의의 이상주의적 미학을, 어쨌거나 마르크스의 동시대인이었고 결코 그의 나쁜 동지가 아니었을 뷔히너의 물질의 정의와 대질시키는 것 말입니다. 뷔히너의 작품과 또한 그가 작품에 대해 언급한 모든 글에는 몰인정도 그 반대도 들어 있지 않고, 오직 물질의 정의에 대한 소망만 있을 뿐입니다. 「당통의 죽음」에 대해서 그는 사실 경악했던 가족들에게 이렇게 씁니다.

"…… 그런데 이 이야기는 맙소사 젊은 여자들의 독서를 위해 창작된 것이 아닙니다. 그리고 만일 저의 드라마가 그런 데에 적합하지 않다 해도 불쾌하게 여길 필요 없습니다. 저는 당통이란 사람과 그 혁명의 도당들에게서 덕행의 영웅들을 만들 수는 없었습니다. …… 그가 그러한 소재를 선택한 것을 두고 날 비난하려면 하라지요. 그런 항변은 벌써 반박되었습니다. 그 항변이 타당하다고 하려면, 문학 작품 중 정말 위대한 대작들이 비난 받아야겠지요. 작가는 도덕 교사가 아닙니다. 작가는 인물들을 창안하고 창조하지요. 작가는 과거의 시간들을 다시 소생시키는 것입니다. 그렇게 하고자 한다면, 역사를 학습해야 할 필요는 없을 거예요. 그 속에는 너무 많은 부도덕한 일들이 서술되고 있으니까요. 또 눈을 아예 동여매고 골목길을 걸어야 할 것입니다. 안 그랬다가는 추잡한 짓거리들을 볼 수도 있을 테니까요. 그러고는 이 세상을 창조하신 신을 향해 비명을 질러야 할 겁니다. 세상에서는 너무도 많은 방탕한 짓거리들이 일어나니까요. 그런데요, 만일 누가 저에게 작가란 세상을 있는 그대로 보여 주어서는 안 되고 어떠해야 마땅한가를 보여 주어야 한다고 말한다면, 전 이렇게 대답하겠습니다. 나는 세상을 신보다 더 좋게 만들려고 하지 않는다. 왜냐하면 신은 이 세상을 틀림없이 최상의 상태로 만드셨을 테니까, 라고 말입니다."

신사 숙녀 여러분, 게오르크 뷔히너의 이름은 제게 저의 감사 말씀을 이런 방식으로 표현할 의무를 지워 줍니다. 동시대 동지의 소란한 변두리에서 말하라는 것입니다. 확신은 부서지기 쉽고, 자기 확신이란 불가능한 그런 입장, 비판적인 것이 격분으로 오해되어 울릴지도 모르는 입장에서 말하라고 합니다. 마치 비판도 자신을 거기에 함께 관련시키는 제안을 포함하지 않은 듯이 말입니다. 뷔히너의 생애와 작품에는 몇몇 현재성이 있습니다. 친구들과 가족들과의 편지 왕래, 특히 구츠코와의 편지 왕래에서 묘사되었던 망명의 문제, 그리고 「보이체크」에서 표현된 그의 다른 작품 어느 것만 못하지 않은 뷔히너의 의사로서의 현재성 말입니다.

제가 암시적으로나마 뷔히너 또는 당통이라면, 이러한 연설을 생략했을지도 모릅니다. 어쨌거나 라크르와는 당통에 대해 이렇게 말합니다.

"게으름 그 자체로다. 그는 나서서 연설을 하기보다는 차라리 단두대에 서려 하는구나."

그리고 뷔히너는 빌헬름 뷔히너[5]에게 쓴 편지에서 이렇게 말합니다.

"난 내 자신에게 매우 만족하고 있다. 장마 비나 북서풍이 불 때를 제외하고는 말이다. 난 사실 그럴 때면 저녁에 잠자리에 들기 전 발에 양말 한쪽이 걸려 있으면 그 순간 방문에 목을 매달고 싶어진다. 다른 한쪽마저 벗을 일이 너무 피곤하니까 말이다."

그로써 공공연히 알려졌던 뷔히너의 게으름의 장을 넘어서 그의 유머라는

---

5) 뷔히너의 아우.

거대한 장으로 발걸음을 내딛게 되는 것입니다. 그의 유머는 그토록 난폭하면서도 부드러울 수 있으며, 그가 그것을 잃었을 때조차 틀림없이 여전히 현존하는 것입니다. 아마 그가 취리히에서 엘사스의 친구 뵈켈에게서 편지를 받았던 경우가 그랬을 것입니다. 그 편지 중 일부는 이렇게 시작됩니다.

"독일에서 나는 매우 잘 지낸다네. 자네가 생각하는 것보다 나쁘지는 않다는 말일세……."

서용좌 옮김

연설은 연설입니다.

연설이 연설이라는 것은 연설이며 발화된 연설입니다. 그것은 발화되어야만 합니다. 즉 행해져야만 합니다. 행해진 연설만이 하나의 연설이지요. 행해지지 않은 연설은 연설이 아니라 하나의 논문입니다. 그렇다고 해서 연설이 아무런 초안도 갖고 있지 않다는 것을 뜻하진 않습니다. 연설의 초안 작성은 연설의 구상을 뜻하며, 그 구상은 연설의 계기에서 생겨납니다.

연설은 계기를 가질 때만 곧 연설입니다. 계기가 없는 연설은 있을 수 없습니다. 계기가 없다면 연설은 연설이 아니고 성명 혹은 낭독일 뿐입니다. 연설의 계기가 연설의 원인인 셈입니다. 연설은 원인적으로 그 계기에서 발전합니다. 계기는 연설을 구상하는 근원입니다. 연설의 구상은 근원적으로 계기에서 발전합니다. 연설에는 다양한 계기가 있습니다. 장엄한 계기, 슬픈 계기, 즐거운 계기, 공적인 계기, 사적인 계기가 있지요. 부차적인 계기, 중요한 계기, 놀라운 계기, 예기치 않은 계기, 역사적 계기, 달력상의 계기가 있습니다. 친구 사이의 관계에서 비롯된 계기, 친족 사이의 결속으로 인한 계기 혹은 공적인 명예 표창의 계기 등이 있습니다.

연설의 계기에서 발전하는 연설의 구상이 연설의 진행을 결정합니다. 연설의 진행이 곧 연설의 발전인 것입니다. 연설은 설혹 그 내용이 발전적이지 않더라도 발전되어야만 합니다. 발전해 나가지 않는 연설은 지루합니다. 연설은 지루하지 않아야 합니다. 식탁에서 말을 잘하는 연설자로 성장한 내 처남의 말에 의하면 중요한 점은 바로 끝맺음입니다. 왜냐하면 어디를 향해 나아가려는지 알고 있을 경우에 바로 자신이 무엇을 말해야만 좋을지를 알게 되기 때문이라는 것이지요.

연설이란 행해져야만 하는 연설입니다. 누군가 연설을 행해야만 합니다. 연설을 행하는 누군가란 바로 연사입니다. 이것은 누군가가 행하는 연설입니다. 제가 바로 그 누군가입니다. 저는 연설을 행하는 누군가입니다. 저는 여기서 연설을 행하는 누군가입니다. 저는 여기서 특정한 계기를 가지고 연설을 행하는 누군가입니다. 제가 여기서 연설을 행하는 계기는 뷔히너상의 수상입니다. 이에 대해 저는 깊은 감사를 드립니다. 이 연설의 계기는 독일 작가 게오르크 뷔히너와 관련이 있습니다. 연설의 계기에서 연설의 구상이 떠오를 경우 제가 여기서 행하는 연설의 구상은 게오르크 뷔히너와 관련된 그 어떤 점에서 발전되어야만 하겠지요.

제가 뷔히너의 작품에 대해 연설을 행해야 할까요?

제가 뷔히너라는 인물에 대해 연설을 행해야 할까요?

제가 뷔히너의 정치적 신념에 대해 연설을 행해야 할까요?

제가 뷔히너의 작품과 저의 개인적인 관계에 대해 연설을 행해야 할까요?

저는 열일곱 살에 하이델베르크에서 자전거 여행을 할 때 처음으로 뷔히너 작품집을 구입했고, 1938년에 작품 「렌츠」를 읽고 강렬한 인상을 받았습니다.

잠정적으로 이것이 연설의 계기에 대한 연설입니다.

이 자리에서 저는 여담을 곁들여야 할 것 같습니다. 저는 사실 제가 이 자리에서 무엇을 말해야 좋을지 잘 몰랐습니다. 연설을 행해야만 하는 계기는 알고 있었지만, 그 계기가 어떤 구상으로 발전해 나가지 못했습니다. 다양한 관점, 다양한 충고, 다양한 문의는 아무런 도움을 주지 못했습니다. 제가 행할 수 있는 연설은 연설이 가질 수 있는 어려움에 관한 연설입니다. 그것은 동시에 연설의 가능성에 대한 연설이기도 하지요.

가령 게오르크 뷔히너의 인용문을 선택할 경우 저는 하나의 매개를 이용해서 게오르크 뷔히너와 연관된 계기를 하나의 구상으로 발전시켜 보고자 합니다. 가령 1836년 뷔히너가 슈트라스부르크에서 프랑크푸르트에 있는 친구 카를 구츠코에게 보낸 편지에서 몇 문장을 끄집어 보렵니다. 그 문장은 다음과 같습니다.

"이념을 매개로 교양층에서부터 사회를 개혁할 수 있을까요? 불가능한 일입니다! 우리 시대는 물질적일 뿐입니다. 당신이 더욱 강력하게 정치적으로 활동하게 될 경우 당신은 곧 개혁이 스스로 중단될지도 모르는 지점에 도달하게 될 것입니다. 당신은 교양층과 비교양층 간의 균열에서 결코 벗어나지 못할 것입니다."

이러한 문장을 일종의 매개로 이용할 경우 저는 정치적 확신과 행동 방식에 있어서 뷔히너와 구츠코 간에 놓여 있던 대립 관계에 관해 말할 수 있게 됩니다. 즉 전자의 혁명적 입장과 후자의 개혁적 입장에 관해서 말입니다. 저는 뷔히너의 확신을 사회 상태에 대한 통찰력으로서 받아들이면서 그것을 연설의 계기로 삼을 수 있을지도 모릅니다. 그 인용은 아마 적절한 것으로 간주될지도 모릅니다. 그 인용은 시의 적절한 것으로 간주될지도 모릅니다. 아마 그러한 인용과 함께 뷔히너의 현재성이 표현될 수 있을 것이라는 데 많은 이가 동의할지도 모릅니다. 그럼으로써 위와 같은 점이 입증될 수 있을 것이라고 사람들이 동의해 줄지도 모릅니다.

연설은 행해져야만 하는 연설입니다. 저는 하나의 연설을 행하고 있습니다. 1836년 뷔히너가 카를 구츠코에게 썼던 문장에 대해 연설을 한다면 제가 무엇에 관해 실제로 말할 수 있을까요? 저는 정치적 견해, 통찰력, 신념에 관해 언급할 수 있습니다. 저는 위로부터의 개혁이 정말 불가능한지, 무엇 때문에 불가능한지에 관해 물어볼 수 있습니다. 저는 개혁의 불가능성이 뷔히너의 시대에만 그랬는지, 아니면 오늘날에도 여전히 그런지, 무엇 때문에 불가능한지를 물어볼 수 있습니다. 저는 1836년과 1969년에 놓여 있는 사회적 관계의 차이점에 대해 물어볼 수 있습니다. 제가 연설을 행한다면 어떤 종류의 연설을 행하게 될까요? 연설의 진행은 사회적·정치적 진보 혹은 후퇴에 대한 사유를 통해 야기될 것입니다. 이 연설의 계기가 그런 식으로 뷔히너와 연관될 경우, 연설의 진행은 뷔히너의 정치적 확신, 즉 사회를 독일과 유럽, 교양층과 비교양층으로 분류하는 것, 다시 말해 부유층와 빈곤층, 특권층과 의존층으로 분류하는 것이 제거될 수 있다는 정치적 확신에서 전개될지도 모릅니다. 그럴 경우 그것이 벌써 언급될 수 있는 모든 연설이 될지도 모릅니다.

그러나 설혹 제가 뷔히너의 인용문을 연설의 구상을 위한 매개로 이용할지라도 저는 사회 자체의 교양층과 비교양층 간의 균열 자체를 가리킬 수 있습니다. 저는 그러한 균열이 무엇을 통해 특징지어지고 그리고 무엇으로서 마침내 서술되는지에 관해 물어볼 수 있습니다. 저는 제 연설의 구상을 근본적으로 저의 흥미를 끄는 것, 뷔히너의 명성을 특징지우는 것으로 돌리려고 합니다. 그것은 다름 아닌 문학입니다. 설사 우회적일지라도 말입니다. 그러한 우회가 뜻하는 점은, 바로 교양층과 비교양층 간의 균열은 문학을 통해 표출될 수 있다는 것입니다. 이 점을 알고 있는 이들에게 있어서 예술로서의 문학은 생산물이자 정향 표시입니다. 모든 이들이 교양층이 될 수는 없기 때문에 그러한 균열은 존재하게 마련입니다. 전체는 전통적으로 예술과 문학으로 불린 것 속에 자신의 분리를 표시해 두기 때문입니다. 그리고 우리가 뷔히너가 말한 대로 균열을 넘어서지 못한다면, 그것은 예술이 모든 이들을 위한 어떤 것으로 생각될 수 없음을 뜻합니다. 그러나 그렇다고 해서 제가 예술을 제거하거나 예술을 죽은 것으로 간주하거나 예술을 억눌러야만 할까요? 우리가 넘어서지 못하는 균열은 예술 속에도 간직되어 있습니다. 민요, 동요, 르

포르타주 같은 일종의 문화재로 후퇴하는 것도 균열을 넘어설 수 있는 매개의 역할을 수행하지 못합니다. 오히려 균열이 중시될 경우 그 균열을 우선적으로 볼 수 있어야 합니다. 매개의 역할을 수행하지는 못하더라도 문제, 딜레마, 여전히 지속할 수 있는 것 등으로 존재할 수 있다고 인식되어야 합니다.

교양층과 비교양층 간의 균열에 관해 제가 연설을 한다면, 그것은 우리가 전통적으로 예술과 문학이라고 명명하는 것이 보수적으로 되어 가고 있다는 사실에 대한 언급이기도 합니다. 물론 사태를 고수하는 것이 곧 보수적인 것은 아니지만 말입니다. 그 점은 뷔히너의 작품에서 읽을 수 있습니다. 그러나 거기서 정치적 통찰력과 문학적 생산 간의 대립은 열려 있는 게 아닐까요? 아마도 포에지로서의 예술이라는 전래된 개념을 고수하는 것이 그러한 대립을 열어 놓고 있을지도 모릅니다. 경험, 전통, 의문시되지 않은 반응을 고수하는 것이 아니라 사태를 고수함으로써 어떻게든 균열과의 관계를 변화시키며, 균열의 표시를 달고 있는 것에서 저는 계속 빠져나오려고 합니다. 그런 식으로 밖으로 나오는 것에 제 연설의 구상 방향을 맞추면서 저는 하나의 목표를 주시하고 있습니다. 제가 말하고자 하는 점은 하나의 가능성을 보고 있다는 것입니다.

문학이 언어의 특별한 형식으로 정의될 수 있다면, 일반적으로 언어와 관련하여 누구나 문학이 행하는 그 점을 말할 수 있습니다. 즉 문학이란 균열을 간직하고 있다고 말입니다. 왜냐하면 비교양층은 문어체 독일어를 사용하지 않기 때문입니다. 마찬가지로 언어는 보수적입니다. 언어는 간직되며 동시에 간직된 것을 계속 새로운 연관성 속으로 옮겨 놓습니다. 제가 실제로 사회의 교양층과 비교양층 간의 균열을 넘어서려는 시도에 대해 말하고자 한다면, 저는 그 양자에게 똑같이 멀리 놓여 있는 언어로 말하려고 애를 써야만 합니다. 그것은 언어의 보편적 자명성이 아닙니다. 언어의 보편적 자명성은 교양층이 자신을 변장하는 데 이용되나, 그들은 그러한 마스크를 쓰고서 균열을 계속 간직해 나갈 수 있다고 믿고 있습니다. 모든 이들에게 멀리 놓여져 있는 언어란 언어의 근본적 속성, 즉 누구나 지니는 언어 능력에 놓여 있습니다. 언어 능력에서 발화되는 익명적인 것과 집단적인 것에 의존함으로써 저는 마치 제가 이미 그 균열을 설득해 낸 것처럼 말하려고 합니다. 저는 여기서 그 어떤 것을 포기하지 않으면서 처음부터 시도하려고 합니다.

이것은 본질적으로 결코 연설이 아닙니다. 왜냐하면 비본질적인 연설조차 제가 본질적으로 말해야 할 것을 보여 주어야 하기 때문입니다. 저는 본질적으로 아무것도 말하려 하지 않았습니다. 그러나 제가 본질적으로 아무것도 말하려고 하지 않았더라도 그것이 말할 것이 없었음을 뜻하지는 않습니다. 무언가 말할 것이 있습니다. 제가 본질적으로 아무것도 말할 것이 없었다면 저는 본질적으로 제 자신에 관해 아무것도 말할 수 없을 것입니다. 말할 수 있다는 것은 언급될 수 있는 것에 대한 관심입니다. 말을 하면서 저는 언급될 수 있는 것에 대해 관심을 가지려 합니다.

연설의 계기에서 전개되는 연설의 구상이 연설의 진행을 결정합니다. 연설이 진행하면서 연설은 그 마지막을 향해 나아갑니다. 연설의 구상은 연설의 전문적인 계기에서 전개되기보다는 연설 자체의 계기에서 전개되는 것입니다.

이제 이 연설을 맺습니다.

최문규 옮김

# 그리고 결코 아무것도 끝내지 못하리라

이 자리에 참석하신 존경하는 여러분, 우리가 말하는 것은 규명되지 않은 것입니다. 우리는 살아 있는 것이 아니라 그저 살아 있는 척하며 추측하고 실존하고 있을 따름입니다. 결국 치명적이 되고 말 숙명적인 자연의 오해 속에서, 과학으로 인해 오늘날 우리가 파멸해 버린 이 자연의 오해 속에서 고통을 당하면서 말입니다. 현상들은 우리에게 치명적입니다. 외로움을 느낄 때 우리가 머릿속에 떠올리며 사용하는 단어들이 있습니다. 수천, 수만 개로 증식하는 단어들. 모든 언어와 모든 관계에서 비열한 거짓으로 드러나는 비열한 진실을 통해, 거꾸로 비열한 진실로서 드러나는 비열한 거짓을 통해 인식할 수 있는 단어들. 우리가 용기 있게 자신에게 이야기하고 글로 쓰며 그리고 말함으로써 침묵하려는 단어들. 우리가 알면서도 비밀로 하는, 무(無)에서 와서 무로 향하며 무를 위해 존재하는 단어들. 무기력 때문에 미쳐 버리고 미친 상태에서 절망하는 우리가 집착하며 매달리는 단어들. 전염시키고, 무시하고, 말소시켜 버리고, 사악하게 만들고, 부끄럽게 만들고, 변조시키고, 기형적으로 비틀어 놓고, 침울하고 어둡게 만드는 단어들. 입 밖으로 내뱉어지고 지면 위에 씌어지는 순간 단어들은 사용하는 사람에 의해 남용됩니다. 단어들과 단어들을 사용하는 사람에게 공통된 특징은 뻔뻔함입니다. 단어들과 그 남용자의 심리 상태는 속수무책과 행복감, 비참함으로 뒤엉켜 있습니다.

우리는 자신이 어떤 연극을 보여 주고 있다고 말합니다. 밑도 끝도 없이 계속되는 그런 연극 말입니다. 우리는 무엇이든 할 수 있을 것처럼 이 연극에 덤벼들지만 결국 아무 역할도 해내지 못합니다. 우리가 생각할 수 있게 된 이후로 연극의 흐름은 더 빨라졌고, 그리하여 중요한 대사를 제대로 읊어 보지도 못한 채 놓쳐 버리고 맙니다. 이 연극은 우선 전적으로 육체의 연극입니다. 다음으로 정신의 불안, 그러니까 죽음의 불안을 그린 연극입니다. 이것이 희극을 위한 비극인지 아니면 비극을 위한 희극인지, 우리는 모릅니다. 그러나 어쨌든 끔찍함과 비참함, 책임 불능을 다룬 연극임은 분명합니다. 우리는 생각합니다. 그러나 침묵합니다. 생각하는 자는 해체하고, 폐지하고, 파멸시키고, 파괴하고, 분해합니다. 왜냐하면 생각하는 것은 필연적으로 모든 개념을 철저하게 해체하는 일이기 때문입니다. 우리는 존재합니다(이것은 역사이며, 역사의 정신 상태입니다). 불안, 육체의 불안과 정신의 불안, 죽음의 불안. 불안은 창조적인 것입니다. 우리가 출판하는 것은 존재하는 것과 일치하지 않습니다. 충격과 실존은 전혀 별개의 것입니다. 우리는 별개의 존재이며, 참을 수 없는 것은 또한 우리 존재와는 별개의 것입니다. 질병이 아닙니다. 죽음이 아닙니다. 이것은 전혀 다른 상황이며, 전혀 다른 상태입니다.

우리는 정당함을 요구할 권리가 있다고 말합니다. 하지만 우리가 가진 것은 부당함에 대한 권리일 뿐입니다.

문제는 작품을 끝내야 하는 것입니다. 작품을 끝낸다는 것은 내적인 불쾌감과 외적인 둔감함을 벗어 던짐을 의미합니다. 말하자면 인정 사정 보지 않고 나 자신을 그리고 철학을 다루는 것이며, 모든 문학과 학문, 모든 역사를, 그러니까 모든 것을 가차 없이 다루는 것입니다. 여기서 중요한 것은 정신 상태와 정신 집중, 고립, 거리감, 단조로움, 유토피아, 백치 같은 짓입니다.

문제는 언제나, 그리고 결코 아무것도 끝내지 못하리라는 생각 속에서 작품을 끝내야 하는 것입니다. 계속할 것인가, 즉 야멸치게 계속해 나갈 것인가 아니면 중단할 것인가, 아니면 종결 지을 것인가 하는 문제입니다. 의혹과 불신, 초조함이 문제입니다.

학술원에 감사 드리며, 경청해 주신 여러분께 감사 드립니다.

류은희 옮김

신사 숙녀 여러분, 뷔히너의 이름으로 주어지는 영예에 감사한다는 것이 제게는 대담한 모험이라 생각됩니다. 왜냐하면 사람들은 말로 감사하기 때문입니다. 뷔히너의 이름이 거론될 때 그의 말을 기억하고 있지 않은 사람이 어디 있겠으며, 또 그의 말에 자기 자신의 말을 덧붙일 자격이 있는 사람이 도대체 어디 있겠습니까!

그래서 저는 매우 간단한 것만 말하고자 합니다. 저는 이처럼 특별한 영예를 알지 못하며 이러한 영예를 누리게 되어 기쁘다는 말씀을 드리고 싶을 따름입니다. 저는 독일 언어문학 학술원에 감사 드립니다. 그리고 헤센주와 다름슈타트시에 감사 드립니다. 이곳은 인류가 배출한 가장 명철하고 자유로운 정신을 소유한 두 사람, 뷔히너와 리히텐베르크의 고향으로서 우리는 해를 거듭할수록 이 고장에게서 더 많은 것을 힘입고 있습니다.

저는 뷔히너에 관한 연구 서적에는 문외한입니다. 따라서 이러한 서적에 대해 잘 알고 있는 여러분 앞에서 뷔히너에 관하여 말할 자격이 제게 있는지 자못 의심스럽습니다. 제가 변명으로나마 드릴 말씀이 있다면, 그것은 그가 어떤 다른 작가보다도 나의 삶을 크게 변화시켰다는 사실입니다.

한 작가의 진정한 실체는 그 강렬함과 광도(光度)에 있어서 여느 다른 밤과는 달리 짧은 며칠 밤 동안 형성된다고 생각합니다. 그러한 밤에 그는 심한 압박감을 받지만, 완벽할 정도로 자신을 잃어버릴 수 있는 흔치 않은 밤입니다. 그를 구성하고 있고, 또 그것이 무엇을 포함하고 있는지를 알지 못하면서도 그 공간을 느끼고 있는 어두운 우주에 갑자기 또 다른 하나의 명료한 세계가 스며듭니다. 이때 두 세계의 충돌은 너무 격렬해 그의 내부에서 산만하게 제멋대로 움직이던 모든 질료가 동일한 순간 한꺼번에 번쩍입니다. 그것은 그의 내면의 별들이 무서운 허공을 넘어서 서로를 알게 되는 순간입니다. 그것들이 그곳에 존재한다는 사실을 알게 되는 그 순간부터 모든 것이 가능해집니다. 이때부터 그것들이 지닌 암호의 언어는 시작될 수 있는 것입니다.

저는 1931년 8월 처음으로 「보이체크」를 읽으면서 이러한 밤을 경험했습니다. 저는 그 전해 내내 「현혹」 속에서 살았습니다. 그것은 은거 생활, 곧 일종의 고역이었습니다. 이 일밖에는 아무 일도 없었으며, 또 그해에 일어난 다른 일들은 모두 배척당했습니다. 그런데 그때 킨이 그의 책과 함께 불타 버렸습니다. 저는 제 자신의 책들도 알 수 없는 식으로 이러한 운명에 빠져 들게 되리라고 느꼈습니다. 제가 킨에게 책에 손을 대도록 허용한 것이 잘못이었는지도 모릅니다. 오히려 그의 책 대신 제 책을 희생하는 것이 옳았을 겁니다. 아무튼 제 책들은 저를 거부했고, 그럼으로써 저는 눈이 먼 채 불타 없어진, 스스로 만든 황야에 서 있는 자신을 발견했던 것입니다.

그러던 어느 날 밤 뷔히너의 책 「보이체크」를 펼쳤더니 의사와 함께 있는 장면이 나왔습니다. 마치 뇌성벽력을 맞은 것 같은 느낌이 들었습니다. 아니, 그때의 심정을 이 정도로 약하게 말할 수밖에 없어 유감입니다. 저는 그 책에 들어 있는 미완의 단편(斷篇)에 나오는 모든 장면을 죄다 통독했습니다. 저는 그러한 것이 존재했었다는 것을 도저히 인정할 수가 없었고, 또 단순히 그러한 사실을 믿지 않았기에 모든 장면을 네댓 번 되풀이해서 읽었습니다. 제가 그때만큼 깊은 감동을 받았던 적은 없을 것입니다. 날이 밝자 저는 도저히 혼자 있을 수가 없었습니다. 저는 아침 일찍 훗날 제 아내가 되었고 그 이상의

엘리아스 카네티, 1972 123

의미를 지니고 있는, 빈에 살고 있는 한 여인을 찾아갔습니다. 그녀는 지금 살아 있지 않지만, 저는 그녀가 여기에 자리를 같이하고 있다고 생각하고 싶습니다. 그녀는 저보다 훨씬 박식했습니다. 그녀는 이미 스무 살 때 뷔히너 책을 읽었습니다. 그때 저는 그녀가 제 앞에서 한 번도 「보이체크」에 대해 언급하지 않았다고 핀잔을 주었습니다. 그 당시 우리는 무슨 이야기든 주고받는 사이였습니다. 그녀는 이렇게 말했습니다.

"「보이체크」를 알지 못한 것을 다행으로 여겨야 해요. 그것을 알고는 당신은 아무것도 쓸 수가 없었을 거예요. 일이 이왕 이렇게 되었으니 「렌츠」도 읽을 수 있겠군요!"

저는 그날 오전 그녀의 집에서 「렌츠」를 읽었는데, 제가 자랑스럽게 여기고 있었던 「현혹」은 「렌츠」에 비하면 보잘것없었습니다. 그때 저는 그녀가 얼마나 훌륭하게 행동했는가를 알게 되었습니다.

제가 지금 여러분에게 뷔히너에 대해서 감히 말할 수 있는 유일한 이유는 바로 저의 이런 체험 때문입니다.

저는 뷔히너의 생애 중 그가 머물렀던 곳들을 생각해 봅니다. 그는 다름슈타트, 슈트라스부르크, 기센, 다시 다름슈타트, 슈트라스부르크, 취리히에 머물렀는데 이 도시들이 서로 매우 가깝다는 점이 눈에 띕니다. 그 당시에도 이 도시들은 서로 매우 가까운 거리에 있었습니다. 다름슈타트에서 슈트라스부르크가 얼마나 가깝게 느껴졌는지는 뷔히너의 모친이 그에게 보낸 마지막 편지에 잘 나타나 있습니다. 뷔히너의 모친은 그가 취리히에 도착한 데 대해 안도감을 표하면서도 다음과 같이 쓰고 있습니다.

"네가 슈트라스부르크를 떠나고 나니 이제야 네가 외국에 있다는 생각이 드는구나. 슈트라스부르크에 있었을 때는 언제나 내 곁에 네가 있는 것 같았는데."

그녀는 실제로 그리 멀지 않은 취리히를 낯선 곳이라고 생각했던 것입니다. 뷔히너 작품이 갖는 독특한 특징 중 하나는 우리가 그의 작품에서 이러한 인접성을 전혀 생각하지 않고 있다는 점일 것입니다. 다른 작가들의 경우에도 마찬가지입니다. 그런데도 이들 경우에는 으레 그러리라고 생각되는데 뷔히너의 경우에는 놀라움을 금치 못합니다.

따라서 우리는 여기에서 슈트라스부르크가 얼마나 중요한 의미를 지녔던가를 한번 상기해 보지 않으면 안 됩니다. 슈트라스부르크는 근대 독일문학을 탄생시킨 산실로서 헤르더와 젊은 시절의 괴테, 렌츠가 있었던 곳입니다. 렌츠는 후에야 헤르더나 괴테 못잖게 중요한 영향력을 끼쳤다는 사실을 입증받았습니다. 뷔히너에게는, 미처 60여 년이 되지도 않았던 기억은 마치 오늘날 우리가 제1차 세계대전 이전 시대를 기억하는 만큼이나 가까운 것이었습니다. 그렇지만 이 60년 동안에는 근대사에서 가장 중요한 사건인 프랑스 혁명이 일어났습니다. 사건은 우리 세대에 와서야 비로소 보다 중요한 사건들로 대체되었습니다. 당시의 독일과는 달리 슈트라스부르크에서는 프랑스 혁명이 지속되고 있었습니다. 뷔히너는 부르주아 왕정 시대에 프랑스에 왔는데, 이 시대는 공적인 일에 대한 의견들의 풍요와 정치화로 인하여 프랑스의 정신 세계가 바야흐로 다양한 방향으로 전개되기 시작하던 때였습니다. 이 시기의 정신적 삶은 대단히 활발하고 현대적이었던 터라 우리는 오늘날에도 여러 면에서 많은 것을 배우고 있는 실정입니다.

슈트라스부르크에서 뷔히너는 처음으로 군중을 체험합니다. 도착한 지 몇 주 되지 않아서 그는 학생과 시민에 의한 폴란드의 자유 투사인 라모리노의 환영식을 접하게 되었던 것입니다. 300~400명의 학생들이 선두에 검은 기를 세우고 시내로 행진하고, 그들을 따라 수많은 군중들이 「라 마르세예즈」[1]와 「카르마뇰」[2]을 부르며 따라갑니다. 그때 도처에서 '자유 만세! 라모리노 만세! 각료 타도! 온건 정책 타도!'라는 구호가 울려 퍼집니다.

그는 슈트라스부르크 대사원에서 긴 머리에 수염을 기른 젊은 생시몽주의

---

1) 프랑스 국가.
2) 프랑스 혁명가.

자 한 사람을 만나는데, 그는 울긋불긋한 옷을 입었음에도 불구하고 그에게
적잖은 충격을 줍니다. 슈트라스부르크에서 그는 경찰이 가두시위를 하며
항의하는 군중을 마구 공격하는 것도 목격합니다. 뷔히너는 이 개방된 세계
에서 2년 간을 보냅니다. 그는 풋내기 청년이 아니었습니다. 그는 실체적인
것, 개별적인 것, 구체적인 것 등에 대한 정확한 안목을 가지고 있었습니다.
그의 이러한 안목은 대대로 의사 가문이었던 그의 선조들과 자기 집에서 받
은 인상 덕분이었습니다. 청년기의 그는 민감한 면이 있었지만 전체적으로
는 직선적이고 견고했습니다. 다시 말해 그에게서 문학적 습작을 한 흔적은
거의 찾아볼 수 없으며, 또 연약한 자의 건방진 태도나 자기 도취도 찾아볼
수 없었습니다. 그는 75세까지 살았던 건장하고 사려 깊은 아버지의 장남이
었습니다. 그리고 그의 세 형제들이 각각 76세, 75세, 77세까지 살았다는 것
을 떠올려 보는 것도 전혀 무의미한 일은 아닐 것입니다. 심지어 그의 어머니
와 누이들도 젊은 나이에 죽지 않았습니다. 이 대가족 중에서 불행하게도 전
염병으로 일찍 죽은 사람은 오직 그뿐입니다.

　슈트라스부르크에서 그는 아무런 불편 없이 자유자재로 프랑스어를 쓰면
서 활동하는 것을 배우게 되는데, 이때 배운 프랑스어는 그 어떤 언어에 의해
서도 대체될 수 없는 언어가 됩니다. 그는 친구들을 사귀고, 알사스와 보즈
지방을 알게 됩니다. 슈트라스부르크와 이 새로운 지방들은 사람들이 푹 빠
져 들게 되는 곳은 아닙니다. 만약 2년 동안 파리에서 지냈더라면 사정은 완
전히 달라졌을 것입니다. 뷔히너의 생애에서 가장 눈에 띄는 점은 어떠한 것
도 헛되이 낭비되지 않았다는 것입니다. 천성적으로 개개의 인간이나 한 인
간 내부의 기관들처럼 대상들을 함께 모으고 또 그것을 구별하는 사람에게
는 유희적인 것도 그 자체가 목적이 되지 않으며, 심지어 꿈과 경쾌함까지 날
카로운 면을 지니는 법입니다. 그 아무것도 풀어질 것처럼 보이지 않는 얽히
고설킨 복잡한 문제들에 둘러싸여 있음에도 불구하고 이처럼 자유로운 천성
을 가졌던 뷔히너는 바로 이러한 점에서만큼은 렌츠와 그 성격을 달리했습

니다. 반면에 이러한 점에서 괴테를 떠올릴 수 있습니다.

그가 체험했던 사람들과 사물들은 그가 받았던 자극과 함께 하나도 없어지지 않고 그대로 남았습니다. 모든 것은 효과를 갖게 되고 또 그에게는 오랫동안 생각과 행동이 막히는 법이 없었습니다. 그는 새로운 환경에 놀랄 정도로 신속하게 정력적으로 반응했던 것입니다. 슈트라스부르크로부터의 귀향과 다름슈타트와 기센의 답답한 독일적 상황은 마치 중병처럼 그를 괴롭힙니다. 그러나 그는 자신이 받았던 혁명적 자극들을 아무 꾸밈 없이 일반 민중들의 체질에 알맞게 그대로 전달함으로써 답답하고 억압적인 상황으로부터 스스로를 벗어나게 하는 유일한 가능성을 발견합니다. 그가 인권협회를 창설할 때 반란의 시기가 열렸고 이와 함께 그의 이중적 삶도 시작됩니다.

그의 행동이 좌절된 후에 이러한 이중적인 삶이 어떠한 형태로 계속되는지는 분명하게 알 수 있습니다. 즉 그러한 삶은 그의 작품에 생산적인 기여를 하게 되고 또 「렌츠」와 심지어 「보이체크」에까지 깊은 영향을 미칩니다. 그는 슈트라스부르크에서 체험한 프랑스적 상황의 자유로움을 답답하고 편협한 고향으로 가져왔듯이, 고향으로부터 슈트라스부르크로 도주할 때는 그의 마음을 가장 답답하게 하는 것, 즉 그를 위협하는 구속과 감옥을 지니고 갑니다. 그래서 낙원인 취리히에 성공적으로 도착했을 때 그에게는 여전히 그것에 대한 공포가 있었습니다.

그 이후 뷔히너를 떠나지 않았던 공포는 위험에 대항하여 적극적으로 투쟁하던 한 인간의 공포로, 아주 특별했습니다. 예심 판사 앞에서의 그의 대담한 태도, 그의 동료인 미니게로데를 석방시키려는 노력, 소환을 받았을 때 그대신 그의 동생 빌헬름을 끌어다 댄 것, 구츠코에게 보낸 그의 편지, 그리고 그의 성공적 도주. 이 모든 것은 자신의 상황을 완전히 파악하고 그에 굴복하기를 거부하는 그의 강한 성격을 입증해 주고 있습니다.

하지만 그가 도주를 준비하던 달에 집필했던 「당통의 죽음」을 제외한다면, 그것은 상황을 너무 단순화시키는 결과가 될 것입니다. 당통 역시 자신의 상황을 충분히 인식할 수 있었기 때문에 로베스피에르와의 대화에서 상황을 악화시키기 위해 최선을 다합니다. 그는 상황이 돌이킬 수 없이 되고 또 첨예화되기를 바랍니다. 그러나 당통은 자신을 구제하고 도주를 결심하는 문제에 직면해서는 '그들은 감히 그렇게 못할 것이다' 라는 문장을 자주 되풀이함으로써 스스로를 마비시킵니다. 이 문장은 이 작품 속에서 가장 커다란 강박관념으로 거듭되는 문장입니다. 처음 이 말을 듣게 되면 우리는 불안한 감정을 갖게 되지만, 몇 번 반복하여 듣게 되면 나중에는 마치 사람들이 혁명 구호에서 느끼고 싶어하는, 그러나 실제로는 이와는 정반대인 감정을 갖습니다. 다시 말해 이 말은 '인간은 구원될 수 있는가' 라는 이 작품 고유의 주제를 보여 줍니다. 당통은 머물러 있기를 원합니다. 그것은 위험보다도 더 강력한 그의 내부에 끈질기게 도사리고 있는 욕망입니다. 그는 '사실 나는 모든 일에 대해 웃지 않을 수 없군' 하고 말합니다. 또 이렇게 말합니다.

"나를 떠나지 않는 느낌이 하나 있는데 이 느낌은 내일도 오늘과 같을 것이다. 그리고 모레와 그 이후에도 모두 같을 것이라고 나에게 말한다. 그것은 공허한 소음이다. 그들은 나를 위협하려고 하지만 감히 그렇게 하지 못할 것이다!"

뷔히너는 자기 자신을 구하기 위해 자신을 구하려고 하지 않았던 이 인물상을 내세우지 않을 수 없었는데, 왜냐하면 당통의 위험은 바로 자기 자신의 위험이기 때문이고, 또 콩시에르제리[3]는 곧 다름슈타트의 감옥이기 때문입니다. 그는 들뜬 상태에서 글을 쓸 수밖에 없습니다. 그리고 당통을 단두대에 올려놓기 전까지는 조금도 쉴 수가 없습니다. 그는 이 몇 주 동안 그가 가장 믿고 있었던 동생 빌헬름에게 그런 말을 하고 자신은 도망가야 한다고 말합니다. 하지만 그는 아버지와의 불화, 감옥에 있는 동료들에 대한 걱정, 당국이 그에게 손을 대지 못할 것이라는 믿음, 돈의 부족 등 여러 이유 때문에 그곳을 떠나지 못합니다. '당국이 그에게 손을 대지 못할 것이라는 믿음' , 바로

---

3) 프랑스혁명 때의 파리 재판소 부속 감옥.

그런 믿음은 나중에 당통의 입을 통하여 '그들은 감히 그렇게 못할 것이다!' 라고 표현됩니다. 당통의 이러한 말을 통해서 뷔히너는 그 자신의 마비 상태로부터 벗어나고자 합니다. 그리고 당통의 이 말은 그로 하여금 마비 상태에 저항하도록 격려합니다. 뷔히너가 자기 자신의 운명에서 벗어나기 위해 당통의 운명을 받아들이고 또 그것을 강제로 경험했다는 것은 저에게는 의문의 여지가 없는 것처럼 보입니다.

뷔히너의 행동은 그것이 행해진 후에도 오랫동안 그를 따라다닙니다. 그는 마치 그것이 행해지지 않으면서 동시에 행해진 것처럼 자신의 행동을 되돌아봅니다. 그의 생애에서 중심적 사건인 도주가 겉보기에는 성공적이지만 체포와 구금에 대한 공포는 조금도 그를 떠나지 않습니다. 그는 다름슈타트에 남겨 두고 온 친구들에 대한 죄책감을 느끼는데, 그는 이 죄책감을 자신을 그들의 입장에 처하게 함으로써 덜어 버리려고 합니다. 뷔히너가 슈트라스부르크에 가족들에게 보낸 편지는 그들을 안심시키기 위한 것이고, 또 그의 작업과 전망에 대한 보고였지만, 실제로는 끊임없이 불안해합니다. 도망쳐 온 사람들로부터 고국에서의 새로운 체포에 대해서 듣고 그는 이 모든 소식을 가족들에게 상세하게 보고합니다. 비록 가족들보다 정보를 더 잘 입수할 수 있음에도 불구하고 그는 가족들로부터 고국에 대한 소식을 기대합니다. 이러한 소식보다 더 그의 관심과 흥미를 끄는 것은 없습니다. 자유의 가치를 너무나 잘 의식하고 있고 또 위험에 대한 경계와 꿰뚫어 보듯이 평가를 하면서도 자유의 가치를 지키기 위해 모든 일을 불사하는 그는 마치 자신이 감옥에 있는 동료들과 함께 있는 것처럼 느낍니다. 그가 집행되지도 않은 처형에 대하여 쓰고 있는 것을 보면 그들의 공포가 곧 그의 공포임을 짐작할 수 있습니다. 뷔히너가 슈트라스부르크에 다시 온 후 새로 전개된 그의 이중적 삶은 약간 다른 양상이기는 하지만, 이전에 고국에서 있었던 반란 때의 이중적인 삶의 연속이라고 말할 수 있습니다. 그중 하나는 그가 망명지에서 실제로 영위하는 외적 삶으로서 그는 형사상의 모든 송환 요인들을 배제하면서 그러한 외적 삶을 지키려고 노력합니다. 다른 하나는 그의 불행한 동료들과 함께 그가 고국에서 감정적으로 또 정신적으로 영위하는 삶입니다. 도주의 필요성은 여전히 절박한 문제로 그를 계속 짓누르고 있으며, 또 다름슈타트로부터의 도주를 위한 한 달 간의 준비도 아직 끝나지 않았습니다.

자신은 안전하다고 믿고 싶은 것이 망명자의 운명입니다. 그러나 그는 그가 남겨 두고 온 다른 사람들이 구출되지 않은 상태라 안전할 수가 없습니다.

그가 슈트라스부르크에 도착하고 나서 두 달 후에 구츠코는 뷔히너에게 보내는 편지에서 '당신의 중편 소설 「렌츠」'에 관해 언급하고 있습니다. 뷔히너는 그곳에 도착하자마자 곧 그에게 편지를 내어 그러한 소설을 쓸 계획을 알렸던 것임에 틀림없습니다.

이 소설의 중요성, 즉 뷔히너를 「렌츠」와 연결시키는 것에 대해서는 해야 할 말이 많을 것입니다. 하지만 저는 여기에서 언급될 수 있는 모든 것에 비하면 사소한 것임이 틀림없는 단 한 가지 사실만을 말하고자 합니다. 즉 이 소설은 도주를 통해서 상당히 많이 자양분이 공급되고 또 윤색되었다는 점입니다. 보즈 지방은 한때 뷔히너가 친구들과 더불어 돌아다녔고, 2년 전에 그의 부모님에게 보내는 편지에서 묘사한 바 있었던 친숙한 곳이었습니다. 그런데 이 지방은 렌츠가 산맥을 통과하던 20일에는 공포의 지역으로 변모합니다. 이때의 렌츠의 상태를 한마디로 요약한다면 그것은 일종의 도주의 상태, 다시 말해 짐짓 무의미하게 보이는 수많은 개별적 도주로 각각 분리된 도주의 상태입니다. 체포의 위협은 없지만 그는 배척당하고 고향에서 추방된 상태입니다. 그가 자유로이 숨쉴 수 있는 유일한 영역인 그의 고향은 괴테였지만, 괴테는 그를 배척했습니다. 그래서 그는 다소 거리의 차이는 있지만 괴테와 관계 있는 곳으로 도주해 그와 연결을 지으면서 그곳에 머물려고 합니다. 하지만 그의 마음속에서 계속 그 효력을 발휘하는 추방은 그로 하여금 또다시 모든 것을 파괴하도록 강요합니다. 거듭되는 사소하고 산만한 움직임을 통해서 그는 물속으로 아니면 창문을 넘어 옆 마을로, 교회로, 농가로,

죽은 아이에게로 도주합니다. 만약 그가 그 아이를 소생시켰다면, 그는 자신이 구원되었다고 믿었을 것입니다.

뷔히너는 렌츠에게서 자기 자신의 불안, 즉 그가 그의 동료들을 만나러 감옥으로 갈 때면 언제나 그를 엄습했던 도주에 대한 불안을 발견했습니다. 그는 파손된 길의 한 부분을 렌츠와 함께 갔고, 스스로 렌츠가 되기도 했으며, 다른 사람이 되어 외부로부터 그를 똑바로 바라보는 동행자가 되기도 했습니다. 그런 길에는 끝이 없었고, 배척당한 상태와 도주에도 끝이 없었습니다. 거기에는 항상 똑같은 상태만 계속되었을 뿐입니다. 그는 '이런 식으로 그는 살아갔습니다' 라고 마지막 구절을 쓰고는 렌츠를 떠나 버렸습니다.

한편 뷔히너는 당시 잉어의 신경 조직에 대한 엄격하고 집요한 학문적인 업적으로 슈트라스부르크와 취리히의 자연과학자들 사이에서 존경을 받았습니다. 그는 박사 학위를 취득하고 나서는 강의 준비를 위해 취리히로 갔습니다.

불과 4개월 정도밖에 계속되지 않은 취리히 시절에 그는 자신을 주장하고 입증하는 데 성공합니다. 그는 곧 교수가 되었고 중요한 인사들이 그의 강의를 들었습니다. 아버지가 그에게 보낸 긴 편지를 보면 아버지의 용서가 입증됩니다. 그는 스위스가 마음에 듭니다. '예쁜 집들이 도처에 있는 정겨운 마을들!' 이라고 쓰고 있으며, '건강하고 강한 국민' 과 '단순하고 훌륭한 순수 공화 정부' 를 찬양하고 있습니다.

그리고 마지막으로 가족들에게 보낸 1836년 11월 20일자 편지가 보존되어 있는데, 거기에 그에게는 가장 끔찍했던 소식이 있습니다. 그는 '내가 들은 바에 의하면 미니게로데는 죽었습니다. 그는 3년 동안 고문을 당하다가 죽었습니다. 3년씩이나요!' 라고 쓰고 있습니다. 낙원 취리히로의 탈출과 조국에 있는 친구들의 살인적인 고문이 이처럼 가까이 병존합니다.

「보이체크」를 최종적으로 마무리할 수 있게 한 것이 바로 그 소식이라고 생각됩니다. 그의 다른 작품들과는 달리 이 작품은 조국에 있는 사람들에게로 향하고 있습니다. 그 소식이 와전된 것이었음을 그는 도저히 알 수가 없었을 것입니다. 그래서 그 소식은 그의 모든 일에 영향을 미쳤습니다. 정신적으로는 다름슈타트에도 항상 머물러 있던 그로서는 체포된 지 2년 4개월이 된 미니게로데의 복역 기간이 3년으로 늘어났다는 것은 전혀 놀라운 일이 아닙니다. 그리고 이 3이라는 강조된 숫자는 다른 인물, 즉 역사상의 인물인 보이체크의 구속과 감금을 생각하게 합니다. 보이체크의 애인이 살해되고 난 후 그가 공개적으로 처형당하기까지는 이미 3년 이상의 세월이 흘렀던 것입니다. 물론 뷔히너는 이 사건을 담당 관리인 클라루스의 보고를 통하여 익히 알고 있던 터였습니다.

투옥된 친구의 죽음에 대한 소식과 고국에서 저항하면서 고통을 당하고 있는 친구들에 대한 날카로운 기억 말고도 「보이체크」를 구상하는 데 영향을 미쳤던 것은 우리에게는 좀처럼 생각이 떠오르지 않는 철학이라는 요소입니다.

그가 이를 악물면서 철학과 대결했다는 사실은 뷔히너의 완벽성의 일부가 됩니다. 그는 본래 철학에 타고난 능력을 지니고 있었습니다. 취리히에서 학생이던 뷔히너를 만난 적이 있는 뤼닝은 그가 '매우 단호하게 자기 주장을 내세우는' 성향을 지니고 있었다고 말하고 있습니다. 그러나 그는 자신이 철학적인 언어로부터 배척을 당하고 있다고 느낍니다. 일찍이 그는 알자스의 친구 아우구스트 슈퇴버에게 보내는 편지에서 다음과 같이 쓰고 있습니다.

"나는 억지로 철학에 전력투구하고 있다네. 인위적인 언어는 지긋지긋하지. 인간적인 것에 대해서는 인간적인 표현을 찾아내야 한다는 것이 내 생각일세."

2년 후 이미 이러한 인위적 언어에 숙달되어 있던 그는 구츠코에게 '나는 철학 공부를 하면서 완전히 바보가 되었고, 또 인간의 정신 세계의 빈곤성을 새로운 측면에서 다시금 알게 되었습니다' 라고 쓰고 있습니다. 그는 철학에 빠져 들지 않으면서 철학을 연구했고, 또 철학을 위해서 조금도 현실을 희생하지 않았습니다. 신분이 낮은 사람, 즉 보이체크 같은 사람은 철학을 진지

하게 받아들이지만 보이체크보다 우월하다고 느끼는 자들은 그것을 조소합
니다.

군인인 보이체크는 장사꾼이 선전용으로 데리고 다니는 원숭이처럼 '가장
저급한 단계의 인간'이고, 소리와 명령에 따라 왔다 갔다 하는 죄수이며, 죄
수로서 미리 운명 지어져 있고, 죄수의 음식인 완두를 받아먹기 위해 언제나
짐승의 신세로 격하됩니다. 그를 동물로 격하시키는 의사는 그에게 '보이체
크, 인간은 자유롭다네. 인간에게는 개성을 만끽할 수 있는 신성한 능력이 있
다네'라고 말하지만, 그것은 단지 보이체크에게 오줌을 참는 능력이 있어야
한다는 것 이상을 의미하지는 않습니다. 그가 생각하는 자유란 보이체크가
지닌 인간적인 본성의 모든 오용에 순종할 자유와 양식인 완두를 얻기 위한
동전 몇 닢 때문에 노예가 될 자유 그 이상의 것을 의미하지는 않습니다. 혹
시 의사의 입에서 '보이체크, 자네는 또 철학적인 사색을 하는군'이라는 말
이 나온다고 할지라도—마치 여관 주인이 잘 길들여진 말에 경의를 표하듯
이—그 말은 다음 문장에서 '착란'으로 축소되고, 또 그 다음 문장에서는 학
문적으로 엄밀히 규정되고 몇 자 덧붙여져 '부분적인 정신착란'으로 축소됩
니다.

사정이 좋기 때문에 자신은 선량하다고 생각하고 엄청난 시간, 즉 영원성
때문에 빨리 면도를 하는 일뿐만 아니라 빨리 하는 모든 일을 두려워하는 대
위는 정말 선량한 사람입니다. 그는 보이체크에게 '자네는 생각을 너무 많이
하지. 그것이 자네를 좀먹는 거야. 자네는 언제나 쫓기는 사람처럼 보이네'
라고 꾸짖습니다.

뷔히너의 개별적인 철학 이론에 관한 연구는 다른 은밀한 방식으로 작품
「보이체크」의 형성에 영향을 미쳤습니다. 여기서 저는 중요한 인물들의 정면
적인 형상화를 생각하게 되는데, 우리는 그것을 이 중요 인물들에 대한 일종
의 자기 고발이라고 부를 수 있을 것입니다.

자기 자신의 것이 아닌 모든 것을 배제하는 확신, 단어 선택에 이르기까지

공격적일 정도의 자기 고집, 그들 주위에서 일어나고 있는 실제적인 세계에 대한 무관심한 포기. 이 모든 것은 철학자들이 지니고 있는 공격적인 자기주장과 비슷한 양상을 띠고 있습니다. 그런 인물들은 그들이 하는 첫 마디에서 벌써 그들의 모습을 완전히 표출합니다. 대위와 의사 그리고 군악대장도 그들 자신의 인격을 선언하고 다니는 사람으로 나타납니다. 그들은 조소하거나 떠벌리거나 질투하면서 그들의 경계선을 긋습니다. 왜냐하면 그들은 자신들보다 열등하다고 생각되고 또 그들에게 봉사하기 위하여 존재한다고 여겨지는 경멸의 대상이 되는 피조물과 구분되어지길 원하기 때문입니다.

보이체크는 이 세 사람 모두의 희생물입니다. 의사와 대위가 그들의 철학을 습득했다면, 보이체크는 실제적인 사고를 통하여 그들에게 대항합니다. 그의 철학은 공포와 고통, 그리고 관조와 관련된 구체적인 것입니다. 사고를 할 때면 그는 자신을 두려워합니다. 그리고 쫓기고 있는 그의 목소리는 그곳에 걸려 있는 자신의 옷에 대한 대위의 감탄과 길이 남을 의사의 완두콩 실험보다 더 사실적입니다. 그런 인물들과는 반대로 보이체크는 정면으로 제시되지 않고 있습니다. 처음부터 마지막까지 그의 행동은 활기에 차 있고 때로는 예상하지 않았던 반응들로 이루어지고 있습니다. 그는 언제나 밖으로 노출되어 있기 때문에 항상 의식이 깨어 있고, 또한 뚜렷한 의식 속에서 찾아낸 말들은 천진무구한 상태의 것들입니다. 그것은 마멸되지도 오용되지도 않았고, 동전이나 무기, 저장품이 아닙니다. 그것은 마치 금방 태어난 듯한 언어입니다. 비록 그가 그런 언어를 이해하지 못한 채 받아들였다고 하더라도 그 언어는 그로 하여금 언제나 자신의 갈 길을 가게 합니다. 예를 들면 프리메이슨 단원들이 그를 위해 흙을 파내는데, 이때 그들은 '이봐, 파졌잖아? 저 밑이 모두 비어 있다고! 프리메이슨들이야!' 라고 말하고 있습니다.

「보이체크」의 세계에서는 얼마나 많은 사람이 분열되어 있습니까? 「당통의 죽음」에 등장하는 인물은 너무나 많은 공통점을 지니고 있습니다. 비단당통 한 사람만이 아니라 그들 모두 사람을 사로잡는 웅변술에 재치까지 지니고 있습니다. 우리는 그런 사실을 그때가 웅변의 시대였고 또 드라마에 등장하는 혁명의 대변자들 모두가 말로 명망을 얻었다는 걸로 설명할 수 있을 것입니다. 그러나 당통의 애인 마리온의 이야기를 생각해 보면(마리온의 이야기는 더 이상 완벽할 수 없을 정도로 요약되어 있습니다) 우리는 어쩔 수 없이 「당통의 죽음」이 수사학파, 그것도 이러한 학파 중 가장 뛰어난 셰익스피어 계통에서 나온 드라마라는 생각을 하지 않을 수 없을 것입니다.

이 드라마가 다른 계통의 드라마와 구별되는 것은 그것이 갖는 절박성과 격렬성에 있으며, 독일문학의 어디에도 존재하지 않는 불과 얼음이 똑같은 비율로 섞여 있는 특수한 실체입니다. 사람들로 하여금 달라지지 않을 수 없게끔 하는 것이 바로 불이며, 모든 것을 투명하게 보이게 하는 것이 물입니다. 사람들은 불과 보조를 맞추기 위해 달리고 얼음 속을 들여다보기 위해 멈추어 섭니다.

뷔히너는 채 2년도 안 되어 「보이체크」로 문학에서 가장 완전한 혁명을 이룩하는 데 성공했습니다. 다시 말해 그는 하찮은 존재를 발견하는 데 성공했던 것입니다. 이러한 발견은 연민을 전제로 합니다. 하지만 하찮은 존재는 그런 연민이 감추어진 상태일 때, 그리고 묵묵히 입을 다문 채 밖으로 표현되지 않을 때에 온전합니다. 자신의 감정을 뽐내고 연민이라며 하찮은 존재를 공개적으로 떠벌리는 작가는 그것을 더럽히고 파괴합니다. 보이체크는 다른 사람들의 목소리와 말에 의해 사주를 받지만, 사주를 하는 작가는 일체 손을 대지 않고 보이체크를 그대로 내버려 둡니다. 하찮은 존재를 깨끗하고 얌전하게 다루는 데 있어서는 오늘날까지 뷔히너를 따를 사람이 없습니다.

그의 생애 마지막 며칠 동안 뷔히너는 열로 인해 환각에 사로잡힙니다. 그 종류와 내용에 대해서는 대략적인 것만 조금 알려져 있을 뿐인데, 카롤리네 슐츠의 기록에서 볼 수 있습니다.

"2월 14일 8시경 다시 헛소리를 시작했다. 이상한 것은 사람들이 그것이 사실이 아니라고 이야기해도 그는 자신의 환각에 대해서 이야기하고 또 스스로 그것을 판단한다는 점이다. 자주 되풀이되는 환각 중 하나는 그가 소환되었다는 망상이었다. 15일, 제정신으로 돌아오자 그는 매우 힘겹게 말했다. 그는 환각에 빠지게 되면 매우 유창하게 말했다. 그는 나에게 상호 연관성이 있는 긴 이야기를 해주었는데, 그것은 사람들이 그를 시민들 앞에 데려다 놓았고, 또 그전에 그가 시장에서 연설을 했다는 등의 내용이었다. 16일, 그는 자신이 체포될 것이라는 망상 때문에 아니면 이미 체포되었다고 여기고 그곳에서 빠져나가려고 했기 때문에 여러 차례 밖으로 나가려고 했다.”

매우 가까이 접근할 수 있으리라고 저는 생각합니다. 심지어 우리는 슬픔과 사랑 때문에 완화되고 축소되고, 또 쫓기는 자의 공포가 빠져 있는 이 보고서에서도 보이체크 자신에 관해 무엇인가를 느낄 수가 있습니다. 뷔히너는 죽는 그날까지 자신 속에 보이체크적인 요소를 가지고 있었던 것입니다.

뷔히너가 일찍 죽지 않았더라면 계속 영위했을 삶에 대해 한번 생각해 보는 것도 부질없는 일은 아닐 것입니다. 왜냐하면 만약 그러한 삶이 있었다면, 우리는 그의 죽음에서 어떠한 의미도 찾지 못했을 것입니다. 그의 죽음 역시 모든 죽음처럼 무의미했지만, 그의 죽음은 이러한 무의미성을 매우 명백하게 해주었습니다. 그는 그가 남긴 모든 작품의 비중과 성숙도에도 불구하고 완성되지 못했습니다. 그가 오래 살았다고 해도 그는 완성되지 않았을 터인데 바로 그런 점이 그의 본성의 일부를 이루고 있습니다. 그는 결코 완성되지 않고 머물러야만 하는 인간의 순수한 모범으로서 존재합니다. 필요할 때면 차례로 서로를 보완하는 그의 다양한 능력은 결코 다하지 않는 상태 속에서 무한한 삶을 요구하는 우리의 타고난 능력을 증명해 주는 일례인 것입니다.

반성완 옮김

# 두피(頭皮) 아래의 평화

## —잉게보르크 바흐만을 위하여

어떻게 하면 정치적인 인간이 되는가? 어두움은 두 달 전보다 더 짙어졌고 우리가 있는 공간의 바닥은 경사져 있습니다. 다만 생각일 뿐인가? 아니, 꼭 그렇지만은 않습니다. 비중계를 바닥에 놓으면 그 안의 공기 방울이 한쪽으로 기웁니다. 바닥이 정말 기울어져 있습니다. 부엌의 조리대도 기울어져 있어서 프라이팬의 기름이 한쪽으로 몰립니다. '도둑놈, 사기꾼' 하고 저는 건설 회사를 욕합니다. 저는 답장 한 번 오지 않는 항의서를 '경애하는 선생님들' 어쩌고 하면서 시작합니다. 그러면서 그런 식으로 쓰는 것을 일종의 양보라고 점잖게 생각합니다. 한번은 '내 변호사'를 언급하다가 그 선생들의 비웃음을 상상하고 편지를 내던져 버렸습니다. 제게는 변호사가 없습니다.

지금의 어두움은 유년 시절에 느꼈던 암담함과 같은 종류의 것입니다. 혼자 어떤 공간에 앉아 있고 실제로는 안전한데 아주 소중한 무엇이 빠져 있습니다. 여러분은 두려움으로 무기력해집니다. 이 무기력은 무언의, 극히 내적인 고통입니다. 두뇌 게임에서 마음을 가볍게 만들어 줄 어떠한 비약도 찾아볼 수 없습니다. 무겁고, 온통 굳어 버린 멍한 상태입니다.

이런 무기력은 일상적인 무기력이 아니고 일종의 고통, 두려움의 고통입니다. 사무실에서 집으로 돌아오면 곧장 잠들지 않으려고 텔레비전을 켠다고 누군가가 말했습니다. 두 달 전만 해도 저는 이제 텔레비전이 필요 없다고 생각했지만, 요즘은 어두워지기가 무섭게 텔레비전을 켤 때가 많습니다. 저는 눈앞에 펼쳐지는 완벽한 장면들, 꾸며 낸 목소리를 귓가에 들으면서 안첸 그루버의 풀밭에 앉은 석공 한스처럼 '이젠 아무 일도 없을 거야' 라고 생각합니다. 2~3주 전부터 뉴스가 30분 일찍 시작합니다. 이것이 아이들이 좀 더 일찍 잠자리에 들어야 하는 이유입니다. '이제 애들을 30분 일찍 재울 수가 있어요' 라고 누군가가 말합니다. 길에서는 독일의 어린이들이 「새사미 스트리트」의 어니처럼 웃습니다. 일상의 삶을 남김없이 정치적으로 영위한다는 것이 왜 그다지도 어색할까요?

"다름슈타트로 가서 소위 높은 분들이 여러분의 돈을 가지고 장난하는 것을 보십시오. 그리고 여러분의 굶주린 아내와 아이들에게 낯선 사람들의 배에서 그네들의 빵이 얼마나 멋지게 소화되는가를 말해 주십시오."

이런 것은 과거 시대의 인용문으로나 써먹을 수 있을까, 요즘에는 이렇게 말했다가는 비웃음이나 사게 될 것입니다.

텔레비전 앞에 앉아서 무슨 말을 해보려 하지만 무언의 몇 단어들만 두피에 부딪칠 뿐입니다. 닉슨을 쳐다보면서 저는 '도둑놈'이라고 생각합니다. 칠레의 장군들을 볼 때면 '강도'라는 생각이 듭니다. 그래도 누군가가 그런 말을 입에 올리면 우스꽝스럽습니다. 제가 읽는 코멘트는 '경애하는 선생님들'이라는 한 가지 방식밖에 없습니다. '도둑놈들, 강도들, 살인자들!' 이라고 말하는 것이 오히려 자연스러울 것입니다. 정말 그렇습니다. 다른 것들은 모두 양보라는 허구에 속합니다. 저는 아무 말도 안 했습니다. 그러나 갑자기 발언하는 사람들이 우스꽝스러운 것만은 아니라는 생각을 하게 되었습니다. 그들은 안 나오는 말을 하고 있는 것입니다. 저는 침묵하고 있는 거고요. 어쨌든 다음과 같은 일은 자명한 사실입니다. 그렇습니다. 닉슨은 도둑놈이고, 칠레의 장군들은 강도이며, 모잠비크 위리야무의 포르투갈 병사들은 살인자들입니다. 그리고 건설업자 당신은 사기꾼입니다. 공정한 표현이 아니라고요? 공정한 표현이야 『프랑크푸르트 알게마이네』 신문이 하는 거지요. 이렇게 말입니다. '알엔데의 무언극을 몇 시간 동안 보다 보면 캐릭터가 불확실하고 모호하게 느껴진다' 라는 식으로 말입니다.

정치적인 사고란 무엇입니까? 저는 늘 스포츠 뉴스처럼 정치적 활동을 관전만 해왔습니다. 정치가 피투성이가 되면 그제야 경악했습니다. 그리고 저는 전부터 희생자와 공감했는데, 다시 말해 희생자를 바라보면서 이데올로기를 위한 저의 지난날의 편들기가 스포츠 후원보다는 깊이 있었다는 생각을 했습니다. '그것 역시 이데올로기다' 라고 말들 합니다. 변증법적인 모험은 필요하며, 그 경우에 저는 희생자들을 구별해 낼 수 있을 것입니다. 그런 모험이 도움이 되리라고 생각하면서 저는 모든 대화에서 모험을 행하지만, 희생자들이 실제로 모습을 나타내면 모험을 거두어들입니다. 이것이 바로 제가 어디에서도 정치적인 삶을 살아갈 수가 없는 이유입니다. 변증법이란 세상을 망각하게 하는 상투적 태도일 뿐입니다.

돌이켜 보면 저는 권력에 대해 구토를 느낍니다. 이 구토는 도덕적인 것이 아니라 생리적인 것으로 신체의 모든 세포가 가진 특징입니다. 수년 전 한 교사가 저를 바이올린 활로 때린 적이 있습니다. 지금 저는 달려들어 그 활을 부서 버리고 싶습니다. 기숙사에서 차례대로 하는 기도 순서가 되었을 때 너무 긴장해서 머리가 터질 지경이었기 때문에 저는 커다란 홀에 비해 너무 작은 목소리로 기도했습니다. 종교 감독관이 더 큰 소리로 기도하라고 소리쳤을 때 저는 감독관에게로 달려 나가 그의 거친 태도에 대해 항의했습니다. 하지만 몇 년 후 '병역 가' 판정을 받았을 때, 그리고 장교가 우리 피검자들을 향해 군인 묘지 사이로 불어오고 있는 바람 소리를 흉내 내고 있을 때, 저는 왜 침묵했던 것일까요? 당시 저는 살인 욕구를 느꼈고, 경애하는 선생님들, 그건 지금도 마찬가지입니다.

이것은 구분해야 합니다. 저로 하여금 정치적 삶을 불가능하게 하고 원치 않게 하는 것은 폭력에 대한 구토증이 아니라 권력에 대한 구토증입니다. 권력이 폭력을 의례적인 것으로 만들도록 허용해서 그것을 이성적으로 보이게 하기 때문입니다. 권력이 가진 당치도 않은 폭력에 대한 저의 거부감은 극복할 수 없습니다. 지금도 저는 권력적인 것은 모두 형체도 생명도 없는 것이라고 생각합니다. 그리고 이런 감정은 어떤 변증법도 구제하지 못합니다. 수년 전 저는 이제는 일상적이 된 나치스의 유대인 수용소 사진을 보고 있었습니다. 이 사진 속에 머리는 면도로 깎이고 눈이 크고 뺨이 움푹한 어떤 사람이 흙더미 위에 앉아 있었습니다. 그 사진을 다시 한 번 들여다보긴 했지만 아무 생각 없이 보고 있었던 것입니다. 사진 속의 그 사람은 다른 사람으로 대치가 가능한 상징 같은 것이었으니까요. 그런데 갑자기 그의 발이 눈에 띄었습니다. 어린아이처럼 발가락을 겹친 채 두 발을 나란히 하고 있었는데 그 모습은 마음속 깊이 파고들었습니다. 저는 그 발을 바라보면서 무거운 무력감, 일종의 분노를 느꼈습니다. 이것이 정치적인 체험일까요? 아무튼 서로 겹쳐진 두 발은 여러 해가 지나도록 제게 혐오감과 분노를 일으켜 꿈에까지 나타났고, 다시 꿈에서 나와 저로 하여금 현상계를 종착점까지 가져가 보려는 일상적 개념 때문에 볼 수 없었던 인지에 도달하게 만들었습니다. 저는 개념을 해체하고 미래를 정복하는 시적 사고의 능력을 확신합니다. 토마스 베른하르트는 말하기를, 글을 쓰는 데 어떤 이야깃거리가 조금이라도 지평선에 모습을 드러내면 그것을 몰살시켜 버린다고 했습니다. 저의 대답은 이렇습니다. 글을 쓰는 데 어떤 개념이 조금이라도 나타나면 저는 가능한 한 피해서 다른 방향, 개념으로 인한 어떤 도움도, 전체성을 자부하지 않는 다른 곳으로 피합니다. 이런 것이야말로 글쓰기 작업에 있어 언제나 첫 번째로 당면하게 되는 고충입니다. 힘들면 그걸 내버려 둡니다. 겉으로는 그게 어려워 보여도 사실은 해결이 쉽습니다.

저는 2~3일 전 프랑크푸르트를 돌아다녀 보았습니다. 흐린 토요일 오후였는데 시내에서 교외로 난 길이었습니다. 시내가 아니지만 아직은 독립적인 단지도 아니고 상업 지역이나 주거 지역이라 부를 수 없는 곳, 몇 개의 상점이 한가하게 늘어서 있고, 멋진 상호를 가진 텅 빈 간이 식당이 있는, 대도시의 무인도 같은 곳이었습니다. 저는 긴장한 채 구경하면서 이 모든 모습 가운데서 논거를 찾아보려 했습니다. 어느 집 1층 창문 안에는 얼룩 개 두 마리가 서 있었습니다. 어떤 집에서는 나이 든 부인이 늙은 남자에게 방수 바바리를 길 아래로 던지고 있었습니다. 여러 이름이 적힌 문패 앞을 지나가는데 갑자기 '우습군. 전부 이름이 있네. 정말 전부 이름이 있어'라는 생각이 들었습니다. 그날 오후 저는 헤센주 어느 마을에서 유일한 손님으로 카페에 앉아 있었습니다. 카페의 뒤채는 식료품점이었는데, 끈적끈적한 테이블 앞에 앉아 이미 두어 달이 지난 『회어 추』 잡지를 읽고 있었습니다. 헤센 마을의 식료품점의 뒤채에서처럼 프랑크푸르트 거리에서도 바로 제 곁에서 타인의 존재를, 그들을 연기 중인 배우로 느끼면서 행복해하고 있었습니다.

인지에 대한 갈구 속에서 갑자기 머리에 떠오른 것은 다음과 같습니다. 제 머리를 두피가 덮고 있어서 제가 바라는 것을 가로막고 있다는 것입니다. 단단하고 둥근 두개골 때문에 저는 거의 제 집 같은 타향에서 총체적인 불행을 느꼈습니다. 그러자 저는 이 연극을 방해하기 위해서는 당장 폭력적이 되는 수밖에 없다는 생각이 들었습니다. 하지만 다른 것들과 마찬가지로 그것은 비현실적인 두뇌 게임일 뿐이었습니다. '별이 총총한 10월의 하늘'이라고 얼마 전 신문에 씌어 있었습니다. 설탕 가루를 뿌린 슈톨렌 케이크가 슈퍼마켓에 얇은 금종이 끈으로 포장되어 있는 것을 보고 있노라니 다시 거리에 온통 크리스마스 별 장식이 내걸리겠다는 생각이 들어 끔찍한 기분이 되더군요. 수년 전 뒤스부르크에서 도르트문트로 가는 고속도로 변에서 저는 밤중에 파란색 사인이 빛나고 있는 것을 보았습니다. 닥터 존슨스의 핸드크림이었습니다. 저는 아침이면 닥터 베스트 칫솔로 이를 닦고, 닥터 드랄레 샴푸로 머리를 감습니다. 그리고 닥터 숄 티눈 반창고로 사마귀를 떼본 적이 있습니다. 카를로 슈미트의 전집에 지성과 정치를 결합하라고 금언이 적혀 있습니다. 독일인 세 명 중 한 명이 우체국에 저금을 하고, 열 명 중 한 명은 함부르크만아이머 생명 보험에 가입했고, 1천 명 중 한 명은 자살을 합니다. 멜리타 쓰레기 봉투 한 팩에는 쓰레기 봉투가 20개 들어 있고, 멜리타 냉동 봉투 한 팩에는 35개 들어 있습니다. 멜리타 신선 봉투 한 팩에는 신선 봉투가 40개 들어 있습니다. 얼마나 다양한 모습입니까! 아직도 모순이 너무 적습니다. 브레히트는 1944년 8월 31일 작업 일지에 이렇게 썼습니다.

"혼란의 순간에 감정적으로는 각 부분이 마치 파멸하는 제국의 일부분처럼 떨어져 나간다. 부분 간의 이해는 없어지고(갑자기 전체가 부분으로 구성되었다는 사실이 명료해진다) 각각이 독자적으로 갖는 의미만이 남는데, 그것은 별 의미가 없다. 느닷없이 음악이나 정치 같은 제도에서 아무런 의미를 찾아낼 수 없고, 바로 곁의 사람을 낯선 사람처럼 느끼는 일 등이 일어난다. 건강이란 균형으로 이루어진 것이다."

브레히트가 무의미성에 대한 약간의 불안감 때문에 병이나 혼란으로 평가 내린 것은 다름 아닌 희망을 약속하는 시적 사고로, 그것은 세상이 암흑 속에 함구하고 있다고 생각할 때면 저로 하여금 세상을 항상 새로 시작할 수 있게 해주고 제게 있어 글을 쓰는 자의식의 근원이 되기도 합니다.

어떻게 하면 시적 인간이 될까요? 모든 질문에 대해서, 그리고 이 질문에 대해서도 아름답고 적당한 대답이 있습니다. 그건 이야기하면 길어진다는 것입니다. 제가 누군가에게 동정과 사회적 관심과 친밀감과 인내심을 가르치려고 한다면 그를 서양식 논리학으로 낯설게 만들 것이 아니라 저 자신에게도 비슷한 일이 있었다는 것을 이야기하려고 시도합니다. 다시 말해서 지난 일을 기억하려고 합니다.

이 짤막한 연설에서 복잡한 이야기로 되돌아가려고 합니다. 독일 언어문학 학술원, 다름슈타트시, 그리고 헤센주에 저는 뷔히너상과 상금의 수여에 감사를 드리는 바입니다. 그리고 더 많이 게오르크 뷔히너에게 감사를 보냅니다.

박광자 옮김

# 1837년 2월 16일 오후

저는 독일 언어문학 학술원의 연감을 꼼꼼하게 읽어 보았습니다. 그러나 이미 저명한 수상자들께서 뷔히너에 관해 말할 수 있는 것, 아니 그 이상의 모든 것에 관하여 말씀하신 것 같더군요. 1976년경에도 여전히 세상에 문학 작품과 문학상이 존재한다면, 그때의 뷔히너상 수상자는 어쩌면 지금 제가 연설문을 작성하는 데 어려움을 느꼈던 것보다 훨씬 큰 어려움을 느낄 것이라며 스스로를 위로하려고 애썼습니다.

—볼프강 힐데스하이머(1966년 뷔히너상 수상자)

대통령 각하, 신사 숙녀 여러분.

저는 뷔히너상 수상식에 몇 번 참관자로 참석한 적이 있습니다. 이번에 이상을 받게 된 사람이 바로 저라는 사실이 믿기지 않습니다. 하지만 저는 이 순간 현실의 형식에 아무런 의심할 것이 없는 양 그렇게 행동하겠습니다. 그리고 1976년 뷔히너상 수여에 대해서 독일 언어문학 학술원과 헤센주 그리고 다름슈타트시에 진심으로 감사 드립니다.

제가 제대로 기억한다면 뷔히너 전집은 전후 1953년에야 비로소 재판이 나왔습니다. 저는 책을 구입했고 그 이듬해에 읽었습니다. 저는 뷔히너를 뒤

늦게 접했습니다. 그때 제 나이 스물여덟이었습니다. 제 또래보다 나이가 많은 사람들 때에는 학교에서 그의 이름이 언급되지 않았습니다. 1955년에 저는 「눈앞에서」라는 소설집을 내고 책머리에 뷔히너의 「렌츠」에서 긴 인용문을 달았습니다. 그 내용은 이렇습니다.

"어느 날 아침 그는 밖으로 나갔다. 밤에 눈이 내렸다. 계곡에는 밝은 햇볕이 내리쬐고 있었다. 하지만 멀리 경치는 반쯤 안개에 가려 있었다. 그는 길에서 벗어나 완만한 구릉을 올라갔다. 발자국은 더 이상 없었고, 전나무 숲 옆을 지나갔다. 햇빛이 수정을 가르듯 해맑았고 눈은 가볍고 솜털 같았으며, 산속으로 들어간 야생 동물의 자취가 여기저기 눈 위에 가볍게 남아 있었다. 조용한 바람과 꼬리에서 눈송이를 가볍게 털어 내는 새의 부스럭거리는 소리 외에는 아무런 움직임도 없었다. 모든 것이 너무도 고요했고 흔들리는 하얀 깃털을 가진 나무들이 짙푸른 대기 속에 있었다."

저는 이 모토가 저에게는 길이 때문만이 아니라 성격상으로도 문제가 있었다는 것을 잘 기억하고 있습니다. 어떠한 사상도 예리하게 나타나지 않았으며, 경구적인 것도 없고, 깜짝 놀랄 만한 것도 없으며 다만 몇몇 문장이 묘사되거나 마법으로 불러내는 문장들 혹은 매우 아름답고 일상어에 가까운 것들이었습니다. 제가 이 문장들로 무엇을 선취하려고 했을까요? 저에게는 무엇보다도 어조가 마음에 와 닿았습니다. 고요의 어조 말입니다. 뷔히너의 작품에서는 고요가 지배하지 않는다는 것은 확실하지만, 그의 작품 속에는 고요가 표현되는 일련의 구절이 있으며 그가 쓴 모든 것에는 고요에 대한 동경이 스치고 있습니다.

괴테의 문장 하나하나가 다른 모든 콘텍스트를 빈약함 가운데서 드러낼 수밖에 없다는 사실을 알지 못하고 괴테를 인용했던 작가들에 대해 카프카는 놀라움을 금치 못했으며, 이에 대하여 저는 그 당시 아무것도 몰랐습니다. 어찌 되었든 누군가가 저의 첫 번째 소설들 속에서 그 모토와 비슷한 부분을 찾아볼지도 모른다는 생각에 제 가슴은 부자연스럽게 뛰었습니다. 게오르크 뷔히너는 저의 스승도 본보기도 아니었습니다. 그럼에도 저는 뷔히너의 글을 가지고 정확한, 다시 말해 어떤 작가로부터 검정된 산문이 얼마나 자연스러워야 하는지를 제가 터득하고 있음을 보여 줄 생각이었습니다. 비슷한 예로 저의 존재를 증명할 수 있는 것으로부터 제 자신이 아주 멀리 떨어져 있다는 사실을 고려하지도 않은 채 말입니다.

자신과 자신의 작품을 진지하게 여기는 작가는 자기의 고유한 작품을 시간에 의해서 시험된 것에 견주어 보는 이러한 고도의 위험을 항상 받아들여야만 합니다. 그가 십중팔구 손해를 볼지라도 그것을 허용하지 않을 수 없습니다. 작가에게는 다른 선택이 없습니다. 왜냐하면 신빙성 있고 확고하게 남아 있는 옛것은 새로운 것의 전제이기 때문입니다. 새로운 것이 표제어로 충분한 그런 사람들만이 새로운 것은 옛것과 전혀 다르다는 사실을 인정할 수 있습니다. 실로 전체적인 연관 관계에서 벗어난 새로운 것은 비교할 수가 없어서 무의미하고 우리에게 이해되지 않을 것입니다. 그렇습니다. 새로운 것은 오로지 그것이 강하게 옛것과 관계가 있을 때 경탄이나 비판 또는 동시에 두 방식으로 생겨납니다. 새로운 것은 방금 다른 사람의 손에 넘어간, 변화된 고유한 색깔을 얻은 옛것을 다시 가져오는 것입니다. 괴테, 카프카, 클라이스트, 브레히트 이 모든 작가는 독자적인 것을 옛것에서 창조해 냈습니다. 뷔히너 또한 마찬가지입니다. 그가 그의 소설 「렌츠」를 오벌린의 일기에서 여러 쪽 베꼈다는 것은 오래전부터 알려진 사실입니다. 하지만 그가 옛것을 열정적으로 활용해 자기 것으로 만듦으로써 그것은 그의 고유한 것이 되었습니다. 오로지 고유한 것 안에서는 '그렇게는 아직 존재해 본 적이 없는 것'이 고유(固有)합니다. 이것으로써 제가 새로운 것을 공허한 반복이나 나태한 모방과 동일시하지 않는다는 것이 분명해지길 바랍니다. 그래서 옛것 덕분에, 또 뷔히너 덕택에 새로운 문학이 존재하는 것입니다.

문학이 정말로 고통에서 출발한다면 문학은 새롭게 고통에 맞서야 합니다. 이번에는 침묵하는 다수가 아니라 말하고 떠드는 다수가 오늘날의 고통에 대하여 아무것도 알려 하지 않습니다. 그들은 고통을 부끄러워합니다. 그들은 고통을 얼버무리고 덮어 버립니다. 그것을 '사회에 부적절한' 것으로 간주합니다. 그들은 고통을 과시할 수 없다는 것을 압니다. 그럼에도 고통을 불필요한 것 자체로 간주합니다. 고통스러워하는 사람은 더 이상 믿을 만하게 기능하지 못하고, 도처에서 문제를 일으키는 마찰이 없는 것을 보장하지 못합니다. 고통은 우리에게서 행복을 위해 필요한 시간을 훔쳐 갑니다. 때로 손 뒤에서 '아무도 고통을 피할 수는 없어'라고 속삭입니다. 하지만 그것에 대해서는 아무 말도 더 하지 맙시다! 그것을 넘어 아무 말도 할 수 없습니다.

이 말은 우리에게 전해졌던 뷔히너의 마지막 말을 믿지 않으려는 사실에 부합합니다. 기분 나쁘게도 비혁명적인 소리 말입니다. 뷔히너가 1837년 2월 16일 오후 대체 제정신이었습니까? 맥박이 1분에 160번 뛰지를 않았습니까? '헛것이 보이는 거센 폭풍'이 그를 막 괴롭히고 있지 않았습니까? 이것도 기록되어 있지만, 의사들은 그런 그를 가망이 없다고 보았습니다. 그는 죽을병에 걸렸다고 말입니다. 그러나 고통과 올바로 맞부딪치려는 하나의 새로운 문학이 바로 죽어 가는 사람의 말에서 특별한 실마리를 얻을 수도 있습니다.

"우리는 고통을 너무 많이 가지고 있지는 않습니다. 우리는 고통을 너무 적게 가지고 있습니다. 왜냐하면 우리는 고통을 통하여 신에게로 들어갈 수 있기 때문입니다."

이것이 전대미문의 문장들 중 첫 번째이고 두 번째 문장은 이렇습니다.

"우리는 죽음, 티끌, 재입니다. 어떻게 우리가 불평을 늘어놓겠습니까?"

엄청난 주장입니다. 우리는 어떠한 건강한 사람일지라도 이런 주장을 용서할 수 없을 것입니다. 이러한 주장을 한 사람은 고통스러워하는 사람으로서 자기 자신의 극한점까지 실로 모든 귀환이 배제된 의식적인 점에 다다랐던 것입니다. 저에게 이것은 구명할 수 없는 말이라는 것을 저는 미리 말해 두겠습니다. 하지만 우리가 뷔히너에게, 바로 「고통의 현상학」의 작가 에르빈 코벨에게 경의를 표한다면 우리는 그 말을 회피해서는 안 됩니다.

카프카는 이렇게 적어 놓았습니다.

"너는 세상의 고통으로부터 물러서 있을 수 있다. 그것은 너에게 허용되고 너의 천성에 맞는다. 하지만 바로 이 물러서 있음이 네가 피할 수 있을지도 모르는 유일한 고통이다."

그러나 우리는 무엇인가 다른 것, 우리 몸에 밴 것과 단절해야 합니다. 고통은 단연코 제거되어야 한다는 그런 생각과 단절해야 합니다. 이런 뿌리 깊은 관념과의 단절을 마조히즘의 잔재로만 생각한다면 첫걸음부터 잘못된 것입니다. 그것은 전도된 욕망이나 참을 만한 것에 대한 이야기가 아니라 찾기 어려운 것, 점점 더 찾기 어려워지는 것에 대한 이야기입니다. 찾기 어려운 것에 대한 절망을 필사적인 힘으로 억누를 수 있다는 것을 인식한 이가 한 사람 있었던 것 같습니다. 오직 그 방식을 통해서만 우리는 알게 되지요. 고통으로 멍멍해진 다음 새로운 고통이 광선처럼 자리 잡고 있고 그 속에서 완전한 진리의 윤곽이 드러난다는 것을요.

아픔에는 아픔을, 고통에는 고통을 통한 접근. 언어의 고통에 대해 생각해야만 하는 것인지 스스로에게 물어봅니다. 말이 무엇인가 살아 있는 것인 한 말은 괴로워할 줄 아는 것이 아닐까요? 이 세상에서 거의 변화시킬 수 없다는 사실이 말에 얼마나 견딜 수 없는 것이겠습니까! 왜냐하면 '우리는 죽음, 티끌, 재'이기 때문입니다. 이미 거의 3천 년 동안 말은 그러한 것을 꼭 붙들고 있었습니다. '사람들이 나를 진흙탕 속으로 처넣었다', 그리고 '티끌과 재같이 여겼다' 라고 「욥기」에 적혀 있습니다. 스물세 살의 뷔히너는 한 발 더 나아가 그 말의 숨통을 조여 버렸습니다.

"불평 마시오! 흐느끼지 마시오!"

"우리가 어떻게 불평을 하겠습니까?"

인간과 시에 대해 불평하기를 거부하는 사람은 들어 보지 못했기 때문에 그렇게 할 수 있습니다. 그것은 우리의 기본권에 관한 것입니다. 뷔히너가 그러한 말로 영웅적인 금욕주의를 요구했다는 것은 저에게 문제가 되지 않습니다. 저는 여기에서 두 가지 이유를 봅니다. 침묵이 그 이유로 적합합니다. 한 가지 이유는 고통과 아픔이 우리의 언어를, 인물 속에서 인물을 통해 말해지는 언어를 아주 심하게 의심하여 고통과 아픔은 대답의 유예조차 허용하지 않습니다. '죽음, 티끌, 재'에 직면하여 그것은 그렇지 않아도 언어에게 말문을 막아 버렸습니다. 이러한 시각에서 사람들이 말하는 모든 것이 정말로 보잘것없어집니다.

제가 감히 예시하는 또 다른 이유는 완전한 진리에 대한 죽어 가는 자의 시선입니다. 우리는 말이 없는 깨달음에 대해 압니다. 오늘날까지 더하지도 덜하지도 않은 진리, 바로 진리의 총체는 말없음의 껍질 속에서 체험될 수 있다고 고집하는 증거들이 있습니다(레첵 코라코브스키를 생각해 보십시오). 이 증거들에 따르면 마지막 확신은 말에 의지하고 있지 않습니다. 그 안에서 완전한 진리가 나타나는 밝은 아픔은 뷔히너에게 아주 엄청난 것이어서 그에게 생에서 죽음으로의 고문은 어떤 말도, 어떤 임종의 말도 더 이상 가치 없었을 것입니다.

"우리가 어떻게 불평을 하겠습니까?"

저는 체험의 신비한 면을 잠깐 언급해 보았습니다. 계속 말하지는 않겠지만 저는 끝으로 다시 한 번 제가 출발했던 고요로 되돌아가고 싶습니다. 말없음과 고요는 일맥상통합니다. 침묵이 지배하고 혹은 요구되는 바로 그 뷔히너의 구절들이 저를 감동시켰고, 아직껏 온몸으로 감동을 느끼는 것은 아마도 어떤 사람에게, 더욱이 그에게 세계가 귀가 아플 정도의 소리를 낸다는 사실에 기인합니다. 특히 중편 「렌츠」의 전반부에는 고요함이 마치 아우라처럼 퍼지는 문장들이 적잖게 나옵니다.

'아무런 소리, 아무런 움직임, 어떤 새들도 없었고 때로는 가까이 때로는 멀리 부는 바람만이' 혹은 '그는 자주 오벌린의 눈을 들여다보아야만 했고, 숲 속의 평온한 자연 위에서, 밝은 달이 녹아드는 여름 밤에 우리에게 다가오는 대단한 평안이 이 고요한 눈 속에서 더욱더 가까이 나타났다' 또는 '어머니, 천사 같은 고요' 늘 다시금 '평안하고 고요한 얼굴들' 마지막으로 두 번이나 나오는 말인 '절 내버려 두세요!' 라는 말 등을 인용할 수 있습니다.

작가 뷔히너는 렌츠의 정적에 대한 동경을 어설프게나마 달랠 수 있었습니다. 병과 고통은 이러한 모습 속에서 압도적입니다. 그것은 세기의 고통 이상입니다. 오늘날 우리는 그것을 '조울증'이라고 하지만, 그 명칭 뒤에서 우리 시대의 가장 맹렬한 위태로움 중의 하나를 느낄 수 있습니다. 그것은 바로 정신착란까지 가는 낯설음의 가장 심한 형태인 소외입니다. 한 사람이 세계로부터 소외되고 그럼으로써 어쩔 수 없이 자기 자신으로부터도 소외된다는 것이 신학도 렌츠를 통해서 당신의 주의를 끕니다. 온갖 소리와 소음과 중요한 일로 가득 채워진 이 세상에, 일과 고투의 '카오스' 속에 당신을 위한 자리가 아직 있습니까? 여기서 당신이 정적을 퍼뜨리려고 한다면 당장 훼방꾼이 되는 것이 아닙니까? 그리고 사람들이 벌써 당신 뒤에 빗장을 내려놓아서 당신에게 세상이 아닌 세상만이 열려 있는 것이 아닙니까?

뷔히너는 비인간성의 굉음을 단순하고 분명한 아름다움의 천명을 통하여 수차례 막았습니다. 그는 아마도 파스칼과 특별한 '미(美)의 진동수'에 대해서 알고 있었을 겁니다. 진정으로 어디에 아름다운 것이 있는지 그는 알고 있었습니다. 거기에서 우리는 숨을 멈추게 되고 주위가 갑자기 조용해집니다. 안팎에서, 언어와 비(非)언어가 있는 곳에서, 내부에서의 위협이 가장 힘든 것처럼 보입니다. 오늘날 아름다운 것은 정적의 해방 행위 속에서 오직 드물게 유지됩니다.

"도무지 들리지 않으세요? 온통 지평선 주위에서 외치는, 사람들이 보통 정적이라고 부르는 끔찍한 소리가 들리지 않으십니까?"

뷔히너가 「렌츠」에 대해서 쓴 가장 가련한 대목입니다.

정적을 위해서 외치는 것 말고 정적에는 이 세상 도처에 남아 있는 일이란 더 이상 아무것도 없는 그런 지경에 이른 것일까요?

양우탁 옮김

# 감사 연설

존경하는 독일 언어문학 학술원 원장님, 신사 숙녀 여러분.

20년 전에 저는 연구 조교였는데, 제 상관이 저를 부르더니 이렇게 말했습니다.

"자아, 그러니까 자네가 시를 쓴다 이거지!"

그 사람 앞에는 인쇄된 제 시가 놓여 있었습니다. 그리고 한참 뜸을 들이더니 말을 이었습니다.

"글쎄, 자네에게도 분별력이 생길 날이 있겠지."

저는 그 말을 듣고 다시 해고당했습니다.

오늘 여기서 제가 할 연설에 대해 생각하기 시작했을 때 저는 예의 면담에서 처음으로 주요 모티프 하나가 울리기 시작했다는 것을 의식했습니다. 아직은 비공개로, 트럼펫을 위한 솔로 하나가 약하게 울리기 시작한 겁니다. 국립교향악단이 그 뒤를 따르고요.

분별력 생기기. 당시에나 지금이나 존경을 받고 있는 제 상관의 자기 이해 가운데서는 분별력이 생긴다는 것, 그건 시 따위는 쓰지 않는 것입니다. 나중에 그 말이 뜻한 바가 제가 썼던 시들만큼은 쓰지 않는 것이라는 것을 알았습니다.

무얼 들여다보고 통찰할 뜻이 제게 없었던 것일까요? 저는 훗날 제 자신이 경악할 정도로 들여다보고 들여다보아 마침내는 제 자신의 눈마저 쓰지 못할 정도였습니다.

그러면 무엇이 문제일까요?

여러분 발밑의 도시가 갑자기 한 마리 물고기가 되었습니다. 지붕 기왓장 한 장 한 장이 비늘이고요. 성이 있는 산은 머리이고, 터널 진입로는 왼쪽 눈입니다. 여러분이 도시를 물고기로 보겠다고 작정을 하지는 않았습니다. 그러나 이제 여러분의 무의식이 도시라는 실재와 물고기라는 실재를 서로 연결시키고, 이 연결이 의식에서 신호를 보냈습니다. 여러분은 아직 한 번도 도시를 물고기로 본 적이 없습니다. 그런데 집으로 가는 그 길을 이미 얼마나 자주 걸었습니까! 이 흩어지는 빛―얼음 한 켜가 덧놓인 듯…… 소리 없이, 도시, 물고기, 겨울의 물고기, 꼼짝하지 않습니다. 겉보기에는 그렇습니다. 여러분의 잠재의식이 여러분의 생각보다 낫습니다. 잠재의식은 드러난 현상의 비슷함을 넘어서서 깊은 곳에 있는 이 도시와 물 깊은 곳에 있는 물고기 사이의 본질의 연관으로 여러분을 이끌어 갑니다. 적어도 그 연관들을 예감하기 시작합니다.

원하든 원하지 않든 여러분은 한 과정의 시작에 있습니다. 그 끝에는 여러분의 시가 있고요.


십이월

도시, 물고기 미동 없이
너는 깊은 곳에(멈추어) 있다


얼어붙은
우리 머리 위의 하늘
――

라이너 쿤체, 1977 151

겨울나기, 그

주둥이는 바닥에 대고


'주둥이는 바닥에 대고'에 대해 사람들은 주둥이 닥쳐, 라고 말하지요. 그리고 바닥이란 그저 단순하게 땅바닥이 아닙니다. 바닥은 또한 근거입니다. '왜'에 대한, 원인에 대한 대답입니다. 주둥이는 바닥에 박고 / 근거에 대고. 이 시는 1966년에 씌어졌습니다. 1년 반 뒤, 그 도시 남쪽 100킬로미터 지점(프라하를 가리킨다 : 옮긴이주)에서 짧은 사회적 봄이 활짝 열렸습니다. 그 봄은 15년 간 겨울을 한 백성이 땅바닥과 더불어, 또한 근거 있게 누릴 수 있었던 입의 봄이기도 했습니다.

여러분은 느닷없이 마주 세워진 걸 겁니다. 즉 도시를 깊은 곳에 있는 물고기로 보는 착상 앞에 여러분은 세워졌습니다. 그러나 그 다음에는 여러분 편에서 그 착상에다 자신을 세워야 합니다. 그 착상이 세 단어—주둥이는 바닥에 대고—가운데서 떠오르기까지, 그것이 천천히 언어가 되게 하는 과정이 여러분의 뜻에 달렸습니다.

이 과정에서 그 무엇이 여러분의 뜻에 달린 걸까요?

여러분은 이미지가 불러일으키는 영감을 두드려 볼 겁니다. 마치 바이올린을 만드는 사람이 나무를 베기 전에 먼저 그 목재를 두드려 보듯이 말입니다.

'결정하는' 것은 목재의 품질이고 여러분의 청각의 자질일 겁니다.

이미지가 떠올리게 하는 생각은 컵에 물이 채워지듯 천천히 차오릅니다. 그것은 이미지 가운데서 모습이 빚어지고, 여러분은 그 속에서 체험한 것에 대한 하나의 자세를 얻을 것입니다(겨울나기, 그 / 주둥이는 바닥에 대고). 그 발견적인 잠재력을 인식하지 못해 어떤 이미지가 떠올리게 하는 생각으로부터 등을 돌린다면, 그 과정 역시 여러분의 의지와 다르게 이루어질 겁니다. 이미지는 또다시 여러분의 의식 속으로 밀려들어 올 것입니다.

시는 여러분에게 사치가 아닙니다.

겉보기에는 어처구니없는 시적인 이미지가 아주 멀리 떨어진 실재들(도시, 물고기)을 독창적으로 연결시키는 것이 여러분에게는 현실의 특정한 영역들을 받아들이는 유일하고도 적정한 방식입니다. 그렇게 연결시킴으로써 외적 비슷함이라는 다리를 건너서 하나의 실재에 대한 진실을 발견하는 곳에 이르게 됩니다. 그러면서도 작가는 분별력 있게 될 수가 없습니다.

시란 그저 유치함의 표현이라고 생각했던 내 상관과 면담하고 나서 15년 뒤에 베를린에서 어떤 신사가 제게 말했습니다. 서평이 든 두툼한 서류철이 그 앞에 놓여 있었습니다.

"선생님이 하고 있는 일이 문학이라고요. 비평들에는 그렇게 씌어 있군요. 동의합니다. 그러나 선생이 하시는 일을 문학이라고 한다면, 우리는 문학 없이 한 20년 살 수 있습니다. 그러고 나서 또 40년 문학 없이 살 수 있습니다. 그는 권력자들 중 하나였습니다. 다른 일들이 그들에게 들러붙기 때문에 문학은 떨쳐 내는 사람들, 즉 저 권력이 힘을 행사하는 사람들 중 하나였지요."

작가가 분별력이 있어지려고 해도 되는 걸까요?

어떤 독자들에게도 시는 사치가 아닙니다. 시가 때로 수인(囚人)이 전하는 은밀한 쪽지처럼 전해지는 국가에서만 그런 것은 아닙니다. 시적 이미지가 이루는 것은 어디에서든 같습니다. 즉 놀라움을 거쳐서, 연결시키기의 새로움에 대한 유쾌함을 거쳐서—한 가지 쾌감에 대한 유쾌함인데, 그 안에는 불쾌함의 가시 하나가 박혀 있습니다. 익숙하게 지켜져 온 것이 갑자기 의문시되어 버린 듯이 보이기 때문이죠—읽는 사람의 마음을 끌고, 읽는 사람으로 하여금 조만간에 발견하게끔 재촉합니다. 그것이 발견될 만한 가치가 있다는 것을요. 그리고 이것은 독자가 그 자신의 마음속에서 발견에 이를 수 있음을 뜻할 겁니다. 예술 체험 없이는 불가능했을 발견에 이릅니다(흔히 하는 생각에 맞서자면요. 즉 예술은 생성되기 위하여 늘 하나의 '마주섬'을 필요로 합니다. '마주섬'이 영감을 줄 수도 있고요. 그렇기 때문에 예술 또한 모든 현을 튕길 수 있습니다. 바라보고 있는 사람, 듣고 있는 사람, 혹은 읽고 있는 사람들 마음속에 담겨져 있고 조율되어 있는 모든 현을요).

이의를 제기하는 말이 제 귀에 들립니다. 그렇지만 시가 수인이 은밀히 전하는 쪽지처럼 전해진다는 사실은, 시가 시 한 편의 모든 잠재적 독자가 현실적 독자가 되는 한 사회의 보다 정치적이고 독재적인 조건들 아래서 더욱 필요 불가결하다는 점을 증명합니다.

시는 그렇기 때문에 여느 곳에서는 덜 필요 불가결한 걸까요? 그렇다고 한다면 혹시 사치일까요?

한 번은 런던에서 시 낭독회가 끝나고 난 뒤 한 여성이 저에게 이렇게 말했습니다.

"믿을 수 없네요. 그리고 믿고 싶지도 않고요. 왜냐하면 제 모든 경험이 맞서고 있거든요. 그러나 오늘 저녁 행사를 뒤로하면서 저는 이런 느낌을 받았습니다. 인간적 행복이 아직도 있구나 싶어요."

물질적 사치가 우리를 마비시키면 마비시킬수록 그만큼 더 인간이란 실체에 대한 깨달음 역시 필요 불가결해집니다.

국민적 책임이라는 개념을 애써 생각해 보면 작가에게 있어서 국민적 책임은 그 본질이 '비분별'을 주장하고, 작가이자 국민으로서 그 결과를 감당하는 데 있습니다.

예의 런던 낭독회는 1975년 5월에 있었습니다. 당시에 저는 아직 다른 독일의 시민이었습니다. 그리고 이 여행이 이루어지기까지 캠브리지 대학 측의 3년에 걸친 노력, 비행기를 타기 직전까지 여러 달 동안 많은 부담에 선행한 것, 그것이야말로 말할 가치도 없을 겁니다. 강연에서 이야기할 가치는 더욱 없을 것입니다. 다만 이만큼만 말씀 드리지요. 그 여행을 떠나기 위해서 저는 저녁 5시부터 새벽 3시까지 주삿바늘들을 글자 그대로 두 다리에 꽂고 있어야 했습니다. 그럼에도 불구하고 런던에서 약효가 떨어지자 저는 생명이 위독할 정도로 병이 났습니다. 저를 초청해 준 분의 연락을 받은 의사들은 진찰도 해보기 전에 대뜸 전화에다 대고 왕립 병원으로 오라고 말했습니다.

왕립 병원은 가장 가까운 병원이었습니다. 어떤 문병객이 런던 주재 동독대사관의 부대사를 알고 그 가족과도 친한 터라 부대사에게 알리겠다고 했습니다.

"당신네 나라 대사관이 즉시 당신을 위해 적극적인 조치를 취할 겁니다."

수화기를 내려놓고 돌아온 그분은 얼굴이 창백해져 어쩔 줄 몰라했습니다. 부대사가 '작가요?'라고 되물었다는 겁니다. 그러자 그녀는 자기가 누구 이야기를 하는 건지 대사가 알아주는 줄 알고 기뻐서 '네, 작가 라이너 쿤체 일이에요'라고 대답하자 그 신사의 목소리가 얼음장같이 싸늘해졌으며 몹시 노해서는 그 사람을 위해 동독대사관이 힘을 쓸 수 없다고 했다는 것이었습니다.

존경하는 신사 숙녀 여러분, 저로서는 뷔히너상에 대해서 감사 드린다는 건, 이 상의 명망에 값하는 데 그치지 않습니다. 저에게는 훨씬 더 많은 것을 뜻합니다.

제가 뷔히너 이야기는 안 하고 지나친 것일까요?

감사 드립니다.

전영애 옮김

크리스타 볼프, 1980

# 감사의 말씀

다름슈타트 독일 언어문학 학술원이 올해 저에게 뷔히너상을 수여하기로 결정한 데 대해 감사 드립니다. 뷔히너상을 받게 되니 그동안 저의 작업이 얼마나 불충분했는가, 하는 생각이 듭니다. 스스로 작가라는 일을 선택했지만, 작가의 존재 형태에 대한 의혹은 계속 솟아오르니까요. 어쩌면 자만심인지는 몰라도 이러한 지속적 테마에 관한 논의를 도외시하려고 합니다. 아울러 오늘 이 자리에서 연설하기 어려운 사항을 성찰하고 있는 저의 연설문을 일단 고려하지 않으려고 합니다.

게오르크 뷔히너의 범례는 명백합니다. 글쓰기, 삶, 책임 그리고 과실 등이 내면에 서로 엉켜 있다는 사실이 제 자신을 이토록 불안하게 만든 적은 이전에 없었습니다. 왜냐하면 사회적 책임이나 과실은 작가로 하여금 글 쓰며 살고, 살면서 글 쓰게 하지만, 아울러 동일한 작업 행위 속에서 작가를 완전히 파멸시키려고 위협하기 때문입니다. 오늘날 작가는 책임감 내지 과실 등을 견뎌 내야 함은 물론 그것을 수용해야 한다고 믿고 있습니다. 아무런 책임도 지지 않고 죄짓지 않는 것? 그것은 힘없는 사람들이 당대에 떠올린 갈망의 상일지 모릅니다. 그것은 어쩌면 도피의 상이 아닐까요?

우리가 살아가면서 글을 쓰는 구체적 현실 상황을 생각해 봅시다. 여기서 우리는 성장, 다시 말해서 무언가를 바라보고 관여하면서, 때로는 실패를 맛보고 때로는 다시금 무언가를 열망하면서, 새로운 경험을 집요하게 동경하기도 합니다. 이러한 구체적 현실 상황 속에서 책임도 죄도 없는 그런 상태는 절대로 주어지지 않습니다. 다시 말해 거기에는 항상 '오늘 그리고 여기'가 존재할 뿐입니다. 세상을 떠나면서 우리의 얼굴에서 가면이 벗겨집니다. 이때 얼굴들도 함께 떠나는 것일까요?

뷔히너를 다시 읽는 것은 자신의 상황을 보다 첨예하게 바라보는 것을 뜻합니다.[1]

"나의 눈은 피를 보는 데 익숙해 있지만, 나는 결코 단두대의 서슬 푸른 칼날이 아니야."

역사를 지나치는 독일인들의 걸음은 힘들고 자주 연기되는, 때로는 질질 끌 정도로 느릿느릿한 것이었습니다. 그것은 폭력을 동반하기도 하고 거칠기도 했습니다. 독일인들의 이러한 걸음은 독일 작가들로 하여금 언어로써 역사의 도로를 포장하고 치장하게 했습니다. 처음에 저는 뷔히너의 몇몇 문장에 관해서 강연하려 했습니다. 마치 오늘날 어느 작가가 쓴 것처럼 울려 퍼지는 그러한 문장 말입니다. 그렇지만 뷔히너 시대의 문제점은 여전히 해결되지 않은 채 남아 있습니다.

지금 현재 뷔히너가 살아 있다고 가정하면, 그는 공개적으로 감사함을 표명하는 자리에서 아마 난처함을 느끼지 않았을까요? 우리는 과연 어떠한 권한으로 아주 젊은 남자의 작품 그리고 그의 출현을 한 명의 증인으로 끌어낼 수 있단 말입니까? 혁명가, 작가, 과학자인 뷔히너는 모든 위험을 감수하면서 암담한 시대 상황 속에서 실천할 수 있는 대안을 과감하게 제시했습니다.

---

1) 이는 참으로 의미심장한 발언이다. 우리는 무엇보다도 문헌이 발표된 시대적 상황과의 관련성을 문학 작품의 내용과 비교해야 한다. 크리스타 볼프는 뷔히너를 읽으면서 그의 시대를 동시에 바라본다. 이로써 그녀는 자신이 속한 시대의 가장 본질적 문제점을 보다 냉정하게 유추해낼 수 있다. 따라서 뷔히너를 읽는다는 것은 볼프에게는 현대의 시대적 문제점을 첨예하게 고찰하는 작업을 뜻하는 것이다.

그의 내면에 담긴 어떤 끔찍한 고통이 부글부글 끓어오르는 극 작품 속의 냉정한 대화들 그리고 어떤 예견을 충동하는 산문 작품을 쓰도록 작용한 게 분명하지 않을까요?

"고통이 그에게 다시 의식을 가져다 주기 시작했다. 그는 빠른 속도로 이야기했다. 하지만 흡사 고문대 위에서 이야기하는 것 같았다."[2]

광기의 고통으로부터 출현하는 의식은 더 이상 작가 스스로 체념해야 하는 과거의 고문 당하는 언어가 아닐 것입니다. 그것은 작가에게 정말로 낯선 것입니다. 자신의 존재가 보편적인 이성과 더 이상 일치되지 않는다는 것을 감지했을 때, 렌츠는 그만 미쳐 버리고 맙니다. 흐릿한 꿈에서 깨어난 우리는 정신이 완전히 나간 채로 이른바 도구적 사고라는, 어떤 대상화된 갈망 앞에서 멍하니 서성거리고 있습니다. 도구적 사고는 여전히 이성이라고 명명되고 있지만, 해방이나 완전한 성숙을 추구하려는 계몽주의의 출발점을 고려한다면 오래전에 원래의 궤도를 이탈했습니다. 그리하여 그것은 맹목적인 유용성으로서 산업 시대에 중요한 자리를 차지하지 않았습니까? 마법의 빗자루에 관한 은유는 오늘날 대수롭지 않은 무해한 동화로 간주되고 있지만, 처음에는 인류를 경고를 주기에 충분한 것으로 인식되었습니다.

나중에 기술적 진보 그리고 이윤 추구는 뒤섞인 채 용해되었고, 모든 폭력 행위는 '모든 것은 허용되어 있다' 라는 격언에 의해 교묘히 은폐되었습니다. 그렇기에 격분한 시민주의 문학은 나이 들어 눈먼 파우스트의 상을 설계하기에 이르렀습니다. 즉 참새들이 파우스트의 무덤을 파헤치는 동안, 주인공인 눈먼 파우스트는 이러한 소음을 접하며 어떤 끔찍한 착각에 사로잡힙니다. 말하자면 그에게는 참새들의 무덤 파는 소음이 자신의 행복한 미래의 환영으로 잘못 연상되었던 것입니다. 이는 정말로 우리를 소름 끼치게 만드는 비유가 아닙니까?[3]

---

2) 크리스타 볼프는 뷔히너의 「렌츠」를 부분적으로 인용하고 있다.

3) 「파우스트」 제2부, 11539~11543행.

우리는 실제로 어떤 끔찍한 문명 속에서 살고 있습니다. 현대 문명이 가장 사랑하고 가장 가치 있는 것으로 여기는 것은 바로 돈과 기술적 완전성입니다. 이로 인하여 (전기 쇼크와 같은) 차단된 사고가 활성화되고, 결국에는 인류를 파멸로 몰아넣는 무기들이 생산되고 있습니다. 우리는 원자 폭탄의 아버지, 새로운 파우스트들이 활개를 치는 세상에서 생활하고 있습니다. 수천 개의 태양보다도 더 밝은 빛이 그들의 눈을 부시게 하고 있지요. 그들이 휴머니즘의 정신으로 쌓아 올린 기억 속에서는 놀랍게도 어느 성스러운 인도의 서사시 한 구절이 떠오릅니다.

"나는 모든 것을 강탈하는 죽음이니라. 여러 세계를 마구 흔들리게 만드는 자이어라."

앞으로도 문학은 얼마나 끔찍하게 남용될까요? 우리는 얼마나 오랫동안 그냥 멀거니 이를 지켜보아야 할까요? 계속 무슨 일이 발생하여 결국에는 우리의 언어마저 완전히 차단되는 게 아닐까요? 얼마나 오랫동안 문학이 장례식의 들러리로 초청 받아야 할까요? 문학이 어떠한 끔찍한 일에 뒤엉켜 죽음으로 향하는 사람들의 뒤를 추종해야 할까요? 삶의 조력자로 작용하는 게 아니라 기껏해야 사람들이 편안하게 죽을 수 있도록 도와주는 게 문학이란 말입니까? 만약 우리가 과거의 역사를 전혀 이해할 수 없을 정도로 꽁꽁 묶여 있고, 거의 아무런 대안도 없는 현재 속으로 추방당해 있으며 완전히 사악한 미래를 예견하고 있다면, 이는 과연 어떻게 표현되어야 할까요?

여러 모순적인 역사적 사항들은 새로운 순환을 맞이하고 있습니다. 그것들은 '핵무기의 과잉 보유 상태'라는 징후 속에서 점진적으로 발전하려 하지 않습니까? 서양인의 사고와 태도를 언어적으로 그리고 형식적으로 표현하는 하나의 문학을 생각해 보세요. 문학의 다음과 같은 구조를 생각해 봅시다. 문학의 구조는 여러 가지 모순들을 밝히는 작업을 통해서 스스로 발전해 가고, 인간과 인간 사이에서 발생하는 어떤 생산적인 관계를 신뢰하게 합니다. 그렇지만 이러한 관계는 더 이상 안전하지 않습니다.

크리스타 볼프, 1980 159

문학이 제아무리 달리 곡해되고, 전복되며, 스스로 고통 당하고, 고달픔을 겪는다고 하더라도, 현대의 작가가 사회에서 나타나는 소외의 과정 그리고 현실로부터 일탈되는 과정 속에서 공범처럼 행동할 필요가 있을까요? 문학이 과연 산업 사회의 거칠기 이를 데 없는 현혹의 책략, 혹은 정교하게 만들어진 거짓된 술수 가운데에서 하나를 선택해야 할까요? 기술적으로 모든 게 재생산 가능하게 된 시대에 언어 역시 언어의 사용자들인 작가에 대해 적대적인 자세를 취하고 있는 게 아닐까요? 심지어 작가에 관해 거론하게 하는 시대는 플라스틱, 콘크리트 그리고 철강 등의 내면을 드러내고 있지 않습니까? 기괴하고 암울하며 자기 파괴적인 특성을 생각해 보세요. 그러한 종류의 사물들은 인간의 언어로써는 도달할 수 없을 정도로 거대한 양으로 출현했습니다. 그렇다면 문학의 언어는 우리로 하여금 글을 쓰지 못하게 작용할까요?

괴테는 '인간은 얼마나 고귀한가!'라고 말했고, 뷔히너는 '우리가 창조된 바처럼, 그렇게 어떤 실수가 저질러졌다'라고 말했습니다. 괴테와 뷔히너의 문장 사이에는 50년이라는 시간이 도사리고 있습니다. 말하자면 뷔히너는 도래할 시대의 부호가 그야말로 패러독스임을 예리하게 직시했습니다. 그러나 시대는 뷔히너를 외면했습니다. 어쩌면 19세기라는 시대는 산업 발전의 시대적인 오점을 실제로 수용했어야 옳았을 것입니다.[4]

위대한 작가가 일찍이 접하게 된 것은 작가의 견해라든가 확신 등이 완전히 백안시된다는 점이었습니다. 오늘날의 작가인 우리는 그것을 뼈저리게 체험하고 있기 때문에, 언어로 무언가를 말하는 데 대해 거의 구역질을 느낄 정도입니다. 우리가 의존한다고 믿는 수많은 단어들, 예컨대 '자유' '평등' '동포애' '인간성' 그리고 '정의' 등은 원래의 의미를 잃었습니다. 그것들은 우

---

4) 크리스타 볼프는 19세기 초를 현대 문명의 비극이 시작된 시기라고 진단했다. 왜냐하면 볼프의 견해에 의하면 19세기 초에는 오성 편중주의가 대두되어 감각적인 것, 감성적인 것 그리고 여성적인 것이 천시되었기 때문이라고 한다.

리에게서 일탈되어 저널리즘에 의해서 수용되고 있을 뿐입니다. 바로 그러한 까닭에 상기한 단어들은 원래의 의미를 상실하고, 어떠한 믿음도 주지 못하고 있는 실정입니다. 게다가 이와 반대되는 단어들의 의미 역시 언어의 논리에 따라 박탈되었습니다. 이를테면 '무시무시한' '구원 없는' '전율을 일으키는' '위협을 가하는' '야만적인' 등은 주어진 우리의 현실 상황을 정확히 지적하지 못합니다. 사람들은 무언가 익히 잘 알고 있거나, 아는 체하는, 무언가를 정확히 판단하기 위하여 의기양양해하는 혹은 체념하는 자세로 언어를 사용합니다. 그렇지만 위의 단어들 대신 우리에게 실제로 수용되고 있는 것은 오로지 '전도되어 있다' 라는 단순하고도 조용한 단어일 것입니다.

세계의 상태가 전도되어 있다고 가정해 봅시다. 이때 우리는 이러한 가정이 틀림없음을 알아차릴 수 있을 것입니다. 우리는 그런 주장을 얼마든지 고수할 수 있습니다. 그것은 결코 아름답지는 않지만, 틀림없는 사실입니다. 어쩌면 이 말은 거대한 말씀의 외침으로부터 마구 찢겨진 우리의 청각을 잠시나마 쉬게 해줄지 모릅니다. 또한 그것은 수많은 잘못된, 잘못 사용되고 있는 단어들에 의해서 방해 받고 있는 우리의 양심에 그다지 큰 부담을 주지 않겠지요. 우리의 귀에는 들리지만 혀 위에는 자리하지 않은 적절하고 타당한 어떤 다른 언어의 진지한 단어가 과연 존재할까요? 물론 작가가 명명하는 행위가 결코 진실의 재정립, 회복 그리고 변모 등의 실천으로 완전히 이어지지는 않을 것입니다. 이를 전제로 할 때 우리는 어쩌면 '전도되었다' 라는 단어에서 다른 적절한 단어들의 어떤 연결 고리들을 발전시킬 수 있을지 모릅니다. 즉 과거의 가치를 부정하면서 시대에 적절한 가치 개념을 표현할 수 있는 뭔가 다른 단어의 연결 고리 말입니다. 그렇게 함으로써 사람들은 수치심 없이 서로 다시금 무언가 말하고 대화를 나눌 수 있게 됩니다.

이러한 언어를 탐색하려는 사람들은 자신의 자존심 그리고 자신의 자의식이 거의 완전할 정도로 사라지는 경우를 참아 내야 할 것입니다. 왜냐하면 우리가 말하고, 서술하며, 생각하고, 창작하는 언어의 모든 틀이나 범례는 이 경우에는 더 이상 주어질 수 없기 때문입니다. 아마도 여러분은 체험하게 될 것입니다. 바로 우리의 평정과 자제력을 상실하는 경우를 말입니다.

우리는 결코 새로운 단어의 연결 고리를 맨 처음으로 생각해 낸 사람들이 아닙니다. 여러 시대의 틈바구니에서 파괴되어 돌출해 나오는 무엇이 있습니다. 그것은 용기, 기개, 희망 그리고 직접성으로서 인간의 언어 능력에 반드시 필요한 것들입니다. 공허한 시대의 공간 속에서 솟구쳐 나오는 것은 바로 두려움의 느낌, 바로 그것입니다. 문학 작품에 나타난 선구적 인물들은 언제나 어떤 공포 내지는 두려움을 미리 느꼈던 사람들입니다. 공포는 나중에 많은 사람들에게 들이닥치지 않습니까?

"춤춰 봐, 로제타. 춤춰. 시대가 너의 우아한 발의 박자에 맞추어 움직여 가도록".[5]

"나의 발은 차라리 시간으로부터 벗어나기를 바라고 있어."

그것은 잠 속으로 그리고 꿈속으로 향하며 두드리는 하나의 리듬입니다. 누군가를 하나의 의식으로 못박아 버리고 정신없이 신들리게 만드는 리듬. 나의 발은 차라리 시간으로부터 벗어나기를 바라고 있어.

춤춰 봐, 로제타.[6]

로제타는 춤추기 시작합니다. 노래하라. 아 사랑하는 비탄이여, 레옹세는 이제 단 한 번 그녀 대신 사랑의 시체를 사랑할 수 있을 뿐입니다. 눈물을 흘리는가, 로제타? 내 눈을 부시게 하는 것은 어쩌면 다이아몬드일지 모른다. 레옹세는 혼자서 '사랑을 얻으려고 애쓰는 어떤 기이한 존재, 그건 나 자신이 아닌가?' 라고 독백합니다. 그리고 다른 한편 그의 형제인 당통은 옆 무대에서 다음과 같이 공언합니다.

---

5) 이 구절은 극작품 「레옹세와 레나」 제1막 제3장면에 나온다.

6) 본문에서 로제타는 뷔히너의 극작품 「레옹세와 레나」에 등장하는 인물이다. 그녀는 주인공인 포포 왕국의 왕자 레옹세를 사랑한다. 그러나 주인공 레옹세는 아름답고 마력적인 정부 로제타에게 접근하지 않는다. 결국 그는 양가의 집안이 원하는 대로 레나와 결합한다. 크리스타 볼프는 '로제타를 대하는 레옹세의 태도'에서 서양 문명 비판의 결정적 모티프를 발견하고 있다. 그것은 다름 아니라 '여자의 시체에 대한 간음 충동'이다.

"이제 나는 이성의 독립 요새로 퇴진하려고 하오. 그리하여 진리의 대포로 공격하여 앞의 거대한 장벽을 무너뜨리고 나의 적들을 콩가루로 만들어 버리겠소."

로제타, 마리, 마리옹, 레나, 줄리, 루실 등은 어디에 거주하고 있습니까?[7]

당연히 독립 요새의 바깥입니다. 위의 여성들은 아무런 보호 없이 야전 지역에 그냥 머물고 있습니다. 어떠한 사고 체계도 여성들을 수용하지 않습니다. 사람들은 그들에게 다음의 사항을 강요하고 있습니다. 즉 어떠한 인간이라 하더라도 이러한 유형만큼 그렇게 비이성적으로 사고하지는 않을 것이라는 믿음 말입니다. 여기서 여성들의 존재는 난제로부터 발뺌하기 위한 도구로 사용되고 있지요. 그들은 정상적인 교육을 받지 못했을 뿐 아니라 이에 대한 정당한 욕망 또한 배제되어 있습니다. 여성들은 사회의 밑바닥에서 그리고 변두리에서 남성의 힘든 정신적 행위를 쳐다봅니다. 레옹세는 측량, 계산 그리고 고안해 낸 수 그리고 계획의 시스템을 통하여 자신의 요새를 안전하게 유지하려고 합니다. 이로써 요새는 가장 강인한 추상성의 공식에 의해서 안전을 느끼고, 추상성의 마지막 진리는 마침내 하나의 공식으로 돌변하게 됩니다.

만약 레옹세가 현실의 충만함을 외면하고 있다면, 그것은 접촉에 대한 두려움 때문일 것입니다. 로제타가 어떻게 이를 의심할 수 있을까요? 그는 현실의 충만함을 그대로 인지할 능력이 없을 뿐 아니라 이에 대해 두려움마저 느낍니다. 따라서 그는 어떤 어처구니없는 시스템 속으로 자기 자신을 가두어 넣습니다. 레옹세는 추호의 동정심도 없는 노동의 분화에 의해 자신의 전인적 인간성을 강탈당합니다. 그는 상처 입고 찢겨진 채 '자기 인식의 지옥 여행' 속으로 들어서지 않겠다는 일념 하에 거의 목숨을 걸다시피 하며 자기

---

7) 마리는 「보이체크」의 여주인공으로서, 주인공 보이체크에 의해 살해당한다. 마리옹은 「당통의 죽음」에 등장하는 파리의 창녀이다. 줄리는 당통의 아내인데, 당통이 죽고 나서 자살한다. 루실은 카미유 데물렝의 아내인데, 남편이 처형당한 뒤 미쳐 버린다. 볼프는 여성의 비극적 삶을 거짓된 시대에 대한 보편적 범례로 파악하고 있다.

자신을 전속력으로 충동질합니다. 그런데 칸트에 의하면 자기 인식의 과정 없이는 이성이 존재할 수 없습니다. 따라서 스스로를 인식하지 못하는 자는 결코 여성의 내면을 인식하지 못할 것입니다.

두 사람은 각자 다른 길로 향할 수밖에 없습니다. 로제타는 침묵을 지킵니다. 한 남자를 사랑하고 고통을 느끼다가, 결국에는 마리와 마찬가지로 목숨을 잃습니다. 로제타는 줄리와 마찬가지로 남자를 위해 죽음을 택합니다. 또한 그녀는 루실과 마찬가지로 광기 속으로 빠져 듭니다. 스스로를 희생시킨 셈이지요. 그리하여 레나는 다음과 같이 탄식합니다.

"그렇다면 나는 가련하고 버림 받은 샘물이란 말인가? 샘물 위에 수그리고 있는 모든 상을 자신의 조용한 토대 속에서 반사시켜 주는 근원일까?"

이때 여성들 가운데 유일하게 창녀인 마리옹만이 자신의 고유한 본성에 귀를 기울입니다. 말하자면 뷔히너는 이 점에 이르기까지 극한적으로 자신의 리얼리즘을 충동질해 나갔습니다.

사람들은 지금까지 뷔히너의 작품을 제대로 읽을 수 없었습니다. 왜냐하면 거의 모든 사람이 다음과 같은 사항들을 알려고 하지 않았기 때문입니다. 첫째는 작가들이 보다 위대한 문체로 역사적 진보를 추종했지만, 진보 자체가 어떤 새로운 신화를 위한 도구를 내면에 간직하고 있었다는 점입니다. 둘째는 진보가 사람들의 욕구는 충족시킬 수 있었지만, 사랑을 가져다 주지 못했다는 점입니다. 셋째는 진보의 가장 강력한 추진력이 인간 내면에 고유하게 존재하는 공허감에 대한 두려움이라는 점입니다.

나의 확고한 생각에 의하면 뷔히너는 이른 나이에 그런 사실을 예리하게 간파하고, 거기에 대해 무시무시한 전율을 느꼈습니다. 즉 새로운 시대가 발견해 낸 욕구는 근본적으로 어떤 문명 파괴의 욕구와 일치된다는 사실 말입니다.[8] 그렇지만 뷔히너는 이른바 배웠다는 사람들이 나누는 다음과 같은 역

---

8) 크리스타 볼프에 의하면 문명의 발전은 이성의 절반을 희생시킴으로써 이루어진 것이라고 한다. 현대 문명은 죽음에 대한 충동에서 비롯한 것으로서, 로제타로 상징화되는 여성의 희생에 근거한 것이다.

설적인 익살을 전혀 알지 못했습니다. 예컨대 '창조란 파괴와 결합되어 있다' 라는 역설을 생각해 보십시오. 게다가 그는 '대량 학살' 이라는 단어를 전혀 인식하지 못했습니다. 뷔히너는 자신의 등장인물 속에다 죽음에 대한 애호의 감정을 집어넣었습니다. 비록 살인적인 기술이라 하더라도, 어떤 완전한 해결책은 놀랍게도 '달콤한' 것으로 명명되고 있습니다. 현대인들이 로켓의 몸통에다 여성의 이름을 붙이는 경우를 생각해 보십시오. 뷔히너에게 이러한 착상은 결코 떠오르지 않았을 것입니다. 레옹세는 거울로 만들어진 자신의 방이 너무 좁다고 느끼지만, 아마도 거울과 함께 존재하기 위하여 거울을 설치하는 것은 당연하게 여길 것입니다. 뷔히너는 이 점을 조금도 예견하지 못했습니다. 왜냐하면 레옹세와 막강하고도 부지런한 그의 후예들은 죽음에 대해 끔찍한 두려움을 느꼈기 때문입니다. 즉 아주 거대한 모사 상이 그들에게 더 이상 어떤 거울로도 반사되지 않는다는 사실을 알게 되었을 때 그들은 그렇게 느꼈습니다. 거울 속에 비친 상이 눈이든 여성의 육체이든 어느 극장이든 재벌 기업이든 하나의 막강한 기구이든 하나의 국가이든 간에 말입니다.

'오, 누군가 한번 자신을 물구나무서서 바라볼 수 있다면!' 하는 갈망은 분명히 뷔히너는 인식했음에 틀림없습니다. 누군가 불가능하겠지만, 인류 문화의 맹점을 가시적으로 보여 주는 일을 이행할 수 있다면, 하는 갈망 말입니다.[9] 바로 그 때문에 작가는 등장인물로 하여금 말할 수 있는 무엇의 가장자리로 향하여, 맹점의 극단적 자리 주위에서 맴돌게 했습니다. 그는 단 한 번 고함을 지름으로써 이를 시도하고 있습니다. 가령 루실이 남편, 카미유의 죽음을 접하면서 이성을 잃는 순간을 생각해 보십시오. 그러나 이는 아무런 도움을 주지 못합니다. 모든 것은 여전히 이전과 다를 바 없습니다. 외침의

---

9) 인류 문화의 '맹점' 이라는 단어는 볼프의 문학을 이해할 때 어떤 중요한 의미를 내재하고 있다. 여성 그리고 여성적 요소는 19세기 이후로 배척되고, 억압되며, 철저히 사장되고 말았다. 대량 살상 무기의 하나인 로켓의 몸통에 여성의 이름이 새겨져 있는 것은 볼프에 의하면 가히 상징적이 아닐 수 없다고 한다.

연극 이론은 다소 해결될 수 있는 모순들을 비춰 주는 극장을 위해서는 아마
도 난센스일 것입니다. 어떠한 연출가라 하더라도 현 존재와 일치되는 것을
단순히 무대 위에 올릴 수 없습니다. 분명히 뷔히너는 그런 문제에 맞부딪혔
을 것입니다. 그래서 그는 종래의 극 작품 구조와 연결시켜 관객이 스스로 관
람한 내용을 잘 이해했다고 공상할 수 있도록 조치를 취했습니다. 다시 말해
극작가는 자신의 가상적인 공연 방식을 통하여 다음과 같은 문장을 위한 공
간을 창조했던 것입니다. 가령 '나의 발은 차라리 시간으로부터 벗어나기를
바라고 있어' 라는 문장을 생각해 보십시오. 이 문장은 단말마의 외침 이전에
내쉴 수 있는 유일한 호흡으로서 아무 소리도 내지 않습니다.

　로제타는 눈에 띄지 않은 채 집에 거주합니다. 말없이 현실로부터 벗어나
거부당하고, 이리저리 이용당한 뒤 소리 나지 않는 공간 속에 머물고 있습니
다. 비록 세상은 그녀에게 속한 것이지만, 어떠한 경우라 하더라도 사람들은
로제타가 머물고 있는 공간을 인지할 수 없습니다. 로제타는 주체를 박탈당
한 존재로서, 다만 그녀의 직업에 의해 정의될 수 있습니다.

　그녀는 자신의 이야기를 알리려 합니다. 자신의 내적 영혼의 말을 전하려
하지요. 자신도 오성을 지닌 인간이라고 말하려 합니다. 그녀 역시 자신에 대
해 책임감을 지니고 있으며, 한 남자와 결혼하고 싶어합니다. 그래서 남자를
섬기고, 자신의 유산을 남기려고 합니다. 그렇지만 로제타는 믿어야 합니다.
레옹세가 즐기는 쾌락이 그녀에게는 유감스럽게도 영원히 다가갈 수 없는
무엇이라는 사실 말입니다. 그 사실은 뼈저린 체험으로 다가옵니다. 로제타
는 자신의 불행을 은폐합니다. 그러고는 춤을 춥니다. 이때 그녀는 레옹세의
비난에 가득 찬 푸념을 듣습니다. 잠자고 싶어, 그러나 너는 춤을 추어야 해.

　로제타는 자신의 권한을 드러내지 않습니다. 그녀는 입을 열고 말할 수 없
습니다. 슬픔도, 기쁨도. 사랑, 노동 그리고 예술 모든 것을 발설할 수 없습니
다. 그녀는 자신이 능욕을 당하도록 내버려 둡니다. 매춘 행위, 감금당하기,
미친 짓을 감내하기, 그녀는 한 송이 장미로서 괴롭힘을 당하고 착취를 당합

166

니다. 이중적으로 말입니다. 주위 사람들은 아이를 가지라고 그녀에게 강요합니다. 낙태하라고 강요합니다. 그녀의 성을 마음대로 분석해 내는 것을 허용합니다. 로제타의 몸은 무기력함의 그물 속에 칭칭 감깁니다. 신경질을 부리는 여자로 돌변합니다. 닳고 닳은 못된 여자, 요부, 솥뚜껑 운전사. 그러다가 로제타는 노라처럼 인형의 집에서 떠나기도 합니다. 마침내 그녀는 로자가 되어 싸우기 시작합니다.[10] 이때 죽도록 얻어맞고 운하에 내동댕이쳐집니다. 박해 당하다가 그녀는 억압당하는 계급 억압당하는 남자와 동등한 권한을 지니게 됩니다.

춤추어 봐, 로제타. 춤춰. 그녀는 춤을 춥니다. 이제 로제타는 마를레네가 됩니다. 웃을까요? 그래요. 웃어 볼게요. / 춤을 출까요? 좋아요, 그렇게 해볼게요. / 내가 당신을 홀딱 반하게 만들어 볼까요? 그렇게 해보세요. 기꺼이 해볼게요.[11]

사랑을 얻으려고 애쓰는 어떤 기이한 존재.[12] 수많은 여성의 이름을 지닌 로제타는 자신에게 발생하는 모든 일에 대해 고분고분 순응하지 않습니다. 그녀는 끝내 자신을 파멸시킵니다. 가령 사고하는 레옹세가 '주체'에 관해서 언급하면, 이것은 결코 실재하는 여자인 그녀를 지칭하지 않습니다. 로제타는 그에게 다만 수많은 객체들 가운데 하나로 전락해 있습니다. 따라서 인간형은 그러하지요.

바로 이 순간 그녀는 지금까지 행하던 자신의 일을 중단합니다. 마지막 견해를 얻기 위해서 필사적으로 노력하는 대신에, 차라리 자신의 존재를 부인해 버립니다. 이로써 그녀의 재능은 완전히 억압되고 맙니다. 대신 여러분과 친숙해질 많은 여성이 그러하듯이, 로제타는 사고하고 시 쓰며 그림 그리는 남자를 배후에서 수동적으로 지원합니다. 레옹세, 너는 나를 사랑하니? ─나

---

10) 크리스타 볼프는 20세기 초 혁명에 동조하며, 이에 가담했던 로자 룩셈부르크를 의식하고 있다.

11) 볼프는 여배우 마를레네 디트리히를 거론하면서 남성 사회의 삶을 비아냥거리고 있다.

12) 이는 「레옹세와 레나」 제3장의 한 구절이다.

원, 설마 그럴까?—사랑의 고백이 거부당할 때, 그녀는 기이한 존재로 치부당합니다. 이른바 자신이 완강한 여자라고 합니다. 그녀는 질투심과 쓰라림을 느낍니다. 절규를 터뜨리며 그에게 외칩니다. 히스테리의 증세를 가차 없이 드러냅니다. 로제타는 술을 마시기 시작하고, 끝내 절망적으로 변하여 가스관을 열어젖힙니다.

전쟁 당시 로제타는 생산 도구와 파괴 도구 속에서 자기 자신을 보존해 왔습니다. 왜냐하면 남자를 대신해서 싸워야 했으니까요. 전쟁이 끝난 뒤 그녀는 극단적인 자세를 취하며 자신이 남자와 다름없다는 사실을 고백합니다. 이제 자신이 남자와 같다는 점을 남자에게 증명해 보일 것입니다. 실제로 로제타는 남자처럼 일합니다. 그녀는 바로 진보입니다. 어떤 진보가 '실제 현실'에서 '존재' 하지 않습니까? 예컨대 로제타와 같은 여성은 밤낮으로 남자와 함께 기계 앞에서 일합니다. 여성은 남자와 함께 강의실에서, 협의회, 대표자 회의의 테이블에 앉아 있습니다(대개의 경우 여성의 수는 소수에 불과합니다). 로제타는 거의 남자처럼 글을 쓰고, 그림을 그리며, 시를 씁니다. 여기에 첫 번째의 섬세한 틈이 주어져 있습니다. 사람들은 아주 민감한 특성의 도움으로 이를 기술하곤 하지요. 물론 그렇지 않을 경우도 있지만 말입니다. 그녀는 남성이 형성해 놓은 사고 패턴 내지 남성적 관찰의 패턴을 그대로 고수하기도 합니다. 또한 남성의 형식을 직접 채택하기도 합니다. 가령 남성들이 그들의 세계에 관한 느낌과 고통을 나름대로의 어떤 형식을 통해서 묘사한 이로써 로제타는 인류 문명의 맹점으로부터 벗어납니다. 그러나 맹점은 끝내 포착됩니다. 인쇄할 만하고, 비평가의 글에 거론될 만합니다. 누군가 어느 작가에게 '재능' 이라는 단어를 붙여 줍니다. 경우에 따라서는 문학상을 받을 만하지요.

과연 사람들이 로제타의 분열된 느낌을 신뢰하게 될까요? 그렇지만 그녀는 오랫동안 자기 자신을 깨닫기 위하여 많은 것을 시도하지 않았습니까? 그럼에도 어째서 많은 사람들은 로제타가 여전히 낯선 느낌을 품고 있는지 의

아해하는 걸까요? 어떠한 이유에선지 이런 느낌이 아직도 수그러들지 않고 있습니다. 사람들의 칭찬과 비난은 어느 특정 여성 작가를 염두에 둔 게 아니라 언제나 로제타에 대한 다른, 잘못된 상을 고려하고 있습니다. 예를 들자면 정부 내지 첩과 같은 단어를 생각해 보세요.

로제타는 레옹세의 요새 안으로 들어감으로써, 어처구니없게도 요새를 지배하는 실정법에 굴복하고 맙니다. 이는 하나의 역설이 아닐 수 없습니다. 자신을 구제하려고 애쓰다가 결국 자신에 대한 몰이해를 스스로 자초한 셈입니다. 로제타는 자유를 찾기 위해서 결국 새로운 굴종과 부자유 속으로 연루되고 맙니다. 자기 자신의 고유성을 되찾기 위해서 찾아간 그곳에서 그녀는 새로운 유형의 자기 부정을 강요당하고 말았던 것입니다.

로제타의 의지는 대단한 것이었습니다. 그녀는 학문의 시대에 모든 희망을 걸었습니다. 말하자면 레옹세의 합리성을 전적으로 신뢰했으나, 그녀는 자신의 몸이 비합리주의의 체제 속에 팽개쳐져 있다는 사실만을 바라볼 수 있었습니다. 비록 안전한 곳으로 도주했지만, 그곳에는 학문의 소견서로도 건드릴 수 없는 비합리적인 특징이 난무하고 있었으니까요. 로제타는 스스로 고백합니다. 시간은 지금까지 한 번도 자신의 발의 박자에 맞추어 움직이지 않았다고 말입니다. 그렇지만 로제타는 기이할 정도로 완강하게, 때로는 아주 비밀스러울 정도로 스스로 진지하게 행동하려고 시도합니다. 이때 그녀는 거대한 저항에 부딪힙니다.

지금까지 사람들은 진지한 문제가 발생하는 곳이면 어디서나 진지한 태도로써 로제타를 강압적으로 보호해 왔습니다. 그래서 그녀는 지금까지 무기의 시스템, 거대하고도 첨단 무기의 시스템을 구성해 내는 일 등을 한 번도 상세히 듣지 못했습니다. 이러한 놀라운 시스템은 유행이 지나간 개별적인 죽음을 구태의연한 것으로 변하게 했습니다. 어디 그뿐이겠습니까? 첨단 살육의 군사적 시스템은 이미 일곱 번, 여덟 번, 스무 번에 걸쳐서 우리 모두를 방사 소멸시켰고, 가루 내지 먼지로 만들지 않았습니까? 사람들은 수많은 이름을 지니고 있는 로제타에게 어떠한 비밀스러운 가르침도 전하지 않았습니다. 온 세상을 긴장하게 하는 군사적·경제적 그리고 정치적 전략 등과 같은 비밀스러운 의미는 그녀에게 한 번도 전달되지 않았습니다. 이제 그녀는 여러 인간을 바라보고 있습니다. 가령 끔찍한 냉전을 균형 잡는 한 인간은 완전히 탈진한 상태로 모니터 앞에 앉아 있습니다. 세상의 잘못된 경제 구조 내지 빈익빈 부익부를 조장하는 인간은 많은 사람에게 심장 마비를 부추기고 있습니다. 제3세계에 빈곤을 나누어 주는 인간은 피곤한 몸으로 샴페인을 터뜨리고 있습니다. 로제타는 이러한 인간들을 바라보면서 죽도록 자신의 몸을 혹사시킵니다. 어디 혹사당하는 게 그녀의 몸뿐이겠습니까?

춤춰 봐, 로제타. 춤춰.

늦게, 어쩌면 너무 늦게 그녀는 자신의 목소리를 높이고 있습니다. 그래서 로제타는 다음과 같은 질문을 던집니다.

"친애하는 신사 숙녀 여러분, 친구들, 동료 여러분, 혹시 당신들은 당신들의 가벼운 발에 비해서 땅바닥이 서서히 얇아졌다고 생각하지는 않는가?"

아마 로제타는 그렇게 말할 수 없을지 모릅니다. 오늘날 그녀는 실제로 어떠한 감사도 드러내지 않을 테니까요. 로제타는 대열에서 빠져나와서 춤을 출 것입니다. 그녀는 무기력함의 그물 바깥으로 자신의 몸을 추락시킬 것입니다. 마치 자기 뜻에 따라 얼마든지 그만둘 수 있는 관광 여행인 것처럼 그렇게 말입니다. 그렇지만 그러한 그물코는 마치 꿈과 같은 세밀한 소재로 짜 맞추어진 게 아니던가요? 소외된 사고의 악몽을 생각해 보십시오.

이제 자리 잡게 된 것은 두려움입니다.

그것은 그녀의 두려움 그리고 레옹세의 두려움이기도 하지요. 이제 그들은 끔찍한 두려움, 터부들 가운데 하나의 터부를 함께 감당해야 합니다. 수많은 이름을 지닌 레옹세가 다른 인간을 사랑할 수 없다는 점, 그가 오로지 죽은 자만을 사랑할 수 있다는 사실이 바로 그 끔찍한 두려움이지요. 레옹세는 말합니다.

"아름다운 시신이여, 그대는 밤의 시커먼 구의(棺布) 위에서 너무나도 아름답게 누워 있구나. 그 때문에 자연은 생명을 증오하고 죽음을 사랑하는구나." [13]

수많은 이름을 지닌 로제타에게는 남아 있는 것이라고는 양자택일뿐입니다. 즉 강압에 의해서 죽은 방으로 들어가든가, 아니면 그녀 자신이 스스로 죽은 방이 되어야 하는 경우를 생각해 보세요. 그녀는 자신을 해방시키기 위하여 걸음을 재촉하지만, 그녀의 모든 발걸음은 레옹세를 더욱더 두려움에 사로잡히게 하고, 그에게 더욱더 큰 거부감을 가져다 줍니다. 여기서 한 가지 문제가 제기될 수 있습니다. 혹시 그녀가 자기 자신을 위하여 진지를 구축하고, 이성의 요새로부터 벗어나서 '진리라는 대포'로 공격해야 할까요? 다시 말해 레옹세를 자신의 적으로 간주하며, 그를 완전히 분쇄해야 할 대상으로 간주해야 할까요? 두 사람 모두 이성을 되찾을 수는 없을까요? 동일한 패러독스를 통해서 어떤 유일한 묘책을 찾아내어, 서로를 마주 보며 올바르게 걸어갈 수는 없을까요? 레옹세와 로제타의 진정한 만남이라는 역사적 순간은 정말로 실패로 돌아갈까요?

서서히 탭댄스의 오래된 박자 소리가 들리고 있습니다. 특히 밤에는 박자 소리가 아주 크게 들립니다. 나의 발은 차라리 시간으로부터 벗어나기를 바라고 있습니다. 의식의 문지방에서 모습을 드러내는 것은 지속적으로 위협을 가하는 갈등과 냉전의 분위기입니다. 이것들은 지속적으로 우리에게 경고의 메시지를 보내며, 미래에 평화롭게 살아갈 수 있는 해결책을 끊임없이 찾게 합니다. 바로 그러한 의식의 문지방에서는 어떤 생동하는 판타지가 출현합니다. 이러한 판타지는 필연적으로 글을 써야 하는 남성, 여성 작가들의 양심적 고통에 의해서 영양을 공급받은 것들이 아닐 수 없습니다. 우리가 살고 있는 삶의 토대는 너무나 부박하고 박약하게 되어 있습니다. 그 위에서 글 쓰는 행위란 과연 어떤 의미를 지닐까요? 더 이상 '희망'에 관한 게 아니라

---

13) 「레옹세와 레나」 제4장에 실려 있는 구절이다.

오로지 '위급한 전시 상태'에 관해서 글을 쓴다는 건 과연 무엇을 뜻할까요?

잉게보르크 바흐만의 마지막 시는 '더 이상 아무것도 내 마음에 들지 않는다'라고 시작되고 있습니다.[14]

> 과연 내가 어떤 은유를
>
> 편도나무 꽃으로써
>
> 치장해야 할까?
>
> ……
>
> 어떤 생각을
>
> 포획하여, 찬란히 비치는
>
> 문장의 독방 속으로 보내야 할까?
>
> 첫 번째 선(善)을 담은 한입의 단어로
>
> 눈과 귀를 급식시켜야 할까?

바흐만의 시는 다음과 같이 끝납니다.

> (그렇게 해야지. 다른 사람들 또한.)
>
> 나의 부분, 결국 상실되어야 할 거야.

바흐만이 묘사하고 있는 것은 믿음 저편, 즉 불신의 언어이지요. 그럼에도 불구하고 그것은 언어입니다. 시인은 여기서 하나의 은유로써 많은 은유들로 하여금 은유의 기능을 포기하도록 하고 있습니다. 시 구절 속에는 '첫 번째 선(善)'이 도사리고 있지만 이러한 구절은 그 한입의 첫 번째 단어와 끝내 결별을 선언합니다. 한마디로 바흐만의 시는 예술을 포기하려는 시인의 입장을 백일하에 드러내고 있습니다. 시인이 근본적으로 예술을 포기하려는 데도 불

---

14) 이 시는 잉게보르크 바흐만의 시 「감각 없음」을 가리킨다.

구하고, 시인이 쓴 시구는 역설적으로 예술 작품입니다.

이 시대에 생산된 모든 작품들은 내적으로 어떤 자기 파괴적인 싹을 담고 있습니다. 그렇지 않다 하더라도 자기 파괴성은 최소한 예술적 생산을 반대하기 위해 만들어진 예술 작품 속에 담겨 있습니다. 예술은 예술로서, 문학은 문학으로서 결코 파기될 수 없습니다. 다시 말해 스스로를 표현하는 예술 내지 문학 작품은 자신으로부터 완전히 해방될 수 없습니다. 완전한 해방이나 일탈의 욕구 자체가 예술 작품 속에 증인으로 남을 테니까요. 바흐만의 주장과는 반대로 예술 작품의 '부분'은 '결코 상실'되는 법이 없을 것입니다.

분서갱유는 얼마든지 가능합니다. 그렇지만 책 속의 가르침은 인간의 사상 속에 깊이 뿌리를 내리고 있습니다. 한마디로 말해서 스스로 절망하고, 스스로 구역질하는 문학 작품은 반드시 남게 될 것입니다. 설령 작가가 자신의 역할에 대해 절망하고 자신에 대해 싫증을 느낀다 하더라도 말입니다. 물론 작가들이 다른 나라로 떠나거나 직업을 바꾸거나 어떤 다른 이름으로 살아가는 경우가 있을 수 있고, 병 들거나 광증에 사로잡히거나 스스로 목숨을 끊는 경우도 있을 수 있습니다. 만약 그런 경우가 아니라면, 모든 것은 그야말로 침묵에 대한 은유입니다. 예컨대 작가가 침묵을 강요당하는 경우를 생각해 보십시오. 침묵을 원하는 경우, 침묵해야 하는 경우, 마침내 침묵해도 좋은 경우 등을 말입니다.

그렇지만 여기서 우리는 '그렇지만'이라는 단어를 사용하기 전에 오래 입을 다물고 있어야 할 것입니다. 왜냐하면 여기서 말하는 침묵의 색깔은 무엇인지, 단어에도 색깔이 있다고 가정한다면 무척 암담한 것일 수 있기 때문입니다. 뷔히너는 생전에 육체와 정신을 최고조로 긴장시켜 세 가지의 언어, 즉 정치, 학문 그리고 문학의 언어를 결합시켰습니다. 정치적 내용, 학문적 내용 그리고 문학적 내용은 그의 글 속에 함께 용해되어 있습니다. 그러나 오늘날에 이르러 이러한 세 가지 언어는 도저히 구제받을 수 없을 정도로 상호 간에 일탈되어 제각기 먼 곳으로 이전되어 있습니다.

그 가운데 문학의 언어는 기이하게도 현대인의 현실에 가장 근접해 있는 것 같습니다. 설령 통계, 숫자 도해, 규격 목록 그리고 성과 도표 등이 인간의 현실을 가장 정확히 반영한다 하더라도, 인간을 가장 정확하게 깨닫게 해주는 것은 오직 문학의 언어입니다. 자기 인식을 위한 작가의 도덕적 용기가 문학 작품 속에 반영되고 있기 때문인지 모릅니다. 아니면 문학 속에는 어떤 다음과 같은 일치되는 내용이 처음부터 확정되어 있기 때문인지 모릅니다. 즉 대부분의 작가가 수세기에 걸쳐 주위로부터 위협당하고 상처 입는 힘든 과정을 거쳐, 우리가 '교양' 내지 '예의'라고 명명하는 직물을 처절하게 직조해 왔다는 사실을 생각해 볼 수 있습니다.

우리는 교양 내지 예의 등과 같은 단어에 대해서 낯설음을 느낍니다. 이러한 느낌은 '예의' 내지 '교양' 등이 지향하는 바를 고수하는 일이 얼마나 힘든가를 의식하게 해줍니다. 그렇지만 이러한 단어는 정치 그리고 학문 등의 영역에서 사용되는 전문 용어들과는 달리 어떤 아우라 내지 이상적 공간을 지니고 있습니다. 가령 이 순간 나의 뇌리에 우연히 떠오르는 단어들, '평화' '달' '도시' '들판' '삶' '죽음' 등이 그러하듯이 말입니다. 정말로 우리는 이러한 것들의 파멸을 그냥 내버려 두어야 할까요? 우리가 이러한 단어들 대신에 우리가 '핵의 대치 상태' '위성' '거대 신개발 주택지' '녹지 공간' '질료의 운동 형태' 그리고 '최후' 등과 같은 개념들을 사용해야 할까요?

자연과학자들은 그들의 발명품을 명명할 때 어떤 특수한 용어들을 사용함으로써, 그들의 고유한 감정을 안전한 곳에다 보관할 수 있었습니다. 학문적 언어의 구성은 언뜻 보기에 논리적인 것 같습니다. 그러나 그것은 정치가들의 고착된 이념을 뒷받침해 주고 있습니다. 즉 정치가들은 '인류는 여러 차례의 인류 파멸의 가능성을 통하여 구원될 수 있다'라고 발언하지 않습니까?

오늘날 문학은 평화에 대한 연구이어야 합니다.

창작 행위란 결코 쉬운 게 아닙니다. 더욱이 우리가 다음과 같은 사실을 생생하게 알게 된 이후부터 더욱 그러합니다. 즉 우리 두 나라—언젠가 '독

일' 이라고 불렸으며, 아우슈비츠로 인하여 그 이름이 더럽혀졌을 때 '독일'
이라는 명칭은 강대국에 의해서 몰수당하고 말았습니다만—엘베강의 양쪽
에 존재하는 땅은 핵무기가 발사될 경우에 가장 먼저 소멸되리라는 사실을
생각해 보십시오.[15] 그렇게 되면 이러한 소멸의 시기를 분명히 표시해 주는
여러 지도들이 생겨나게 될지 모릅니다. 곰곰이 숙고하건대 카산드라는 트
로야를 자기 자신보다 더 열렬하게 사랑한 게 분명합니다. 그녀는 트로야의
몰락을 예견하고, 이를 고향 사람들에게 과감하게 전해 주었습니다. 제 자신
에게 다음과 같이 묻습니다. 혹시 그리스 그리고 트로야는 제 나라 사람들에
게 그다지 사랑 받지 못한 게 아닐까요? 어쩌면 그렇기 때문에 고대의 두 나
라는—마치 사랑 받지 못한 자가 누군가를 사랑할 수 없는 것처럼—자신을
그리고 상대방을 파괴시키려는 성향으로 기울지 않았을까요?

　하지만 저는 강하게 반박하기 위해 그렇게 묻고 있습니다. 비록 터무니없
을지라도 저는 그러한 물음과 반대되는 사항을 증명하기 위해 문학을 받아
들입니다. 왜냐하면 인간은 문학을 통해서 자신을 그리고 타인을 사랑하게
되기 때문입니다. 물론 어느 민족이든지 오로지 문학을 통해 자신의 고향을
획득하는 것은 충분하지 않습니다. 저는 그걸 잘 알고 있지요. 그럼에도 저는
다음과 같이 제안하고 싶습니다. 우리 모두 주어진 상황이 어떠한가를 물어
야 할 것입니다. 따라서 모든 제안은—설령 핵심에서 가장 빗나간 것이라 하
더라도—허용되어야 할 것입니다.

　문학은 죽음을 강요하는 지도에 맞서서 자신의 고유한 지도로 반론을 제
기해야 합니다. 문학은 지역과 나라를 묘사하고 인간과의 관련성에 관해서
정확하게, 정당하게 그리고 당파적으로, 고통에 사로잡힌 채로, 비판적으로,
헌신적으로, 두려움에 가득 찬 채로 그리고 즐겁게, 풍자적으로, 반항적으로

---

15) 크리스타 볼프가 강연할 당시 미국과 소련은 서서히 군사적 재무장을 시도하고 있었다. 이러한 상황은
1980년대 초에 이르러 핵무기 발사라는 위험에 이르게 된다. 이를 계기로 볼프의 소설 「카산드라」는 1983년
에 발표되었다.

그리고 사랑스럽게 묘사했습니다. 이러한 것들은 죽음의 지도에 의해서 근절되었지만, 구조 가능한 것으로 간주되어야 합니다. 독일인들의 문학은 이제야 비로소 아무런 결실 없이 머물러 있어서는 안 될 것입니다. 기쁨과 슬픔을 다룬 문학적 작업들은 두 개의 독일 국가에서 지금까지 30년 동안 무언가를 이룩해 냈습니다. 문학이 제기한 '이 세상의 진리'는 마침내 거대한 관심을 불러일으켜, 두 독일에 좋은 결과를 가져다 주어야 할 것입니다.[16) 문학은 지상의 모든 것을 존속시키고 안전하게 하는 데 도움을 주기 위하여, 이제 한 번, 단 한 번만이라도 진지하게 언급되고 모든 다른 영역에 활용되어야 할 것입니다.

여러분은 제 말을 '밝은 광기'라고 하겠지요. 아무래도 좋습니다. 이렇듯 병리학적 언어로 말하자면 저에게는 병에 대한 확실한 견해나 인식이 결핍되어 있는지 모릅니다. 그래도 이성의 어느 어둡고 암울한 측면의 제물이 되지 않기 위해서, 저는 제 자신의 존재를 이러한 밝은 광기에 바치고 싶습니다. 어쩌면 작전 참모부 요원으로서 아무도 알지 못하는 어느 도시가 아닌, 아주 정겹고도 정확하게 묘사된 어느 도시에 대해 십자가를 긋는 일은 더욱 힘들고 고통스러울 것입니다. 우리의 가장 친밀한 고향의 도시를 생각해 보십시오. 누군가 묘사해야 했던 유년 시절의 도시, 심한 굴욕을 당했던 장소 혹은 첫사랑을 경험했던 도시가 어느 순간 파괴된다고 상상해 보십시오.

이제 여러분은 나의 순진함, 나의 비이성적 태도에 대해 미소를 짓고 계시는군요. 뷔히너는 단편 「렌츠」에서 다음과 같이 묘사했습니다.

"그는 아주 이성적으로 나타나서 사람들과 대화를 나누었다. 그는 다른 사람들이 행하는 모든 것을 행했다. 그렇지만 그의 내면에는 어떤 끔찍한 공허감이 존재하고 있었다. 그는 더 이상 공포도 갈망도 느끼지 않았다. 그의 현존재는 자신에게는 필연적으로 무거운 짐이었다."

믿음과는 거리가 먼 땅이라 하더라도, 비록 자그마한 목소리라 하더라도

---

16) 여기서 볼프는 분단의 시기에 통일을 염두에 두었는지 모른다.

작가는 무언가를 말하게 될 것입니다. 나무에 관한 대화, 물, 지구 천국 인간에 관한 대화를 생각해 보십시오.[17] 이러한 시도는 제가 파악하건대 세계의 몰락에 관한, 아주 정신 나간 계산보다는 훨씬 현실주의적인 것으로 생각됩니다. '전도되어 있다' 라는 의미를 담은 진실이 모든 측면에서 분석되고 연구된 다음에는 어떤 다른 언어가 출현할 것입니다. 그렇게 되면 허례허식과는 다르고 신선한 언어들이 조심스럽게 말해질 것입니다. 그러한 언어들 가운데 어떠한 것도, 설령 가장 정직한 의미를 담지 않는다 하더라도, 마지막 단어가 아니라는 것을 알 수만 있다면 얼마나 좋을까요? 어떠한 것도 최후의 단어가 아니기를 굳게 희망합니다.

그러면 언어의 거짓된 껍질 역시 완전히 벗겨져서 찢겨질 테니까요.

박설호 옮김

---

17) 볼프는 브레히트의 「후세 사람들에게」의 잘 알려진 시구 '…… 나무에 관한 대화는 거의 범죄인 세계는 / 왜냐하면 그것은 수많은 잔악 행위에 대한 침묵을 내포하므로' 를 생각하는 듯하다.

# 무엇 때문에 신은 죽는가

얼마 전까지만 해도 나는 뷔히너의 산문 「렌츠」가 훌륭한 작품이라는 것을 소문으로만 들었습니다. 평상시 책을 전략적으로 읽는 것을 별로 탐탁치 않게 생각해 오던 저는 차후에 뷔히너상을 받게 되면, 그때 새로이 읽으리라 마음먹고, 그동안 「렌츠」 읽는 것을 미루어 왔던 것입니다. 이제 뷔히너상을 받게 되어 「렌츠」를 읽고 나니 저는 이 책이 지니는 뭔가 묵시록적인 것에 대해 굉장한 호기심을 갖게 되었습니다. 하나의 텍스트가 독자로 하여금 그렇게 강한 기대감으로 책을 읽게 만든다는 것이 참으로 놀랍습니다.

뷔히너가 '공허'라는 말로 표현했던 '격정'이라는 단어가 무신론에서 유래되었다는 사실은 이미 뷔히너에 관해 잘 알고 있는 사람들에게는 그다지 새로운 것은 아닙니다. 방금 언급한 바와 같이 「렌츠」에서 테마가 되는 것은 바로 공포입니다. 전형적인 뷔히너 식 공포, 말하자면 당통은 공포를 상처투성이의 익살로 만들고, 레옹세는 공포로 인해 기분이 상해 이를 레나에게 전가하고, 그리하여 그녀로 하여금 불필요한 우울함을 갖게 만들며, 보이체크는 공포가 주는 공허한 폭력에 자신을 바치게 됩니다. 이렇듯 뷔히너 식의 공포는 그 모든 뷔히너적 계기들에게 놀라울 만큼의 탁월함을 제공해 주고 있습니다. 다만 「렌츠」에서는 이러한 '공허'라는 공포가 어떻게 발생했는지 서술되어 있습니다.

아무리 철저하게 무신론적인 가정에서 자라난 아이라 하더라도, 그 아이가 열다섯 살 또는 열아홉 살이 되어서 신이 없다는 것을 스스로 체험하게 된다면, 그때 과연 그 아이는 신이 존재하지 않는다는 사실을 두려워하게 될까요? 아니면 어느 누구의 도움도 필요 없다고 생각하게 될까요? 하지만 제아무리 철저한 부모의 영향 하에서 자라 무신론적인 성향을 띠는 아이라 하더라도 한 번쯤은 다음과 같은 체험을 해보았을 것입니다. 예컨대 어느 날 길이 온통 나무덤불로 가로막힌 숲 속에서 길을 잃어버릴 때, 신이 필요하다는 절실한 느낌 말입니다. 여기서 제가 말하고자 하는 것은, 잘 알다시피 10여 년 전부터 신이 신학이라는 실험실에서 분자화되어 버렸고, 이제 사람들은 유행을 쫓아 신앙의 대상을 매번 바꿔 나가고 있다는 사실입니다. 그리하여 요즘에는 그 대상이 언어학이 되어 버렸지만 말입니다. 하지만 우리도 신이 없다는 사실을 뼈저리게 느낄 때, 젊은 뷔히너가 느꼈던 공포를 쉽사리 느낄 수 있을 것입니다. 전형적인 뷔히너적 분위기, 말하자면 매섭디 매서운 공허감의 체험은 신이 존재하지 않는다는 바로 저 갑작스런 충격의 체험에서 오는 것과 다름없습니다.

위기에 빠진 렌츠는 보통 사람들과 마찬가지로 갔습니다. 산으로 도피해 들어갔습니다. 렌츠도 신의 구원을 확신하고자 곧바로 산속의 목사님에게로 은신해 들어갔던 것입니다. 그는 수많은 신자들과 함께 생활하면서 신앙심이 두터운 독실한 신자가 되었습니다. 산에서 내려오는 길에 그가 걸치고 있던 넝마옷을 갈기갈기 뒤흔들던 자연도 계곡에 이르러서는 조용히 가라앉았습니다. 렌츠는 믿음이 깊은 목사가 되었고, 그는 추호도 의심의 여지가 없을 만큼 사람들로부터 신망을 받고 있는 기독교적 관습에 따라 자신의 고통이 오히려 유익이 되고 예배가 되기를 희망했습니다.

"그는 자주 오벌린의 눈을 들여다보곤 했다."

참으로 온화한 목사님 그리고 계곡과 그곳의 사람들.

"모든 것이 그를 선하고 그리고 편안하게 만들었다."

예전에는 산의 풍경이 허무와 공허의 광경을 보여 주는 무대였습니다.

"그는 끔찍하리만치 외로웠다. 그는 혼자였다. 그야말로 철저하게 혼자였다."

어느 여인과도 연락을 끊은 채 그는 그렇게 혼자였던 것입니다. 천 배나 더 강인했던 빌헬름 마이스터도 극도의 시련이라는 이 문학적 감정에 내맡겨진 적이 있습니다.

"모든 것이 허망할 뿐이다."

렌츠와 비슷한 상황에 처해 있을 때 빌헬름도 그렇게 한숨을 내쉬었던 것입니다. 프리드리케 곁에서 누렸던 괴테의 행복이 라인홀트 미하엘 렌츠에게는 불행의 원인이었습니다. 뷔히너는 렌츠가 느꼈던 이 뼈아픈 고통을 문학의 소재로 만들었으며, 후에 로버트 발저는 이 소재를 해석함에 있어 렌츠로 하여금 '나는 이 지상에 존재하는 허무에 대해 찬성한다' 라고 말하게 했습니다. 로버트 발저는 그의 작품에서 주인공 렌츠가 오벌린과 같은 사람을 만나지 못하도록 설정했고, 결국 렌츠는 참혹함과 친숙해져야 했으며 그러한 생활을 견뎌 내야 했습니다.

"아무것도 아니라면 차라리 모든 것을 포기하는 것이 나으리라."

이제 뷔히너는 구제의 노력에 대해 서술하고 있습니다. 렌츠는 다시 한 번 자신을 되찾게 됩니다. 그가 산에 올라갔을 때, 인간으로서는 도저히 참아 낼 수 없는 마치 광기 같은 것이 말을 타고 그의 뒤를 바짝 쫓아오면서 그를 몰아세우고 있는 것 같은 느낌을 받았습니다. 그러나 그가 목사로서 다른 사람들을 위로하기를 희망하게 되자, 그의 마음은 신앙심으로 더욱 굳건해졌습니다.

"마치 모든 것이 조화롭게 한 선으로 용해되는 것 같았다."

렌츠의 강인한 노력들이 작품에서 계속적으로 묘사되고 있습니다. 이 단편 소설은 충격을 받은 자가 충격에 맞서서 어떠한 투쟁을 벌이는가를 잘 보여 줍니다. 렌츠는 모름지기 신이 필요했을 것이고, 그는 자신이 할 수 있는 것은 모두 다 해보았습니다. 의심이 사라지면 사라질수록 그는 신에게 절대적으로 매달렸는데, 아마도 그의 가장 격렬한 몸짓은 죽은 아이의 손을 잡고 매달렸던 것이라 생각합니다. 그는 죽은 아이의 손을 꼭 잡고 크고 단호한 음성으로 외쳤습니다.

"일어나서 걸어라!"

그러나 불행하게도 아무런 변화도 일어나지 않았습니다. 오로지 비웃음 섞인 반발만이 되돌아올 뿐이었습니다. 자연은 온통 찡그리는 듯한 모습으로 변해 버렸고, 비틀거리는 거인은 신경질적으로 변했고, 그리고 세상에서 가장 싸늘한 단어인 무신론이라는 말이 목구멍에서 차디차게 맴돌 뿐이었습니다. 그는 이제 '냉랭하고 태연하게' 변해 버린 자신을 발견하게 되었습니다.

"그에게는 모든 것이 공허하고 허무했다."

작품은 계속해서 신앙에 관한 것을 다루었는데, 이제 렌츠는 고통 받는 자이자 절망하는 자이며 벌을 받는 자였습니다. 사방에서 그를 구원하려고 기도했습니다. 광기와 영겁의 벌이 한 덩어리로 엉켰습니다. 그는 마치 자기 자신에게 덤벼드는 사탄이 되어 스스로를 고문했습니다. 기독교에 관하여 다루고 있는 이 줄거리를 통해서 뷔히너에게서 가장 핵심적이라 할 분위기가 탄생한 것입니다. 그것은 시간과 공간이 부여하는 모든 것 속에서 허무의 냄새를 풍기는 처절한 감수성입니다. 이제 렌츠는 세상의 모든 것이 얼마나 허무한가를 비탄하게 됩니다.

"그는 스스로 걸을 수 있는지 그것조차 의심스러웠다. 마침내 그는 무시무시할 만큼 무거운 공기의 하중을 느끼게 되었다."

여기서 우리는 끔찍한 상황이 오히려 렌츠에게 득이 되고 있다는 것을 알 수 있습니다. 그것은 바로 인간의 실상을 사실대로 표현해 낼 수 있는 능력, 즉 섬세한 감수성에서 비롯되는 것입니다. 작품에서 '그는 이제 아무것도 가진 것이 없다'라고 기술하고 있습니다. 이제 그는 끝난 것입니다. 철저히, 무방비 상태로. 그토록 불안하게 그리고 어느 누구의 관심도 없이 말입니다. 도처에는 지루함이 있을 뿐이고, 이제는 모든 것이 고통으로 변해 버렸습니다. 더 이상 존재하지 않는 신은 견디기 힘든 소음만 만들어 낼 뿐입니다.

"온 대지를 뒤흔들며 소리치는, 사람들이 정적이라 부르는 이 무시무시한 소리가 들리지 않습니까?"

이것이 바로 뷔히너적 공포입니다.

뷔히너는 신이 죽었다고 말하지 않았습니다. 그는 단지 무엇 때문에 신이 죽었는가를 말할 뿐입니다. 인간에게 더 이상 도움을 줄 수 없는 신은 죽은 것이나 다름없습니다. 「당통의 죽음」에는 '왜 나는 괴로워하는가? 그것은 바로 무신론의 바위 때문이다. 가장 나지막한 고통의 경련, 그래서 그것이 분자 속에서만 움직일지라도, 그것은 위로부터 아래까지의 창조적 작업에 균열을 만들 뿐이다' 라는 구절이 있습니다. 오벌린이 신에 관한 이야기를 렌츠에게 해주었을 때, 렌츠는 끝없는 고통의 표현으로 그를 바라보았고 마침내 그에게 다음과 같이 말했습니다.

"하지만 목사님, 저는, 만약 제가 전지전능하다면, 제가 그런 입장이라면 저는 고통을 그냥 내버려 두지 않을 겁니다. 저는 구원해 줄 겁니다. 구원해 주겠다고요……."

신이 인간을 도울 수 없으므로 그의 신은 죽은 것이나 다름없습니다. 뷔히너는 인간이 고통스러워하는 것을 더 이상 볼 수가 없었고, 그것이 전부입니다. 아무런 도움을 줄 수 없는 신은 더 이상 신이 아닌 것입니다. 만일 도움을 줄 수 있는 존재가 아무도 없다면, 시간과 공간이 제공하는 이 삼라만상으로부터는 그저 허무의 고통만이 솟구쳐 나올 뿐이죠. 그러므로 방금까지 환상에 젖어 들떠 있던 자아는 신의 차원이 사라져 버린 세계에서 삭막함과 외로움, 고통스러움으로 인해 움츠러들 수밖에 없습니다. 이러한 이유로 뷔히너의 작품에 등장하는 주인공들은 모두 가련합니다. 당통과 로베스피에르, 보이체크와 하우프트만, 그들에게는 고통이 전부이고, 모든 것이 고통이 되어

182

버린 사람들에게는 그 어떤 특혜가 주어져도 아무런 의미가 없습니다. 뷔히너는 그의 부모님에게 '귀족주의는 인간의 거룩한 정신을 극도로 모욕할 뿐입니다' 라고 편지를 썼습니다.

뷔히너가 지니고 있는 강렬한 감수성과 천재적인 정확성은 바로 그가 다른 모든 사람에게도 속하기 때문에 나타나는 현상입니다. 뷔히너만이 혼자가 아니며, 그만이 홀로 찬란하게 버려진 것이 아닙니다. 그에게 있어 다른 사람의 고통은 자신의 것보다 훨씬 더 힘든 것입니다. 사실 뷔히너는 교육, 출세 그리고 천재성과 분리될 수 없는 사람이었습니다. 우리 안에 내재되어 있는 신은 우리 모두가 공통으로 지니는 것입니다. 그러나 그것은 놀라울 정도로 이득을 내는 이 세상의 온갖 계급적·경제적 차이들로 인해 손상을 입는 것이기도 합니다. 따라서 이러한 통제와 착취에 대항하여 인간에게 어떠한 해결책도 주지 못하는 신은 죽은 것이나 다름없습니다.

뷔히너에게 있어 '민중' 이라는 공허라는 공포 한가운데서 신뢰의 목소리를 지니고 구원에 대한 기대를 일깨워 주는 단어에 불과합니다. 뷔히너는 완벽주의자입니다. 우리는 이 학술원상의 후원자를 현재의 문학 경향이 보여주는 천박함과 단순함으로 변조시켜서는 안 됩니다. 시민 계급이 민중이 아니라 그저 자기 이익만을 챙길 것이라는 점을 뷔히너는 일찌감치 알고 있었습니다. 사실상 시민 계급은 놀라울 정도로 자신들을 챙겼고 원하는 대로 개명된 사람들의 클럽에 입장했고 지금도 그렇게 하고 있습니다. 사람들은 뷔히너의 신으로부터 떨어져 나왔지만 신의 도움 없이는 그 어느 누구도 이 끔찍한 공포를 견뎌 내지 못합니다. 뷔히너는 새로운 신과 다시 한 번 새롭게 일을 시도하기도 전에 세상을 떠났습니다. 뷔히너의 작품에 민중이 등장한다는 것은 바로 뷔히너가 민중에게서 신을 찾고 있다는 것을 의미합니다.

봉건주의의 비참함과 야만성에 대항하여 마침내 두 명의 신이 탄생했는데 하나는 자본주의, 다른 하나는 공산주의입니다. 그것이 해결책이었습니다. 그러나 자본주의가 결코 세상에 도움이 될 수 없다는 것을 확인할 때마다, 공산주의 역시 아무런 도움이 되지 못한다는 것을 확인할 수 있었습니다. 하나의 상실은 다른 것의 상실을 통해서 나타났고, 한 체제의 범죄 행각은 다른 체제의 범죄 행각을 통해 미덕으로 변해 버렸습니다. 세상을 지배하는 것은 다름 아닌 숨 막힐 것 같은 끔찍한 상황이라는 것을 간파한 사람들에게 다음의 사실을 알려 주어야 합니다. 이제 문제는 올바른 삶이 아니라 잘못된 죽음, 그것도 원폭으로 인한 죽음입니다. 그러므로 문학 혹은 우리의 현실을 문학으로 인도하는 계층 내지는 지식인·종교인은 다음과 같은 문제를 제기합니다. 과연 우리는 더 이상 우리를 도와줄 수 없는 신으로부터 벗어나고 있는가? 아니면 신에 대해 관심이 없는가? 그것도 아니라면 우리는 이미 출구를 찾았단 말인가? 과연 우리는 예술가에게 또는 작가에게 아무것도 요구할 수 없는 것인가? 만일 그러한 것을 문학에게 요구할 수 없다면 우리는 마음 편할 수 있을 것인가? 민중으로부터 떨어져 나온 지식인들은 그 어떠한 혁명도 이루어 낼 수 없다는 것을 뷔히너만큼 정확히 표현하지 못했습니다. 또한 상황이 참을 수 없을 만큼 끔찍하게 되었을 때, 혁명이 쉽지 않다는 것을 알고 있음에도 불구하고 뷔히너만큼 그렇게 간절히 혁명을 호소한 사람도 없었습니다.

우리는 참으로 견디기 힘든 상황들 속에서 살아가고 있습니다. 우리 지식인들은 바로 저 시민 계급의 대열에 서 있는 것입니다. 그 때문에 어쩔 수 없이 우리는 현실을 장악하는 모든 것들의 지배 하에 놓이게 됩니다. 신이 우리를 도울 수 없다는 것을 잘 알면서도 말입니다. 도움을 줄 수 없는 신은 사라져야 합니다. 비록 뒤에 올 허무의 공포가 끔찍할지라도 말입니다. 적어도 뷔히너에게는 그랬습니다. 뷔히너의 감수성은 다른 사람들을 배제하는 것이 아니라 오히려 그들로부터 생겨났습니다. 그는 다른 사람들을 부차적인 존재로 만들면서 자신을 주요 인물로 만들지는 않았습니다. 그럼에도 불구하고 뷔히너에게 모순점이 있다면, 혁명이라는 가장 거친 것에 대항하여 가장 섬세한 감수성을 사용했다는 점입니다.

184

오늘날에는 단순함과 천박함이 문학의 규범이 되어 버렸습니다. 하지만 문학에 대한 진정한 평가와 척도는 이미 뷔히너에게서 나타났다고 볼 수 있습니다. 「렌츠」에 다음과 같은 구절이 있습니다.

"창조된 모든 것은 생명을 지니고 있다는 신념, 이 신념이야말로 예술의 유일한 판단이 되어야 할 것이다."

오늘날 사람들은 이것을 순수함이라 부릅니다. 뷔히너는 문학의 규범을 높이 설정하고, 그것을 만족시키기 위해 자연과 역사의 기준에 따라 엄격하게 작업을 했습니다. 그는 자신의 네 작품에서 그가 살던 당대의 상황과 정치에 관하여 하나도 빠짐없이 기록했습니다. 오늘날은 어떻습니까? 옛날에 비해 수많은 문학 작품이 쏟아져 나옴에도 불구하고 테마의 폭은 예전보다 점점 좁아지고 있다는 인상을 받는 것은 왜일까요? 이러한 현상은 이미 도처에서 발견되고 있습니다. 예를 들어 자신의 절망을 찬미하는 주체에 대해 끊임없이 비난하는 욕지거리들이 그것입니다.

오늘날은 마치 후퇴를 통한 순수성이 공식이 되다시피 했습니다. 물론 순수성에 관해 말하자면, 그것은 한탄만 하는 사람들과는 필적할 수 없을 것입니다. 오늘날에는 행동하지 않고 앉아서 한탄하는 사람들이 우리의 모델이 된 것입니다. 그들의 신은 결코 죽지 않습니다. 그가 곧 자신의 신이기 때문입니다. 그는 신이 존재하지 않는다는 공허감이 두려운 것이 아니라 그의 옆에 있는 사람이 두려운 것입니다. 자기 자신이 신이라면 그의 옆 사람은 지옥인 것입니다. 단결심, 다시 말해 연민이라는 감정은 공산주의나 불레바르가 되는 데 문제가 있습니다. 둘 다 좋지 않습니다. 그래서 문학은 당혹스러울 정도로 후퇴했으며, 작가는 마치 자아도취증을 위한 상점에 갇혀 버렸고, 원칙적으로 사람들 간에는 서로를 필요하지 않는다는 분위기가 만연하게 되었습니다. 그동안 저는 다른 사람에게 친절함이나 관심을 보인다는 것이 점점 더 어렵다는 것을 깨닫게 되었습니다. 제가 증오심을 섬세할 정도로 키워 온 게 아닐까 하는 생각이 들었습니다. 지금까지 저는 제가 한결같이 살아왔다고 확신했습니다. 그러나 놀랍게도 항상 다시 깨닫게 되는 것은 바로 제 자신 역시 앞에서 설명한 그런 유의 전형적인 인간이라는 사실입니다. 반면에 저는 가진 것이 하나도 없어서 만일 제가 무관심 때문에 고통을 전혀 느끼지 않는다면, 아마 지금 지배하고 있는 신의 첫 번째 명령에 순종하기 때문이라고 생각됩니다. 그것은 바로 무관심의 문화이자, 그것은 짐을 던져 버린 신의 특권의 원칙이기도 합니다. 인간은 업적 이전에는 모두 동등하지만, 업적에 따라서는 누가 어떠한 성과물을 내놓았는지를 살피게 됩니다. 그것이 바로 신이 인간에게 준 텍스트입니다. 우리는 신을 해임하지 않았습니다. 왜냐하면 신은 우리를 돕지 못하기 때문입니다. 우리는 신이 우리의 무능력을 돕도록 그를 신으로 뽑았을 뿐입니다. 우리의 신은 사방에서 끊임없이 '너는 너 스스로에게 책임이 있다'라고 외쳐댑니다. 그것은 고통 받는 사람에게는 고통을 참아 내게 하고, 향락을 누리는 자에게는 계속해서 향락을 누리게 하는 말이기도 합니다. 시민 계급과 기독교는 거대한 형태의 오락 산업이 되어 버렸고, 모든 것을 짓밟고 지나가는 이 오락 산업의 쓰레기 처리 시설이 이제 우리 모두에게 공포가 되어 버렸습니다.

불쌍한 뷔히너. 오래전에 태어난 것이 안타까울 뿐입니다. 이제 사람들은 뷔히너와 같은 천재적인 감수성을 지닌 작가가 바람직한 사회에 묻히기를 진심으로 바랍니다. 예를 들면 신문사 사장은 경건하고, 은행장은 예술에 몰두하며, 대기업의 사장은 친절한 사회, 그리고 교육, 경찰, 정신의학이 실천을 구가하는 그런 사회 말입니다. 현재 우리의 신은 학문적으로 정비되고 있습니다. 말하자면 비트겐슈타인과 언어학 그리고 무감각증이 신을 정비하고 있는 것입니다. 말만 무성할 뿐 뜨거운 피는 온데간데없이 적막할 따름이라 더 이상의 잘못이 있어서는 안 될 것입니다.

뷔히너의 감수성은 현미경 아래에 있습니다. 비록 회의적이기는 하지만 우리는 감동 받아 이 도덕적인 엷은 막의 섬세한 감정, 즉 양심이라는 신경 세포의 염증을 연구합니다. 고통을 허용한 신을 죽이는 대신, 뷔히너도 우리

186

처럼 고통 받는 사람들을 위협하는 신과 싸웠을 것입니다. 불쌍한 뷔히너. 그
는 감동적인 박제품으로 남아 있습니다. 그것도 비난으로 가득 찬 박제품으
로 말입니다.

송희영 옮김

문학의 가치와 거의 관련 지을 수 없을 정도의 엄청난 액수의 상금을 한 사람이 받게 되었다니요. 정말 믿어지지 않습니다. 이 금액은 적어도 엘베강 둑의 오래된 농가의 1년 치 집세를 내고 거기서 살 생활비, 대충 어림잡으면, 그곳에서 1년 반 동안 살 수 있는 생활비에 해당됩니다. 두 사람 분으로 환산하자면, 말 네 필, 영국산 목양견 한 마리, 고양이 두 마리, 앵무새 한 마리, 게다가 또 모르모트 한 마리를 데리고 살 수 있는 액수입니다. 시설공, 무엇보다도 굴뚝 청소부에게 진 빚을 갚아야겠지요.

솔직히 말씀 드리자면, 저는 이 상을 지금 받게 되어 기쁩니다. 상금이 그 사이 엄청나게 올랐으니까요. 지난해 인상된 액수만으로도 국세청에 내는 세금, 쓰레기 수거 요금, 전기 요금처럼 의무적으로 지출하는 데 쓰지 않는다면 다른 돈벌이를 찾을 필요 없이 8~9개월 간은 서재 책상에 앉아서 글쓰기를 해도 충분할 금액입니다. 그러나 문학의 질이 같은 정도로 더 높아졌기 때문에 상금이 인상되었다고 생각해선 안 될 것입니다.

아무튼 제가 이 상을 더 일찍, 즉 상금이 이렇게 많지 않았을 때 받았더라면 그 상금으로 집세를 낼 수 없었을 것입니다. 오히려 아주 어렵게 뭔가 비문학적인 것을 통해, 텔레비전 드라마 같은 진부한 글을 써서 번 돈으로 빚을 갚아야 했을 것입니다. 그러니까 이제는 쓰다가 중단했던 원고를 걱정 없이 다시 서랍에서 꺼낼 수 있게 되었습니다. 지난번 소득세를 선불하기에 앞서 어디까지 쓰다 말았던가요? 신사 숙녀 여러분, 무엇보다 은행 빚, 재무부의 요구, 대출 이자 그리고 그와 유사한 것들, 정신과 영혼을 똑같이 괴롭히는 요소들로 이루어지는 일상적인 실존을 걱정하지 않고 다시 이런 질문을 해도 된다는 것에 대해 여러분에게 감사 드립니다. 심사위원님, 독일 언어문학 학술원, 다름슈타트시, 내 고향 헤센주, 독일 정부 그리고 당신, 뷔히너 박사님께 감사 드립니다.

제가 당신을 혁명적 유형으로 경탄한다고 진정 주장할 수 없음에도 불구하고 말입니다. 당신은 제가 보기에는 그렇게 충분히 강인하지 못하니까요. 그래서 저는 당신이 망명해야 했던 운명을 그다지 동정하지 않습니다. 당신의 망명은 예견할 수 있었던 겁니다. 박사님, 우리는 모두 전단지를 나누어 주거나 지배자들을 겨냥하는 구호를 벽이나 담장에 썼던 적이 있었지요. 그것은 평온을 장려하고자 하는 일이 아니었습니다. 주지하는 바와 같이 그런 일을 한 대가로 히틀러 시대에 사람들은 더 이상 경외할 만한 가치가 없는 조국보다 훨씬 더 많은 것을, 즉 목숨을 잃어버릴 수밖에 없었습니다.

무절제하고 용감하게 정의를 사랑하면서 행동하느냐, 아니면 열혈 청년의 기백을 갖느냐 중에서 어느 것을 택해야 하는지 여기서는 그것이 정말 문제입니다. 사실 제가 이 점에 있어서 끼어들어 말할 수 없음에도 말입니다. 저는 잘못된 편, 즉 독일 측에서 군인으로 있어야 했던 6년 반이라는 의미 없는 세월 동안 내내 상당히 비겁했다고 말씀 드릴 수 있습니다. 가능하면 살아남으려는 데 무척 신경을 썼기 때문이지요. 저는 싸우는 제 동료들과 함께 전투에서 마지막 죽음에 이르기까지 연대감을 느끼는 대신 탈영을 선호했습니다. 그 결과는 이렇습니다. 그 친구들은 전쟁터에서 귀향하지 못했는데, 저는 여기에 살아 서 있는 것입니다. 그러니 당신은 이 자리가 제게 전혀 마음 편한 자리가 아니라고 하시겠지요. 그 점에 있어서는 당신 말이 맞습니다. 살아

남아 있다는 사실은 겉보기에는 아무리 좋은 점이 많다 하더라도 계속해서 죄책감을 느끼게 합니다.

뷔히너 병장님, 그렇다면 당신은 어땠나요? 당신이라면 보로네쉬[1] 전투에서 어떤 태도를 취했겠느냐고 당신에게 묻고 싶군요. 박사님, 당신은 용감하게 독일식으로 '와'[2] 하고 소리 지르며 다른 독일군인들과 함께 소련의 화염방사기가 내뿜는 화염 속으로 바로 뛰어들어 갔겠지요. 아니면 당신의 부친께서 다시 당신과 사이가 좋아져서 전쟁 기간 동안 대학 공부를 끝내라고 해 부친의 뜻을 따르셨을지도 모르죠. 당신은 따르셨겠지요. 전쟁 중에도 대학 공부를 할 수 있었으니까요.

하지만 저는 이 자리에서 다시 당신과 비교해서 별 보잘것없는 제 자신의 능력에 대해 말씀 드리고자 합니다. 당신은 '물고기들의 신경 조직에 관하여' 라는 여러 가지 연구를 해 이 주제에서 강연 제목을 도출해 내신 거지요. 실제로 취리히대학은 이 강연으로 당신에게 철학박사 학위를 수여한 것입니다. 저는 학술적인 방법으로는 아니지만, 상당히 쓸모 있는 방법으로 당신을 도울 수 있었기 때문입니다. 하지만 저는 그렇게 할 수 없었습니다. 저의 테마는 '노아의 홍수 동안 물고기들은 어디에 머물러 있었는가?' 였거든요. 유대교의, 즉 『구약성서』의 음식 법칙에는 물고기들이 줄곧 등장하긴 합니다. 하지만 그와 반대로 훨씬 일찍이 출범하는 노아의 방주에는 민물고기와 바닷고기를 담을 통은 물론 바닷물이 섞인 강물에 사는 고기조차 담을 통이 없었습니다.

박사님, 당신은 자연과학자이십니다. 그래서 '물고기들은 바로 그 본질적인 특성상 살아남았다' 는 논거가 유감스럽게도 맞지 않다는 것을 알고 계실 겁니다. 민물고기는 바닷물에서 죽고 바닷고기는 민물에서 죽기 때문이지요. 그러나 홍수 때의 물의 성질에 가장 가까울지 모르는 강물과 바닷물이 섞

---

1) 소련군과 독일군 간의 대전투가 있었던 옛 소련의 한 지역이다.
2) 적을 공격하기 전에 용기를 얻기 위해 내는 소리이다.

인 물에서는 두 종류 다 죽습니다. 그러므로 두 종류, 즉 민물고기와 바닷고기가—성경에 씌어진 이야기가 논리적이길 바란다면—안전하게 살아남을 수 있도록 당연히 방주 수족관을 만들 것을 계획 속에 넣어야 했어요. 그런데 다행히 제 책 『진정한 노아, 최신 홍수 연구』[3]에서는 홍수 때 물고기들이 살아남는 문제를 부분적으로 해결할 수 있었습니다. 이 문제는 적어도 이런 관점에서 설명할 수 있겠습니다. 노아가 바다에서 뭍으로 나올 때 물 속을 걷는 노아의 수염 끝을 건드린 물고기가 있었습니다. 이 고기는 등지느러미가 큰 것으로 미루어 상어라고 밝혀졌다고 합니다. 그 상어는 의심할 여지없이 살아남은 레비아탄[4]이었습니다.[5]

저는 보통 때는 자신이 쓰는 이야기가 문학적 성격을 잃지 않도록 하기 위해 작가에게는 문제들을 해결할 권리가 없다는 견해를 갖고 있습니다. 그럼에도 불구하고 작가는 문제성을 인지하고, 문제의 성격을 명백하게 하고 작중 인물들을 이 문제들과 맞닥뜨리게 해야 합니다. 이제 그들이 이야기 속에서 그 문제들을 어떻게 처리하는지 봅시다. 기묘하게도 문학 작품 속의 주인공들은 뭔가 그들의 일이 잘못될 때, 그들이 실패할 때, 그들이 문제 때문에 몰락할 때 독자들에게 가장 사실적으로 보입니다. 박사님, 그렇다고 생각하지 않으십니까?

저는 나중에 자세하게 언급하게 될 새로운 주제에 대해 좀 더 이야기하고 싶어서입니다. 저는 좀 더 당신의 과학적 작업에, 그러니까 또 당신이 취리히에서 하신 공개 강의의 제목인 '두개골 신경에 관하여'에 머무르고 싶어서입니다. 당신이 허락하신다면 이번에는 순수한 실용주의자로서 관심을 갖고 싶습니다. 박사님, 뇌를 찍는 뢴트겐 기사가 병약한 뇌전류를 더 이상 기록할

---

3) Wolfdietrich Schnurre: Der wahre Noah, Neuestes aus der Sintflutforschung Zürich 1974.

4) 신화적 용으로, 기독교의 전설에서 사탄과 동일시됨. '거대한 홍수'라는 뜻으로 『구약성서』 「욥기」 3장 8절 참조.

5) 이것은 슈누레가 그의 책 『진정한 노아, 최신 홍수 연구』에서 한 이야기로서 노아의 홍수 때 악을 제거하려는 신의 계획이 일부 실패했다는 것, 즉 악은 제거되지 않고 살아남아 있다는 것을 비유적으로 말한 것이다.

수 없었던 그 당시 제 산소 텐트에서 사라질 뻔했던 것은 바로 두개골 신경이 었어요. 신경 활동을 측정하는 이 의학 기구 위에서 나중에는 거의 움직이지 않는 작은 선만 볼 수 있었으니까요. 시신경, 후각 신경, 청각 신경 그리고 미주 신경이 다시 제 기능을 할 때까지는 오랜 시간이 걸렸습니다. 하지만 더 심하게 마비되었던 수족 근육이 풀리는 시간만큼 그렇게 오래 걸리지 않았던 것은 다행이었습니다.

박사님, 그런 증상을 일으킨 것은 신경염, 즉 복합 신경염이었습니다. 게다가 환자의 목덜미, 등, 팔다리, 손에 마비가 왔다는 것은 무슨 의미겠습니까. 결국 신중하게, 매우 더디게 머리를 다시 이용할 수 있게 하는 작가병이지요. 건강한 상태에서는 결코 가질 수 없는 생각들이 생기도록 머리를 기능하게 하는 병이란 말입니다. 박사님께서는 제가 여기서 무슨 말을 하는가를 알고 계시리라 생각합니다. 그것은 그러한 이유에서 작가병입니다. 범법자가 1년 반 동안 병원 생활을 한 후—그는 그사이 마흔여섯 살이 되었지요—여덟 살이 된 사내아이가 두 팔로 25킬로그램을 높이 들어올릴 때 들이는 노력만큼 그렇게 어렵게 알파벳의 첫 글자인 대문자 A부터 다시 쓰려고 애썼기 때문입니다. 그 글자는 거의 50센티미터의 높이였으며, 무너진 텐트를 연상시켰으며, 세우는 사람을 지치게 할 정도의 땀을 쏟게 했으며, 심장 마비라는 대가를 치르는 중노동과 같았습니다. 팔은 받침대에 걸려 있었고 손목 관절에는 부목을 대고 있었지요. 그래서 의사 선생님은 제가 마비된 손가락을 움켜쥘 때 오목하게 만들어지는 공간에 딱 맞는 코르크 병마개를 통해 목탄을 꽂아, 그것으로 쓸 수 있게 해주었습니다.

뷔히너 박사님, 저는 그런 식으로 다시 쓰는 것을 배웠습니다. 글자를 한 자, 한 자 배웠지요. 알파벳은 오랫동안 노력해야 배울 수 있는 어려운 전문 영역이었습니다. 그러고 나서 저는 다시 단어 쓰기를 감행했어요. 경직된 손으로 쓴 단어들이 삐뚤빼뚤 종이에 그려지자마자 그 단어들은 의미 있는 표현들로 응집되었지요. 그 말들은 너무나 다양해서 연상 작용을 일으키기에 유용했으며 신비스럽게 서로 연관되어 있어서 건강한 작가는 결코 인식하지 못했을 겁니다. 그렇게 연습을 한 결과 어느 날 커다란, 떨리는 무릎에 기대 놓은 제도 용지 위에 또다시 한 문장이 씌어졌습니다. 그 문장의 내용은 '나는 쓸 수 있다' 였습니다. 저는 그 문장을 썼던, 그 당시 연습해서 배운 그 인쇄체를 지금까지 쓰고 있습니다.

그런데 저는 그 시기에도 지금까지와는 다르게 씌어져야 한다는 것을 인식했습니다. 몸이 마비되고 말할 수 없으며 눈이 멀게 되는 것이 겁나는 경우에는 단 한 가지 해결 방법밖에 없습니다. 즉 저는 죽음이 이미 가까이 온 것 같은 심정으로 한 장 한 장을 제가 쓰는 마지막 글이 될 수도 있다는 마음으로 썼습니다.

아닙니다. 그는 저의 적이 아닙니다. 반대로, 그는 첫날부터 제게 맹세했습니다. 그란 저의 죽음을 말합니다. 저의 그늘에서 저를 즐겁게, 묵묵히 저와 동반하는 죽음이지요. 우리는 말하자면 실수를 한 것입니다, 박사님, 우리 글쟁이들은 우리의 진정한 적을 인식하지 못했어요. 그 적은 죽음보다 더 나쁩니다. 적은 죽이지 않고 잊어버립니다. 적은 다 잊어버리게 하거나 무시해 버립니다. 먼지로 날아가게 하고, 곰팡이, 아주 더러운 것, 부패물, 썩은 것 위에서 태연하게 군림합니다. 그 적이란 망각입니다. 죽음에 대항해서가 아니라 바로 망각에 대항해서 우리는 글을 씀으로써 싸웁니다. 죽음은 인간적, 다시 말해 자연스러운 것입니다. 그것은 우리와 관련되기 때문이지요. 망각은 세상의 모든 것에 해당됩니다. 망각은 사라지는 것이든 생겨나는 것이든 간에, 즉 세상의 상황이 어떻게 변하든 간에 마찬가지입니다. 그래도 죽음은 관여하고 있습니다. 적어도 우리에게 말이지요.[6]

죽음이 우리에게 관여한다는 말에 대해서는 제가 거의 죽을 뻔했던 죽음들을 근거로 설명할 수 있습니다. 저는 산소 텐트에서의 죽음과 세 번이나 소련에서 군복무할 때 세 번이나 경험했던 죽음을 기억할 수 있습니다. 4는 저

---

6) 죽음은 자연스러운 것으로 받아들일 수 있으나 망각은 인정할 수 없다는 것이 슈누레의 생각이다.

의 행운의 숫자라는 것을 당신은 아셔야 합니다. 그것은 제가 네 번 죽을 뻔했음에도 불구하고 살아남았다는 뜻이지요. 박사님, 저는 이렇게 여러 번 죽을 뻔했지만, 무덤덤했고 전혀 두렵지 않았습니다. 아무런 위협도 무서움도 없었습니다. 산소 호흡기 아래서 호흡 곤란이 일었을 때조차 그 순간이 잔잔한 비애로 느껴졌습니다. 당연하지요. 저는 죽음과 일생 동안 서로를 의존해 왔으니까요. 저의 죽음은 제가 없으면 무슨 할 일이 있겠습니까? 그런데 어떻게 죽음이 저를 학대하겠습니까? 아니지요. 매번 죽을 뻔했던 순간들이 그것을 증명합니다. 진짜 죽는 경우도 거의 죽을 뻔했던 때의 죽음과 구별되지 않을 것입니다.

죽음은 애인을 갖고 있기 때문입니다. 그 애인이란 생명입니다. 죽음이 애인, 즉 삶에게 입맞춤을 한다는 것은 이들의 관계가 깊다는 것을 나타내는 것에 지나지 않습니다. 죽음은 절망하여 삶을 공격합니다. 죽음은 삶이 예술 작품 속에서 계속 연결되어 있다는 것에 격분하여 삶을 공격합니다. 그렇다면 박사님, 이 덧없는 삶을 추방하려고 글을 쓸 때 제대로 쓰도록 우리를 감시하는 데 있어서 죽음보다 더 적합한 것은 무엇일까요? 저는 죽음이 우리 작가들에게 좋은 감시자라고 생각합니다. 여하간 저는 죽음이 보내는 모든 눈짓, 즉 죽음이 가까워지고 있다는 신호가 오면 그것을 받아들입니다. 물론 제가 당신보다 쉽게 이런 말을 할 수 있습니다. 저는 아직 살아 있으니까요. 저는 이미 당신에게 허락되었던 삶보다 39년이나 더 오래 살고 있으니까요. 사랑하는 박사님, 하지만 그건 무엇을 의미하겠습니까? 당신이 더 이상 존재하지 않는다면 제가 당신에게 이런 이야기를 할 수 있겠습니까? 당신은 존재합니다. 당신은 살아 계십니다. 당신은 그걸 느끼고 계시지 않습니까?

글을 쓰는 것은 곧 우리 작가들이 망각에 대항하는 커다란 기회입니다. 우리는 죽음, 망각을 명령하는 자에게—문학의 질이 얼마나 오랫동안 유지될지 모르겠지만—증명들, 즉 우리의 문학 작품으로 망각의 한계를 보여 줄 수 있습니다. 우리의 증명들은 인간에게, 그리고 엄청난 이 일회적인 삶에 유용한 우리의 작품들입니다. 이때 삶의 지속 기간, 곧 얼마나 오래 사느냐 하는 것은 정말로 부차적인 문제입니다. 중요한 것은 오직 우리가 숨쉬고 있는 이때에 이 세상에서 쓰는 것입니다. 그것이 내일이면 벌써 잊혀질지 모른다는 점에서는 당신의 말이 맞습니다. 그러나 제가 오늘 죽어도 제 책이 장래에 읽혀진다면 제 생각들과 제 인물들이 어느 독자 안에 살아 있을 수 있고, 그렇다면 망각은 그 효력을 상실한 것입니다.

우리 작가들은 독자를 의지해야 합니다. 독자는 우리의 동맹자입니다. 독자는 죽음과 망각에 대항해서 우리를 변호합니다. 독자 이외에 어느 누구도 우리에게 잠시라도 망각에 맞설 희망을 갖게 하지 못합니다. 그렇다면 뷔히너 박사님, 그 점에 있어서 당신의 작품은 그 누구의 것보다 절대 잊혀지지 않을 것입니다. 축제 분위기에 젖은 사람들로 이 행사장이 가득 찬 것은, 당신의 작품 때문만이 아니라 그 이면의 이유, 다시 말해 당신이라는 인물 때문입니다. 당신이란 인물이 문학사적으로 정당화되어 문학사적 기념비가 될 수 있었던 것이 당신의 죄가 아니라는 상황을 감안하고라도 말입니다. 어쨌든 조국 없는 당신, 당국을 경멸하는 당신 같은 반항적이고 테러 성향을 지닌 사람에게, 이 자리에서 정부의 최고 관리가 경의를 표하는 것을 보는 것은 황당한 일입니다. 옛날에 당신은 헤센주의 국가 보호 기관의 감시를 문제없이 벗어났지만, 지금은 그때처럼 아무렇지 않게 정부의 국가 보호 기관을 벗어나긴 했지만 체포당했을 것입니다. 오늘날 서정시 선집들이 사실 한 작가가 아닌 여러 작가들을 모범으로 하고 그 영향을 받아 씌어지고 있음에도 불구하고, 당신의 작품이 서정시와 유사하다는 점이 당신을 특별히 경외하게 만드는 데 큰 역할을 하는 건지도 모르지요.

어쨌든 박사님 당신의 작품은 읽혀지고 있을 뿐 아니라 당신이란 인물도 아주 특별하게 기억되고 있습니다. 그것은 절대 마지못해 그러는 것이 아닙니다. 적어도 매년 한 번 문학상이 수여되는 동안은 그렇습니다. 당신이 이제 이러한 확실한 사실에 내포되어 있는 저의 쓴 소리를 조금은 헤아려 들어주

시면 좋겠습니다. 걱정하지 마십시오. 이건 질투가 아닙니다. 로켓의 보호를 받든, 로켓의 위협을 받든 간에 세계가 군사화되고 있어 계속해서 독서에 탐닉하는 후세가 있으리라고 저는 보지 않습니다. 아닙니다. 제가 관심 있는 것은 그런 미래의 후세가 아닙니다. 제가 관심 있어하는 사람들은 베르너이며, 카를이고, 막스입니다.

박사님, 막스는 당시 프랑크푸르트 지역에서 이 분야에서 제2인자가 없을 정도로 탈무드에 정통한 사람이었습니다. 어려서부터 그는 저의 친구였습니다. 막스는 열아홉 살에 자살했습니다. 박사님, 그가 자살한 이유를 당신은 이해하지 못하실 겁니다. 막스는 유대인이었던 것입니다. 카를과 그의 식구들과 저는 이미 1935년에 베를린에서 위쪽 폼머른까지 이사 왔습니다. 매번 휴게소에서 카를의 가족을 이끄는 집시족의 지도자는 제 아버지에게 그림엽서를 보내라고 제게 채근했습니다. 아버지께서 제가 어떻게 지내는지 아셔야 안심하신다구요. 사실 카를의 가족은 봐이센 호수에서 가을에 열리는 말 시장이 시작되는 때에 맞춰 다시 베를린으로 돌아올 계획이었습니다. 그런데 슈테틴의 남동쪽에서 나치스 돌격대가 집시 주거지를 공격했습니다. 카를은 다른 사람들과 함께 아우슈비츠 집시 수용소로 갔습니다. 그와 그의 가족들에게 거기서 무슨 일이 일어났는지 당신에게 전하는 일은 생략하겠습니다. 저의 세 번째 친구 베르너는 저처럼 히틀러 군대의 군인이었습니다. 우크라이나에서 족발 지뢰를 밟아 사망할 때 그는 열여덜 살이었습니다.

제가 왜 이런 이야기를 당신에게 하고 있을까요? 이 세 사람은 죽었을 때 당신보다 훨씬 젊었기 때문입니다. 이 세 사람은 당신처럼 후세의 기억에 남을 만한 어떤 작품도 남기지 않았기 때문입니다. 제 작품에 그들의 운명을 담아 두지 않았더라면 이 세 사람은 후세의 기억에서 사라졌을 것입니다. 저는 죽은 작가들은 살아 있으나 글을 쓸 줄 몰랐던 피살된 사람들은 또 제2의 죽음을, 즉 망각의 죽음을 경험하는 것이 부당하다고 느끼기 때문입니다. 이 세 사람은 죽은 수많은 인간을 대신해서 있기 때문입니다. 그리고 우리가 당신을 경외하는 정도로 과거의 수십만 사람들을 경외하는 것이 아니라 1837년 취리히에서 죽은 한 사람, 즉 당신, 뷔히너 박사님을 기억하고 있기 때문입니다. 그리고 또 제가 여기서 기꺼이 당신과 솔직하고 분명하게 이야기하고 싶기 때문입니다.

이미 눈치 채셨겠지만, 당신은 제게는 존경의 대상이 아니라 동료이며, 그래서 사실 당신은 작가임에도 불구하고 대학의 비교해부학 강사라는 점에서만 저와 구별됩니다. 반면 제가 받은 학교 교육은 인문계 김나지움을 졸업한 것을 제외하고는 제가 참여해야 했던 전쟁 '연구' 에 제한되었습니다. 하지만 우리 그런 것에 대해 불평하지 맙시다. 당신의 이른 죽음이 전적으로 부당하다고 느껴질 수 있다는 것은 전혀 의문의 여지가 없지요. 이미 말씀 드린 대로, 당신의 작품은 당신을 불멸의 작가로 만들었으니까요. 아무튼 지금까지는요. 하지만 그건 당신의 작품만이 아닙니다. 박사님, 당신의 작품에 당신의 전기를 포함시킨 사람들도 거기에 기여한 것이지요. 그들은 매우 자주 작품보다 전기를 강조하는 것 같고, 그렇지 않다 하더라도 최소한 전기에 당신의 작품들과 같은 의미를 부여하면서 이 두 가지를 혼합합니다. 이런 사람들도 당신과 우리 사이의 정신적 일치를 생성시켰다는 나름대로의 업적을 이루었다고 기록되어도 될 것입니다. 사실 당신 자신이 그것을 알고 계십니다. 시대가 당신에게 항상 그렇게 유리하게 작용하지는 않았다는 것을 말입니다.[7] 제가 당신에게 말하는 자유를 얻게 해준 이 뷔히너상, 당신의 이름과 관련된 이상이 없었다면 오늘날 당신에 대해 말하는 사람들의 숫자는 훨씬 적을 것입니다.

적어도 정말 놀라울 정도로 많은 동시대의 뷔히너상 수상 작가들이 당신과의 정신적 친화력, 혹은 이 상을 받음으로써 당신을 갑작스럽게 발견하지는 않았을 것입니다. 그래서 우리는 정말 이렇게 자문해야 합니다. 대체 당신

---

7) 뷔히너는 언제나 아무 거리낌 없이 통상적으로 수용되는 작가는 아니었다. 그것은 뷔히너는 나치스 시대에 그의 혁명관 때문에 달갑지 않은 존재였다는 데에서 증명된다.

말고는 독일에서 정치적이며, 인간적이며, 혁신적인 다른 작가가 없었는가 하고 말입니다. 어느 한 이념적 그룹에 속하지 않는 자유 작가로서, 필요하다면 어느 일정한 사람을 모범으로 삼지 않고, 혁명적 모범을 따르려는 욕구 없이 지난 세기의 언어와 문체를 차용하지 않고 쓸 수는 없을까요? 저는 사실 저 자신에게 의지할 때 가장 잘 쓸 수 있다는 것을 경험했습니다. 박사님, 당신도 많이 다르진 않았을 것입니다. 아니면 혹여 당신은 「보이체크」를 쓸 때나 「렌츠」의 소재가 당신 안에서 강하게 들끓을 때 하나의 모범을 필요로 했었나요? 시대의 요구에 따라 당신은 「렌츠」를 써야 했고, 「보이체크」를 써야 했습니다. 그 밖에는 아무것도 필요 없었겠지요. 그렇습니다. 우리는 「젊은 베르테르의 슬픔」과 지나치게 감정을 강조한 이 이야기의 저자를 그럼에도 불구하고 전적으로 인정할 수 있겠지요. 하지만 괴테가 「젊은 베르테르의 슬픔」을 쓴 것처럼 「렌츠」를 「젊은 베르테르의 슬픔」을 본보기로 해서 쓰려고 한다면, 그건 안 되는 일이겠지요.

박사님, 제가 말하려고 하는 것은 이겁니다. 작가와 그의 생애가 제 생각에는 지나치게 과대평가된다는 것입니다. 그래서 저는 당신이란 인물에 이 우울한 정황, 즉 작가 자신의 인물에 대한 지나친 평가가 증명되었다고 생각할 수 있을 것 같습니다. 당신을 비롯한 수없이 많은 모범, 존경하는 인물, 대가들에 대한 언급이 저를 끝으로 일단 중단되는 것에 대해 당신이 얼마간 안심할 정도로 말입니다. 오해가 없기를 바라는 마음에서 말씀 드리자면, 저는 당신의 글쓰기를 좋아합니다. 저는 당신의 음조를 좋아합니다. 저는 당신의 희곡을 좋아합니다. 저는 「렌츠」를 좋아합니다. 「렌츠」를 좋아하지 않는 사람이 어디 있을까요? 뿐만 아니라 지금 당신을 좋아하지 않는 사람이 어디 있겠습니까? 박사님, 당신의 작품뿐만 아니라 동시에 당신이란 인물 자체도 좋아하지 않을 수 없다는 게 오늘날 문학계의 경향입니다. 그런데 보십시오. 이러한 문학적 경향, 저는 이것을 말하는 게 아닙니다.[8]

---

8) 슈누레는 뷔히너의 작품을 좋아하지만 뷔히너라는 인물은 그의 작품만큼은 좋아하지 않는다는 뜻이다.

제가 당신에게 호감을 갖고 있다는 것은 의심할 여지가 없습니다. 하지만 당신을 좋아하는지는 모르겠습니다. 제가 당신을 좋아해야 할 이유가 무엇입니까? 당신의 혁명적 성향에서 시작해서 당신의 너무 이른 죽음에 이르기까지 지금 당신을 좋아할 수밖에 없는 여러 가지 이유가 있다는 걸 저는 알고 있습니다. 그러나 박사님, 억압받고 있지만 혁명을 할 준비가 되어 있지 않은 소수의 사람들을 정치적으로 매우 불리한 시기에 혁명을 하라고 자극하는 당신과 같은 사람들을 좀 이해하지 못하겠다고 당신에게 말씀 드린다면 뭐라고 말씀하시겠습니까? 저는 반국수주의적 교육을 받았고 베를린의 노동자들이 사는 구역에서 성장했습니다. 저는 진지하게 받아들일 만한 토론들을 자주 들어 귀에 쟁쟁합니다. 그 토론들의 주제는 히틀러, 히믈러, 괴링, 보어만 같은 사람들을 어떻게 제거할 수 있겠느냐에 관한 것이었습니다. 그래서 저는 당신에게 오늘날까지 가장 이해하기 쉬운 암살 이론들을 설명할 수 있습니다. 여러 암살 이론 중에서 슈타우펜베르크가 주장하는 이론, 즉 국가원수를 암살하면 국가의 성격을 변화시킬 수 있다는 이론이 여전히 가장 성공하지 못한 이론이란 것입니다.[9] 이 점에서 우리는 당신과는 약간 다른, 다시 말해 당신의 것보다 좀 더 효과적인 혁명 이론을 갖고 있습니다.

당신의 너무 이른 죽음은 슬픈 일이었습니다. 당신은 얼마 안 되는 작품을 남기고 돌아가셨습니다. 그래서 당신이 더 오래 사셨더라면 더 많은 작품을 쓸 수 있었을 텐데, 라는 생각에 당신의 이른 죽음이 갑절이나 슬픕니다. 하지만 그렇다고 해서 동정을 하고, 그렇기 때문에 경탄을 해야 하는 것입니까? 왜 지금 제가 당신이 스물네 살이라는 젊은 나이에 돌아가셨다는 이유로 마치 당신이 예순 살을 산 것처럼 더 높이 평가해야 합니까? 박사님, 당신의 짧은 삶을 당신 작품의 영향력과 연관시키기 때문입니다. 좋습니다! 그렇게 못할 이유가 없지요. 그러나 많은 독창적인 실마리를 제공하는 미완성 작품 「렌츠」는 다음 세대의 작가들에게 늘상 자극과 영감을 준다는 의미에서 당신

---

9) 지금의 폴란드에 있는 동부 전선의 사령부에서 히틀러에게 가해진 실패한 폭탄 암살을 말한다.

을 불멸의 존재로 만듭니다. 박사님, 당신은 걱정 없습니다. 당신의 명성은 확실하게 보장되어 있으니까요. 대체 이제 와서 당신에게 또 무슨 일이 일어날 수 있겠습니까? 당신은 제 말에 동의하실 겁니다. 당신이 짧게 살았다는 정황만으로 제가 당신에게 더 많이 공감해야 할 필요가 없다는 것을 말입니다. 결국 작품과 전기가 당신의 경우에는 상당히 불가분하게 혼합되어 있다는 것을 당신 자신이 가장 잘 알고 계실 겁니다. 게오르크 뷔히너, 그것은 동시에 삶과 문학이며, 반항과 격정이며, 분망함과 사실주의이며, 열정과 냉정입니다.

그렇지만 오늘날까지 별다른 문제없이 당신의 인기가 유지되고 있는 이유는 무엇보다 당신의 작품입니다. 의문시되는 것은 오직 이것입니다. 당신의 작품 이외에 당신의 삶에 관한 아무런 사실도, 어떠한 기록도 우리에게 전해내려오는 것이 없다면, 단지 「당통의 죽음」 「렌츠」 「보이체크」 「레옹세와 레나」만 있을 뿐이라면, 뷔히너상이 있겠는가 하는 의문입니다. 그렇더라도 사람들이 당신의 서술 방식, 당신 작품 속의 인물들, 당신의 관심, 당신의 언어를 모범으로 생각했겠는가, 하는 의문 말입니다. 당신이 이 질문을 무례하다고 생각하실까 봐 걱정됩니다. 그렇지만 이 의문에 계속 머물러 있게 해주십시오.

당신이란 인물에는 어떤 불행한 것도 구현되어 있기 때문입니다. 박사님, 말하자면 당신이라는 인물에는 작품과 작가가 두 개의 샌드위치 조각처럼 똑같이 서로 일치하고자 하는 바람이 구현되어 있습니다. 그러한 바람은 이해할 수 있지만 그것은 전적으로 예술의 본질과는 맞지 않습니다. 우리는 작품과 작가의 일치에 대한 요구에서 도덕적 이야기를 쓰는 작가는 마찬가지로 도덕적이어야 한다는 요구를 어렵지 않게 유추할 수 있습니다. 간단히 말하자면 작가는 자기가 쓰는 대로 살아가야 한다는 것입니다. 즉 작가는 자기 작품의 주인공들과 같은 삶의 질을 소유해야 한다는 것이지요. 물론 그것은 오직 윤리적인 것과 관계되는 일입니다.

박사님, 그것은 작품과 삶이 일치해 작가가 미덕들의 화신이 될 수 있는 경우에는 아주 좋겠지요. 그러나 그게 그가 쓴 이야기를 위해서도 좋을까요? 제가 지금 종이 위에 다루기 어려운 비열한 것에 이르기까지 모든 세세한 것을 상상할 수 없다면 어떻게 범죄를 묘사할 수 있겠습니까? 제 자신이 사창가 아가씨들에게 화대를 달라고 요구해 보지 않고서 제 이야기 속에서 어떻게 포주의 이야기를 쓰겠습니까? 교수형을 하기에는 죄인의 목이 너무 짧아 고민하는 사형 집행을 하는 판사의 근심을 모르는데 어떻게 제 작품에서 그 판사의 아침 식사를 묘사할 수 있겠습니까?

박사님, 당신은 제가 무슨 말을 하는지 아실 겁니다. 당신은 아직 보이체크를 동정하고 있기 때문입니다. 그리고 당신은 당신의 문학적 인물 렌츠와 관계없다고 하시겠지만, 렌츠에 대한 당신의 은밀한 관심은 대단히 아름다운 자연의 상에 반영되어 있습니다. 당신이 글을 쓸 때 당신은 느끼고 있습니다. 또한 당신 자신은 당신의 문학과 조화롭게 살 능력이 있습니다. 당신의 세계상과 작품의 세계상이 일치하기 때문입니다. 당신은 문학 작품을 쓸 때 문학을 사회 적대적으로 느끼지 않았습니다. 당신은 글을 쓸 때 국외자로 느끼지 않았습니다. 당신은 글을 쓴 후에 일어나서 아직 내적으로 무뎌지지 않고 정상 생활에 참여할 수 있었습니다. 당신은 비교적 큰 문학 작업을 할 때에도 다른 것을, 즉 당신의 신부를, 당신의 가족을, 정치적 상황을, 주변 환경까지 생각했습니다. 당신은 여전히 주위 사람들과 의사 소통을 할 수 있습니다. 사실 당신의 문학적 소재가 만들어 내는 내용에서 나오는 효과가 당신을 완전히 그 속에 잡아 놓을 정도로 확실히 옭아매고 있음에도 불구하고 말입니다.

박사님, 이 점에 있어서 저는 당신이 부럽습니다. 문학은 저를 국외자로, 외톨이로 만들었기 때문입니다. 저는 문학만을 위해 살았습니다. 그리고 이러한 문학에의 예속성이 제게 어떤 희생을 요구하는가를 그사이에 알게 되었습니다. 그 희생은 저를 국외자로, 외톨이로 살게 했다는 것입니다.

　그렇다면 대체 무엇이 문학을 하게 하는 것일까요? 저는 작가가 글을 쓰라는 대단한 소명을 받은 것은 아니라고 생각합니다. 때로는 작가로서의 소명을 받는 계시라는 것이 존재합니다. 그러나 그것은 자주 있는 일이 아닙니다. 보통의 경우 우리는 작가로 태어난 것이지, 보통 직업을 배우듯이 작가가 될 수는 없다는 것입니다. 저는 어려서 주문의 내용을 계속 반복하는, 어눌한 언어로 된 주문시(呪文詩)[10]를 지었습니다. 마니보륜[11]의 효과를 가진 이 기구가 강하게 불협화음을 낼수록 그 시들은 더 효과적이었지요. 저는 그 시들을 제 아버지를 지키기 위해서 중얼거려야 했습니다.

　저는 오늘날도 여전히 근본적으로 시간과 싸우는 것 말고 아무것도 안한다고 생각합니다. 그리고 저는 그 시간에게 제 이야기를 전부 완성할 때까지 그렇게 오랫동안 멈추어 있으라고 강요하는 것 같습니다. 저는 포로 수용소에 산더미처럼 쌓인 신발 더미[12]에서 짓밟힌 실내화를 주문으로 불러냅니다. 한 유대인 남자가 그것을 신고 제 눈앞에 나타날 때까지 그렇게 오랫동안 말입니다.[13]

　저는 망각 자체의 전형적인 음악적 단조로움이 나타날 때까지 주문으로 망각을 불러냅니다. 이 주문의 노래는 땅 위로 기어 다니며 먼지를 먹는 살모사가 그 노래에 맞추어 춤추는 뱀의 노래입니다. 하지만 살모사들이 내는 시끄러운 딸깍거리는 소리는 제가 타자기로 글을 쓸 때 나는 소리이지, 더 이상 뱀들이 내는 소리가 아닙니다. 저의 글쓰기를 통해서 뱀으로 상징되는 망각은 그 위력을 상실한 것입니다.

---

10) 위험이나 불행을 예방할 목적으로 쓴 시.

11) 티베트의 라마교도가 기도할 때 사용하는 기구. 수다스럽고 단조로운 효과음을 낼 때 쓰인다.

12) 나치스의 포로 수용소에서는 나중에 사용하기 위해서 포로들이 걸치고 있는 모든 것, 옷은 물론 신발, 안경까지 압수했다. 그래서 새로 포로들을 이송할 때면 신발 더미가 생겨나는 것이다.

13) 슈누레는 상상 속에서 이러한 신발 더미 중에서 슬리퍼 한 켤레를 본다. 자기의 이야기를 쓸 수 있게 하기 위해 그는 이 신발을 신을 한 사람을 필요로 한다. 그래서 그는 시적 판타지로 이 신발의 주인이며 그에 대한 이야기를 쓸 수 있는 한 인간을 만들어 낸다. 작가는 이 과정을 시간과의 싸움이라고 말하는 것이다.

유년 시절의 두려움과 인간성에 대한 꿈에서 자란 저의 무속 신앙은 제게 죽음까지 추방할 수 있게 합니다. 그러나 저의 죽음을 추방하지는 못하지요. 제 죽음은 영원불변하니까요. 그것은 제 인물들의 죽음입니다. 저는 그들을 영원히 살게 할 생각이 없습니다. 저는 그들을 죽게 합니다. 그러나 그들의 죽음은 인간적 죽음입니다. 저는 제 책 속에서 제안합니다. 이 제안들은 개인주의, 결정의 자유 그리고 위엄과 관계가 있습니다.

바그너 전기를 쓸 수 있음은 물론이고, 히틀러에 관한 책을 쓰는 것을 생각해 볼 수 있습니다. 하지만 무엇 때문에 우리가 이미 알고 있는 사람들에 관해 씁니까? 저는 제 인물들에 관해 쓰면서 그 인물들과 사귀는 것을 더 좋아합니다. 이미 존재하는 인물들에 만족하기에는 저는 너무 호기심이 많습니다. 저는 제 이야기에서 지금껏 묘사되지 않은 성격이나 태도, 인생사를 가진 새로운 인물들을 만들어 내야 합니다. 이런 점에서는 렌츠[14]조차 제게는 그다지 새로운 인물이 아닙니다. 오벌린[15]도 렌츠에 대해 이미 썼으니까요. 뿐만 아니라 오벌린이 렌츠에 대한 글을 남기지 않았더라도 렌츠를 이미 알고 있었을 테니 말입니다. 렌츠는 이미 알려져 있는 인물이니까요. 하지만 박사님, 칼 고쉬닉이란 인물을 아십니까? 당신은 그를 제 마지막 책에서 만나실 수 있을 겁니다. 그 책 말고 다른 곳 어디에서도 그를 발견하지 못하실 것입니다.

오청자 옮김

---

14) 여기서 렌츠는 질풍노도 시대의 작가로, 슈트라스부르크에서 가정교사를 하던 중 괴테와 친교를 맺은 Jakob Michael Lenz(1751~1792)를 가리킨다. 이 렌츠를 모델로 뷔히너는 「렌츠」를 썼다.
15) Johann Friedrich Oberlin(1740~1826): 사회교육자, 목사.

# 문학은 아직도 고혹한 피의 작업이다

뷔히너상이 저에게 돌아온 것에 감사합니다. 하지만 이 상의 수상과 더불어 제가 모종의 긴장감을 느끼는 것은 수상자가 확정되는 순간 발표해야 할 수상 연설 때문일 것입니다. 제가 스스로에게 물어보고 동시에 여러분께 물어보고 싶은 것은, 이처럼 저명한 상의 수상 연설에 있어서나 한 걸음 더 나아가 감사의 표현을 넘어선 하나의 연설문으로서의 의미를 부여하게 되는 경우에 특별히 기대하는 것이 무엇일까, 하는 점입니다. 이 상이 수상자가 발표하는 연설의 대가로 수여되는 것이 아니라는 사실은 누구나 아는 것입니다. 다시 말해 이 상은 이미 해놓은 일들에 대한 상이므로 수상자가 이루어 놓은 결실에 대한 대가입니다. 그렇다면 이 상은 아마 모든 사람의 기대에 부응해야 할 것입니다. 또한 이 상은 작가의 표현의 업적을 두고 수여되는 것도 아니고, 또한 그것이 일차적인 이유가 아니라는, 다시 말해 연설상이 아니라 문학상이라는 데는 의심의 여지가 없습니다. 제게 이런 기회가 10년 전에 주어졌다면 분명 저는 오늘과는 다른 수상 연설을 했을 것이라는 추측을 해봅니다. 하지만 그것이 중요한 것은 아닙니다. 저의 글쓰기는 최근 10년 동안 상당히 많은 변화를 겪었습니다. 그러한 변화된 글쓰기 방식을 잘 보여 주는 대표작에는 1977년 10월에 쓴 시 「하나의 언어에 관해(지상으로 내려온 언어

204

로 쓰고 말하기)」, 1978년 12월에 완성한 극 작품 「낯선 곳에서」가 있습니다.

자신이 쓴 저작들을 가늠하고 평가하는 데 설사 별 영향을 미칠 수 없다 하더라도 적어도 이 상의 수상자가 되기 위해서는 문학성이 있는 일정량의 작품들을 이미 출판한 상태여야 한다고 봅니다. 그렇지만 수상자는 이 상과 수상자, 즉 새로운 문학상 수상자를 인정하는 소수의 문학 대중과 그 문학상이 대중과 가깝도록 노력하는 작은 집단인 수상위원회가 수상자에게 이 상에 즈음하여 제시한 동기들을, 최소한 그중 일부라도 인지할 준비가 되어 있어야 한다는 사실을 알아야만 합니다.

따라서 원래 이 상은 수상자 본인보다는 이 상이 주어지기까지의 전제 조건을 수렴하려고 쓴 그의 작품이 그 주목의 대상이기에, 또한 결코 일시적인 상의 가치에 의미를 부여하지 않을 것이기에 저는 여기 오신 모든 참석자 여러분께 영광을 돌리고자 합니다.

제가 이 자리를 빌어 누구보다도 먼저 독일 언어문학 학술원, 다름슈타트 시, 헤센주에 감사의 마음을 표하고자 합니다. 나아가 문학상 심의위원회에 감사 드리는 바입니다. 그리고 무엇보다도 헬무트 하이센뷔텔이 쓴 선정 경위서에 감사의 마음을 표합니다.

제게 때로는 과분할 정도의 애정과 충고와 조언을 해준 주변의 친구들, 동료 문인들, 그리고 특히 30년 동안 저와 삶을 함께한 프리드리케 마이뢰커에게 누구보다도 먼저 감사하다는 말을 전합니다. 늘 그렇듯 저는 해설집, 연설문, 강의, 이론적인 것 등, 이차적인 것을 쓰기 때문에 딱히 구체적인 것을 말하려고 하면 엄청난 시간이 듭니다. 항상 지적을 당하는 것이 그런 점이고, 그러면서도 늘 쳇바퀴 돌듯 다시 다루게 마련입니다. 그러면 지속적으로 시를 쓰고 싶다는, 가끔은 자신을 강하게 충동질하는 갈망이 솟아납니다.

3년이라는 시간을 요했던 「낯선 곳에서」라는 극 작품을 쓸 때 역시 이와 별반 다르지 않았습니다. 여러분도 아시다시피 저는 한 번도 극작가로서의 교육을 제대로 받은 적이 없습니다. 제가 무대에 세웠던 유일한 주인공을 찾았을 때, 그리고 그 주인공이 낯선 사람, 다시 말해 저 자신이라는 것을 알았을 때는 이미 2년 반이라는 시간을 허비한 상태였지요. 그 점에서 제가 자신을 알지 못했다는 사실을 도출할 수 있을까요? 그리고 제가 자신을 모를 경우, 제가 아무도 알 수 없으므로 게오르크 뷔히너 또한 알 수 없으리라는 사실을 도출해 낼 수 있을까요?

저는 게오르크 뷔히너라는 작가를 먼 발치에서만 알고 있습니다.

제가 게오르크 뷔히너를 알게 되었다는 사실을 입증해 주는 확실한 증거는 그의 텍스트인데, 저는 이 텍스트를 가지고 1977년 베를린 예술대학에서 음성시에 관한 짧은 발표를 한 적이 있습니다. 저는 이 텍스트를 제 발표의 요지로, 그리고 동시에 고백으로 선언했으며 텍스트에 다음과 같은 소견을 밝힌 바 있습니다.

"소리들은 분명 존재합니다. 하지만 그것은 유독 행복한 순간에만 가능합니다. 그런 소리들과 더불어 각 시에 선행하는 여백을 확실하고도 지속적으로 메워 나갈 수 있습니다. 그러면 우리는 지금 시에 대해 이렇게 일반화시켜 말할 수 있습니다. 말이란 정녕 존재하는 것이지만 행복한 순간에만 그것이 가능하다는 것을 말입니다……."

여기 이 텍스트, 마치 시인들의 손가락에 붙은 반창고 같은 이 텍스트에 대해 해명을 하자면 문학은 아직 자해와 자기 살인 사이의 고혹한 피의 작업인 것입니다.

게오르크 뷔히너가 집필한 전 작품들 중에서 저를 가장 감동의 도가니로 몰아넣었던 작품은 단연 「보이체크」입니다. 그것은 아마도 그 작품에서 어느 누구도 장광설을 늘어놓는다거나, 주연 인물이 지나치게 오래 말하지 않았기 때문일 것입니다. 그 밖에 이 작품은 일련의 짧은 장면들로 구성되어 있다는 것을 특기할 만합니다. 그러면서도 각 장면마다 독특하고 날카로운 윤곽을 갖고 있다는 점 그리고 뷔히너가 허용이라도 한 것처럼 이러한 장면들의 순서가 매번 작가의 의도에 따라 이루어지지 않을 수 있다는 점 등을 들 수

있을 것입니다. 그렇다면 우리는 그렇게 하지 않더라도 다양한 조합을 실험
해 보기 위해 각각의 장면들의 순서를 앞뒤로 바꿔 볼 수 있다는 느낌을 받을
것입니다.

게오르크 뷔히너의 「보이체크」에서의 모티프 하나


'문장'

　　그 문장을 잘라낸다

　　／

　우리는


'말'


　　　그 문장을!

　　　　　다!

　　　낸!

　　잘라!

　우리는!


'소리'


　우리!

　　느-ㄴㄴㄴㄴㄴ

　　ㅈ————ㅏ————ㄹ

　ㅇㅇㅇㅇㅇㅇㅇㅇㅇㅇㅇㅇㅇㅇㅇㅇㅇㅇㄴ

　　　ㄷ-ㅏ


에른스트 얀들, 1984　207

아아아아아아 그 무

(다급하게) ㄴㄴㄴㄴㄴㄴㄴ 장으-ㄹㄹㄹㄹㄹㄹㄹㄹㄹㄹㄹㄹ
'언어'

(크게) 우리는!
(속삭이듯, 귀에까지 들리게) 그 언어를 잘라낸다


그리고 언어가 다양한 영역에서 펼쳐지며 극에서 묘사된 시간의 경과에 상응해 천한 인물과 다소 덜 천한 인물, 신분이 낮은 영역과 다소 덜 낮은 영역 사이에서 유동하고 있습니다. 그에 따라 주점 앞에서 절규하는 주인공과 주점 안에서의 떠벌이 장사꾼의 인공적인 언어가 등장합니다. 그러한 특징들 외에도 특별히 비유적인 표현들, 천박하거나 민중적이거나 방언 같은 영역에서나 사용되는 시적인 표현들, 인용 같은 성서의 문구들은 매우 독특한데, 이런 표현들로 인해 전체적으로 매우 화려한 언어의 파노라마가 생기게 됩니다. 그것은 뷔히너의 희극이 언어의 급박한 반전에도 불구하고 각각 다르게 펼쳐지게 되는 경우와 같습니다.

그의 작품, 편지글 67편과 미완성의 서한들뿐만 아니라 극 작품 세 편, 단편 하나와 그의 정치적 전단문 등을 거론한다고 해도 저는 게오르크 뷔히너에 대해서는 그다지 아는 것이 없습니다. 설령 제가 하나의 작품을 전체적으로 그리고 그 작품 하나하나의 세목에 감탄하고 그것이 진정 존경이라 한다면, 적게 알고 많이 아는 것은 중요하지 않다고 봅니다. 그렇기에 저는 진정으로 이렇게 말할 수 있습니다. 저는 게오르크 뷔히너를 경탄하고 그의 작품을 경탄합니다.

저는 뷔히너의 작품에서 웃지 않으면 안 되는 아주 훌륭한 두 문장을 본 적이 있습니다. 적어도 저는 그렇게 보는데, 아니 그렇게 보았습니다. 그 문

208

장에서는 웃음을 다루고 있었지요. 하나는 1834년 2월 기센에서 가족에게 보내는 한 서한이고, 다른 하나는 그의 주인공 당통의 입을 통해 표현된 문장입니다. 그런 문장들에서는 웃지 않고는 배기지 못한다고 이미 말했습니다. 제가 낭독하기에 앞서 그 문장들이 좀 더 친숙하게 들리도록 그것이 필시 수상식을 주관하는 사람들뿐만 아니라 친절한 청중 여러분을 두고 말하는 것이란 점을 환기시키고자 합니다. 저는 웃을 수가 없어서 엄숙하고도 진지한 표정으로 그 텍스트를 낭독하고자 합니다. 하지만 분명 그 속에는 웃음을 자아내는 텍스트들이 있고, 청중들은 그것을 느낄 수 있을 것입니다. 얼마 안되는 표현 내에서 웃음을 퇴색시키기 위해 웃음을 유발하는 텍스트들도 있을 것입니다. 그 밖에 전혀 웃을 것이 없는 그런 텍스트들도 다수 있을 것입니다. 또한 과장된 행동이 아닌, 저의 취향이나 안목으로 보아 무대에 등장한 사람들이 떠난 무대 바닥 위에 남아 있다거나 심지어는 약간은 착취당하는 것처럼 나타나는 그런 진지한 장면들을 보고 청중들 중 어느 누구든 조금씩은 웃음을 감지할 수도 있을 것입니다. 꼭 제가 아니더라도 말입니다.

웃음에 대해 쓴 뷔히너의 서한을 보면 '저를 비웃는 사람이라고 부르는 사람들이 있습니다. 그건 사실일 수도 있습니다. 저는 종종 비웃습니다만 특정한 사람을 비꼬는 것처럼 비꼬지는 않습니다. 그가 인간이라는 사실만을 비웃을 뿐입니다. 그래서 그가 무용지물이라는 것을 비웃습니다. 저는 제 자신을 비웃습니다. 저 역시 같은 인간의 운명을 지고 있기 때문입니다' 라고 적고 있습니다.

게오르크 뷔히너, 「당통의 죽음」 제2막 2장, '산책하는 사람들'을 한번 읽어 보겠습니다.


　　당통 : 난 사람들이 거리에 멈춰 서서 서로들 얼굴을 맞대고도 웃지 않는 이유를 알 수 없어. 사람들은 창밖을 내다보며 웃고, 그리고 무덤 속에서도 웃어야 한다고. 그러면 웃음 때문에 하늘이 갈라지고 땅이 폭발해야 한다고.

뷔히너가 우리를 웃게 한다면 종종 그가 그렇게 존경했던 셰익스피어가 그렇게 멀지 않다는 생각을 하게 됩니다. 그에 반해 제 주위에서는 필경 언어 유희를 가치 있게 본다는 뜻이겠지만 오스트리아에서는 전혀 쓰지 않는 말, 즉 시시한 말장난이라고 말할 때가 종종 있습니다. 뷔히너처럼 당국으로부터 쫓기는 몸이 되어 보지 않았다고 할지라도 우리는 누구든 자신의 힘든 시간들을 알고 있습니다. 뷔히너의 작품을 읽게 되면 누구든, 특히 글을 쓰는 사람이라면 전광석화같이 자신을 돌아보지 않겠습니까.

내 정신력이 완전히 소모되었다오. 글을 쓴다는 것이 이제 불가능할 정도니 말이오. 머리가 제대로 돌아가질 않소. 한 가지 생각도 제대로 명쾌하게 떠오르지 않는다오. 모든 것이 나를 속속들이 갉아먹었다오. 내 내면을 표출할 수 있는 길이라도 있었으면 좋으련만. 하지만 그 고통에 대한 절규도, 기쁨에 대한 환호도, 축복을 위한 일치감도 가질 수 없다오. 이런 무감각이 바로 나에겐 지옥이라오.

—1834년 3월 10일, 기센에서 약혼녀에게 보낸 서한 중에서

그것은 글을 쓰는 사람이라면 누구나 아는, 내면에서 외부로 나가는 길의 문제, 즉 수송의 문제라고 생각합니다. 그것은 화물이나 비축물의 선적 수송의 문제가 아닙니다. 모든 수단의 거역할 수 없는 숙명적 박탈감과 더불어 이러한 모든 질료 창조의 문제와 관련된 것입니다. 예술이나 삶을 위한, 둘이 하나가 되는 그런 사람에게서 뷔히너의 「렌츠」는 막을 내리게 됩니다. 그 단편에서는 그것이 미완성으로 끝난다고 적혀 있습니다. 물론 어떤 경우에나 그 단편은 영점의 순간에 도달한 시점에서 아무것도 될 수 없으며 그리고 아무것도 아닌 것입니다.

다음 인용을 보겠습니다.

그는 다른 사람들과 똑같이 행동하고 있었지만 내면에는 엄청난 공허감이 버티

고 있었다. 그는 불안도 욕망도 더 이상 느끼지 못했다. 자신의 존재가 불가피한 짐처럼 느껴졌다. 그렇게 그는 살아갔다.

그것을 작품이라고 해도 좋다면, 이미 젊지도 않은 나이에 자신의 작품을 남기기 위해 그렇게 오랫동안 갖은 노력을 다했다면 살아 있는 동안 그것이 어떤 의미를 줄 수 있겠습니까. '여기 나에게 찬란한 미래를 예언하는 사람들이 있습니다. 나는 그것을 거부하지 않습니다' 라고 스물두 살의 청년 뷔히너는 슈트라스부르크에서 자신의 가족에게 썼습니다. 그때가 바로 그가 죽기 1년 반 전이었습니다.

작품 전체에서 인용할 만한 문장에 이르기까지 뷔히너가 말하고자 하는 메시지들은 단 하루아침을 위해서가 아니라 영원을 위해 씌어진 것입니다. 그리고 분명 오늘날의 우리를 위해 씌어진 것일 것입니다.

우리의 모든 우려는 평화와 관련이 있습니다. 적어도 모든 이는 그렇게 행동하고 있다고 봅니다. 그에 관한 뷔히너의 마지막 당부는 당통의 입을 통해 전해집니다.

무엇 때문에 우리 인간들은 서로 싸워야 하는가? 우린 이제 서로 사이 좋게 나란히 앉아서 쉬어야 한다네. 우리는 창조될 때 실수가 있었어. 딱 꼬집어서 말할 수는 없지만 우리에게는 무엇인가가 부족해. 그러나 그것을 찾아내겠다고 서로의 내부를 파헤쳐서는 안 되지. 그것 때문에 우리 육신을 찢어발겨서야 되겠나?

이것은 곧 평화를 위한 당부의 말입니다. 그 말속에는 우리의 불완전함, 부족함, 예고된 좌절이 내포되어 있습니다. 우리가 서로 나란히 앉아서 평화를 누리게 된다면 그보다 더 바랄 것이 없을 것입니다.

채연숙 옮김

# 게오르크 뷔히너와 근원의 법칙

게오르크 뷔히너가 행한 모든 시도는 열정에서 우러나온 것들이었습니다. 뷔히너는 돈을 벌기 위해 그렇게 한 것처럼 꾸며댔습니다. 사실 그는 돈을 마련해야 했습니다. 그는 1835년 이래 스위스로 망명할 준비를 했기 때문이지요. 1836년, 뷔히너는 슈트라스부르크로 도망 가서 구츠코에게 비록 편지를 쓸 수 있는 몸이 되었지만, 자신도 구츠코처럼 감방에, 그것도 태양 아래 가장 지루한 감방에 앉아서 혐오스러운 역사에 관하여 길고, 장황하고 심오한 논문을 밤낮으로 쓰고 있다고 했습니다. 구츠코는 기독교 신앙 공동체의 믿음을 경멸하는 글을 썼다는 죄목으로 3개월 형을 선고 받고 한 달이나 구금되어 있어야 했습니다. 뷔히너는 자신의 어디에서 이러한 인내심이 나왔는지 모른다고 적었습니다. 그는 다음 학기에 취리히대학에서 데카르트 이후 독일철학의 발전에 관하여 강의를 해야 한다는 일념에 사로잡혀 있었기 때문이라고 했습니다. 이를 위하여 그는 학업을 마쳐야 한다고 했습니다. 그는 사람들이 사랑하는 자신의 아들 당통에게 박사 학위 사각모를 씌우는 걸 원치 않는 것 같다고 적었습니다. 무엇이 그 당시에 씌어졌단 말인가요?

어쨌든 뷔히너가 구츠코에게 보낸 편지에서 암시한 글이 세상에 나오게 되었습니다. 그것은 카르테시우스(데카르트는 자신의 이름을 라틴어로 명명했습니다)와 스피노자에 관한 논문입니다. 이 두 사람은 수학적 방식을 사용하여 엄격한 이성적 방식으로 형이상학을 추진하려고 했습니다. 데카르트와 스피노자에 관한 이 논문은 이어 나올 독일철학을 서술하기 위하여 중요하며, 영국철학에 관한 논의는 준비 과정으로서 필요했을 것입니다. 다음과 같은 우리의 추측은 전적으로 배제할 수 없습니다. 뷔히너는 마지막 급진적 형이상학자인 라이프니츠와 더불어 데카르트와 스피노자를 매개로, 수학이 어디까지 해낼 수 있는지 검증하려고 한 것이지요. 뷔히너는 데카르트의 철학에 관하여 다음과 같이 언급했습니다.

"데카르트에게 생각과 인식, 주체와 객체 간의 심연을 채워 주는 것은 신이다. 신은 '나는 생각한다. 고로 나는 존재한다' 사이에 놓여 있는 다리이다. 다시 말하면 신은 고립적이고 오류를 행할 수 있는 오로지 자의식에만 자명한 생각과 외부 세계 사이에 놓여 있는 다리이다."

뷔히너에 의하면 데카르트의 시도는 다소 순진하게 행해졌다고 합니다. 그렇지만 뷔히너는 데카르트가 얼마나 본능적으로 예리하게 철학의 무덤을 측정했는지 알 수 있습니다. 뷔히너는 데카르트가 문제를 해결하기 위해 사랑하는 하느님을 사다리로 활용했다는 것을 기발한 발상이라고 합니다.

뷔히너는 스피노자에 관하여 다음과 같이 서술했습니다.

"스피노자 철학은 수학에 열광적이다. 수학적 몰입 속에서 데카르트의 실증적 방법론이 완성되고 종결되었고, 스피노자 철학에서 데카르트의 방법론이 비로소 완전한 귀결에 도달했다."

칸트가 이 두 사람의 형이상학을 무너뜨렸습니다. 칸트의 저서 『순수이성비판』은 1781년에 나왔습니다. 이 책은 하이데거의 저서 『존재와 시간』이 우리에게 접해 있는 시간적 거리보다 뷔히너에게 더 근접해 있었습니다. 한 철학의 정당성보다 더욱더 중요한 것은 그 철학의 영향들이며 또한 그것들을 지속적으로 사유하게 하는 가능성입니다. 칸트는 자연과학을 철학으로부터 떼어 놓았습니다. 그는 역설로부터 출발했습니다. 칸트는 뉴튼의 물리학을 철학적으로 증명하려고 했고, 도대체 수학이란 학문이 어떻게 가능한지 묻기를 시도했습니다. 칸트는 수학은 단지 경험을 위해 필요하며, 형이상학은 경험에는 소용되지 않는다고 설명했습니다. 칸트는 세계를 우리의 표상형식과 사고 범주에 의해 경험 가능한 물리적 세계와 경험 불가능한 피안의 영역, 물 자체의 영역으로 구분했습니다. 반면 신, 영혼, 자유, 영생 등의 문제는 그에게 증명 불가능한 것으로 남아 있습니다. 칸트는 실천이성의 필연적 사용을 위해서는 자신이 사변적 이성에서 사고의 과도한 오만함을 내 쫓지 않고서는 신, 자유, 영생 개념을 결코 취할 수 없다고 서술합니다. 철학에서 형이상학을 계속 추진하려는 요구의 정당성을 칸트가 부인하면서, 형이상학은 이제 의미를 상실했습니다. 칸트가 순수이성을 실천이성의 우위에 놓으면 놓을수록 형이상학은 더욱더 의미를 상실했습니다. 칸트에게 당위는 의무보다 중요합니다. 이러한 것은 순수이성에 의하여 증명될 수 없습니다. 당위는 실천이성을 요청해야만 했습니다. 그렇지만 단지 요청될 수 있는 숭고한 모든 것들, 영혼, 신, 자유 등은 요청되어서는 안 됩니다. 인간 안에 있는 극악성이 인간이 실천이성에 종속되기를 원할 때, 자신의 성향에 반하여 행하기를 인간에게 강요합니다.

칸트의 견해는 괴테를 화나게 했습니다. 『실천이성 비판』은 성숙한 인간이 떠맡아야 하는 이성이 지시한 의무의 철학일 뿐 아니라, 동시에 이러한 철학은 특히 형이상학을 하나의 윤리적 요청 체계를 통해 대체시킨 가상의 철학, 허구의 철학입니다. 1788년 『실천이성 비판』이 나왔을 때, 이 책은 실러를 열광시켰습니다. 실러는 이 책에서 자유의 철학을 보았던 것입니다. 그러나 이 책은 마치 신념을 가진 듯이 행동했던 사람들을 화나게 했습니다. 그들은 자신들의 신념에 어떤 증명도 필요하지 않고, 단순히 자신들의 신념을 통해 진리를 알 수 있다고 믿으면서 그들의 신념을 사람들이 믿어 주기를 원했습니다. 이러한 문제를 해결할 수 없었기 때문에, 그사이에 철학자들은 칸트가 제기한 문제들을 해결하려고 고군분투했습니다. 그러한 노력의 결과가 독일 관념론 철학 체계들이었습니다. 칸트가 죽은 지 3년이 지난 1807년 헤겔은 『정신현상학』을 저술했습니다. 1812년에는 헤겔의 『논리학』이 나왔습니다. 1814년에는 피히테가 사망했으며, 1818년에는 쇼펜하우어의 『의지와 표상으로서의 세계』가 나왔습니다. 1831년에는 헤겔이 사망했습니다. 무능한 노인으로 지내던 셸링과 횔덜린은 뷔히너보다 오래 살았습니다. 포이에르바흐는 뷔히너가 태어나기 9년 전에 태어났고, 마르크스는 뷔히너가 태어난 지 5년 후에 태어났습니다. 그들의 주요 저서들은 뷔히너가 죽은 후에 비로소 저술되었습니다. 아무튼 뷔히너는 자신보다 앞선 또한 자신이 몸담았던 시대의 철학 저술에는 도달하지 못했습니다. 뷔히너는 자신의 당통에게 씌워 주기를 소망했던 박사 학위 사각모를 슈트라스부르크에서 흔히 볼 수 있었던 물고기, 즉 돌 잉어의 신경 체계에 관한 강의로 취리히대학으로부터 받게 되었습니다. 뷔히너는 1836년 4월과 5월, 슈트라스부르크에서 열린 자연과학 학회에서 발표했습니다. 그는 철학으로부터 자연과학으로 빠져 들어갔습니다. 1836년 10월 12일 뷔히너는 스위스로 옮겨 갔습니다. 그리고 11월 초 그는 벌써 그곳 대학에서 두개골 신경에 관하여 시범 강의를 하게 되었습니다.

그 강의에서 뷔히너는 생체학과 해부학에서 두 가지 기본 사고를 규정했습니다. 첫 번째 사고는 영국과 프랑스에서 우세한 견해로서, 모든 유기체의 현상을 목적론적 관점으로부터 관찰하는 것입니다. 문제의 해결을 목적에서 찾는다는 것이지요. 이 견해에 의하면 두개골은 그 속에 존재하는 사람의 뇌수를 보호하기 위한 버팀목을 가진 인위적인 둥근 천정으로 규정됩니다. 뺨과 입술은 씹는 기관과 호흡하는 기관을 위한 것이고 안구는 복잡한 수정체를 위한 것이며, 눈꺼풀과 속눈썹은 눈을 덮기 위한 것이고 눈물은 당연히 눈을 촉촉하게 유지하기 위한 물방울입니다. 목적론적 방법은 끝없이 원을 그리며 순환한다고 하지만, 뷔히너는 목적론적 방법은 이러한 목적의 목적에 대하여 물어야 한다고 했습니다. 그에 의하면 끝없이 전진하는 것은 피할 수 없으나, 자연은 목적을 위해 움직이지 않고 모든 외연 속에 나타나는 일차적 자연 그 자체로 충분합니다. 뷔히너는 존재하는 모든 것은 자기 자신을 위해 존재하고, 이러한 존재의 법칙을 찾고자 하는 것이 목적론적 사고에 대립되는 철학적 사고의 목표이며, 이러한 사고는 독일에서 우세하다고 보았습니다.

목적을 위해 존재하는 모든 것은 바로 이러한 작용 때문에 존재하며, 따라서 철학적 방법론에 있어서 개별적 유기체적 모든 현 존재는 자체 보존을 위하여 생겨나지 않았으며, 그것은 근원 법칙, 미의 법칙을 구현하게 될 것이라고 했습니다. 근원 법칙, 미의 법칙은 가장 단순한 틀과 선에 기반하여 가장 고귀하고 순수한 형태들을 불러냅니다. 뷔히너는 이러한 법칙에 대한 의문은 자연스럽게 두 가지 인식의 근원에서 이끌어졌다고 보았습니다. 사람들은 예로부터 이 두 가지 인식에서 절대적 지식의 열망을 불태웠던 것입니다. 그것은 신비주의자의 관조와 이성중심주의 철학자들의 독단론입니다. 뷔히너에 의하면, 이성중심주의 철학의 독단론과 일차적으로 감지되는 자연적 삶 간에 다리를 놓는 것이 지금까지 성공했다는 것을 비평가는 부인해야 한다는 것입니다. 뷔히너에 의하면 선험철학은 여전히 황량한 황무지 속에 있습니다. 다시 말하면 선험철학은 자기 자신과 생동적이고 푸르른 삶 사이에 커다란 거리를 가지고 있다는 것입니다. 그렇기 때문에 그 거리를 좁혀서 원래대로 돌아갈 수 있을지가 중요한 관건입니다. 뷔히너는 선험철학이 만들었던 많은 정신적 시도에서 더 나아가기 위해서는 선험철학이 체념으로 만족해야 한다는 보았습니다. 선험철학이 추구하는 것은 목표의 달성이 문제가 아니라 추구 그 자체가 문제인 것입니다.

강의의 두 부분을 더 언급해 보도록 하겠습니다. 뷔히너는 인간이 하나의 모호한 보편적 느낌이 그 본질을 이루는 모든 신경 활동이 있는 가장 단순한 조직체로부터 어떻게 점차적으로 특별한 감각적 조직체로 분화되며 형성되어 가는지를, 단계적으로 추적하는지를 펼쳐 보였습니다. 뷔히너에 의하면 조직체의 감각들은 결코 새로이 덧붙여진 것이 아닙니다. 그것들은 한층 고양된 잠재력의 변형일 뿐이라 하며, 그는 몇 줄 건너 가장 복잡한 형태인 인간에게서 문제의 해결을 시도하려고 하는 것은 아마도 허사일 것이라고 언급했습니다. 가장 단순한 형태는 가장 분명한 형태에서 끌어낼 수 있습니다. 왜냐하면 그 형태들 속에서 가장 근원적인 것, 절대적 필연성이 나타나기 때문입니다. 바로 이러한 학문적 강의의 특이한 것은 스물세 살의 뷔히너가 자신이 이끌어 낸 기본 견해를 철학적 사고라고 했던 점입니다. 이미 뷔히너는 이전에 취리히에서 현대 독일철학을 공부하려고 했었기 때문에 두개골 신경에 관한 강의에 뷔히너의 독자적인 철학적 사고가 숨겨져 있다는 추측은 틀리지 않습니다. 목적론적 사고에 대립시키면서, 자연은 모든 외연 속에서 자연 그 자체인 이유를 미의 법칙에서 찾을 수 있다는 것에 그 본질이 있다고 하는 방법을, 뷔히너가 독일철학이라고 부른 것은 더욱더 놀라운 일입니다. 이리하여 뷔히너는 칸트뿐 아니라 칸트 이후의 철학자들에 대해서도 대립되는 입장을 취합니다. 뷔히너는 칸트의 경우 방법론에 대하여, 그 이후의 철학자들에 대하여, 그들의 철학에 대하여 대립적 입장을 취한 것입니다.

칸트에 의하면 자연과학은 오로지 인과율의 필연성만 나타낼 수 있습니다. 어쨌든 칸트에게 목적은 결코 순수이성의 범주가 아니며, 따라서 목적은 결코 대상을 인식하는 구성 원칙이 아닙니다. 단지 순수이성을 통하여 어떻게 생명을 서술할 것인가에 대한 설명이 불가능한 경우에만 목적론적 표상이 필연적으로 성립된다고 했습니다. 왜냐하면 생명을 가진 유기체의 본질은 전체는 부분을 통하여, 부분은 전체를 통하여 규정된다는 데 그 본질이 있기 때문인 것입니다. 목적론적 방법은 생명을 가진 유기체에 가설의 원칙으로서, 방법론으로서 주어진 것입니다. 마치 생명을 가진 유기체가 인과율적·자연적 관계를 밝혀 내기 위한 목적을 가진 것처럼 말이지요. 이에 반하여 칸트 이후의 철학은 그 자체로 목적론적입니다. 목적을 묻는 사람들은 역시 의미도 묻습니다. 칸트는 또한 이 의미도 실천이성의 용건으로 만들었습니다. 즉 주관적인 것으로 만들었습니다. 의지가 자기 자신에게 목표를 세우고, 그 의지는 의미를 자기 자신에게 부여합니다. 영원한 평화는 하나의 소망입니다. 그렇다고 하여 칸트가 표현하듯이, 영원한 평화가 인류의 위대한 순교자적 죽음 위에서 펼쳐지는 것은 아닙니다. 칸트에 이어 나온 관념론은, 칸트가 현상의 배후에서 취한 사고에 다시 객관적 의미를 덧붙였습니다. 그것이 이제 자아이든 절대성이든 혹은 세계 정신이든 간에 말이지요. 관념론은 하나의 목적을 가졌으며 그러한 방향으로 발전되었습니다. 그것은 예측할 수 없는 인간의 본성과 그것의 사회 형태에 대한 인식의 확실한 불가능성인 것입니다.

마침내 자연법칙의 운동은 마르크스에게 있어서 계급 없는, 국가가 소멸된 사회, 인간의 자유를 향하여 나아갔습니다. 뷔히너는 이러한 목표의 목적에 대하여 의문을 품었을 것입니다. 이러한 의미의 의미에 대해서 말이지요. 그것이 재차 새로운 계급, 새로운 국가, 새로운 속박 등으로 무의미하게 나아가게 되지 않을까 하고 말입니다. 뷔히너는 반항아였고, 마르크스는 혁명가였습니다. 뷔히너는 상황에 대해서 분노했고, 마르크스는 자신의 생각이 상황을 통하여 증명된다고 보았습니다. 뷔히너는 인간 스스로가 좌절되는 것을 보았습니다. 마르크스는 인간을 보지 않았습니다. 뷔히너는 리얼리스트였습니다. 그는 부자와 가난한 자의 관계에서 이 세상에서의 유일한 혁명적 요소를 보았습니다. 마르크스의 배후에는 헤겔이 보입니다. 피히테로부터 물려받은 헤겔의 변증법이지요. 정·반·합의 역사를 통하여 생명을 짓밟으며 활보하는 세계 정신 말입니다.

그러나 뷔히너는 자연과학자로서 괴테에 충실했습니다. 괴테는 인간의 중간 턱을 발견함으로써 비교해부학에서 중요해졌을 뿐 아니라 자연과학적 견해를 통하여 더욱더 중요한 인물이 되었습니다. 그것은 괴테가 1790년경 「비교해부학 일반 시도」에서 서술했듯이, 생명체는 자명한 목표를 위하여 외부로 드러나게 되었으며, 그 형상은 근원적 의도적 힘에 의하여 미리 그렇게 규정되었다는 표상 방식입니다. 이러한 목적론적 표상력은 그 자체로 경건하며, 어떠한 기질에서도 편안하며, 어떠한 종류의 표상에 있어서도 피할 수 없었습니다. 괴테에 의하면 이러한 표상력은 모든 통속적 사물들처럼 평범한 것입니다. 왜냐하면 통속적인 것들은 모두 다 인간 본성에 아주 편안하고 충분합니다. 그 이유는 인간은 사물들을 자신에게 유용한 한도 내에서 가치를 재는 데 익숙해져 있기 때문입니다. 그리고 그때 인간은 자신의 본성과 상황에 따라서 자신을 창조의 목표라고 여기고 있음에 틀림없기 때문이라고 합니다. 괴테는 인간은 왜 자기 자신을 창조의 궁극적 목적으로 생각할 수 없는지 묻습니다. 왜 인간의 허영심이 사소한 궤변을 허용해서는 안 된다는 것인지 의문을 제기합니다. 괴테에 의하면 인간은 사물들을 필요로 하고, 필요로 할 수 있기 때문이라는 것이지요. 인간은 여기에서 다음과 같이 추론합니다. 사물들은 인간이 그것들을 필요로 하여 나오게 되었다고 말이지요. 괴테에 의하면 인간은 밭에서 일할 때, 작업을 힘들게 하는 잡초를 정성스레 가꾸어 소중하게 된 밀알과 마찬가지로 그것을 위대한 보편적 자연의 산물로 간주하기보다는, 오히려 잡초를 선한 존재의 성난 저주, 음흉한 악의 존재의 술책으로 간주한다는 것이지요.

그러나 괴테는 인간이 자신의 힘은 제한적인 것으로 여기고, 그 힘은 외부로부터뿐만 아니라 외부를 향하여, 내면으로부터뿐만 아니라 내면을 향하여 형성된다는 것을 통찰한다면, 인간은 자연의 근원적 힘을 경외하게 되지 않을까, 하고 묻습니다. 괴테는 물고기가 물을 위하여 물에 있다고 하는 것은, 물고기가 물속에 있고 물에 의하여 거기에 있다고 하는 것보다 의미하는 바가 훨씬 적다고 했습니다. 왜냐하면 두 번째 언급은 첫 번째 언급에 그저 모호하게 숨겨져 있는 의미를 보다 분명하게 표현했기 때문입니다. 다시 말하면 우리가 물고기로 명명하는 창조물의 존재는, 우리가 물이라 명명하는 요소의 조건 하에서만 가능하다고 합니다. 물속에 존재하기 위해서 뿐만 아니라 물속에서 형성되기 위해서입니다.

뷔히너가 미의 법칙이라고 부르는 것은, 괴테에게는 동물 형태의 이상적 형상입니다. 그것은 동물 형상의 형태론이며 여기에 인간 형상도 속합니다. 목적을 외부에 갖지 않고 자신 안에 가지고 있는 형상의 이러한 변모는 여전히 형이상학적으로 보여지고 철학적으로 여겨집니다. 왜냐하면 그것은 동물의 원형상, 원모습을 상정하기 때문입니다. 그렇기 때문에 뷔히너 역시 목적론적 방법의 끝없는 전진을 비난합니다. 하지만 뷔히너가 목표를 향하는 사고를, 목적으로 특징짓는 그것을 작용이라고 부른다면, 이러한 작용에는 이유가 있고 이러한 이유가 미의 법칙이라 해도 미의 법칙은 재차 그것의 존재 이유를 그것의 작용으로서 제시해야 한다고 합니다. 근원이 없는 것은 아무 것도 없다는 근원의 주장은 끝없이 뒤로 이끌어지며, 근원을 받아들이기 위한 어떠한 원근원을 알지 못합니다.

이것은 칸트에 의하면 불가지론이었을 것입니다. 이성은 자기 자신과 모순에 빠졌을 것입니다. 칸트 이전의 철학은 근원을 받아들였습니다. 신이 근원이었습니다. 자기 자신의 존재 이유였습니다. 칸트에 의하면 과학은 더 이상 근원에 신경 쓰지 않아도 되었습니다. 철학은 과학이 할 일이 아니었습니다. 여전히 몇몇 사람은 뷔히너와 마찬가지로 주저했습니다. 그들은 여전히 진화의 엄격한 법칙과 마주치지 않았습니다. 사람들이 그것과 마주쳤을 때 필연적으로 추락했습니다. 다른 선택의 여지가 없었습니다. 과학은 근원들의 급류 속으로 휩쓸려 들어갔습니다. 대단히 위대하고 용감한, 하지만 위험한 모험 속으로 들어갔습니다. 이전에 그것을 인간의 정신이 시도했고 계속해서 시도하고 있습니다. 왜냐하면 인간의 정신은 자연을 내세우면서 역시 자기 자신도 내세우기 때문입니다. 그것은 인간을 계몽시켰던 인간의 정신이었습니다. 마르크스가 철학은 세계를 변화시켜야 하고 해석해서는 안 된다고 언급했다면, 이제 과학이 세계를 변화시켰습니다. 이전에 정치 혹은 전쟁이 할 수 있었던 것보다 더 많이 세계를 변화시켰습니다. 과학이 세상을 해석하면서 말입니다. 즉 재차 과학이 새로운 해석들에 도달하기 위하여 해석들을 현실에서 새롭게 검증하면서 말이지요. 마찬가지로 오류로부터 오류로 계속 나아가면서, 추정의 근원에서 추정의 근원으로 계속 돌진하면서, 위로 상승하다가 아래로 하강하다가 언제나 새로운 이론과 가설을 향하여, 칸트 가 제시한 그 경계를 뚫고 들어가기 위해서 말입니다. 칸트는 그 영역을 표상 할 수 없는 것으로 간주했습니다. 왜냐하면 칸트는 감각·지각과 인과율의 음향벽을 꿰뚫을 수 있는 인간의 표상력을 과소평가했기 때문입니다. 그리 하여 오늘날 표상력은 예전에 형이상학자들만이 제기한 문제들에 과감하게 도전합니다.

칸트 이래 두 가지 문화가 있습니다. 한 가지는 과학 문화이고 또 한 가지 는 문자 문화입니다. 과학 문화가 사람들이 많이 알면 알수록 모르는 것이 쌓 이고, 인간을 무지로 이끌어 가고 있다면, 문자 문화는 이것이 여전히 철학으 로 간주되는 한, 마치 한 마리의 생쥐처럼 언어의 미로 속에서 속수무책으로 이리저리 떠돌아다닙니다. 문자 문화는 마치 종교처럼 권력을 가지게 된, 그 리고 권력을 원하는 사람들의 권력의 근거를 위하여 사용될 수 있습니다. 문 자 문화가 문학인 경우에 문학은 완전히 소용없게 됩니다. 사람들이 유행에 의미를 둔다면 모르지만 말입니다. 사람들은 문화를 지니는데, 그것은 우리 가 끼워 맞추거나 아니면 우리에게 맞게 만들어진 것입니다. 문학의 완전 무 용성이 문학의 유일한 정당성입니다. 보다 더 숭고한 문학의 정당화는 결코 있을 수 없습니다. 우리는 소크라테스의 세계에 살고 있습니다. 문학이란 문 화는 많은 점에서 개념 속에서 원을 그리며 빙빙 돌았던 궤변과 비교할 수 있 습니다. 엄밀한 자연과학은 이데아의 세계로 돌진하려는 플라톤의 시도와 비 교할 수 있습니다. 우리는 우리의 정신 체계 속에 주관적 뿌리를 가지고 있는 객관적·수학적 방법의 도움으로 현실 파악을 시도하는 동안, 현실은 비록 그것이 미적 공식 속에서 서술된다 할지라도 언제나 이상으로서 제시됩니다.

자신에게 귀를 가장 잘 기울이는 소크라테스는 이러한 문제점에 대하여 무관심했을 것입니다. 왜냐하면 소크라테스는 이때 가장 좋은 꿈을 꾸거나 잠을 잘 잘 수 있었기 때문이지요. 소크라테스는 우리의 철학을 비웃고 우리의 문학에 대하여 하품했을지도 모릅니다. 소크라테스는 자신이 아무것도 모른다는 것을 알면서, 칸트처럼 오로지 선, 즉 선한 의지만을 이 세상에서 알고 있었던 것 같습니다. 단지 실천이성만이 그에게 관심의 대상이었을 것입니다. 소크라테스는 두려워하면서 순수이성의 왕국으로 들어가는 실천이성의 정복 행렬을 관찰했을 것입니다. 정복 행렬은 필요하고 유익한, 무익하고 치명적인 수많은 약탈물들을 거두어들였습니다. 소크라테스는 이맛살을 찌푸리면서 인류는 보다 안전해져 가는 세계 대신, 점점 더 파국으로 빠져 들기 쉬운 세계를 만들고 있다는 걸 확인했을 것입니다. 그 결과로 이전에 전쟁이 일어났듯이 점차적으로 평화가 깨지게 될 것이라는 점을 말입니다. 전쟁은 더 이상 전쟁이 아니라 인류의 육신뿐 아니라 인류의 정신도 사라지게 하는 핵의 아우슈비츠가 될 것입니다. 더 많이 있습니다. 매번 정신이 만들어냈던 모든 장엄한 것들, 호머, 그리스 비극들, 리어왕의 분노, 바흐의 푸가 음악, 베토벤의 4중주곡, 부활하는 예수를 그린 이젠하임 제단의 벽화 등을 사라지게 할 수 있습니다. 단지 피라미드들만이 무의미하게 둘러서 있을 뿐입니다. 마찬가지로 파라오 권력자들과 그들의 희생자들의 묘비들만이 둘러서 있습니다. 소크라테스는 이미 독배를 손에 들고 머리를 좌우로 흔들었을 것입니다. 왜냐하면 인간들은 자기 자신이 아무것도 모른다는 그 깨달음에 이르지 못하고 있기 때문이지요. 그리고 이전보다 더욱더 현혹에 사로잡혀 계몽에서 좌절하기 때문입니다.

　더 나아가 인간은 자유가 있는 곳에서 자유를 남용하며, 그래서 그들이 자유로운지 자유롭지 못한지에 곧 무감각해질 수 있다는 것이지요. 소크라테스는 비웃지 않고 독배를 비우며 생을 마감하지 못할 것입니다. 우리는 보다 더 현명해져야 하는 많은 이유가 있음에도 불구하고, 실천이성 대신 실천적 반이성에 제물이 되었습니다. 이렇게 과학과 기술 시대를 추동하는 수레바퀴가 서서히 움직이기 시작했던 150년 전을 회상해 봅시다. 우리는 유령의 모습, 게오르크 뷔히너, 망명자, 헤센 정부에 항거하는 정치 팸플릿의 저자를 봅니다. 게다가 프랑스 혁명에 대한 잔혹한 드라마 작가로 겨우 몇 사람에게만 알려졌을 뿐 여전히 드라마의 혁신가로서는 알려지지 않은 그를 봅니다. 괴테가 죽은 지 4년이 지나고 자신이 죽기 3개월인 1836년 11월 소름 끼치는 역사의 숙명론 그리고 소름 끼치는 인간 본성의 동일함 및 인간 상황의 피할 수 없는 힘에 압도되어 취리히대학에서 약 20명 가량의 학생들을 앞에 두고 강의하는 교수직을 받아들여, 낮에는 강의를 위하여 물고기·개구리·거북이를 해부용 칼로 해부하면서 근시의 눈에 확대경을 들이대고, 밤에는 슈피겔가 12번지에서 책 더미 속에 앉아 「보이체크」를 집필하며 미의 법칙을 찾고 있는 뷔히너를 보고 있습니다.


　　의사 : 여러분, 나는 다윗 왕이 바트세바를 바라볼 때처럼 지붕 위에 올라와 있습니다. 하지만 저기 여학생 기숙사 정원에 널어 놓은 여자들 옷가지 외에 아무것도 내게는 보이지 않습니다. 여러분, 우리는 주체와 객체의 관계라는 중요한 문제에 봉착해 있습니다. 사물 중에서 단 한 가지만을 선택해 봅시다. 다시 말해 이렇게 높은 위치에서 유기체적 존재임을 긍정하는 신성을 드러내고 있는 사물 말입니다. 그리고 그 사물들이 공간, 지구 그리고 천체와 어떤 관계를 맺고 있는가에 관하여 연구해 봅시다. 여러분, 내가 이 고양이를 창문으로 내던질 경우, 이 존재는 중력에 그리고 자신의 본능에 어떻게 반응할까요? 이봐, 보이체크(소리 지른다) 보이체크!

　　보이체크 : (고양이를 안고 있다)박사님, 고양이가 물어요!

　　의사 : 녀석, 짐승을 마치 자기 할머니인 양 사랑스럽게 안고 있군.

　　보이체크 : 박사님, 제 몸이 떨려요.

　　의사 : (아주 기뻐하며)아 그래, 좋았어! 보이체크! (두 손을 비비면서 고양이를 넘겨받는다)여러분, 내가 여기서 보고자 하는 것은 새로운 종류의 벌레입니다. 아주 신기한 종이지요(그는 확대경을 꺼낸다). 여러분(고양이가 도망친다), 동물은 과학적 본

능을 지니지 못했습니다. 여러분, 그 대신 좀 다른 것을 보여 드리지요. 보십시오. 이 인간은 약 3개월 전부터 완두콩 말고는 아무것도 먹지 않고 있습니다. 그 작용이 어떻게 나타나는지 한번 보십시오. 이 고르지 못한 맥박 좀 보십시오. 자, 그리고 눈도 보고.

보이체크 : 박사님, 눈앞이 캄캄해져요!

장순란 옮김

# 역사의 잔혹한 숙명론

독일에서 가장 권위 있는 문학상이 괴테라는 위대한 공통분모 아래 통합되어 있지 않고, 공교롭게도 우리의 가장 위대한 작가의 이름과 연관되어 있다는 사실은 정말이지 저와 같은 사람을 매혹시키는 일임에 틀림없습니다. 반역자, 게오르크 뷔히너! 추방당한 혁명가! 비참하게 쓰러져 죽은 선동가! 그는 언제나 추적 당했고 붙잡힐 뻔한 순간에 간신히 빠져나왔습니다.

우리는 텔아비브에서 활동한 역사학자 발터 그랍에게 감사해야 할 일이 하나 있습니다. 왜냐하면 그는 우리에게 잊혀진 한 과격파 민주주의자, 즉 뷔히너와 동시대에 활동하면서 고난을 같이 나눈 동지였던 빌헬름 슐츠의 존재를 알게 해주었기 때문입니다. 슐츠는 극적으로 감옥을 빠져나온 이후 슈트라스부르크에서 망명 생활 도중 뷔히너와 친교를 맺었고, 이후 취리히에서는 뷔히너와 함께 같은 집에서 살기도 한 인물입니다. 그곳에서 둘은 당시 새로 문을 연 취리히대학교의 신임 강사 자리를 얻기 위해 함께 지원을 하기도 했습니다. 슐츠는 자신의 친구인 뷔히너가 죽고 나서 14년이 흐른 뒤 이런 글을 남겼습니다.

자신이 셰익스피어가 아니었다는 사실을 뷔히너 자신만큼 잘 알고 있었던 사람도 아마 없을 것입니다. 아쉽게도 그렇게 되지는 않았지만 뷔히너는 독일의 셰익스피어가 될 충분한 자격과 능력이 있었던 사람이었습니다. …… 1848년 독일이 자유와 통일을 거의 이루어 낼 뻔한 것과 마찬가지로 독일은 뷔히너를 통해서 셰익스피어를 얻을 뻔했었습니다. 하지만 알다시피 독일은 셰익스피어는 물론이고 자유와 통일 역시 이루어 내지 못했습니다. 오히려 이 독일이라는 나라는—말하자면 뒤틀리고 갈기갈기 찢겨진 당대의 불운한 독일의 사회적 상황이—뷔히너를 죽음으로 몰고 가버렸습니다.


흔히 과격한 자코뱅 당원 그랍 덕분에 우리는 어렴풋이 짐작하고 있었던 사실을 서면으로 확인할 수 있게 되었습니다. 즉 뷔히너는 망명 중에 조국을 지독히 사랑하다 비참하게 죽은 것이지 장티푸스 같은 것에 걸려 취리히에서 사망한 것으로만 보아서는 안 된다는 점이 그것입니다. 그런데 여기서 '독일이 자유와 통일을 거의 이루어 낼 뻔한 것과 마찬가지로 독일은 뷔히너를 통해서 셰익스피어를 얻을 뻔했었습니다' 라는 말이 뜻하는 바는 무엇일까요? 우리는 어떤 자유이든 이미 자유를 가지고 있고, 게다가 통일까지 이루어 냈습니다(어떤 통일인지는 제게 묻지 마세요). 그리고 우리 곁에는 셰익스피어에 버금가는 엘리자베스 여왕 시대풍의 기질을 소유한 한 극작가가 있습니다. 그가 남긴 세 편의 드라마가 이를 잘 입증해 주지요.

말할 나위 없이 뷔히너상은 아주 특별한 가치를 가지고 있습니다. 저 역시 언어 육상 경기에서 우승해 월계관을 쓴 역대 수상자들과 당당히 어깨를 겨루어야 한다고 생각합니다. 그렇다고 해서 1991년 수상자인 저는 시대 정신이라는 마법의 지팡이를 움켜쥐고선 재빨리 타락해 버리고 말 천재만을 눈을 홉뜨고 찾고 있는 심사위원들과 우열을 다툴 생각은 추호도 없습니다. 하지만 한 가지 분명한 사실은 이곳 다름슈타트의 수상자들은 누구나 뷔히너에게 필적할 만한 사람이어야 한다는 것입니다. 이 사실이 저를 고통스럽게 만드는군요. 그리고 어쩌면 다음과 같은 사실이 제가 뷔히너상을 통해 얻게 된 가장 소중한 수확일지 모릅니다. 말하자면 우리가 허영심의 대목장에서 겸손함을 망각할 때마다 뷔히너는 우리에게 새삼 신이 어디에 살고 있는지를 준엄하게 깨닫게 해주고, 다시금 겸손함이 무엇인지를 가르쳐 준다는 것입니다. 요절한 '거인' 뷔히너와 견주어 볼 때 우리 모두는 그저 수명이 긴 한갓 '난쟁이들'에 불과할 뿐입니다.

세기가 낳은 천재 뷔히너 곁에 쓰레기 부스러기 따위가 쌓여 있을 리 만무합니다. 하지만 우리 모두는 마치 쓰레기 더미를 뒤지듯이 뷔히너 작품의 이곳 저곳을 들쑤시면서 제각각 가장 유용한 것들을 찾아내곤 합니다. 「보이체크」에서는 '친애하는 가련한 살인자여!', 「당통의 죽음」에서는 '국왕 폐하 만세!', 「레옹세와 레나」에서는 '기생충과 같은 인간이 펼치는 매혹적이고 자극적인 권태와 무료함!', 그리고 미완의 단편(斷篇) 「렌츠」에서는 '누군가를 베어 넘어뜨리지 않으면 그 사람은 두 발로 서 있을 수 없다!', 그리고 뷔히너의 정치 비밀 결사 조직, 즉 기센에서 비밀리에 만들어진 불법 혁명 조직 인권옹호협회. 끝으로 「헤센 급전」에서는 '통계라는 독침으로 중무장한 호전적인 꿈!'.

그러나 무엇보다 우리가 뷔히너에게서 경탄을 금치 못하는 사실은 그가 두 발로 걷는 인간이었다는 것입니다. 말하자면 정치 현안들을 시끄럽게 떠벌리며 네 발로 설설 기는 사람들이나 그들과는 대조적으로 외발로 절뚝거리는 사람들 틈에서 당당히 두 발로 우뚝 선 뷔히너는 작가이자 동시에 행동파 정치인이었습니다.

헤센의 농부들을 계몽시키기 위해 뷔히너에 의해서 작성된 독일 최초의 사회주의 팸플릿 「헤센 급전」은 성경과 같이 단순하면서도 동시에 수사적으로 극히 효과적인 언어의 힘을 가지고 있었기 때문에 무정부주의자들의 폭탄과도 같은 엄청난 파괴력을 지니고 있었습니다. 하지만 여기서 폭탄의 뇌관이 제대로 말을 듣지 않았다는 점을 우리는 잘 알고 있습니다.

1833년 6월 젊은 청년 뷔히너는 다름슈타트에 살고 있는 가족들에게 이렇게 썼습니다.

저는 항상 제가 세운 기본 원칙대로 행동하려 했습니다. 하지만 요사이 저는 단지 전체 민중들의 불가피한 욕구만이 사회적 변화를 초래할 수 있다는 사실을 새삼스레 배우게 되었습니다. 아울러 저는 개개인 각자의 고통 어린 절규와 선동적인 행동은 세상물정을 잘 모르는 어리석은 자들의 무익한 짓거리라는 사실도 알게 되었습니다. 그들은 작심하고 뭔가를 쓰지만 사람들은 그것을 좀처럼 읽어 주질 않습니다. 그들은 비명을 질러대지만 사람들은 전혀 그들의 외침에 귀 기울이지 않습니다. 그들은 자신의 신념을 행동으로 옮기지만 사람들은 전혀 그들을 돕지 않습니다. …… 아마도 당신들은 이제 제가 기센의 뒷골목 정치나 아이들 불장난과 같은 혁명에 더 이상 관여하지 않으려 한다고 생각할지 모릅니다.

우리가 잘 아는 대로 이 편지는 부모님들을 안심시키기 위한 일종의 진정제였습니다. 그러니까 이 편지를 쓰고 정확하게 1년하고도 1개월이 지난 이후 뷔히너는 혁명 운동에 깊숙이 개입했습니다. 그는 자신의 소수 정예 동지들과 함께 매우 진지한 혁명의 불장난을 본격적으로 펼치기 시작했던 것이지요. 그는 「헤센 급전」을 비밀리에 인쇄했고 그것이 불법적으로 널리 퍼져 두루 읽혀지길 바랐습니다. 비록 아무런 성과는 없었지만 검은 잉크로 인쇄된 이 최초의 사회주의 팸플릿에 우리는 감격하고 있습니다. 그리고 이것 때문에 우리는 뷔히너를 사랑하고 있습니다. 뷔히너와 그의 동지들은 민중들 스스로가 사회를 바꿀 수 있다고 그들을 설득하려 했지만 모두 헛수고였습니다. 뷔히너와 그 친구들은 민중들의 소맷자락조차 한번 잡아 보지 못했으니까요. 자신들이 독자로 겨냥하고 있었던 단 한 사람도 팸플릿을 손에 넣을 수 없었습니다. 몇 명 안 되는 나약한 사람들이 이 강력한 언어를 읽었을 뿐입니다. 하물며 그 어떤 사람이 팸플릿의 강령을 나중에 실제 행동으로 옮겼겠습니까.

228

뿐만 아니라 항상 그렇듯이 이번 일에도 첩자가 깊숙이 관여하고 있었습니다. 그래서 이 자유의 전사들은 그만 덫에 걸려들게 되었고 결국에는 체포되어 하나 둘 죽어 갔습니다. 그러나 뷔히너는 운 좋게 달아날 수 있었습니다. 위상부르에서 뷔히너는 국경을 넘어 망명의 비참함 속으로 뛰어들었습니다. 그의 선동적인 팸플릿을 읽은 몇 안 되는 실제 독자들은 당시 팸플릿을 작성한 뷔히너의 불구대천의 원수들, 말하자면 코를 쿵쿵거리며 냄새를 잘 맡는 검열관들이거나 무자비한 집행자들뿐이었습니다. 혹은 저능한 사상의 앞잡이들과 사법부의 총명한 멍청이들이 독자의 전부였습니다. 이렇듯 뷔히너의 혁명으로 들끓는 격정적인 언어들은 사람들이 흔히 실천이라고 부르는 것과 자연스럽게 이어지지 못했습니다.

바로 이런 결함 때문에 우리 모두가 괴로워하고 있습니다. 이것이 바로 지식인의 딜레마이자 일종의 직업병입니다. 그들은 언어를 사용하여 말합니다. 언어만으로는 충분하지 못하다는 것을. 주로 종이와 사귀고 힘을 겨루어야만 하는 직업을 가진 우리 같은 사람들은 누구나 실천적인 삶을 때론 매우 강렬하게 때론 아주 감상적으로 동경하고 있습니다. 말하자면 우리는 실천을 실천하기를 원합니다. 그러나 실천이란 도대체 무엇인가요? 물론 우리는 말이 행동이 될 수도 있고 범죄가 될 수도 있다는 사실을 너무나 잘 알고 있습니다. 하지만 우리는 이 사실을 단지 머릿속에서만 요리조리 만지작거리고 있을 뿐이지 그것을 실제로는 인정하려 들지 않고 있습니다. 그저 그만한 대다수 독일의 먹물들은 정신 노동이라는 특권을 누리면서 동시에 그런 노동의 분업 과정에서 그들이 어쩔 수 없이 감수해야만 하는 실천적 삶의 결여라는 부분 때문에 고통 받고 있습니다.

여기서 우리는 노동의 분업이라는 것을 지난날 국가사회주의자들이 현수막으로 내걸었던 '주먹 노동자들'과 '두뇌 노동자들' 사이의 분열과 불화로 이해해서는 안 됩니다. 대부분의 지식인들은 결코 자신들이 함석장이나 권투 선수, 포주나 빵 굽는 사람 혹은 벽돌공과 같은 손을 가지고 있지 못하다고 해서 괴로워하고 있는 것이 아닙니다. 대개의 독일 지식인들이 마음속에 그리는 행동과 실천이란 어떤 정치적인 생산 과정에 적극적으로 몸을 던진다는 것을 의미합니다. 예컨대 혁명을 계획하거나 민중을 억압하며 군림하는 거대한 용과 맞붙어 싸우거나 폭군들을 마구 휘저어 놓거나 억압 기제에 맞서 태업을 계획하는 일 같은 것일 테지요.

저를 포함해 대부분의 사람들은 철학자 아리스토텔레스가 인간을 정의한 것처럼 '정치적 동물'이 되길 바랍니다. 굳이 풀어 설명하자면 이 말을 우리는 폴리스에 살면서 사회라는 공동체를 만들어 나가는 동물이 되기를 원하고 있다는 의미로 볼 수 있습니다. 우리는 어떤 전체주의 국가 속에서 죽도록 일만 하다 죽는 흰개미보다 훨씬 더 많은 자유를 누리는 어떤 동물이 되길 바라고 있는 것입니다.

계몽주의의 깃발 아래 인류가 맹목적으로 달려온 길이 몰락의 과정이었음을 눈치 챈 이후부터 우리는 실천이성의 한계에 관해 곰곰이 따져 보게 되었습니다. 그리고 여기서 적잖은 사람들이 중세의 신비적인 세계 쪽으로 재빨리 몸을 돌리고 말았습니다. 이렇게 된 까닭은 무엇이고, 이런 현실 도피적 성향이 끼친 영향은 무엇일까요? 모든 것을 타락시키는 부패한 권력을 무너뜨리기 위해 먼저 우리는 인내심을 가지고 세상을 이성적 근거와 조심스러운 논증을 통해 조금씩 바꿔 나가야 하나요? 아니면 종국에는 인간들이 서로 이성적으로 소통할 수 있게끔 먼저 원치 않는 폭력을 동원해서라도 기존 권력을 무너뜨리려고 애써야 하나요? 「헤센 급전」을 발표하고 나서 2년 뒤에 의사 뷔히너는 취리히에서 「두개골 신경계에 관하여」라는 시범 강의 초안을 작성했습니다. 여기서 우리는 의학적으로 옷을 갈아입은 위와 같은 뷔히너의 문제의식을 발견할 수 있습니다. 인간은 무엇인가를 움켜잡기 위해 손을 가지고 있는 것인가요, 아니면 인간이 두 손을 가지고 있기 때문에 무언가를 잡을 수 있는 것인가요? 오늘날 여전히 우리를 혼동스럽게 만드는 철학적인 공중 급회전 묘기를 뷔히너는 우리 앞에 이렇게 선보이고 있는 것입니다. 결국 그는 다음과 같은 질문들을 던지고 있었던 셈입니다. 사람들은 결의를 실제 행동으로 옮기나요, 아니면 결의에 의해서 어떤 행동을 하게 되나요? 그리고 여기서 어떤 종류의 행동이 어리석은 짓 또는 아이들 불장난에 속할까요?

저는 혁명의 역사를 공부했습니다. 하지만 저는 역사의 잔혹한 숙명론 앞에서 제 자신이 완전히 무너져 버렸음을 뼈저리게 통감하고 있습니다. 저는 인간의 본성 안에 역사의 잔혹한 숙명론과 맞먹는 놀라운 유사점이 있다는 점을 알았습니다. 그것은 우리네 인간들의 관계에서 불가피하게 생겨나는 폭력이 아닐까 생각합니다. 이것은 우리 모두에게 부여된 그리고 어떤 사람에게도 부여되지 않은 그 어떤 것입니다. …… 우리 안에서 우리를 기만하고 살인하고 도둑질하는 것의 정체는 도대체 무엇일까요? 여기서 저는 더 이상 생각을 진척시키고 싶지 않습니다.

열아홉 살 때 뷔히너는 자신의 신부에게 위와 같은 편지를 썼습니다. 그렇습니다. 그는 더 이상 생각을 진척시키고 싶어하지 않았습니다. 하지만 이후에 그는 바로 이러한 불편하고 거북한 사유, 말하자면 역사의 잔혹한 숙명론이라는 테마에 깊이 천착해 들어가기 시작했습니다. 이 청년은 그것의 전모를 경악을 감추지 못한 채 꿰뚫어 보았고, 그럼에도 불구하고 그는 숙명적인 역사의 재앙과 맞서 대담하게 자신을 내던졌습니다. 물론 그는 여기서 독일의 셰익스피어가 되는 길 쪽으로는 눈길조차 주지 않았습니다. 뷔히너는 독일의 셰익스피어가 되었어야만 했는데 당대의 불운한 역사적 상황에서 그가 선택한 길은 다른 길이었습니다. 여기서 우리는 중요한 것의 '낭만적 자리매김', 말하자면 뷔히너가 문제를 어떤 순서대로 고찰해 나갔는지를 알 수 있습니다.

여기서 우리는 역시 세기의 천재였던 브레히트와 뷔히너와의 비교를 통해 실로 시사하는 바가 많은 흥미로운 점 하나를 끌어낼 수 있습니다. 브레히트의 가장 완성도 높은 시 작품들은 뷔히너 드라마의 첨단 위에서 빚어진 산물이라고 해도 과언은 아닐 듯싶습니다. 하지만 브레히트는 자신이 뷔히너가 될 수 없다는 사실을 고통스럽게, 그리고 아주 정확하게 인식하고 있었습니다. 그래서 그는 자신의 존재가 세계 역사의 치열한 격전지에서 위협 당하는 것을 기피하곤 했습니다. 뿐만 아니라 그는 자신의 인생에서 없어서는 안 될 존재인 덴마크 출신의 여성 동료인 루트 베를라우를 프랑코 독재와 맞선 시민 전쟁의 현장에 내보내려고 하지 않았습니다. 그녀는 프랑코 장군의 파시스트들과 싸우기 위해 총검을 붙잡고 있었지만 결국 바르셀로나로 가서 국제전투여단에 몸담을 수 없었습니다. 왜냐하면 브레히트가 발끈해서 그녀를 스페인에서 스칸디나비아반도로, 말하자면 신발보다 더 자주 바뀌는 자신의 책상 앞으로 다시 불러들여 앉혔기 때문입니다. 브레히트는 마치 장군처럼 그녀가 다시 언어 전장의 최전선에서 싸울 것을 명령했습니다. 무엇보다도 브레히트는 당장 다음 드라마를 무대 위에 올리기 위해 깔끔하게 탈고된 원고가 필요했던 것이지요. 브레히트는 당시 세계 해방을 위해 투쟁하고 있던 어떤 혁명 전사들보다 작가로서 자신이 스벤트보르크와 할리우드에서 더 위대한 전쟁의 승리를 이끌어 낼 수 있다고 생각했습니다. 브레히트는 합목적성이라는 냉정한 자기 원칙을 몸소 실천하며 살았던 사람입니다. 말하자면 그는 우정, 사랑 그리고 연대감과 같은 불안정한 가치들보다 생산성이라는 냉엄한 원칙에 훨씬 더 후한 점수를 주고 있었던 것이지요. 덴마크, 스웨덴 그리고 핀란드에서의 망명 생활 이후 브레히트는 자신이 그렇게 뜨겁게 사랑했던 소련을 도망치듯 가로질러 횡단했습니다. 그 옛날 브레히트가 스탈린의 조국에 환호하며 바친 어떠한 시 작품 하나도 그를 위대한 10월혁명의 나라인 소련에 붙잡아 둘 수는 없었습니다. 일이 이렇게 된 것은 어쩌면 다행일지 모릅니다. 왜냐하면 만약 브레히트가 소련에 그대로 남아 있었더라면 그는 망명 중에 살아남지 못했을지 모르니까요. 아마도 브레히트도 카롤라 네헤어처럼 굴락 강제 수용소에서 죽었을지 모릅니다. 브레히트는 자신이 가장 사랑하고 소중하게 생각하던 여성 동료인 마가레테 슈테핀이 모스크바에서 죽어 가는 것을 방기한 채, 자신의 동지들로부터 탈출해 블라디보스토크로 향하는 시베리아 횡단 철도에 몸을 싣게 됩니다. 물론 블라디보스토크에는 브레히트를 태평양 너머 미국으로, 말하자면 계급의 적 앞으로 싣고 갈 마지막 선박이 기다리고 있었습니다.

캘리포니아 연안으로 배가 접어들기 바로 직전 브레히트는 여행 가방에 챙겨 넣었던 소중한 물건 하나와 조촐한 이별식을 치르게 됩니다. 왜냐하면 브레히트는 이민 당국과의 번거로운 마찰을 피하려 했기 때문이지요. 폭풍이 휘몰아치는 앨라배마의 달빛 아래서, 브레히트는 배의 난간에 기대어 레닌 전집을 상어들의 먹이로 내던져 버렸습니다. 네, 그렇습니다. 바다는 그렇게 푸르고 브레히트는 그렇게 약삭빠르고.

역사의 잔혹한 숙명론인가요? 하지만 뷔히너는 달랐습니다.

요사이 저는 텔레비전을 통해 드레스덴에서 벌어진 시가 행진을 촬영한 다큐멘터리 한 편을 보았습니다. 그곳에서 사람들은 나치스의 노래를 큰 소리로 부르고, 아무 거리낌 없이 '히틀러 만세! 히틀러 만세!' 하는 환호성을 지르며 흥에 겨워 히틀러 식 경례를 하고 있더군요. 행렬의 선두에는 갓 만들어진 서독제 헬멧을 쓰고 플라스틱 방패와 곤봉을 들고 있는, 독일연방공화국화된 구동독 출신의 인민 경찰과 슈타지 상관들이 보였고, 큰 소리로 고래고래 노래를 부르는 '하이 히틀러 작센족들' 이 이들을 호위하고 있었습니다. 왜 당신들은 단호한 조치를 취하지 않느냐고 사뭇 의심 어린 표정을 지으며 쾰른에서 온 텔레비전 리포터가 경찰 출동 부대 지휘관에게 묻더군요. 이 질문에 대해 말을 타고 있던 곤봉 기마 부대 지휘관은 작센 지방 특유의 천하태평한 사투리로 '어째서요? 이 시민들의 시위는 정식으로 절차를 밟아 신고되었습니다. 그래서 우리는 지금 이들을 보호하고 있는 중입니다' 라고 반박했습니다. 리포터가 다시 '그러나 이들은 파쇼의 구호를 외치고 히틀러 식 경례를 하고 있지 않습니까?' 라고 따져 물었습니다. 지휘관은 다시 이렇게 대답하더군요. '그래요? 저는 보지 못했는데요' 라고 말입니다. 역사의 잔혹한 숙명론으로밖에는 달리 설명할 길이 없을 것 같습니다. 저의 친애하는 오시 여러분, 저는 이제 더 이상 여러분을 좋아하지 않습니다. 지금으로부터 16년 전 이미 저는 당신들에게서 완전히 버림 받았고,[1] 이제 당신들이 어떻게 되건 저와는 상관없는 일입니다. 그러나 칠흑같이 어둡고 암울했던 시대에도 용감하고 명민한 소수의 사람들은 항상 있었습니다. 저는 그들을 항상 존경하고 사랑할 것입니다.

모든 사람들은 다 알고 있습니다. 칠흑같이 어두운 시대에는 마치 권력자들이 태양이라는 희망의 광원을 영원히 꺼버린 것처럼 보인다는 것을요. 이렇게 인간에 의해서 만들어진 기나긴 밤은 우리가 살 수 있는 시간보다 훨씬 오랫동안 지속되곤 합니다. 그러나 이런 칠흑 같은 밤에도 함초롬히 빛나는 별들은 어딘가 존재합니다. 비록 제가 비구름과 자욱한 연막에 가려 그 별들을 잘 볼 수 없을지는 몰라도요. 우리 인류를 대표해 싸워 온 훌륭하고 용기 있는 소수 정예의 사람들은 항상 있었습니다. 그들은 하늘에 떠 있는 빛나는 별들이자 날조와 허구의 사막에서 마시는 진실이라는 한 모금의 물입니다. 「헤센 급전」 시대에는 바이디히, 미니게로데, 쉬츠 그리고 초이너와 같은 이름의 별들이 있었습니다. 울브리히트와 호네커 독재 치하에서도 오롯이 빛나는 별들이 있었습니다. 지금 제게 할애된 수상 소감 발표 시간 30분 전부를 이 빛나는 이름들을 나열하는 데에만 온전히 쓸 수도 있습니다. 제가 오늘 이 자리에 서 있을 수 있게 된 데, 그리고 그들을 대신해 제가 이곳에 이렇게 서 있을 수 있게 된 데 대하여 그들에게 어떤 감사의 말을 전해야 할지 모르겠습니다. 볼커 뵈리케, 베른하르트 타일만, 막스 호여, 잉게보르크 그리고 오토 마니크, 포피 포팔엠헨 리비히, 라이마르 길렌바흐, 위르겐 뵈처, 일야 그리고 베라 모저, 페터 그라프, 페터 헤르만, 랄프 빈클러, 자비네 그리치메르크, 수잔네 프로스트, 에케 마스, 롤프 쉐리케, 지크마르 파우스트, 마티아

---

1) 여기서 16년 전이란 1976년, 그러니까 비어만 시민권 박탈 사건이 일어났던 역사적인 해를 가리킨다.

234

스 그리고 티네 슈토르크, 홀스트 묄케, 홀스트 후설, 로타르 레허, 에르하르트 프롬홀트. 아, 그리고 두려움 없이 당당한 에바 마리아 하겐. 그리고 제가 알지 못하는 많은 사람들. 이쯤에서 그만두지요. 네, 정말 많지요. 그렇지 않습니까? 또한 대쪽 같은 작은 그룹도 덧붙여야 할 것 같습니다. 정의로운 소수의 사람들은 항상 있어 왔고 어디에나 있습니다. 예컨대 36명의 의인들은 너무나 인간적인 사람들입니다. 아마 이들이 없었다면 어떤 신도 더 이상 남아 있지 않았을지 모릅니다. 인류는 물론이고요.

하지만 반대로 지금은 너무 잘 먹어 포동포동해진 구동독 신민(臣民)들의 엄청난 자기 연민에는 정말이지 구역질이 날 지경입니다. 그들은 너무나 오랫동안 고생했는데, 보아 하니 앞으로도 상태가 그리 호전되지는 않을 듯싶습니다. 그들 바로 곁에 엄청나게 부유한 친척들이 살고 있다는 행운은 이내 불운으로 전락하고 말았습니다. 완전히 파산한 체코 사람들과 영락한 폴란드 사람들의 형편이 제게는 오히려 더 나아 보이는군요. 왜냐하면 그들은 누구의 도움 없이 온전히 자기 힘으로만 일을 해결해야만 한다는 사실을 잘 알고 있었기 때문입니다. 실제로 그들은 스스로의 힘으로 곤궁을 헤쳐 나갔습니다. 하지만 구동독에 살고 있던 대부분의 독일인들은 헐려진 장벽 너머로 자신들보다 훨씬 풍요롭게 사는 복지 국가 형제자매들을 휘둥그레진 눈으로 그저 무기력하게 바라볼 뿐이었습니다. 서쪽 형제자매들의 탐욕이 구동독 사람들의 심기를 건드렸고, 서쪽 사람들의 넉넉한 아량이 그들의 마음을 상하게 만들었습니다. 베시들의 오만함에 그들은 모욕감을 느꼈고 심지어 서쪽 사람들의 친절과 호의마저 좀처럼 믿지 않았습니다. 서쪽 사람들의 영리함이 갑자기 자유를 얻게 된 동쪽 보육원 아이들을 새로운 미성년 상태에 빠뜨리고 말았습니다. 저는 이런 상황을 다음과 같은 노래에 담아 불렀습니다.

영광의 도시 프라하의 슈베크[2]는 비유하네
자신들의 오늘이 자신들의 과거로 인해 흥겨워하고 있다고

늘 그렇듯이 할레시의 슐츠 씨는 풀이 죽은 채로

자신들의 지금을 황금으로 떡칠한 베시 나라의 형제자매들과 비교하네

지금 이곳에서 요란하게 일을 벌이고 있는 유일한 자들이란

관리라는 환각에 빠진 슈타지 돼지 새끼들뿐이라네

아아, 도대체 내가 입 맞추고픈 동독 사람들은 어디에 있는 거지.


구동독인들은 좀처럼 자신들의 문제를 스스로 해결하려 들지 않았습니다. 그들은 너무나 값싸게 곤란한 상황을 벗어나려 했고 그런 만큼 비싼 대가를 치러야만 했습니다. 동독에는 체코의 차르타 77과 같은 시민 인권 운동 조직이 없었습니다. 또한 폴란드와 달리 어떠한 노조 운동의 조짐도 없었습니다. 야루젤스키 장군이 도발적인 민중들의 입을 햄 대신 탱크로 막았을 때, 당시 대부분의 동독 사람들은 '이 지저분하고 게으르기 짝이 없는 폴란드인들아, 이제 너희들은 일한다는 것이 도대체 뭔가를 배워야만 해'라고 생각했습니다.

아, 계속되는 사혈(瀉血)이여! 구동독에 살고 있던 고뇌하는 지식인들과 잠재적 혁명 세력들은 지난 40년 동안 서방 세계로 내쫓겼거나 당에 의해 매수당했습니다. 동독에 남아 있던 많은 지식인과 작가는 마지막 순간까지도 당과 같은 침대에 누워 뒹굴고 있었습니다. 물론 동독 안에서도 작은 저항의 둥지들이 만들어지곤 했습니다. 로베르트 하베만, 배르벨 볼레이, 카챠 하베만, 라인하르트 슐트, 엔스 라이히, 볼프강 템플린, 롤란트 얀, 그리고 쇼를레머와 발터 쉴링 목사와 같은 수정처럼 빛나는 이름들이 있었습니다. 또한 에어푸트 숲의 정령 마티아스 뷔히너, 한스 위르겐 휘시베크, 랄프 히르쉬, 올트 포포브 그리고 베를린의 울리케 포퍼, 게라의 롤란트 가이펠, 미하엘 벨라이테스와 같은 빛나는 이름들도 빼놓을 수 없습니다. 하지만 동독의 모든 반체제 그룹들은 다음과 같은 악성 슈타지 암세포에 의해 침식되고 말았습니다. 변호사 쉬누어, 풋내기 미숙아 뵈메, 유타 브라반트, 보육원 어린이

2) 체코의 소설가 하제크의 미완성 소설 「세계대전 중에 용감한 군인 슈베크의 모험」에 나오는 주인공의 이름.

236

모니카 헤거, 천부적인 재능을 지닌 시인 하인츠 칼라우, 그리고 재능이라곤 전혀 없는 떠벌이꾼이자 항상 뮤즈의 아들인 양 멋들어지게 행세하면서 자신의 슈타지 기밀 문서가 발견되지 않길 바라는 슈타지 첩자 자샤 안더존. 이렇듯 국가 안전부는 반체제 그룹들을 효과적으로 제거하기 위해 저항 세력의 수뇌부에 자신들의 창조물들을 적절하게 배치시켜 놓았습니다.

잊혀질 것은 하나도 없습니다. 모든 것은 솎아 내져야 합니다. 이 엄연한 사실이 여전히 우리를 아프게 찌릅니다. 그러나 이미 속살에 박힌 가시는 빠졌습니다. 우리는 울 만큼 울었고 서로를 저주할 만큼 저주했습니다. 지금 막 저는 포복절도할 만한 용서라는 단어를 배웁니다. 내 이제 너희들을 풀어 놓아 주노라, 상복을 입은 자들이여. 이제 평화로이 영면에 들라. 두개골에 쌓인 모래를 긁어 내서 그것을 삽으로 퍼내 너희들 자신의 무덤에 열심히 처넣어라! 짓밟힌 혁명의 심장 위에 케첩을 뿌려라! 이들에 관한 화려함과 비천함으로 얼룩진 수천 킬로바이트의 정보들이 이미 오래전부터 컴퓨터 디스켓 속에 안착해 수억 번 되풀이되며 조합되는 예/아니오라는 이진법 속에 가지런히 저장되어 있습니다. 정보량에 버거워 하드디스켓이 윙윙거립니다. 박장대소할 만한 수의(壽衣)가 암울한 시대 위에 걸쳐 나부끼고 있습니다.

동독에서 일어난 혁명은 혁명이었다기보다는 러시아인들이 동독을 적당한 가격에 매각 처분한 것에 불과합니다. 말하자면 고르바초프의 체제 개혁 정책인 페레스트로이카가 자신들의 폐기물을 이용해 만든 훌륭한 세계사적 재활용품이었던 셈이지요. 만약 고르바초프가 없었다면 영웅적인 포즈를 취하던 대다수의 동독 작가들은 지금도 자신들을 짓밟고 유린하는 스탈린의 장화에 비굴하게 입을 맞추고 있을지 모릅니다. 그리고 여전히 외국인들에게 적개심을 가지고 있는 파쇼들은 자유독일청년단 가요를 목이 터져라 부르고 있었을 것입니다. 또한 소수 민족을 박해하는 이들 파시스트들을 먼발치에서 바라보면서 박수갈채를 아끼지 않았던 얌전한 시민들은 투표장에서 여전히 99퍼센트의 지지율로 인민전선 입후보자를 뽑고 있었을 것입니다.

구동독에 있는 젊은 파시스트들은 이전에 나라를 이끌던 지도층 가족 출신들이 다수를 이룹니다. 그들의 아버지들은 대개 예전에는 당 간부였거나 공무원이었다가 지금은 실업자가 되어 바보 상자 앞에서 희희낙락하며 술에 찌들어 살아가고 있습니다. 어제 자유독일청년단원의 푸른 제복을 입고 「슈바안젠의 하늘」을 목청 높여 부르거나 혹은 슈타지 첩자들이 입는 전형적인 방한용 외투를 걸치고 거리를 슬금슬금 기어 다니던 자들이 지금은 화려한 미국 전투기 조정사 점퍼를 입고 대머리를 번쩍이면서 거리를 행군하고, 총통을 향해 오른손을 높이 치켜들고 있습니다. 모두 똑같이 야만적이고 우둔한 무뢰한들의 모습이지요.

독자적인 것도 찾아보기 힘듭니다. 심지어 1989년 아주 유명해진 '우리는 주권을 가진 민족이다'라는 신조어조차 실제로는 저속한 표절, 그러니까 게오르크 뷔히너의 드라마 텍스트에서 그대로 베낀 것이니까요. 이 축약된 표현은 「당통의 죽음」에 나오는 멋진 대사를 가지런히 가지쳐서 만든 것에 불과합니다. 원문에서는 법의 정당한 절차를 밟지 않고 사형에 처하는 것을 찬성하는 한 시민이 거리에서 로베스피에르를 향해 이렇게 외칩니다.

"우리는 주권을 가진 민족입니다. 그래서 우리는 어떠한 법도 존재하지 않기를 바랍니다. 그러므로 바로 이 결의가 법이고, 그러므로 법의 이름으로 더 이상 어떠한 법도 존재하지 않았고, 그러므로 맞아 죽었습니다!"

하지만 동독 혁명 과정에서 단 한 사람의 고문 기술자도, 단 한 사람의 발포 명령자도, 단 한 사람의 인간 도매상도, 단 한 사람의 밀고자도, 그리고 단 한 사람의 도둑놈도 맞아 죽지 않았습니다. 오히려 이들 동독의 겁쟁이들은 자신들의 폭군을 공격하는 데는 감히 엄두도 내지 못하던 용기를 지금은 가장 힘이 없는 약자들을 공격하는 데 발휘하고 있습니다. 예컨대 이들은 자기들을 대신해 화학 공장에서 아주 위험한 일을 대신 해오던 베트남 노동자들을 공격했습니다. 이들은 사회 재건을 위한 건설 현장에 몸을 던지기보다는 오히려 카스트로의 인민 소유 기업에서 자기 의무를 다한 쿠바 출신의 흑인들, 말하자면 사회주의적으로 임대된 노동자 노예들에게 덤벼들었습니다. 군중들은 루마니아 출신의 가련한 집시들에게 건방지게 행동했고, 술에 취해 해롱거리는 나약하기 그지없는 사람들은 무방비 상태의 아이들을 마구 사냥했습니다.

요르게 고몬다이가 드레스덴에서 젊은 독일 청년들에게 맞아 죽었습니다. 이들은 그를 집단적으로 구타한 후 달리는 전차에서 밖으로 내던져 버렸습니다. 공교롭게도 이 사건은 부활절 날 일어났습니다. 한 사람은 오고, 다른 한 사람은 가고, 그래서 차디찬 무덤에는 여전히 온기가 남아 있고 말입니다. 정말이지 아름다운 부활의 장면이 아닐 수 없습니다. 예수 그리스도께서는 무덤에서 일어나 하늘 높이 승천하시고 모잠비크 출신의 이 흑인은 납골당 아래로 추락했으니까요. 이렇게도 바꿔 말할 수 있을 것입니다. 이 흑인은 오랫동안 인민 소유 기업 소속인 도살장에서 백정처럼 일하면서 협동 농장 돼지들로부터 수많은 커틀릿 조각을 잘라 내어 살인의 정서가 풍부한 젊은이들에게 공급해 주었던 것이라고요. 그러는 동안 에곤 크렌츠와 봉건사회주의 출신의 다른 미라들은 텔레비전 토크쇼에서 다시 부활하기 시작했습니다. 그곳에서 그들은 거짓말투성이의 회고록을 날림으로 갈겨쓰면서 마구 웃고 떠들어댔습니다. 과거에는 정말이지 정열적으로 사람들을 때려잡던 인간 사냥꾼들이 지금은 한가로운 연금 생활자로 변신해 이전에 사취한 돈으로 사들인 별장 속에 움츠리고 들어앉았습니다. 그들은 그곳에서 지금 예전에 자기 마음대로 사회를 가지쳐 나가던 방식 그대로 정원 울타리를 가지런하게 다듬고 있습니다. 완전히 망한 에리히 밀케는 멍청한 사람인 척하고 있습니다. 고상한 사기꾼 마르쿠스 볼프 장군은 국가 비밀 정보 기관의 경(卿)인 체 연기하면서 자신의 유명한 아버지와 죽은 형 콘라트가 남겨 놓은 도덕적 잔고를 싹쓸이하고 있습니다.

만약 오늘날 뷔히너와 같은 사람이 살고 있다면 그는 무엇에 대해 말하고 무엇을 실천으로 옮겼을까요? 무엇보다도 신나치주의자들과 외국인 혐오증 그리고 민첩하게 방향을 바꾼 사회주의 통일당 마피아와 같은 문제에 개입하려 했을 테지요. 아하, 그리고 또 있습니다. 구서독 측의 독선적인 행동, 즉 콜 수상을 비롯한 수많은 서독 사람들이 공짜로 얻다시피 한 승리를 자축하는 위선적인 모습에도 가만히 있지 않았을 것입니다. 그들은 사슬에 묶인 채 시름시름 앓고 있던 집 지키는 똥개 한 마리를 풀어 준 것뿐인데, 마치 무시무시한 용 한 마리를 때려잡은 것인 양 승리를 자축했습니다. 뷔히너는 신나치주의자들의 교화 불가능성을 아마도 인간의 힘으로는 어찌할 수 없는 하늘이 내린 재앙으로, 말하자면 역사의 잔혹한 숙명에 대한 또 하나의 증거라고 개탄하며 안타까워했을 것입니다.

동시에 그는 시대의 대세를 거스르는 몇 안 되는 사람 가운데 하나였을 것입니다. 과거 유대인 대학살의 광란이 외국인 집단 거주지로 옮겨져 자행되는 현장에, 얼치기 어린아이들이 불을 지르고 히틀러 만세를 고래고래 부르짖는 바로 그곳에, 뷔히너는 어김없이 나타나서는 실천적인 이웃 사랑을 설교하고 온몸으로 폭도들을 막았을 것입니다. 물론 그가 자신의 행동으로 폭도들을 설득시킬 수 있으리라는 어떤 희망을 가지고 있었던 것은 분명히 아닐 것입니다. 인간인 우리는 역사의 잔혹한 숙명이라는 굴레에서 벗어날 수 없습니다. 놀랍게도 마네 스페르베는 '흐르는 물살을 거슬러 헤엄치는 사람도 어쨌든 그 강물 안에서 헤엄치고 있는 사람입니다' 라고 썼습니다. 이 엄연한 사실을 당시 뷔히너는 이미 인식하고 있었을까요? 네, 그는 너무 잘 알고 있었습니다.

저라는 인간은 도대체 '절망적인 희망' 없이는 단 한순간도 살 수 없기 때문에 지금도 여전히 역사의 진보라고 불릴 만한 작은 불꽃을 찾아 헤매고 있습니다. 말하자면 저는 역사의 잔혹한 숙명론을 깨뜨리는 실례들을 목이 마르게 찾고 있습니다.

저는 드디어 한줄기 섬광을 발견했습니다. 구동독의 슈타지, 즉 국가안전부는 나치스의 비밀 국가 경찰 조직인 게슈타포보다 두 배 가량 많은 인원을 거느리고 있었습니다. 1천 700만 명의 동독 사람들의 일거수일투족을 감시하고 그들의 사상을 검열하기 위해 게슈타포보다 두 배나 많은 요원들이 투입되었던 것입니다. 그러니까 대독일국의 인구 수와 비례해 환산해 보면 호네커는 히틀러보다 여섯 배 내지 일곱 배나 많은 슈타지 요원들을 거느리고 있었던 셈입니다. 그리고 50년 전에는 컴퓨터나 그것에 견줄 만한 성능 좋은 정보 통신 루트 그리고 미니 도청기도 없었다는 사실을 고려하면, 구동독의 민중들을 감시하던 슈타지는 나치스 시대의 그것보다 적어도 20배는 더 큰 규모였다는 계산이 나옵니다.

이 끔찍한 통계가 아마도 동독 사람들이 내세울 수 있는 최고의 자랑거리일 것입니다. 이런 슈타지 조직의 거대함에서부터 역으로 우리는 지배자들의 공포와 두려움이 어느 정도였는지, 게다가 그곳에 살고 있던 민중들의 반항적인 기질이 어느 정도였는지 가늠해 볼 수 있습니다. 저는 이 사실을 좀 돌려서, 그러니까 덜 감동적인 방식으로 표현해 볼까 합니다. 게슈타포는 슈타지처럼 그렇게 규모가 클 필요까지는 없었을지 모릅니다. 왜냐하면 당시 대다수의 독일 민중들은 히틀러가 품고 있던 천년 왕국을 너무나 사랑했기 때문이지요. 정말로 그들은 총통을 사랑했었습니다. 그들은 몸바쳐 충성하길 간절히 열망했고 겁이 많았지만 누군가를 죽일 준비도, 자신의 몸을 내던질 각오도 되어 있었습니다. 모두들 마치 총통의 제국에 성적으로 예속되어 있는 듯이 우스꽝스럽게 행동했습니다. 이와 비교하면 동독 사람들은 좀 달랐습니다. 이 사실이 바로 역사가 진일보했다는 적절한 증거, 다시 말해 역사의 잔혹한 숙명론에 대한 하나의 고무적인 반론이 아닐까요?

저는 「헤센 급전」을 읽을 때마다 항상 생각하는 것이 하나 있습니다. 만일 오늘날 이 팸플릿이 다시 씌어졌다면 그것은 어떤 모습일까요? 당시와 마찬가지로 선동적인 통계들로 가득 채워져 있을 것입니다. 예컨대 1945년 이후 재빨리 서독 판사복으로 갈아입은 나치스 시대 판사들의 화려한 경력에 관한 수치들과 민중의 살인자들에게 지불되는 높은 연금으로 인해 탕진되는 세금에 관한 수치들로 빼곡할 것입니다. 또한 이 팸플릿에는 리비아, 시리아, 이라크, 이란, 남아프리카, 칠레, 파키스탄과 같은 나라에 대량 살상 무기를 헐값에 팔아 넘긴 독일 회사들에 관한 분개할 만한 정보들도 빠지지 않고 첨가되어 있을 것입니다. 아마도 이 항의문은 당시와 마찬가지로 오늘날 절대로 세상을 바꿀 수 없을지 모릅니다. 하지만 루터풍의 강력한 언어로 씌어진 이 팸플릿이 오늘날 출간되었다면 베스트셀러가 되었을지 모릅니다. 물론 이 팸플릿으로 인해 작가는 처벌 대신 인세를 많이 받았을 테고 출판사는 돈깨나 벌었을 테지요. 이렇게 보면 옛날보다 조금 상황이 나아진 것이 아닌가요. 역사가 한 걸음 앞으로 나간 것이 아닙니까?

급진적 사회주의자였던 게오르크 뷔히너는 모든 사람이 굶주림에서 벗어나야만 한다는 부푼 혁명의 꿈을 품고 있었습니다. 자신의 친구 구츠코에게 뷔히너는 이런 편지를 남겼습니다.

이 세상에서 혁명의 불씨가 지펴지는 유일한 곳은 부자와 가난한 사람들 사이, 그 관계 안입니다. 배고픔 그 자체가 자유의 여신이 …… 될 수 있습니다.

자, 그러면 우리가 잠시 머물다 가는 여관, 즉 아름다운 푸른색 천구(天球)에서 지금도 활기찬 혁명의 기운이 감돌고 있을까요? 여전히 우리가 살고 있는 작은 땅 덩어리 위에는 어마어마한 가난과 어마어마한 부가 갈라져 공존하고 있습니다. 물론 배고픔에서부터 자유가 오는 것 같지는 않아 보입니다. 같은 편지에서 뷔히너는 독일을 향해 이렇게 썼습니다.

농부들의 배를 기름지게 만드세요. 그러면 혁명은 중풍에 걸립니다. 정작 갈리아의 닭[3]을 죽이는 것은 모든 농부의 냄비 안에 들어 있는 포동포동한 닭 한 마리입니다.

---

3) 프랑스혁명 기간 중의 프랑스혁명 정부의 문장 동물.

아쉽게도 지구상에 살고 있는 대다수 사람들의 냄비 속에는 닭이 들어 있지 않습니다. 일찍이 한 번 혁명의 바리케이드 위에서 구워진 '푸른색·흰색·붉은색·통닭'이 우리의 배를 채워 줄 리 만무합니다. 팸플릿 필자로서 뷔히너는 역사를 강제로 해방시키고자 했습니다. 하지만 그의 계획은 실패했습니다. 뷔히너는 작가로서 창작의 자유를 움켜쥐고는 파괴적인 역사의 불가피한 숙명을 보여 주었습니다. 여기서 그는 빛나는 성공을 이루어 냈습니다. 저는 이 세상에서 기꺼이 배고픔으로부터의 '해방'과 자유에 대한 갈망으로부터 빚어지는 위대한 '문학', 이 둘을 동시에 밀고 나가고자 합니다.

카드는 신들에 의해서 언제나 새롭게 섞여져서 우리 앞에 놓여 왔습니다. 우리는 이 도박판에서 위험 부담을 무릅쓰고 계속해서 배팅을 올려 왔습니다. 돌도끼를 손에 들은 잭 클로버, 핵무기로 일격을 가하기 위해 빨간색 단추를 만지작거리는 다이아몬드 퀸, 그리고 점점 더 많은 피를 흘리고 있는 하트 퀸. 곤봉, 칼, 석궁, 화약, 탄환, 칼라시니코프,[4] 다발식 로켓포, 독가스, 네이팜 탄, 중성 폭탄 그리고 스타워즈. 게임은 계속되고 있습니다. 하지만 이 게임이 앞으로도 계속될 수 있을까요?

저는 뷔히너의 역사의 잔혹한 숙명론에 대한 가장 강렬한 반론의 목소리를 저의 할머니에게서 들었습니다. 저의 할머니가 임종을 앞두고 침대에 누워 계실 때, 할머니에게는 「함부르크에 있는 늙은 공산주의자 할머니 모이메의 위대한 기도」라는 제 노래 텍스트를 움켜쥘 기력조차 남아 있지 않았습니다. 거기서 저는 할머니로부터 더 이상 '오 신이시여, 그대 공산주의가 승리하도록 해주소서'라는 제 노래 구절을 들을 수 없었습니다. 요사이 반벙어리, 반장님이 되셨지만 여전히 현명하신 할머니가 할레시 사람 특유의 작센 사투리로 이렇게 외치셨습니다.

"얘야, 나는 지난밤에 이 세상이 멸망하는 꿈을 꾸었단다. 나는 꿈에 관해 곰곰이 생각을 해보았는데, 세상은 정말이지 결코 멸망할 수 없는 거야!"

---

4) 러시아제 경기관총.

그때 저는 이렇게 더듬거렸습니다.

"도대체 왜 세상이 멸망할 수 없나요? 모이메 할머니!"

그러자 이가 모두 빠진 할머니의 입 사이로 알베르트 아인슈타인이 들었다면 눈물이 나올 정도로 웃고 말았을 말이 새어 나왔습니다.

"볼프야, 도대체 이 세상은 어디로 가야만 하는 거지."

류 신 옮김

# 우리 앞에 있는 것, 우리에게 주어졌던 것

유럽재판소가 요구한다면 오스트리아는 무기명 계좌 제도를 지양해야 될 것입니다.[1] 지양은 보존과 폐기를 동시에 의미합니다. 독일어로 지양 (aufheben)은 무엇인가를 위로 들어올린다는 말인 동시에 무엇인가를 삭제하고 지워 버리는 뜻도 갖고 있습니다. 앞으로는 통장에 실명이 적히게 되고 이 사람 혹은 저 사람을 가리키게 되겠지요. 그러면 그들이 누구인지 알 수 있지만 그들은 사실 이름 이상의 무엇을 의미합니다. 유럽재판소는 계좌의 실소유주를 확실히 하고 추적할 수 있게 하기 위해서 무기명 계좌를 지양하려고 합니다. 자, 이제 이 일을 둘러싼 맥락은 확실해졌으며 계좌 소유주들 또한 확실해질 겁니다. 오늘날에는 계좌의 소유자들의 의미와 지위, 그러니까 그들을 형성하는 것을 붙잡을 수 있습니다. 그런데 소유의 힘으로 다른 힘을 키우는 사람들로서는 실명이 거론될 수 있는 가능성이란 내키지 않는 일이겠지요.

---

1) 미국과 유럽 국가들은 무기명 계좌 제도를 유지하던 오스트리아가 국제적인 검은돈의 자금 세탁 장소가 아닐까 지속적으로 의심해 왔으며, 이를 방지하기 위해서 무기명 계좌 폐지를 요구했다. 오스트리아 정부와 국립 은행은 무기명 계좌를 오스트리아의 일종의 문화적 유산이라고까지 옹호하면서, 수년 동안 유럽연합의 요구를 거부했다. 그러나 2000년 10월 31일 일간지 『스탠더드』의 기사에 따르면, 마침내 오스트리아는 2000년 여름에 무기명 계좌 제도를 지양하기로 결정하며 2002년 중순까지 과도기를 두기로 결정하기에 이른다.

저들은 자신의 존재가 알려지는 것을 원치 않습니다. 존재를 인지받고 싶어하지 않다니 특이한 일입니다. 그러면서도 한편으론 사람들은 자신이 다치지 않는다면 모든 것에 대해 집어삼킬 정도로 속속들이 알고 싶어합니다. 마지막 사람이 불을 끄는 것은 오랜 미풍양속입니다. 그런데 우리 바로 앞 세대 사람들은 자기네가 불을 다 꺼버렸습니다. 그들은 자신들만을 주장하고 싶었던 것이지요. 자신만을 주장하는 것도 주장이긴 하지만, 그것은 누군가가 있어서 그들의 말에 귀 기울이고 대답해 주는 의미에서의 주장이 아니었습니다. 그럴 필요조차 느끼지 못했지요. 그들만 있었으며 그들만 있어야 했기 때문입니다. 그들은 자기네가 밝히지도 않은 불빛들을 꺼버렸습니다.

오늘날 그들의 행위 때문에 영향을 받은 사람들이 많습니다. 무수한 삶의 불빛들이 지워지고 없어졌습니다. 무엇인가를 위해서, 혹은 누군가를 위해서 밝혀 놓았더라면 그 불빛들의 생명이 얼마나 길었을지 누가 알겠습니까. 지금 '집단 소송' 이라고 일컬어지는 고통의 외침들이 모아지고 있습니다.[2] 오늘날에는 무엇을 소유하고 있으며 어떤 경로로 취득했는지 은폐하려는 자나, 전혀 소유한 것이 없는 듯이 속이는 자를 고발하며 추적하고 잡을 수 있습니다. 주인 없는 계좌들을 가진 은행이라 하더라도 말이지요.

그럼에도 불구하고 '진실을 읽기만 해도 처벌받을 수 있으니 조심하라' 고 경고할 필요가 없습니다. 모든 것이 덜 위험하게 되었습니다. '진실이 적힌 종이를 소지하고 있더라도 읽지 않았다면 당연히 죄가 아니다' 는 말이 있지요. 말 그대로 했지만 결실이 없습니다. 우리는 옛날부터 소유될 수 있는 것

---

2) 독일 기업과 은행이 나치스 정권 하에서 유대인의 재산을 탈취하고 유대인, 외국인 및 전쟁 포로의 노동력을 강제로 착취했던 일이 1997년 국제적인 이슈로 부각되었다. 현재 다국적 기업으로 성장한 독일 굴지의 기업들이 당시 무임금의 강제 노동으로 엄청난 이익을 챙겼으며, 현재와 같은 성장의 밑바탕을 마련했음이 밝혀졌다. 당시 미국에서는 강제 노역에 동원되었던 동유럽인들과 유대인들이 미국에 진출해 있는 독일 기업들을 상대로 집단 소송을 벌이기도 했습니다. 1999년 독일 정부와 알리안츠 보험, 바스프, 바이어, BMW, 다임러크라이슬러, 도이치 은행, 데구사, 드레스덴 은행, 크룹스, 훼스트, 지멘스, 폴크스바겐 등의 기업들이 보상을 위한 재단을 마련했다.

 보토 슈트라우스, 1989

은 빼앗길 수 있다는 것을 알고 있습니다.

"그렇게 가지지 마! 너희들 자신들보다 적게 가져! 다른 사람들보다 적게 가져도 많은 거야. 너희들도 죽으면 아무것도 아닌 거야."

언어와 그것의 소유자가 마주 보고 대치하고 있습니다. 언어는 언어입니다. 언어는 무엇을 뜻할 수 있으며 뜻 없이 그냥 발화될 수도 있습니다. 그러나 어떤 경우든지 화자의 상상과 사유는 하나의 대상에 고착됩니다. 기뻐할 일인가요? 드디어 화자가 대상을 삼켜도 되니 말입니다. 어떤 이들은 대상을 살게 하기도 하지만 그것의 삶에 축배를 들지는 않습니다. 이때 일어나는 일이란 다름 아니라 경계 없는 사유가 언어에 묶여지는 것입니다. 이때부터 사유는 자신을 매는 사슬을 끊으려고 애쓰게 됩니다.

특정한 어떤 언어를 소유한 이가 있었습니다. 그 언어는 사람들에게 알려지게 되었습니다. 눈앞에 있는 것이 인지되는 경우도 있거든요. 그 언어의 소유자를 잡으려는 공개 수배 전단지에는 '국가 전복을 기도하는 행위들'을 한 후에 도피한 의학생이라고 기록되어 있습니다. 그는 외국에 있지만 잡히기만 하면 후송되어야 합니다. 그렇게 되면 그는 속된 말로 끝장나는 것입니다.

수배 전단지에는 신장, 나이, 머리카락 색깔, 상당히 돌출된 이마뿐 아니라 오늘날의 지명 수배가 더 이상 거론하지 않는 콧수염의 색깔까지 적혀 있었습니다. 그 학생은 근시였다고 합니다. 아주 젊은 나이에 죽은 그 사람에게서 현재 남아 있는 것이라고는 그가 생각하고 쓰고 기록한 것뿐입니다. 그는 그것들을 보존할 수 없었지만 우리는 원하기만 한다면 간직하고 지킬 수 있습니다. 우리는 그것을 살게 할 수도 있습니다. 어쩌면 그것들이 남아 있게 된 까닭은 우리가 예외적으로 그것들을 살게 했기 때문일 것입니다.

그 안에는 다른 사람들이 언어에 가한 개입들도 포함되어 있습니다. 한 편집자가 그 학생이 남긴 글들에 개입했습니다. 그는 얼마간의 돈을 지출하고 큰 것을 보존했는데, 바로 작품이 후에 국가의 손아귀에 떨어지지 않도록 한 것입니다. 그러니까 편집자는 저 학생의 펜 끝에서 나온 말들이 잊혀지지 않도록 개입했습니다. 오늘날 우리는 제가 지금 하듯이 그의 어휘들을 언어로서 되살리며 우리 언어의 숲 속으로 불러들일 수 있습니다. 이때 무엇이 메아리처럼 되돌아오나요?

매우 적지만 지금 있는 것은 모두 보관되어 있습니다. 그러나 그것은 자산이나 능력이 아닙니다. 저도 마찬가지지만 어느 누구라도 그 학생과 비교해서 뭔가 더 가졌거나 더할 수 있지 않습니다. 그렇더라도 저의 작은 자산과 능력을 그 학생의 이름을 본따 만들어진 상을 통해서 조금이라도 증가시킬 수 있게 되겠지요. 그 학생으로부터 또 무엇이 남아 있나요?

스스로 국가라고 자처하는 많은 이들은 그 젊은 학생을 거부했습니다. 수상하고 위험천만한 것을 생각했기 때문이지요. 그러나 그가 지향한 바는 사람들이 생각을 곱씹고 되새기며 숙고하고 회의하는 데 있지 않았습니다. 아니 잠깐, 그는 정말 사람들로 하여금 자신들의 행동에 의심을 품으며, 사려 깊고 신중하게 행동하도록 만들고 싶었던 걸까요? 사고와 사유가, 그리고 생각이 앞장 서는 혁명을 만들려면 어떻게 해야 하나요? 그런데 갑자기 생각이 뒤처져 달립니다. 어쩌다가 생각이 사라진 듯이 보일 정도로 뒤처지게 되었는지 아무도 모릅니다. 왜냐하면 혁명의 도착지는 비밀이기 때문입니다(혁명가들이 이념을 요구를 다 채운 건가요? 누가 나의 노래를 이토록 망쳐 놓았느냐고 노래가 사라지기 전에 말합니다). 거기로 모든 피가 흘렀습니다. 그리고 후위에 있는 생각은 그전에는 넓은 보폭으로 거침없이 열정적으로 앞서 내달렸건만, 이제는 복사뼈까지 닿는 핏속을 철벅거리며 힘겹게 따라갑니다.

그 학생은 왜 인권 사회의 토대를 다졌을까요? 인간이 권리를 갖는 경우는 드물며, 그럴수록 더 자주 권리를 주장한다는 것을 알면서 말입니다. 그 학생은 부서지기 쉬운 문학 외에도 자신의 권리를 주장합니다. 한 번은 시인으로서, 한 번은 혁명가로서 말하는 그는 마치 한 사람이 둘로 나뉜 듯합니다. 그는 만일 어떤 이가 대학 재판관으로 판결을 내리는 동시에 정부 관헌의 업무 역할을 담당한다면 이상하다고 말한 적이 있습니다. 1834년 8월 말 뷔히너가 기센에서 가족에게 보낸 편지에 의하면, 대학 재판관인 게오르기는 뷔히너가 기센에 없는 동안 그의 방에 들어와서 편지와 서류 등을 압수했습니다. 학내 재판관이 자신의 본분에서 벗어나 관헌으로서 행동한 것입니다. 사흘 후 기센으로 돌아온 뷔히너는 학내 법정에서 자신의 여행 이유와 체류 장소를 진술해야만 했으며, 8월 말까지 적법한 방법을 취하지 않았던 가택 수색에 대해 어떠한 해명도 듣지 못했습니다. 뷔히너는 이 사건을 심각한 인격 침해로 여겼으며, '법적인 무정부 상태' 라고 표현했습니다.

그렇다면 법이 매우 심하게 왜곡된 상태에 있다는 것이지요. 그 학생이 말했듯이, 법적 무정부 상태는 한 몸 안에 두 사람이 있을 수 있도록 했습니다. 그 둘은 함께 법을 유명무실하게 만들었습니다. 법의 허울을 쓰고 사회의 근간에 부당한 짓을 저지른 겁니다. 그것은 세세히 조목조목 열거되었습니다. 정확하게 기록하는 일 외에 달리 할 수 있는 일이 없었습니다.

또한 사람들은 말합니다. 법이 사라졌다고. 그렇다면 우리 또한 진정으로 법이 사라졌다고 큰 소리로 말해야 합니다. 법을 어김으로써 법을 지킨다고 말해서는 안 되는 것입니다. 말한 대로 행동한다는 말이 있습니다. 그 어떤 말도 행동으로 옮기는 것보다 더 쉬울 것입니다. 그런데 말하는 것만큼 어려운 행동은 없습니다. 가능한 모든 것이 이미 행해졌으며 결과들이 우리 앞에 있다는 것이 그 증거입니다. 단념하지도 포기하지도 않았기 때문에 좌절하고 실패했던 사람들이 있었다는 것만으로도 충분합니다. 무엇인가가 있습니다. 그런데 어떻게 그것이 없어질 수 있을까요? 그것을 폐기시킨 이들에게 고정되어 있지 않으면 없어지는 것일까요? 산과 숲과 초원이 있습니다. 우리는 그것들을 떠날 수 있습니다. 그렇더라도 그것들은 있습니다.

상상하기 힘든 일들이 일어날 수 있다는 것을 그 학생은 고려했습니다. 이를테면 한창 물이 오른 몸뚱이를 가진 사람들이 많은 일을 감당해야만 하는데 어느 누구도 그 몸뚱이를 사려고 나서지 않는다는 것을 고려했습니다. 그런데 그네들은 나서서 자신들을 팔려고 합니다. 다만 가격만큼은 자기네들입으로 부르려고 합니다. 우리는 소가 아니야! 여물 말고 다른 것을 먹고 싶단 말이다! 사람들은 모든 일에 참견하고 싶어하며 어디든지 끼고 싶어합니다. 그들은 흥을 깨는 인간은 아니니까 말입니다.

관료들의 오만한 횡포를 낱낱이 기록하려고 했던 그 학생은, 어떤 것에 대해서 하는 말들이 오히려 사람을 그것으로부터 멀어지게 할 뿐이라는 걸 알았을까요? 그는 가능한 한 사유와 실행 사이의 거리를 넓히기 위해서 의도적으로 떠났던 것일까요? 그 거리가 너무나 멀어서 더 이상 극복되어질 수 없도록 말이지요. 그것은 이러저러했으며 누구는 이러저러하게 행동했다고 낱낱이 밝히면 모든 것이 중단되고 중지되며 없어지길 바랐던 것일까요? 그렇게 함으로써 그런 일들이 거기서 끝나도록 말입니다. 혹은 생각될 수도 씌어질 수도 없는 뭔가가 결국 일어나기를 기대했던 건가요? 아니면 일어나지 않도록 하기 위해서 미리 생각했던 건가요? 그래서 상상할 수 없는 것만이 남기를 바랐던 것일까요? 이를테면 너의 두 입술은 눈을 가지고 있다는 말처럼 말입니다. 이 말은 무엇을 뜻하나요? 그것은 존재하지 않는 어떤 것을 말하며, 말함으로써 비로소 존재하게 됨을 말합니다. 왜냐하면 그 말 뒤에는 아무 것도 숨겨져 있지 않기 때문입니다. 이는 너나없이 모두 그렇게 말할 수 있기 때문에 어떤 것도 숨겨져 있지 않다는 의미에서가 아니라 존재하지 않는 그리고 존재할 수 없는 어떤 것을 말한 그것이— '더욱더' 의 의미에서가 아니라 '바로 지금' 의 의미에서—존재한다는 의미입니다.

그 학생이 그렇게 말했던 순간 이후 그것들은 진실이 되었습니다. 그런데 왜 당신은 말하지 않는 건가요? 아주 간단하지 않습니까? 우선 시계는 돌아가고, 종은 울리고, 사람들은 바삐 걸어가고, 물이 조금씩 천천히 흐른다, 등은 입술이 눈을 갖는 것보다 사실에 가깝다고 여겨지니까 쉽게 말할 수 있을 것입니다. 대단치 않지만 존재하는 것. 이를테면 입술, 눈, 시계, 물 등과 마찬가지로 그럴 권한이 없음에도 타인의 소지품을 수색하도록 하는 대학 재판관이( '물이 조금씩 천천히 흐른다' 와 '누군가가 다른 이의 인격을 침범한다' 라는 두 문장은 동일한 학생에 의해서 주장되었습니다. 두 문장 중 어떤 문장이 맞을까요?) 입증해 주는 것은 바로 언어 안에는 생각되고 난 후에 말해지는 것, 말해지고 난 후 생각되는 것, 혹은 어찌 되었든 간에 진실인 것이 있으며 있을 수 있다는 것입니다. 즉 언어 안에서는 모든 것이 있으며 있을 수 있습니다. 존재하는 것을 너무나 경솔하게 대하기 때문에 우리는 스스로를 매우 기만할 수 있습니다. 그리고 모든 것이 '있기' 때문에, 도저히 있을 수 없는 것조차 있기 때문에 우리는 언제나 우리 자신에게 속고 맙니다. 왜냐하면 존재하는 것은 바로 여기 있거나 따라잡을 수 없을 만큼 멀리 있기 때문입니다. 그것은 진실이거나 거짓이기 때문입니다. 왜냐하면 모든 것은 이름이 있습니다. 그 학생의 이름은 이러저러하며, 외모는 이러저러합니다. 오스트리아 사람들은 마음에 들지 않는 것에 대해서 말도 안 된다는 뜻으로 '그건 이름이 없어!'라고 말합니다. 그러나 언제나 당연히 이름이 있으며 이름을 붙여 주는 누군가가 있습니다. 그리고 그 누군가의 이름을 알게 되면 그를 부를 수도 있습니다. 그가 다른 사람에게 무엇인가를 하라고 시키는 문장이라고 하더라도 말이지요.

그리고 누군가 한 사람이 다른 사람에게 내리는 지시는 국가와 국가의 권력이 이미 그것을 말했었더라도 스스로 말하는 것처럼 행세합니다. 그렇게 혁명 또한 사라졌습니다. 모든 혁명은 다른 혁명에 의해 사라졌습니다. 혁명의 수행자들도 마찬가지였습니다. 평등이라는 이름 아래 다른 사람과 더 똑같아진다면 더 평등해지는 건가요? 그렇다면 멋진 평등의 축제가 상량식처럼 열리겠군요. 처마 밑에 작은 나무를 꽂고 말이죠.

그 학생은 축제를 벌이던 이들이 자기 자신에게 취해서 한 사람씩 지붕에서 떨어지는 것을 보고는 시간이 많지 않았기 때문에 더욱더 빨리 말할 수 있도록 다른 사람들로부터 말을 취했습니다. 이미 존재하는 말이었으며, 그가 말하기 위해 때마침 필요로 했던 곳에 그 말들이 들어맞았기 때문입니다. 그렇게 낯선 말들을 자신의 말속으로 붙여 넣어 구멍들을 메우고 새 구멍들을 만들었습니다. 그가 아는 것보다 더 많이 그 안에 담길 수 있도록 말입니다.

우선 그는 다른 사람들의 말들 중에서 마치 사건들을 만들어 내는 듯 보이는 말들을 알게 되었고, 우선 그는 다른 사람들의 말을 알게 되었습니다. 그 말들은 사건을 먼저 만들고 나서 그것을 언어와 연관시킨 것 같아 보였습니다. 거기에 덮개를 씌워서 계속 넘겨주는 것 같았습니다. 그러면 우리는 그 연관성을 이리저리 헤아려 보죠. 일례로 저도 종종 그렇게 합니다. 그 덮개가 저의 포근한 베개인 양심에 잘 맞는다고 말씀 드리는 바입니다. 양심을 보드랍게 세탁된 베갯잇으로 감싸고 편하게 하기 위해서 저는 글을 쓰며, 제 글은 어떤 일이 생각되어져야 하는지를 사람들 앞에 제시합니다. 그리하여 아무것도 그전의 상태로 남아 있지 않도록 말입니다. 저는 이 자리의 많은 사람 앞에서 제 자신을 비판합니다. 왜냐하면 저는 언제나 제가 하는 말이 유효하길 바라기 때문입니다. 그 학생도 그것을 원했습니다. 그는 단지 그렇게 생각하고 판단을 내렸을 뿐 아니라 진정으로 알았습니다. 그는 자신에게서 그리고 다른 사람들에게서 경험했으며 다시 다른 사람들에게 경고했습니다. 그는 언제나 말해지는 대로 그리고 말해졌던 대로 되는 것을 알았던 것입니다.

그의 인상착의가 적힌 수배 전단지는 어디에 있나요? 그것이 있어야 그 학생의 말이, 혹은 그를 예의 주시하지만 그를 전혀 모르는 대학 재판관이 너무나 오래도록 돌아오지 않는 그를 찾아 나설 때 그를 다시 알아볼 수 있을 텐데요. 이제 그는 정말 끝장나 버린 걸까요?

저로 말하자면 지금 언어들의 크고 멋진 공통 장소를 만듭니다. 다름이 아니라 천재는 젊어서 죽는데, 그때는 이미 완성되어 있었다는 상투어 말입니다. 이 상투어의 장소는 이미 대여되었군요. 그렇다면 저는 거기에 저를 따라서, 아니면 제 말 이후에 말하게 될 어린이들을 위해 모래 상자를 만들겠습니다. 그 이상의 일은 저로서는 정말이지 할 수 없습니다. 아이들은 작은 모래삽들을 들고 치고 박고 합니다. 왜냐하면 그 공통의 장소가 그들의 입장에서는 자기에게만 속해야 하기 때문입니다. 그러나 다른 어린이들도 그곳을 알

고 모래삽을 쥐고 뛰어들어 가서는 모래 위에 얼추 2분의 1인분이 아니라 1
인분을 더 끼얹습니다. 그래 봤자 모래에 지나지 않지요. 그런데 모래는 언어
처럼 유약하고 언어처럼 강합니다. 그것은 외부의 힘에 굴복하는 물 같습니
다. 그러나 물은 종종 굴복하는 대신, 마치 역사가 자신의 주인공들을 먹어
버리듯이 혹은 병마가 의사들을 굴복시키듯이, 자신의 손님들을 삼켜 버린
다지요. 저는 그러니까 어린아이인가요? 아쉽게도 제가 붓는 모래는 완전한
1인분이 못 되는 것 같습니다.

박희경 옮김

# 문학은 독백이다

한스 에리히 노삭이 1961년 10월 뷔히너상을 수상했을 때, 베를린 장벽은 아직 흠집 하나 없는 새것이었습니다. 생긴 지 몇 달도 채 되지 않았었죠. 정확하게는 잘 모르겠지만, 아마 여전히 마무리 작업 중이었을 것입니다. 그리고 아마 유럽에서 가장 파급 효과가 컸을 이 건축물에 대해 당시에 제가 어떻게 생각했었는지 정확하게 기억나지 않습니다.

"이 무슨 낭비인가? 무모하게 인력과 자재를 허비하다니! 다시 곧 의문의 대상이 되고야 말 임시 구조물을 세우기 위해서 말이다!"

이런 저런 생각들이 그날 월요일, 장벽 건축이 시작된 일요일 바로 다음 날, 제 머리를 스쳐 갔을 것입니다. 우리 거대한 기계실의 노동자들이 정부의 결정을 통보 받았던 장면은 제 기억 속에 제법 뚜렷이 남아 있습니다. 그 기계실 안에서 공구 회전 상자가 제작되거나 대패, 연장용 거대한 운전반이 제작되었었죠. 그것들은 모두 동독의 철강 산업을 세계 시장의 경쟁력 있는 산업으로 만든 소중한 수출품이었지요(우리는 늘상 설교를 들으며 살았죠). 그것은 뭔가 섬뜩한 장면이었습니다. 우리는 주기계실, 그러니까 우리 기계실에서 잠깐 휴식하라고 소집되었고, 기계의 소음이 약 20분 동안 잠잠해졌습니다. 그러고는 공장 당 지도부 사람 하나가 공포하기를, 신진 동독 경제의 출

254

혈을 막기 위해서 그리고 서독에서 오는 적대적인 요소들의 계속되는 기습을 저지하기 위해서, 동독의 서쪽 국경, 제국주의 서독 쪽 국경, 그리고 특수한 지역 단위인 최전선 도시 서베를린 쪽 국경은 어제 일자로 폐쇄된 것으로 간주한다는 것이었습니다. 그는 창백하고 초조함이 역력한 표정으로 준비된 종이에 적혀 있는 대로 읽어 내려갔습니다. 특이했던 것은 그가 다 읽고 난 뒤에 전혀, 아니 그저 몇 명의 박수만 받았다는 점이었습니다. 기름칠로 더러워진 작업복을 입은 노동자들은 그의 자세한 설명을 묵묵히 전달받고는 생각에 잠겨 고개를 절레절레 흔들면서, 표정은 있으되 오히려 의중을 엿볼 수 없는 표정으로 자신들의 작업장으로 돌아갔지요. 저는 이미 시작된 장벽 축조가 가져올 수 있는 그 어떤 결과에 대해서는 생각해 보지 않았습니다. 자유롭게 사용할 수 있는 출구나 입구가 없는 장벽은 나로서는 아예 상상할 수가 없었던 것이지요. 그러나 그 장면은 분명히 저에게 섬뜩하게 느껴졌습니다. 왜 섬뜩했느냐 하면, 갑자기 제가 갇혀 있다는 것을 깨달았기 때문이었죠. 왠지는 모르지만 제 집, 제 고향이라고 여기고 있었던 나라에 말이에요. 갑자기 저에게 국가 권력을 동원해서, 그리고 곧 이어 알아챌 수 있었듯이 무력을 동원해서 고향을 만들어 주었지요. 그러면서도 제가 어떤 고향을 원하는지는 묻지도 않았던 것이죠. 강제로 제 마음속에 향토를 우겨 넣으려고 한 것입니다. 어떤 인간의 마음속, 머릿속에서 소위 향토애를 영원히 쫓아낼 수 있는 방법이 있다면, 그것은 바로 이 국가 권력의 방법일 것입니다.

장벽 건설의 첫 번째 결과는 곧 모습을 드러냈습니다. 1961년의 찜통 더위가 시작되면서 생산 분야의 기술자들이 1개월 동안 보일러실로 투입되어서 그곳에서 불을 때는 일을 떠맡게 되었습니다. 그것은 물론 어쩔 수 없는 일이었지요. 공장의 발전과 보조가 맞지 않았던 그곳에 만연해 있던 작업 조건으로 인해서, 그리고 거기에서는 돈을 벌 가능성이 너무나도 적었던 까닭에, 동독의 거의 모든 공장이 그렇듯이 우리 공장에서도 언제나 보일러공이 턱없이 모자랐거든요. 그런데 그 일이 이루어지는 방식이 완전히 새로운 것이었습니다. 사람들은 더 이상 그러한 조치의 불가피성을 확신하지 못했고, 상부의 명령에 따라 보일러실로 쫓겨났으며, 이에 대한 항의는 모두 효과 없음이 입증되었습니다. 저 역시 1961년 11월인가 12월에 차례가 돌아왔습니다. 일어나야만 하는 일이 일어났던 것인데, 저는 갑자기 보일러공이 지하 보일러실에서 하는 고독한 일에 취미를 붙였습니다. 제게 할당된 기한이 흘러가 버렸지만, 저는 복귀 신고를 하지 않았습니다.

아마도 그곳, 저의 첫 보일러실에서—그 문에는 '관계자 외 출입 금지!'라는 표지판이 붙어 있었습니다—처음으로 제 미래에 대해 진지하게 생각했고, 제가 잘못된 환경의 한복판에서 살아가고 있다는 생각도 했던 것 같습니다. 이 환경 속에서 갑자기 제게 그러한 생각을 할 수 있는 피난처가 열던 것인지도 모릅니다. 저는 갑자기 제가 글을 쓰고자 한다는 것, 뿐만 아니라 글쓰는 것 말고는 결코 아무것도 하고 싶지 않다는 것을 알게 되었습니다. 이러한 생각이 저를 위한 어떤 결정과 바로 연결되었는지는 더 이상 기억나지 않습니다. 아마도 오히려 제가 이때 이후로 이 생각을 일종의 이상적인 은신처로서 지녀 왔었던 것 같습니다. 제게 닥치는 모든 무리한 요구들은 이 은신처의 함정에 빠졌는데, 여기에서나 제 머릿속에서 그런 요구들은 즉시 사보타주당하곤 했지요. 저는 사람들이 제게서 원하는 것이나 사람들이 제가 원하기를 바라는 것 모두 중에서 아무것도 원하지 않았거든요. 저는 글쓰기를 원했고, 다른 것은 원하지 않았습니다. 저는 이것을 아무에게도 말하지 않았습니다. 그것은 이 지하실에서 녹슨 열 공급 시설과 함께 제 안에 들어선 비밀이었습니다. 그리고 그것은 지금까지 여전히 제 안에 숨겨져 있습니다. 물론 오래전에 새어 나간 비밀이지만, 바라건대 지금껏 비밀은 비밀인 채로 말입니다. 이 비밀을 다루는 특정한 방식에 대해서는 다시 언급할 것입니다.

한스 에리히 노삭의 게오르크 뷔히너에 관한 연설문에 다음과 같은 묘한 문장이 하나 있는데, 이것은 즉시 저를 깨우쳐 주었습니다.

"당의 독트린들, 교리들, 사회학들, 상공회의소들, 보건위생국들 모두는 웃기게도 그 모든 불구대천의 적대 관계에도 불구하고 예전부터 한 가지 점에서는 일치하니, 혼자 있으려고 하는 것만큼 금지할 가치가 있는 것은 없다는 점이 그것입니다."

그리고 산업 시설의 열 공급을 책임지고 있는 지원 부서들은 위에 언급된 일련의 제도권에 즉각 편입될 수 있을 것 같습니다. 그러나 지원 부서들에는 관찰자의 시점에 따라서 장점이 되기도 하고 단점이 되기도 하는 점이 있습니다. 일단 한 번 거기에 있게 되면, 더 이상은 깊이 추락할 수 없다는 점입니다. 만약 어떤 보일러공이 자기 일을 만족스럽게 처리할 능력이 있는 것으로 증명되면, 그 사람이 그 밖에 또 무슨 생각을 하는지 혹은 더불어 무엇을 사색하는지는 더 이상 알려고 하지 않습니다. 그러므로 사람들은 그를 그의 비밀과 단둘이 놔두죠. 그래서 저는 대수롭지 않은 일이지만, 이미 한두 번 '관계자 외 출입 금지!' 라는 표지판을 언급하며 슈타지는 국가안전기획처의 약칭이며 그 정보원을 지칭하기도 합니다.

정보원을 문밖으로 쫓아낸 적이 있습니다. 이것은 물론 우체국과 관련해서는 더 이상 효과를 보지 못했죠. 우체국은 서비스업이긴 하지만, 절대로 지원 부서의 위상에 있는 것은 아니었거든요. 그리고 제가 원고를 제출하기 위해서—항상 여유분으로 그 원고들을 몇 부 복사해 놓았죠—우편을 이용했기 때문에, 결국 제가 글을 쓴다는 소문이 나돌게 되었습니다. 그때부터는 어떤 방법으로든 간에 제 비밀을 캐내려고들 시도했습니다. 처음에는 슈타지가 그랬고, 마지막에는 대중 매체가 그랬지요. 감히 두 기관을 비교하는 짓은 하지 않을 작정이고, 그것들은 여기에서 단지 나열의 형식으로 등장할 따름입니다.

슈타지가 더 이상 존재하지 않기에, 또는 오로지 개인들의 머릿속에 든 유령의 형태로만 존재하기에, 대중 매체가 그동안에 저에게는 훨씬 더 흥미로워졌습니다. 대중 매체는 그 어떤 비밀이라도 새어 나오게 만들기 위한 장치이자 이를 통해 망각에 기여하는 장치입니다. 제가 보기에는, 대중 매체의 궁전들에서는 모든 새로운 것, 모든 새롭게 보이는 것을 공공의 불빛 아래로 끌어내서는 그것에 시사성을 띠게 만드는 어법의 옷을 입힌 뒤에 팔려고 내놓는 것 외에는 그 어떤 의도도 존재하지 않는 듯합니다. 그리고 그후로는 다음 번 시사성이 있는 것들에게 자리를 만들어 주기 위해서 그것에 기결 표시를 하고는 잊어버리고 말죠. 왜냐하면 대중 매체는 이러한 순환이 유일한 생존 기반이기 때문입니다. 이는 신문 독자를 단순한 정보 수신자로 전락시킵니다. 새롭고 시사성 있는 정보들을 위해 자신에게 매일매일 빈자리가 생기도록—이 빈자리는 마음 푹 놓고 공허라 부를 수 있겠죠—모든 정보를 가능한 한 빨리 다시 기결 처리하고 잊어버려야만 하는 그런 정보 수신자 말입니다. 그리고 이에 견줄 만한 방식으로 텔레비전 시청자는 그저 오락 산업의 대상이 되어 버려서, 아주 자동적으로 시청률을 보장하고 가능한 한 높이 끌어올리는 저 가축 떼에 합류하게 됩니다. 그러니 원래 다음과 같은 특정 어법이 벌써 틀린 것이라는 사실을 알아챌 수 있죠. 브라운관이 달린 상자가 텔레비전 수신 장치가 아니라 우리가 텔레비전 수신 장치입니다. 리모콘을 손에 들고 수상기 앞에 앉아 중간중간 섞어 넣은 광고 방송이 나가는 동안 잊어버릴 수 있는 오락의 모습을 뒤집어쓴 정보들을 건성으로 받아들이고 있는 우리가 말입니다.

한스 에리히 노삭의 연설문에는 무척이나 격한 문장이 하나 있습니다. 그 문장이 1961년에 씌어졌다는 사실을 다시 한 번 상기해 봅니다. 그러니까 제가 막 진지하게 글을 써보려고 궁리하기 시작했을 때죠. 저에게 이 문장을 읽을 기회가 그 당시에 주어졌더라면, 그랬더라면 저는 무척 심각하게 글쓰기를 머뭇거렸을 것입니다.

"문학을 위험하지 않은 시간 때우기로 여김으로써 혹은 권력 정치적인 목적에 써먹을 수 있다는 드높은 칭송의 말로 배려함으로써 문학이 오늘날 받고 있는 깊은 경멸은 너무도 모욕적이어서, 모든 문학가들은 글쓰기가 도대체 아직도 의미가 있는지 자문할 수밖에 없는 지경입니다."

요즘은 상황이 어떤지 자문해 봅니다. 저는 문학을 권력 정치적 이데올로기 아래 예속시키려고 하던 나라에서 자랐고, 그 나라에서 글을 썼습니다. 그렇다면 여기에서는 어떤가요? 다시 통일된 독일에서는요? 문학의 위상은 너무나도 막연하고 혼란스러워서, 너무나도 변방으로 물러나 있고 자폐적이어서, 아무도 더 이상 문학을 그 어떤 목적을 위해 활용하거나 이용해 먹을 생각을 하지 않습니다. 문학을 하다가 나중에 스스로 후회할 일이나 만들 것이고 자진해서 비웃음이나 사게 되겠죠.

그리고 문학은 미디어의 모든 잔치마다 모습을 드러내 춤을 추면서, 신문사와 방송사의 궁전에서 건네준 자선용 빵을 얻어먹으면서, 자진해서 미디어의 '드높은 칭송의 말'을 받으러 다니지요. 때때로 제가 받는 인상은—그렇지만 이것은 제가 올해 뷔히너상 수상자가 되리라는 사실이 알려진 뒤로 미디어가 저를 사냥했을 때 제 마음속에 슬그머니 들어앉는 방식으로 생겨난 편집증적인 생각일 수도 있습니다—문학이 대중 매체의 궁전에 계속해서 달려들고 있다는 것입니다. 원래 그 안에서 자기 자리는 찾을 수도 없는데 말입니다. 저는 한스 에리히 노삭이 '우리 시대의 문학에서 남아 있을 것은 독백일 수밖에 없다'라고 썼을 때, 그가 무슨 생각을 했던 것인지 점점 더 이해가 갑니다. 우리 시대의 문학은 자기 자리를 포기하고 있습니다. 만약 문학이 이 계획에 점점 더 성급하고 저항 없이 몰두한다면, 언젠가는 더 이상의 자리도 없을 것입니다.

정말로 문학이 설 자리는 독백입니다. 그곳에는 어느 고독한 문필가, 시인 혹은 작가가 있어서 혼자 있는 것에 대한 금지를 뛰어넘고 자신의 생각을 종이 위에 옮기지요. 그러면서 아마도 그가 어느 독자를 떠올릴 수 있을 것입니다. 만약 그것이 어떤 텍스트나 책이 되어 나온다면, 이것은 마케팅의 돌림길을 지나 마찬가지로 고독한 독자에게 도달할 것이고, 독자는 그 독백을 읽겠지요. 그러면서 그 독자는 독백을 쓴 사람에 대해서 생각할 수도 있을 겁니다. 실제로 그를 알지 못하거나 그저 아주 조금 이 글쓴이에 대해서 알고 있을 뿐이라도 말입니다. 그리고 일이 잘 진행된다면, 독자의 머릿속에서도 마찬가지로 독백이 풀려 나올 것입니다. 문학은 이런 방식으로 작동해야 하며, 오로지 이런 방식으로만 작동할 수 있습니다. 작가가 자기 입으로 자신의 텍스트에 관해 발설하는 것 모두는 더 이상 문학에 속하는 것이 아니라 대중 매체와 문학의 상업화에 속합니다. 어쨌든 그것은 작가와 독자 사이의 독특한 양자 관계로 이루어진 비밀을 허물어뜨리며, 이로써 문학에 대한 독자의 관심까지 허물어뜨릴 것입니다.

"그렇게 그는 살아갔습니다."

게오르크 뷔히너의 「렌츠」의 마지막 문장은 그렇게 끝나지요. 한스 에리히 노삭이 미완성이라 여겨지도록 두지 않으려 했던 텍스트였습니다. 이 문장이 '생각이 자연히 그렇게 흘러가게 되는 최종적인 결말'이기 때문이라는 이유에서였습니다. 이런 문장이 독자의 머릿속에서 무엇을 불러일으킬 수 있을까요? 아마 독자 자신이 어떤 방식으로 살아갈까 하는 질문이겠죠. 이렇게 해서 이미 독백이 생겨난 것이고 이 독백은 원래 대화입니다. 이것은 몇백 년을 넘긴 대화이며 오로지 문학의 도움으로만 도달할 수 있었던 것입니다. 그리고 이 문장은 어쩌면 「보이체크」에 나오는 게오르크 뷔히너의 다른 한 문장과 모순에 빠지게 되죠.

"그는 다른 사람들이 하는 모든 것을 했다."

그리고 바로 이 모순이 변화를 위한 시작일 수 있습니다. 어쩌면 인간의 비밀과 위대함은 그가 변화에 대해 깊이 생각해 보기 시작하는 바로 그 지점에 있을지도 모르겠습니다.

신사 숙녀 여러분, 뷔히너상을 주신 것에 감사 드립니다. 저는 기관의 어느 곳에 말씀 드려야 이 감사함이 올바로 전달될지 정확히 알지 못합니다. 그래서 제 말을 참을성 있게 끝까지 경청해 주신 여러분께 감사 드립니다. 여러분은 저에게 계속 저의 길을 가도록 용기와 힘을 주었고, 여러분은 저에게 제 단어와 문장 들이 완전히 허공 속으로 흘러들어 가지 않는다는 희망을 주었

260

습니다. 그렇기에 이 시상식의 축하연은 마땅히 여러분께 돌아가야 하는 것
이며, 그것이 바로 제 바람입니다. 여러분께 감사 드리며, 여러분께서 제 감
사한 마음을 자유롭게 받아 주시기를 바랍니다.

이준서 옮김

옮긴이

김륜옥

Kim, Youn-Ock / yokim@sungshin.ac.kr

독일 프라이부르크대(문학박사)

현재 성신여대 독문과 교수

연구 분야  독일문학, 페미니즘 · 젠더 문예 이론, 문화학, DaF, 번역학

저서  『토마스 만의 삶과 작품을 형성하는 요소로서의 '여성적' 자아 및 여성상』(독문)

역서  『Das Zimmer im Abseits』(신경숙의 『외딴 방』 독문 번역), 『젠더 연구』(공역)

논문  「성 담론 위에 꽃핀 '황금의 20년대' 및 그 전 · 후 시기」 「외국어 문학과의 번역 교육 필요성 및 번역학과 모델」


김복희

Kim, Bock-Hye / dong1259@yahoo.co.kr

독일 마르부르크대(문학박사)

현재 전주대 객원 교수

연구 분야  현대 독일 희곡, 번역학, 민속학, 문학 이론, 색채 이론

저서  『뷔히너의 「보이체크」에서의 상호 텍스트성』

역서  『색깔의 힘』

논문  「뷔히너의 '보이체크' 번역 비교 연구」 「바그너의 '영아 살해모' 연구」

## 남운

Nam, Un / hkddnu@mail.knue.ac.kr

독일 도르트문트대(문학박사)

현재 한국교원대 독어교육과 교수

연구 분야　독일 현대문학, 문화 이론

저서　　　『담론 분석의 이론과 실제』(공저)

논문　　　「엔첸스베르거의 경향 변화 연구」「기계 시계와 현대 문명」
　　　　　「독일 생태시 분석」「횔덜린 시에 나타난 상징 연구」「프리슈
　　　　　의 서술 기법 분석」「독일 68운동과 쉬나이더의 ‘렌츠’」「기생
　　　　　문학의 담론적 특성 분석」


## 류신

Ryu, Shin / criticus@lycos.co.kr

독일 브레멘대 박사과정 재학

연구 분야　볼프 비어만 등

기타　　　『경향신문』 신춘 문예 문학평론 부분 당선으로 등단(2000), 대
　　　　　산 창작 기금 수상(2002)

평론집　　『다성의 시학』


## 류은희

Ryu, Eun-Hee / ryueh@hanmailnet ryueh@daunet.donga.ac.kr

독일 아우구스부르크대(문학박사)

전 동아대 연구 교수, 현재 증산도사상연구소(번역실) 연구원

연구 분야　현대 독일소설, 토마스 베른하르트, 비교문(화)학

저서     『해체와 소멸』『토마스 베른하르트 연구』(공저)

역서     『베른하르트─죽음을 넘어선 글쓰기』 외 다수

논문     「죽음의 의식과 연극적 상상력」「'영국' 과 비트겐슈타인」「반
         자서전적 문학」「자서전의 장르 규정과 그 문제」


## 박광자

Park, Kwang-Ja / pakwja@cnu.ac.kr, pkj0309@korea.com

서강대(문학박사)

현재 충남대 독문과 교수

연구 분야   헤르만 헤세, 현대 독일소설

저서     『헤르만 헤세의 소설』『괴테의 소설』『독일어권의 여성 작가』
         (공저)

논문     「치유로서의 글쓰기. 한트케의 최근 산문 연구」「'빌헬름 마이
         스터의 수업 시대' 의 '어느 아름다운 영혼의 고백'」「라 로쉬의
         '슈테른하임 아가씨 이야기' 에서 여성의 미덕」


## 박설호

Pak, Schoro / schoro@hanmail.net, shpak@hs.ac.kr

독일 빌레펠트대(문학박사)

현재 한신대 독문과 교수

연구 분야   동독문학, 독일 문화

저서     『동독문학 연구』『떠난 꿈, 남은 글』『유토피아 연구와 크리스
         타 볼프의 문학』

## 박희경

Park, Hee-Kyung / parkyi@hotmail.com

독일 프라이부르크대(문학박사)

현재 성균관대, 성신여대, 중앙대 강사

연구 분야　독일 근대 이후 문학, 여성문학, 독일소설

저서　　『18세기 말 독일 여성소설에 나타난 모녀 관계』

논문　　「신화와 신화 해체―엘프리데 옐리넥의 소설 ‘연인들’로 살펴
본 해체적 글쓰기」「이상적 사랑의 아포리아―사랑 담론으로
읽는 ‘젊은 베르터의 슬픔’」「우리는 어떻게 여자, 혹은 남자인
가?―독일의 젠더 논의에 있어서 몸과 육체」

## 반성완

Ban, Sung-Wan / bswan@ihanyang.ac.kr

독일 베를린 자유대(문학박사)

현재 한양대 독문과 교수

연구 분야　루카치, 벤야민, 독일 문예 이론

저서　　『루카치 미학과 독일 고전주의』

역서　　『발터 벤야민의 문예 이론』『독일문학 비평사』『군중과 폭력』

논문　　「독일 문예 이론」

## 서용좌

Suh, Yong-Jwa / yjsuh@chonnam.ac.kr

이화여대(문학박사)

현재 전남대 독문과 교수

연구 분야  하인리히 뷜, 독일소설

저서  『하인리히 뷜 연구』 『텍스트 언어학적 분석에 의한 에. 테. 아. 호
프만의 「모래 귀신」』(공저) 『열하나 조각 그림』 『희미한 인(생)』

역서  『행복한 불행한 이에게. 카프카의 편지 1900~1924』

논문  「페터 슈나이더의 '렌츠' 연구 — 개념과 인지의 불일치」


## 손은주

Son, Eun-Ju / soneunj@hanmail.net

고려대(문학박사)

현재 목원대 독문과 교수

연구 분야  게오르크 뷔히너, 독일 민담, 독일 문화, 번역학

저서  『독일문학의 흐름』(공저)

역서  『당통의 죽음』 『직조공』 『마리아 슈트아르트』

논문  「타키투스의 '게르마니아'」 「마담 스타엘의 '독일론'」 「독일 ·
프랑스 민담 비교」


## 송희영

Song, Hi-Yong / song@dongduk.ac.kr

독일 지겐대(문학박사)

현재 동덕여대 독문과 교수

연구 분야  문학과 영상 매체

저서  『여성과 문화』(공저)

논문  「카프카 소설의 영화화」 「소설과 영화의 서사 구조 비교」 「TV
드라마, 문학 발전의 또 다른 가능성」 「문학의 확장으로서의 영

화—영화의 확장으로서의 문학」


## 양우탁

Yang, U-Tag / uya@moak.chonbuk.ac.kr

독일 본대학(문학박사)

현재 전북대 독문과 교수

연구 분야　게오르크 뷔히너, 18~19세기 독일문학, 독일 문예론

논문　　　「빈 현대파의 문화 예술론과 비평」「뷔히너의 '보이체크'와 호프만슈탈의 목가」「자연시와 계절 토포스」



## 오청자

Oh, Tschong-Cha / ohcha@chungbuk.ac.kr

한국외국어대(문학박사)

현재 충북대 독문과 교수

연구 분야　전후 독일소설, 독어독문학 교육(교수법), 독일어권 여성문학

저서　　　『독일문학의 장면들』(공저) 『독문학과 현대성』(공저)

역서　　　『환상과 복종』『240개의 크림 스푼이 만든 세상』

논문　　　「'47그룹'과 전후 독일문학」「'61그룹' 연구」「Überlegun-gen zur Auswahl von Textsorten und Texten fürden fremdsprachlichen Literaturunterricht」



## 이승욱

Lee, Seung-Uk / leseuk@sch.ac.kr

경북대(문학박사)

현재 순천향대 독문과 교수

연구 분야    독일시

저서    『늙은 퇴폐』『참 이상한 상형 문자』『지나가는 슬픔』『행복한
날들의 시 읽기』

역서    『현대시의 변증법』『혼자 있는 사람들』

논문    「고트프리트 벤 : 독일성 상실의 예술」「모더니즘과 포스트모
더니즘」


## 이준서

Lee, Joon-Suh / wiedas@hanmail.net

독일 자유 베를린대(문학박사)

현재 이화여대 독문과 교수

연구 분야    독일어권 현대 드라마, 연극 이론, 동독문학

저서    『하이너 뮐러의 텍스트에 나타난 웃음』(박사 논문) 『영상 문화
시대에 따른 인문학적 대응 전략으로서의 이미지 연구』(공저)

역서    『매체로서의 영화』(공역)

논문    「전환기 문학의 한 양상」「포스트드라마 연극과 몸의 담론들」
「브레히트와 하이너 뮐러의 햄릿관 비교」


## 임호일

Im, Ho-Ill / hiim@dongguk.edu

오스트리아 그라츠대(문학박사)

현재 동국대 독문과 교수

연구 분야  현대 독일 희곡, 독일문학사, 독일 문예학

역서  『뷔히너 문학 전집』『드라마 작품을 통해 본 예술과 개방 형식』
  『변증법적 문예학』『작품 중심의 독일문학사』

논문  「폐쇄 형식의 이데올로기에 대한 부정으로서의 개방 형식」「추
  의미학의 관점에서 본 뷔히너의 리얼리즘」「서사화의 관점에서
  비교해 본 뷔히너와 브레히트」


## 장순란

Chang, Soon-Nan / changsn@sogang.ac.kr
독일 베를린 자유대(문학박사)
현재 서강대 독문과 교수

연구 분야  게오르크 뷔히너, 독일 여성문학, 독일문학사

저서  『바이마르 고전주의』

논문  「포스트모더니즘의 인식론적 시각과 문화 운동」「후기 구조주
  의와 잉게보르크 바흐만의 '말리나'」「한국 최초의 여성 독문
  학자 전혜린의 삶과 글쓰기에 대한 조명」「자연과학에 기반한
  뷔히너의 인문학적 사유 태도」


## 전영애

Chon, Young-Ae / chonya@snu.ac.kr
서울대(문학박사)
현재 서울대 독문과 교수

연구 분야  독일시

저서  『어두운 시대와 고통의 언어. 파울 첼란의 시』『독일 현대문학.
  분단과 통일의 성찰』『바이마르에서 온 편지』『카프카 나의 카

프카』

역서      『독일사』『나누어진 하늘』

논문      「괴테의 예술가 시」「비교문학의 장—세계 문학」


## 진일상

Jin, Il-Sang / ilsang@ewha.ac.kr

독일 레겐스부르크대(문학박사)

현재 이화여대 독문과 강사

연구 분야   19세기 독일문학, 독일소설, 독일 문화

저서      『하인리히 폰 클라이스트의 단편 속에 나타난 사회 형태들』(학

         위 논문)

논문      「하인리히 폰 클라이스트의 작품에 나타난 여성상 연구」「하인

         리히 폰 클라이스트의 문학과 사회 규범」「계몽주의 살롱 문

         화」「독일 표현주의 영화」


## 채연숙

Chae, Yon-Suk / chaeys@knu.ac.kr chae5686@korea.com

오스트리아 빈대(문학박사)

현재 경북대학교 독어교육과 교수

연구 분야   독일 현대시, 문예 이론, 독일문학 교육

저서      『서정의 침몰—한스 마그누스 엔첸스베르거의 시(詩)』

역서      『독일 서정시 입문. 창작, 이해 그리고 수용』『기억의 공간』(공

         역)

논문      「독일 현대시와 영화에 사용되는 몽타주와 의미 귀납」「영화의

**최문규**

Choi, Moon-Gyoo / mkchoi@yonsei.ac.kr

독일 빌레펠트대(문학박사)

현재 연세대 독문과 교수

연구 분야   독일 낭만주의, 문학 이론

저서        『(탈)현대성과 문학의 이해』『문학 이론과 현실 인식』

역서        『한 줌의 도덕』『절대적 현존』

문학은 아직도 고혹한 피의 작업

초판 인쇄 2004년 11월 10일
초판 발행 2004년 11월 15일
한국뷔히너학회 편역
펴낸이 임용호 ┆ 펴낸곳 도서출판 종문화사
편집 민성원 · 임윤빈 ┆ 영업 이동호
본문 인쇄 · 제본 명성인쇄 ┆ 표지 인쇄 예일
출판 등록 1997년 4월 1일 제22-392
주소 서울시 종로구 통의동 35-24 광업회관 3층
전화 (02)735-6893 팩스 (02)735-6892
E-mail jongmhs@unitel.co.kr
ⓒ 2004, Jong Munhwasa printed in Korea
ISBN 89-87444-51-1 03850 ┆ 값 15,000원
잘못된 책은 바꾸어 드립니다.